BASTEI
LÜBBE

Taschenbücher von MARIE CORDONNIER
im BASTEI-LÜBBE-Programm

18 136 Nadine – Unschuldige Verführerin
18 137 Alison – Geliebte Gauklerin
18 143 Marie – Engel in Versuchung
18 146 Viviane – Sklavin der Rache

MARIE CORDONNIER

Die Töchter der Hexe

VIVIANE SKLAVIN DER RACHE

Historischer Liebesroman

BASTEI LÜBBE

BASTEI-LÜBBE-TASCHENBUCH
Band 18 146

Erste Auflage
Juni 1996

Lektorat: Katharina Woicke
Titelbild: John Ennis
Umschlaggestaltung:
Quadro Grafik, Bensberg
Satz: KCS GmbH,
Buchholz/Hamburg
Druck und Verarbeitung:
Brodard & Taupin,
La Flèche, Frankreich
Printed in France

ISBN 3-404-18146-8

Der Preis dieses Bandes
versteht sich einschließlich der
gesetzlichen Mehrwertsteuer

Sommer 1437

Am Ufer der Aisne

Die zarten Schleier der Morgendämmerung hingen in den Ästen der Weiden, und der Fluß glitt sanft murmelnd und sommerlich flach über die Steine. Das Konzert der Vögel mischte sich mit dem leisen Geplätscher und dem unterdrückten Schnauben des zierlichen weißen Zelters, der an einer flachen Uferstelle im Sand stand und seinen Durst löschte.

Seine Reiterin lehnte an einem knorrigen Baumstamm unweit des Ufers. Sie hielt eine dünne Gerte in ihrer Hand und sah versonnen dem davoneilenden, kristallklaren Wasser nach, das sich in einer sanften Biegung zwischen den immer enger zusammenrückenden Ufern verlor.

Der grüne Samt ihres eleganten Reitkostümes hatte den gleichen Farbton wie die lanzettförmigen Weidenblätter; die Kanten der Säume und Ärmel waren durch zartgelbe Paspelierungen abgesetzt. Eine kesse Pagenkappe, mit einer wippenden, cremefarbenen Feder verziert, saß schräg auf dem Kopf und verbarg das straff aufgesteckte Haar.

In ihrer Reglosigkeit erschien die junge Frau wie ein Teil der Uferlandschaft, bis sie mit einer abrupten Geste die Hand hob und mit der dünnen Reitgerte pfeifend zwischen die Blätter schlug. Es wirkte, als rufe sie sich selbst zur Ordnung.

Dünne grüne Blattschnipsel segelten träge auf das dichte Moospolster zu ihren Füßen. Ein erschreckter Frosch stürzte sich mit einem lauten ›Platsch‹ in den Fluß, das Pferd hob den Kopf. Viviane de Valouses zartes Gemmengesicht verzog sich zu einer Grimasse. Sie trat zwischen den Weiden hervor und ging zu ihrer Stute, die sie sanft fragend mit weichen Nüstern anstupste.

»Du möchtest wissen, was in mich gefahren ist, Bijou?« murmelte sie und fuhr ihr zärtlich durch die seidigen Stirnfransen. »Bei Gott, ich wollte, ich könnte es dir sagen. Ich würde selbst zu gerne wissen, was mich so ruhelos und verwirrt macht, daß ich nicht mehr schlafen kann und mir selbst auf die Nerven gehe.«

Das Tier war derlei vertrauliche Geständnisse gewöhnt und antwortete mit einem unterdrückten Schnauben, doch noch etwas anderes schien seine Aufmerksamkeit erregt zu haben. Viviane hob den Kopf und verengte die Augen, während sie das Ufer gründlich absuchte.

Das Gefühl, beobachtet zu werden, verstärkte sich immer mehr, so daß sie unwillkürlich die Schultern straffte und sich vergewisserte, ob in ihrem Gürtel das Jagdmesser steckte, das sie stets trug, wenn sie allein ausritt. Sie war weit genug von der Burg entfernt, um auf der Hut zu sein vor Marodeuren und Plünderern, die das Land unsicher machten, obwohl der Krieg in dieser Region längst vorbei war.

Doch kein Zweig bewegte sich, und das junge Mädchen schalt sich selbst eine Törin. Dennoch blieb ein Rest von Unbehagen, und wieder versuchte sie, den dünnen Morgennebel über dem Wasser mit ihren Blicken zu durchdringen, bis sie sich eine närrische Gans nannte und wieder in den Sattel stieg. Es war sicher besser, daß sie Bijou in den Stall zurückbrachte, ehe ihr Vater von diesem Ausflug erfuhr. Er hatte ihr derlei Ausritte strikt verboten und erwartete Gehorsam.

Die Frau, die fern von ihr zwischen den Mauern eines Palastes in das lodernde Feuer starrte und sich ihr mitzuteilen versuchte, konnte die stolze Einsame nicht länger erreichen. Für einen kurzen Augenblick lang hatte sie den Eindruck gehabt, daß sie ihre Gegenwart spürte, dann war es wieder vorbei.

Alison de Lassay, die zweitälteste Tochter des Grafen von Mesnières und Gattin des Seigneurs de Lassay, schlug die Hände vors Gesicht und wandte sich von den Flammen ab, die im Kamin ihres Gemaches loderten. Sie würde nichts mehr sehen. Die Bilder ließen sich nicht befehlen. Sie kamen willkürlich und ohne Vorwarnung.

Ihr war kalt an diesem frühen Morgen, der sie mit den Erinnerungen an vergangene Schrecken geweckt und sie förmlich dazu getrieben hatte, die Glut im Kamin zu entfachen und in die tröstlichen Flammen zu starren. In dem glühenden Lodern hatte sie zu ihrer eigenen Überraschung das Bild der noblen Reiterin entdeckt. Es hätte nicht der Ähnlichkeit mit deren Zwillingsschwester Marie-Ange bedurft, um sie zu erkennen.

Aber noch ehe Alison sich über die Gewißheit freuen konnte, daß auch die letzte ihrer Schwestern lebte, wußte sie bereits um die tödliche Gefahr, in der die andere schwebte. Es war ein Wissen gepaart mit der schrecklichen Erkenntnis, daß niemand ihr helfen konnte.

Besaß auch jene stolze, verschlossene Edeldame am Fluß die gleiche geheimnisvolle Kraft, die ihre verzweifelten Schwestern aufgebracht hatten, um ihr Los zu meistern? Oder war sie das schwache Glied in der Kette der Rache, die den Mörder ihrer Mutter endlich seiner gerechten Strafe zuführen sollte? Noch wartete Melisande de Guînes vergeblich darauf, daß sie gerächt wurde!

Alison ließ die Hände sinken und blickte in die Flammen, bis ihre Augen tränten. Zum ersten Male seit langer Zeit empfand sie wieder Angst.

1. Kapitel

»Du lieber Himmel, wo habt Ihr nur gesteckt, Kind?« zeterte die mollige Kammerfrau und umflatterte Viviane de Valouse wie eine besorgte Glucke beim Versuch, ein rebellisches Küken einzufangen. »Seine Gnaden, Euer Vater, hat bereits nach Euch geschickt. Er erwartet Euch in seinem Arbeitskabinett ...«

Viviane ignorierte absichtlich die Neugier ihrer alten Dienerin, die vor vielen Jahren von der Amme zur Kammerfrau befördert worden war und ihren Schützling auch in dieser Position mit eifersüchtiger Liebe bemutterte. Sie war vermutlich noch neugieriger als sie selbst, was ihr Vater zu dieser frühen Stunde von ihr wollte.

Viviane hingegen ließ sich diese Wißbegier nicht anmerken. Sie zog die Nadel aus ihrer Kappe und warf die Kopfbedeckung auf das breite Pfostenbett, dessen aufgeschlagene Decken verkündeten, daß sie das Zimmer verlassen hatte, ehe sie von der tüchtigen Mireille zur üblichen Zeit geweckt worden war.

»Bring mir einen Krug frische Milch und die Mandeltörtchen, die gestern gebacken worden sind«, verlangte sie in aller Ruhe und zog die Handschuhe aus. »Außerdem möchte ich mich umziehen, und du mußt mir die Haare richten. Worauf wartest du?«

»Aber Euer Vater ...«

Viviane warf die Handschuhe mit einer nachlässigen Geste dem Hut hinterher.

»Kümmere dich nicht um meinen Vater«, beruhigte sie die Kammerfrau. »Vermutlich will er ohnehin nur wissen, weshalb die Stofflieferung aus Reims das Doppelte der veranschlagten Summe gekostet hat. Du weißt, wie genau er sein kann, wenn es um seine Goldstücke geht. Sobald er jedoch erfährt, wie wundervoll dieser gepreßte Samt aus Florenz ist, wird er sich wieder beruhigen. Du kennst ihn, er bellt gerne, aber er beißt nicht.«

Besänftigt eilte Mireille davon, um Vivianes Wünsche zu erfüllen. Es ließ sich nicht abstreiten, daß Viviane wußte, wie sie ihren Vater zu nehmen hatte, obwohl er ein schwieriger und ungerechter Mann sein konnte. Man mußte sich nur in diesem luxuriösen Gemach umsehen, dessen schöne handgeschnitzte Möbel, leuchtende Wandteppiche und prächtige Schauschränke ihresgleichen suchten.

Bis Mireille das gewünschte Frühstück brachte, hatte Viviane mit Hilfe einer Magd das elegante Reitkostüm abgelegt und saß nur in einem Hausmantel aus schwerer violetter Seide vor dem breiten Spiegeltisch. Die schmalen, elfenbeinfarbenen Spitzenbesätze an den Ärmeln und am Ausschnitt betonten die durchsichtige Zartheit ihrer Haut.

»Laßt mich das machen, Kind!« Die Kammerfrau nahm ihr die Bürste aus schwerem, fein ziseliertem Silber ab und begann die schweren Flechten der Frisur zu lösen, während ihre junge Herrin ein Mandeltörtchen naschte und seltsam abwesend vor sich hinträumte. Sie war stets ein Kind gewesen, das seine Gedanken für sich behielt und merkwürdig unberührt von all der vielen Aufmerksamkeit blieb, die man seiner ungewöhnlichen Schönheit und seinem hohen Rang zollte.

Jetzt, mit zweiundzwanzig Jahren, hätte sie längst Ehefrau und Mutter sein sollen. Die Herrin eines eigenen Hauses und nicht das verwöhnte Schmuckstück eines eher unscheinbaren Paares, dem andere Kinder versagt geblieben waren.

Die Kammerfrau unterdrückte einen schweren Seufzer und fuhr mit regelmäßigen Strichen durch die Fülle der Haare, die bis auf Vivianes Hüften reichten und in einer ungewöhnlichen Farbmischung aus Rotgold und hellem Sonnenschein schimmerten. Wie ein glatter, seidig schwerer Mantel aus Feuer lagen sie um die schmalen Schultern. Zu viel, zu schwer zu fassen, zu üppig und zu wild für das ansonsten so beherrschte und disziplinierte Mädchen.

Schon deswegen dauerte es geraume Zeit, bis Viviane de Valouse ihr exquisites Gemach verließ, die Haare unter einem spitz zulaufenden Hennin nach burgundischer Mode verborgen. Ein hauchzarter Schleier in hellstem Blau fiel von der

Spitze dieser absurden Kopfbedeckung bis auf die kleine Schleppe ihres Gewandes herab. Nun, nachdem der Morgennebel gewichen war, versprach dies ein warmer Sommertag zu werden; und so hatte sie eine leichte blaue Seidenrobe gewählt, deren Vorderteil in verschlungenen Perlenarabesken bestickt war. In dem eckigen, raffiniert geschnittenen Dekolleté trug sie an einem gleichfarbigen Samtband einen passenden, tropfenförmig geschliffenen Saphir.

Sie wirkte so schön und so makellos, daß ihrem Vater einmal mehr jede Ermahnung auf den Lippen erstarb, als sie mit beträchtlicher Verspätung in sein Arbeitskabinett trat. In der Tat war er jedesmal betroffen von dem Ausmaß ihrer Schönheit, einer Schönheit, wie sie sich sonst in seiner Familie nicht fand. Und diese Schönheit war auch der Grund für das Gespräch, dem er mit einigem Bangen entgegensah. Freilich, es mußte sein, der gewagte Zug würde alles sichern, was die Geburt eines Mädchens in Frage gestellt hatte.

»Ihr wünschet mich zu sprechen, Vater ...«, murmelte sie respektvoll und deutete eine graziöse Verneigung an. Erst als sie sich wieder aufrichtete, bemerkte sie, daß auch ihre Mutter im Raum war. Sie saß im Hintergrund auf einem Taburett, ihr braunes Kleid verschwamm mit dem Braun der getäfelten Wände.

»Mutter?«

Eine plötzliche Vorahnung ließ Vivianes Stimme ersterben. Ihre Blicke glitten zwischen den beiden Menschen hin und her, die ihre Eltern waren und von denen sie bis zu diesem Moment fest angenommen hatte, daß sie stets das Beste für sie tun würden. Manchmal schämte sie sich sogar für diese allzu bequeme Gewißheit, denn sie vergalt ihnen die elterliche Liebe lediglich mit einem eher distanzierten Gefühl der Freundlichkeit und mit anerzogenem töchterlichem Gehorsam.

Die heftigen Gefühle aus den Geschichten, die Mireille ihr erzählte, oder von denen die romantischen Balladen der Sänger berichteten, waren ihr fremd. Mehr als Freundlichkeit schien ihr Herz nicht hervorbringen zu können; dabei sehnte sie sich in ihrer Seele nach mehr, viel mehr.

Die Vorahnung, die sie eben schon verspürt hatte, schien

sich wie zu einer Wolke der Angst und Befangenheit zu verdichten und wie neuerlicher Nebel über diesen sonnigen Tag zu legen. Viviane hätte nicht zu sagen gewußt, ob es die Verlegenheit war, mit der die Herzogin plötzlich ihren Blick mied, oder die verkniffenen, strengen Falten, die die Stirn ihres Vaters teilten, die ihr Mißtrauen geweckt hatten. So sah er nur aus, wenn er ihr Unangenehmes zu berichten hatte.

»Setzt Euch, Tochter!« wies er sie knapp an, und Viviane sank dankbar auf das bereitstehende Taburett, um das sich ihre Röcke bauschten. Eine plötzliche Schwäche hatte ihre Knie weich werden lassen.

»Dein Vater hat dir eine höchst erfreuliche Mitteilung zu machen«, sagte leise Marguerite de Valouse, die neben ihrer strahlend schönen Tochter wie ein magerer, verhärmter Spatz wirkte, auch wenn das Geld, das sie für ihr erdbraunes, pelzverbrämtes Atlaskleid ausgegeben hatte, ein kleines Dorf mehrere Monate lang ernährt hätte.

»So redet doch!« Viviane nahm ihren ganzen Stolz zusammen und schob angriffslustig das Kinn vor. »Weshalb spannt Ihr mich dermaßen auf die Folter, wenn es um eine günstige Neuigkeit geht?«

»Weil es eine sehr ernste und weitreichende Angelegenheit ist, etwas, was Euer ganzes Leben verändern wird, Tochter«, meinte nun der Duc de Valouse. »Ich kann Euch die erfreuliche Mitteilung machen, daß der edle Baron de la Griffe um Eure Hand angehalten hat und Ihr ihm versprochen worden seid. Zum Erntedankfest werdet Ihr die Seine werden, meine Tochter.«

Viviane starrte ihren Vater an, als sähe sie die breite, untersetzte Gestalt mit dem schütteren mausgrauen Haarkranz zum ersten Mal. Der Herzog trug einen kostbaren, ärmellosen Samtmantel über dem Wams, und in den Goldstickereien fing sich das Licht, das in breiten Bahnen durch die halboffenen Glasfenster hereinfiel. Im Sitzen wirkte er mächtiger als im Stehen, denn seine Beine waren nicht besonders lang, und er erhob sich kaum eine Handbreit über seine auch nicht allzugroße Gemahlin. Viviane überragte beide, obwohl sie keine übermäßig große Person war.

Sie war nicht im geringsten auf das gefaßt gewesen, was ihr Vater ihr nun mitteilte, und es dauerte geraume Zeit, bis sie ihre Sprache wiedergefunden hatte. »Ein Gatte ...«, murmelte sie fassungslos, dann fügte sie hinzu: »Eine Heirat! Aber Ihr habt nie die geringste Andeutung ...«

»Ich habe eine Langmut an den Tag gelegt, die Euch vermutlich den Verstand vernebelt hat, mein Kind!« unterbrach ihr Vater sie grob. »Ihr könnt nicht im Ernst geglaubt haben, daß Ihr keine Pflichten gegenüber Eurem Namen und Eurer Herkunft habt, auch wenn es länger als üblich gedauert hat, bis sie eingefordert wurden. De la Griffe ist ein mächtiger und reicher Mann, er wird die Interessen unseres Hauses wahren, und Euer erster Sohn kann den Titel der Valouses übernehmen. Ich nehme an, daß es ein leichtes sein wird, den König von der Richtigkeit dieser Maßnahme zu überzeugen.«

»Aber ich ...«

Es gelang Viviane nicht, die richtigen Worte zu finden. In ihren Gedanken herrschte ein fürchterliches Chaos, doch noch bevor sie Ordnung da reinbringen und aussprechen konnte, was sie bewegte, hob ihr Vater die Hand. Es schien ihn nicht zu interessieren, was sie dazu sagen wollte.

»Ihr werdet tun, was ich Euch befehle, Tochter! Der Ehevertrag ist bereits unterschrieben, und die Einzelheiten sind zu meiner Zufriedenheit geregelt. Ihr habt die Ehre, für den Fortbestand des Hauses Valouse sorgen zu dürfen und dem Baron eine würdige Gattin und Mutter seiner Kinder zu sein. Ihr werdet Euch beeilen müssen, damit Euer Brautkleid rechtzeitig aus der Nähstube kommt.«

Viviane merkte nicht, daß sie die kostbare Seide ihres Gewandes mit nervösen Fingern zerknitterte. Sie suchte Hilfe bei ihrer Mutter, die ihren flehenden Blick auch richtig deutete.

»Der Baron de la Griffe ist ein ehrenwerter und bedeutender Mann, Viviane«, sagte sie beruhigend. »Seine Gemahlin wird zu den ersten Damen des Königreiches zählen. Außerdem kannst du von Glück sagen, daß er darüber hinwegsieht, daß du bereits jenseits der Zwanzig bist.«

»Vermutlich tut er das, weil er selbst bereits mit einem Bein im Grabe steht«, platzte Viviane heraus. Sie hatte den Verdacht, daß ihr Bräutigam vom Alter her ihrem Vater näher stand als ihr selbst, obwohl sie ihn noch nie zu Gesicht bekommen hatte.

»Euer künftiger Gatte ist ein Edelmann in seinen besten Jahren«, knurrte der Herzog, erzürnt über den trotzigen Widerspruch. »Ihr werdet ihm Respekt entgegenbringen und seinen Befehlen gehorchen. Es ist die Pflicht der Frau, sich dem Manne zu unterwerfen. Es ist an der Zeit, daß Ihr dies lernt.«

»Vater, das könnt Ihr mir nicht antun!« Viviane war klug genug, um zu begreifen, daß sie mit offener Rebellion nicht weiterkam, deshalb verlegte sie sich aufs Bitten. »Ich kenne diesen Mann überhaupt nicht!«

»Ihr werdet ihn kennenlernen, und nun Schluß! Ich fordere Gehorsam von meiner Tochter! Ihr werdet Euch meinem Befehl beugen und diese Ehe eingehen. Punktum!«

In diesem Ton hatte er noch nie mit Viviane gesprochen. Fassungslos starrte sie ihren Vater an, der ihr plötzlich völlig fremd vorkam.

»Nein!«

Sie wußte selbst nicht, ob sie das verhängnisvolle Wort tatsächlich gesagt hatte oder ob es so deutlich in ihrem Gesicht stand, daß sie es gar nicht auszusprechen brauchte.

»Ich warne Euch!« Der Herzog erhob sich. »Entweder Ihr gebt hier auf der Stelle Euer Wort, oder Ihr bekommt im Turmverlies Gelegenheit, über Eure Halsstarrigkeit und Euren Ungehorsam nachzudenken. Erinnert Euch an das vierte Gebot: Du sollst deinen Vater und deine Mutter ehren!«

Das würde er nicht wagen? Oder doch? Viviane entdeckte, daß sie ihn tatsächlich kaum kannte. Das war nicht der Vater, den sie zweiundzwanzig Jahre lang mit vorgetäuschtem Gehorsam und sanfter Raffinesse manipuliert hatte. Vor ihr stand der Duc de Valouse, der Lehnsmann seiner Majestät des Königs von Frankreich, der auf zahllosen Schlachtfeldern gekämpft hatte und der sein reiches und weitläufiges Besitztum mit eiserner Hand regierte.

Sein Wort war Gesetz im Schloß, genau wie in den Dörfern und Städten ringsum. Und Viviane war nicht nur seine Tochter, sondern auch sein Eigentum. Eine Frau, deren Leben und Wohlergehen allein in seiner Hand lag. Die er strafen oder belohnen konnte, ohne einem anderen als Gott darüber Rechenschaft ablegen zu müssen.

»Ich bin sicher, Viviane wird Euch zustimmen, mein Gemahl, wenn Ihr dem Kind Gelegenheit gebt, über all das nachzudenken, was Ihr eben gesagt habt«, mischte sich nun die Duchesse sanft ein.

Sie verließ ihren Platz und legte mahnend eine Hand auf Vivianes Schulter, die das Mädchen auf das Taburett bannte und von weiterem, gefährlichem Widerspruch abhielt. »Erlaubt, daß wir Euch verlassen. Vielleicht ist es an der Zeit, ein Gespräch unter Frauen zu führen.«

»Tut das, meine Beste!« stimmte der Duc erleichtert zu. Auch ihm mißfiel es, Viviane so zuzusetzen. Aber wenn es keine andere Möglichkeit geben sollte, seine eigenwillige Tochter zum Gehorsam zu zwingen, dann würde er es auch mit Kerker und Hunger versuchen. Es war doch nur zu ihrem Besten, wenn sie endlich lernte, das Haupt in Demut zu neigen, und ihre von Gott gewollte Aufgabe als Frau und Mutter annahm.

Hinzu kam, daß de la Griffes beträchtliches Vermögen dem Hause Valouse zufallen würde, wenn Viviane einen Sohn zur Welt brachte. Das Mädchen war gesund und im besten Alter, ein Sohn deswegen bereits so gut wie sicher. Warum zum Henker konnte Viviane nicht einsehen, daß sie eine fabelhafte Partie machte? Daß es an ihr lag, den Ruhm und Einfluß der Valouses zu mehren?

»Ich muß träumen! Es kann nicht wahr sein, was ich soeben gehört habe«, sagte Viviane bestürzt, kaum daß sich die Tür ihres eigenen Gemaches hinter ihrer Mutter und ihr geschlossen hatte. Marguerite de Valouse forderte die wartende Kammerfrau und die beiden Mägde unwirsch zum Gehen auf, ehe sie sich ihrer Tochter zuwandte und deren eiskalte Hände zwischen ihre Finger nahm.

»Beruhige dich, Kind«, sagte sie sanft. »Setz dich und hör damit auf, dich selbst närrisch zu machen. Worüber regst du dich so auf?«

»Wie könnt Ihr das fragen, Mutter?« brauste Viviane auf. »Ich will nicht heiraten, und einen Mann, den ich noch nie gesehen habe, schon gar nicht. Wie kann er das tun? Wie kann er über meinen Kopf hinweg einen Gemahl bestimmen und meine Hochzeit ansetzen?«

»Es ist so üblich, Kind, das weißt du genau«, entgegnete Vivianes Mutter milde. »Ehen werden nun mal von den Eltern beschlossen. Dein Vater hat jedes Recht dazu, dir einen Gatten zu bestimmen.«

»Einen Gatten ...« Viviane schien dieses Wort mit seinem üblen Geschmack fast auszuspucken.

Natürlich wußte Viviane, was sich für eine gute Ehefrau schickte. Eine gute Ehefrau hatte aufopferungsvoll und treu zu sein, sie war der Besitz ihres Mannes und hatte widerspruchslos alles zu tun, was ihr Gatte anordnete, ob es nun rechtens war oder nicht, wichtig oder belanglos, vernünftig oder unvernünftig. Empörende Aussichten für die Tochter des Herzogs von Valouse!

Viviane, die eine unüblich gute Ausbildung genossen hatte, hatte im Geiste schon früh gegen solche Sitten rebelliert. Sie war um so vieles klüger als die meisten Männer – warum also sollte sie sich dann einem unterordnen? Es war ihr wie ein Geschenk des Himmels erschienen, daß ihre Eltern sie bis jetzt mit Bewerbern um ihre Hand verschont hatten, und sie war so töricht gewesen zu glauben, es könnte immer so weitergehen.

Wieso gab Gott Vätern und Gatten ein solch absolutes Recht über Frauen? Bedeuteten Ihm Frauen gar nichts? Waren sie wirklich zum Dienen geboren?

»Es ist unsinnig, sich gegen das Wort deines Vaters aufzulehnen«, fuhr ihre Mutter fort, um jeden weiteren Widerspruch im Keim zu ersticken. »Ich bin sicher, daß du ihm dankbar sein wirst, sobald du die Herrin im eigenen Haus und die Mutter deiner Kinder bist. Was dir fehlt, ist eine Aufgabe, Viviane. Es tut nicht gut, wenn eine Frau ständig über alten Schriften brütet und wie ein Mann über die Felder reitet. Wir haben dir viel zu viele Freiheiten gelassen. Ich habe deinem Vater schon lange geraten, einen Gatten für dich zu suchen ...«

Viviane biß sich so heftig auf die Unterlippe, daß sie den metallischen Geschmack von Blut in ihrem Mund schmeckte. Auch wenn es eine Sünde sein sollte, in diesem Moment haßte sie ihre Mutter aus vollem Herzen. Wie kam sie dazu anzunehmen, daß sie sich nach einem Leben von so langweiliger Ereignislosigkeit sehnte, wie sie selbst es führte? Was wußte sie von der Sehnsucht nach Freiheit, die wie Gift in ihrem Blut rauschte, wenn sie dem davoneilenden Wasser, den fortfliegenden Vögeln oder dem sich entfernenden Galopp eines Pferdes lauschte? Von dem brennenden Wunsch, mit dem Wind zu fliegen und den Wolken zu folgen, die über die flachen eintönigen Felder segelten?

Wie konnte sie von ihr verlangen, sich in einer anderen hochaufragenden Burg einsperren zu lassen, einem alternden Seigneur als Bruthenne, Haushälterin und Spielzeug zu dienen? Nichts anderes zur Aufgabe als den sich täglich erneuernden, stets gleichen und erschöpfenden Kreislauf zwischen Vorratskammer und Spinnrad, zwischen Küche und Sudhaus, zwischen Bett und Wiege?

»Tut es mir nicht an, Mutter! Ich bitte Euch!« Viviane erkannte die eigene heisere, angestrengte Stimme kaum. »Ich ertrage es nicht!«

»Unsinn!« Die Herzogin winkte gereizt ab. »Ich will derartiges Geschwätz nicht mehr von dir hören. Du bist die Erbin des Herzogs von Valouse und keine dumme Gans, die nicht bis drei zählen kann. Du wirst dich beherrschen und gehorchen.«

Viviane begriff, daß sie bereits verloren hatte, noch bevor der Kampf eröffnet worden war. Ihr Vater hatte das Turnier ohne sie geschlagen. Sie hatte einzig und allein ihre Aufgabe als Siegespreis zu erfüllen. Sie senkte den Kopf und atmete in schweren Zügen. War das vielleicht Gerechtigkeit?

2.
Kapitel

Das Gewand war so schwer, daß Viviane unwillkürlich die Schultern straffte, damit sich das Gewicht besser verteilte und sie nicht taumelte. Der prächtige venezianische Samt war über und über mit Goldstickereien bedeckt, so daß das ursprüngliche Mitternachtsblau des Stoffes kaum noch sichtbar zwischen den komplizierten Rauten, Blättern und Blüten hindurchschimmerte.

Die langen, geschlitzten Fensterärmel reichten bis auf den Boden, und die meterlange Schleppe wurde von vier kleinen Pagen getragen, welche in einer nagelneuen herzoglichen Livree steckten. Deren blank geschrubbte Gesichter waren vor Aufregung hochrot.

Edelsteine und matte Perlen funkelten in den Blüten der Stickerei, und der breite, juwelenbesetzte Gürtel, der die Robe unterhalb des Busens hielt, wurde von acht kräftigen Schlaufen aus Goldkordel gestützt, damit ihn der Reichtum seines Schmucks nicht bis auf die schmale Taille seiner Trägerin hinabzog.

Vorsichtig, um die mühsam gewahrte Balance nicht zu verlieren, neigte Viviane den Kopf. Mireille mußte dennoch auf ein Podest steigen, damit sie ihr den spitzen, tütenförmigen Kopfputz aufsetzen konnte, von dessen Spitze ein so zarter goldener Schleier herabfiel, daß er sich wie eine Vision aus Sonnenlicht um die fürstlich geschmückte Braut legte.

Das Bild im Spiegel warf die Reflexion einer gleißenden Prinzessin zurück, deren weißes, regloses und ebenmäßiges Gesicht unter all dem Reichtum ihres Schmuckes fast verschwand.

»Wie schön Ihr seid, mein Herz!« flüsterte die alte Kammerfrau gerührt und trat zurück, damit die Herzogin das fertige Werk betrachten konnte. Auch in ihren Augen stand der Stolz. Im ganzen Königreich Frankreich gab es sicher keine junge Edeldame, die es an Schönheit und Haltung mit Viviane aufnehmen konnte. Sie war einmalig, exquisit und von wunderbarer Eleganz.

»Das habt Ihr gut gemacht, Mireille«, lobte die Herzogin die alte Kammerfrau, die sich die Tränen der Rührung abwischte. »Komm, mein Kind! Du wirst in der Kirche erwartet.«

Viviane atmete tief durch und zwang sich, einen Fuß vor den anderen zu setzen. Es gab nichts, was sie noch tun konnte und was sie in den zurückliegenden, viel zu kurzen Wochen nicht bereits versucht hätte. Ihr Vater hatte weder auf Trotz noch auf Schmeichelei reagiert. Weder heiße Tränen noch logische Argumente hatten ihn von seinem Plan abgebracht, und ihr kindischer Ungehorsam hatte ebenfalls zu nichts geführt. Nach zwei Tagen im Burgverlies hatte Viviane kapituliert.

Die beschämende Niederlage, der erste bittere Mißerfolg eines bis dahin so sorglosen Lebens lastete auf ihrem Gemüt. Danach hatte sie die hektischen Hochzeitsvorbereitungen mit provozierender Gleichgültigkeit über sich ergehen lassen. Nicht einmal das peinliche, ausführliche Gespräch, das ihre Mutter am vergangenen Abend mit ihr über die genauen Pflichten einer Gattin geführt hatte, brachte die Gelassenheit ins Wanken, die sie sich zu eigen gemacht hatte.

Sie wußte ja, daß sie gehorsam zu sein hatte, daß es unangenehm, demütigend, schmerzhaft und peinlich werden würde. Es bedurfte keiner mütterlichen Ratschläge, um ihren Abscheu vor dem Kommenden zu vertiefen. Der Gedanke, daß ein wildfremder Mann ihre Haut berühren, ihren Mund küssen und all die absonderlichen Dinge mit ihr machen durfte, welche die Herzogin so verschwommen schilderte, verursachte ihr Übelkeit, aber sie ließ nicht zu, daß die Ältere es bemerkte. Ihre Selbstbeherrschung blieb tadellos und eisern.

Hinzu kam, daß die Ankunft ihres künftigen Gemahles am selben Tage sie auch noch der letzten Illusionen beraubt hatte. Der hochedle Baron Eduard de la Griffe hatte sich als bulliger, aufgeblasener Edelmann entpuppt, dessen pompöses Auftreten nicht darüber hinwegtäuschen konnte, daß er den Zenit seines Lebens bereits überschritten hatte und auch im ersten Teil davon sicherlich keine sonderlich anziehende Erscheinung gewesen war.

Unter seinen prunkvollen Gewändern steckte der schwammige Körper eines Mannes, der die leiblichen Genüsse schätzte, aber keinen Ausgleich im Kampf und Bewegung suchte. Eine bortengeschmückte Kappe hatte seinen fast kahlen Schädel bedeckt, und das faltige Männergesicht mit den schmalen Lippen und dem wabbeligen Kinn, das in Bewegung geriet, sobald er sich erregte, ließ ihn nicht aussehen wie einen Mann, von dem ein Mädchen träumte.

Viviane hatte mit Abscheu registriert, wie er mit seinen Blicken ihren Körper abtastete und ihrem Dekolleté besondere Aufmerksamkeit schenkte. Sie hatte den besitzergreifenden Griff der dicklichen Finger ertragen und die Zähne zusammengebissen. Welch ein Segen, daß man von einer sittsamen Jungfrau erwartete, die Lider niederzuschlagen. Sie mochte gar nicht daran denken, was es bedeutete, Jahr um Jahr diesem Mann zu gehören.

Doch bei seinem Anblick hatte sie noch etwas anderes empfunden: Angst. Instinktiv spürte sie, daß hinter der jovialen Maske eiskalte Berechnung steckte und daß es nicht ratsam war, sich diesem Mann zu widersetzen. Sie hatte die halbe Nacht im Gebetsstuhl verbracht, aber sie wußte, daß nur noch ein Wunder sie vor einer Zukunft, schwärzer als die Nacht selbst, retten konnte.

»So komm, mein Kind!« drängte die Herzogin, als spürte sie das sorgsam verborgene Widerstreben. »Dein Vater erwartet dich an der Kirchentür. Er wird dich deinem künftigen Gemahl zuführen.«

Viviane gehorchte und beugte sich dem Unvermeidlichen. Man ließ ihr keine andere Wahl. Sie mußte den Burghof überqueren, um zum Eingang des Gotteshauses zu gelangen. Sie schritt teilnahmslos durch das Spalier der Menschen, ohne ihre Freude und Bewunderung wahrzunehmen oder die Blumen zu sehen, die man ihr vor die Füße warf.

Das Hochzeitsfest hatte soviel Volk wie noch nie in die Festung gelockt, und alle Tore standen zur Feier des Tages weit offen. Geladene Gäste mischten sich mit Lehnsleuten, Dorfbewohnern, Handwerkern und fahrenden Gauklern, und alle bewunderten die märchenhafte Erscheinung, die so fromm und überirdisch schön über den Blumenteppich schritt. Der Baron würde seine helle Freude an diesem stolzen Mädchen haben, das ihm angetraut wurde.

Über den bunten Blumenteppich aus den Farben des zu Ende gehenden Sommers ging Viviane zu dem spitzbogigen Eingang mit den drei flachen Stufen, auf deren oberster ihr Vater auf sie wartete. Schon streckte er ihr die Hand entgegen.

Viviane zögerte einen Moment und blickte nach rechts, wo die Zugbrücke heruntergelassen war, um den Gästen dieses glanzvollen Festes Eintritt zu gewähren. Die Standarten der Valouses und des Barons de la Griffe flatterten über den Tortürmen und hoben sich gegen das seidige Blau des wolkenlosen Himmels ab, während die dunklen Pfeile der letzten Schwalben des Jahres die Luft durchschnitten. In diesem Augenblick hätte Viviane willig ihre ewige Seligkeit für ein gesatteltes Pferd gegeben oder für einen Zauberspruch, der sie in einen dieser Vögel verwandeln würde, die auf dem Weg nach Süden waren.

Dann jedoch hatte sie ihren Vater erreicht und legte die eisigen Finger in seine vertraute, kräftige Hand. Sie sah den Stolz auf ihre Schönheit in seinen Augen und preßte die Lippen aufeinander. Sie konnte ihm nicht verzeihen, was er ihr antat. Sie konnte ihn nicht länger als gütigen Vater betrachten.

Der blinde Haß, der sie durchfuhr, half ihr, die Haltung zu bewahren und an der Seite ihres Vaters in die kerzenfunkelnde Dämmerung des Gotteshauses zu treten. Sie war sich der Menschen, die sie beobachteten, bewußt, und sie zwang sich, den Blick ihres künftigen Gatten offen zu erwidern.

Er stand neben dem blumengeschmückten Marmoraltar mit dem prächtigen goldenen Kreuz und war sich der Wichtigkeit seiner Person voll bewußt. Das vielfache Kinn vorgestreckt und auf feine venezianische Spitze gebettet, sah er ihr entgegen. Ein dunkler, spitz zulaufender Samthut mit goldbesticktem Rand bedeckte seinen Kopf und überschattete seine tiefliegenden Augen. Über dem dunklen, langen Samtwams, das gnädig seine stämmigen Beine verbarg, trug er einen prächtig bestickten Mantel, dessen goldene Ornamente noch protziger als die auf ihrem Gewand schimmerten.

Er verströmte das herausfordernde Selbstbewußtsein eines Mannes, der sich seiner Macht und seines Reichtums bewußt ist und von allen anderen deswegen Bewunderung und Gehorsam erwartet. Als Viviane die Lider nicht senkte, zuckte es um seine Mundwinkel, dann zwang er sich jedoch zu einem gönnerhaften Lächeln, das jedoch eher dem nähertretenden Herzog von Valouse galt.

»Ich übergebe Euch hiermit vor Gott und den Menschen meine liebe Tochter, Viviane de Valouse, zum Weibe!« verkündete dieser und nickte dem Priester zu, damit er mit der Zeremonie der Eheschließung beginnen konnte.

Viviane sank wie von selbst auf die Knie, weil ihre Beine sie nicht mehr trugen. Alle ihre Sinne, ihre Vernunft, ihr Herz und ihr Körper schrien ›Nein!‹ Sie nahm kaum wahr, was der Geistliche sagte, obwohl sie normalerweise sehr wohl im Stande gewesen wäre, den lateinischen Worten zu folgen. Die Frage nach dem möglichen Einspruch gegen diese Ehe, der natürlich nicht erfolgte, empfand sie wie Hohn.

»Ich, Eduard, nehme dich, Viviane, zum Weibe, im Guten wie im Schlechten, bis daß der Tod uns scheide …«

Die Worte senkten sich wie Messerstiche in Vivianes Herz. Sie fühlte die Blicke des Priesters, des Seigneurs de la Griffe und aller anderen. Sie zwang ihre steifen Lippen, den christlichen Treueschwur Wort für Wort zu wiederholen. Sie sprach damit ihr Todesurteil aus.

»Ich, Viviane, nehme dich, Eduard, zum Gatten, im Guten wie im Schlechten, bis daß der Tod uns scheide …«

Nun saß sie endgültig in der Falle, nun gab es keinen Ausweg mehr! Sie hatte das Ehegelübde gesprochen, das sie ein Leben lang binden würde. Und was für ein Leben das sein würde – nun, wo sie vor Gott und der Welt die Gattin eines Mannes war, den sie bereits jetzt verabscheute!

Die lateinischen Segenssprüche, die der Geistliche über den schweren goldenen Ringen sprach, die ein Meßdiener auf einem Samtkissen bereithielt, bestätigten nur die Unabänderlichkeit des Geschehenen. Der ziselierte Reif, den ihr der Baron de la Griffe auf den Finger schob, war so schwer, daß er ihre Hand nach unten zog.

Und nun mußte sie ihrem Gatten den Ring überstreifen, obwohl sie eine instinktive Abneigung empfand, diesen Mann zu berühren. Ein Abscheu, den sie unbedingt unter Kontrolle bringen mußte, ehe er zu ihr ins Brautbett kam. Aber, bei allen Heiligen des Himmels, wie sollte sie das bewerkstelligen? Wäre es nicht vernünftiger, sich aus dem Fenster zu stürzen?

»Ihr dürft Eure Gemahlin küssen!« sagte in diesem Moment der Priester, und der Baron ließ sich nicht lange bitten. Er packte Viviane an den Schultern und bemächtigte sich ihrer eisigen Lippen mit einem gierigen Kuß. Viviane stand da wie gelähmt.

Es war ekelhaft. Um sie herum begann sich alles zu drehen. War es möglich, bei seiner eigenen Hochzeit vor Entsetzen zu sterben? Sie würde es als Gnade ansehen!

In diesem Moment drang eine laute, fremde Stimme in ihr Bewußtsein. Eine so spöttische, hochmütige Männerstimme, daß sie mühelos das Geschrei, den Lärm und das Waffengeklirr übertönte, die plötzlich den frommen Frieden des Gotteshauses störten.

»Ich nehme an, Ihr erinnert Euch an mich, Eduard de la Griffe!« sagte diese Stimme. »Ich habe geschworen, daß Ihr mir für Eure Verbrechen büßen werdet. Ich sehe mit Vergnügen, daß der Augenblick meiner Rache gekommen ist. Denkt an mich, wenn Ihr heute abend im Brautbett liegt, allein, und den lilienweißen Körper Eurer jungfräulichen Gemahlin vermißt. Sie wird mein Bett wärmen, so lange, bis ich ihrer überdrüssig bin und sie an meine Männer verschenke. Wenn ich sie zurückschicke, wird sie Euch den Bastard mitbringen, den Ihr verdient!«

Ehe Viviane begriff, was mit ihr geschah, wurde sie am Arm gepackt und vom Altar weggezogen. Ihr Aufschrei vermischte sich mit dem Wutgebrüll ihres Gatten, das abrupt abbrach, als sich die Schwertspitze jenes geharnischten Ritters an seine Kehle setzte. Er hatte das Visier des Helmes geschlossen und trug ebenso wie die Männer, die ihn umgaben, kein Wappenzeichen. War er ein Verfemter?

»Wer seid Ihr? Beim Henker, wie könnt Ihr es wagen, die Hochzeit meiner Tochter mit einem derartigen Eklat ...«, schrie der Herzog von Valouse.

»Erkundigt Euch bei Eurem neuen Schwiegersohn, Seigneur!« antwortete der schwarze Ritter dem zornigen Vater. »Fragt ihn, was aus seiner ersten Gemahlin geworden ist. – Falls Ihr daran denken solltet, uns aufzuhalten, so laßt Euch gesagt sein, daß meine Männer sämtliche Ausgänge bewachen. Und nun gehabt Euch wohl!«

Viviane wurde grob vorwärtsgedrängt. Die kleinen Pagen hatten verwirrt ihre Schleppe losgelassen, die nun wie eine prächtige, juwelenbesetzte Schlange hinter ihr herraschelte. Sie spürte, daß sich der schwankende Hennin auf ihrem Kopf aus den Nadeln löste und mitsamt dem goldfarbenen Schleier ins Rutschen kam.

Sie verlor den Kopfputz auf der Schwelle des Gotteshauses, als sie ohne viel Federlesens quer über ein mächtiges, tiefschwarzes Streitroß geworfen wurde, das auf einen rauhen Befehl hin förmlich durch den Torbogen flog.

Viviane gelang es, einen letzten Blick zurückzuwerfen. Sie nahm das Bild des zerdrückten Pfades aus Blumen und Blättern in sich auf, der an einem prächtig funkelnden Hennin endete, dessen zarter Schleier unter den Füßen der rennenden Krieger zerdrückt und schmutzig wurde. Dann endlich sank gnädiges Vergessen über sie, ergab sie sich der Ohnmacht, gegen die sie während der ganzen Zeremonie so tapfer gekämpft hatte.

Sie bemerkte nicht, daß man sie in einen dunklen Reitermantel hüllte und dem Anführer des wilden Ritts übergab. Die Männer verschwanden so schnell aus dem Gebiet des Herzogs von Valouse, wie sie vorhin aufgetaucht waren.

3.
Kapitel

Viviane war in einem seltsamen Traum befangen – sie sah ein Feuer flackern, fühlte die wohlige Wärme eines Feuers, und sie hatte das Gefühl, nicht länger allein zu sein, endlich die andere Hälfte ihres Lebens gefunden zu haben, jene Hälfte, von der sie wußte, daß sie existierte und nach der sie sich so schmerzlich sehnte, seit sie denken konnte.

Doch die rauhe Wirklichkeit holte sie viel zu schnell zurück. Ihr ganzer Körper wurde von schmerzhaften Stößen erschüttert, und sie befand sich zudem in einer extrem unbequemen Lage – sie hing quer über einem Pferderücken, das Gesicht nach unten. Den Reiter schien es wenig zu kümmern.

Der Wind hatte ihr bei diesem mörderischen Ritt die Haare zu einer undurchdringlichen Matte verfilzt. Das Stöhnen, daß Viviane ausstieß, ging im Dröhnen des wilden Galopps unter.

Man brauchte nicht viel Verstand, um zu begreifen, daß es niemanden interessierte, ob sie diesen Tag überlebte oder nicht. Vielleicht war es diese Erkenntnis, die ihr die Kraft gab, sich zappelnd zu wehren und mit ihren Bewegungen endlich die Aufmerksamkeit des Mannes zu erregen, der die Zügel des Streitrosses hielt.

Eine Hand packte sie und zog sie trotz des rasenden Tempos nach oben. Viviane konnte nichts sehen, und erst bei dem Versuch, die Haare aus dem Gesicht zu streifen, merkte sie, daß ihre Handgelenke mit einem Lederriemen aneinandergefesselt waren.

Sofort wurde sie zur Ordnung gerufen. »Zapple nicht herum, du kannst eh nichts an deinem Schicksal ändern. Je weniger du uns behinderst, um so schneller wirst du wieder auf deinen eigenen Beinen stehen können.«

Viviane verstand nicht jedes Wort, das der Ritter sagte, aber der Grundton der Ermahnung war eindeutig genug. Sie versuchte, den bestmöglichen Platz zu finden und die Tatsache, daß sie eine hervorragende Reiterin war und sich instinktiv auf die Pferde einzustellen vermochte, die sie trugen, erleichterte es ihr, wenigstens einigermaßen die Balance zu halten.

Erst jetzt bemerkte sie, daß sie über ihrem juwelenflirrenden Kleid einen dicken Reiterumhang trug, der die auffälligen Ornamente ihrer Brautrobe verbarg und dafür sorgte, daß sie bei diesem Ritt nicht zuviel Aufmerksamkeit erregte. Bei einer knappen Rast, als die Pferde ihren Durst am Ufer eines seichten Baches löschen durften, während das gute Dutzend Ritter, das die Kavalkade bildete, stumm beieinanderstand, befaßte sich der Entführer zum ersten Male eingehender mit Viviane.

Sie erschrak und stieß einen leisen Schrei aus, als er einen gefährlich aussehenden Hirschfänger in die Hand nahm und nach ihr, Viviane, griff – doch dann trennte er nur mit ein paar schnellen Schnitten die lange, lästige Schleppe ihres Kleides ab. Er teilte den Umhang, den sie trug, und nahm ihr auch noch den juwelenbesetzten Gürtel ab, den er zusammen mit dem bestickten Stoff in eine Satteltasche stopfte. Offensichtlich kannte er den Wert der Steine sehr wohl und wollte nicht einen davon verlieren.

»Wer seid Ihr? Was wollt Ihr von mir?« rief Viviane und bemühte sich vergeblich, die Furcht aus ihrer Stimme zu verbannen. »Ihr seid kein Ritter! Kein Edelmann würde eine Dame so behandeln!«

Unter dem dunklen Stahlvisier erklang ein rauhes, freudloses Lachen. Es war ein furchterregendes, beunruhigendes Lachen und hätte jedes andere weibliche Wesen zum Einlenken veranlaßt. Doch Viviane de Valouse hatte noch nie zu jenen gehorsamen Töchtern Evas gehört. Zuviel war an diesem Tag auf sie eingestürzt, als daß sie sich noch um ein damenhaftes Benehmen gekümmert hätte.

Sie schnappte sich den Umhang, schlang ihn wütend wieder um sich und verbarg ihr Kleid darunter, das nun auch noch zerknittert und schmutzig war. Sie wirkte wie eine gereizte, verstrubbelte Katze, die versucht, ihre Krallen zu zeigen.

»Ich verlange, daß Ihr auf der Stelle ...«, begann sie, aber die scharfe Stimme des Geharnischten ließ sie mitten im Satz innehalten.

»Knebelt sie! Ich habe Besseres zu tun, als mir dieses Gekeife anzuhören. Vermutlich habe ich de la Griffe noch einen Gefallen getan, als ich ihn fürs erste von dieser Bösen Sieben befreit habe!«

Ein Tuch von zweifelhafter Sauberkeit verschloß Vivianes Mund und erstickte jeden Protest. Der Riemen um ihre Hände wurde wieder festgezurrt, und kaum ein paar Atemzüge später saß sie wieder vor dem Anführer der Briganten im Sattel. Sie konnte von Glück sagen, daß man ihr dieses Mal gestattete, aufrecht zu reiten.

Die Erleichterung darüber hielt jedoch nicht lange vor. Allmählich senkte sich die Dämmerung über das Land, doch da ihre Begleiter weiterritten und offensichtlich gar nicht daran dachten, in einer Herberge haltzumachen, hatte Viviane de Valouse ausreichend Gelegenheit, über ihr Schicksal und die Ereignisse ihres Hochzeitstages nachzudenken.

An die Entführung aus der Kapelle hatte sie nur eine verschwommene, vom Schock getrübte Erinnerung. Ihr Vater hatte sie oft genug, wenn sie allein ausritt, vor solchen Briganten gewarnt. Es waren versprengte Söldner und Soldaten, die nun, nach dem vorläufigen Ende der Auseinandersetzungen mit dem englischen König, auf eigene Faust mordeten und eroberten. Aber daß ausgerechnet eine solche Bande es wagen würde, die Festung des Herzogs am Hochzeitstag seiner einzigen Tochter zu überfallen, erschien Viviane schlichtweg unglaublich.

Doch der Mann, dessen starke Arme sie gefangenhielten, gab ihr Rätsel auf. Sein Benehmen war eindeutig das eines Schuftes, eines üblen Verbrechers, und dennoch hielt sie ihn nicht für einen gewöhnlichen Schurken. Etwas in seiner Haltung, seiner Ausdrucksweise und der Art, wie er sich bewegte, verriet den Edelmann. Mit Sicherheit hatte er eine noble Erziehung erhalten, ehe er zum Halunken geworden war.

Was also, bei allen Heiligen des Himmels, hatte ihn zu dieser brutalen Entführung getrieben? Was bezweckte er mit seiner Tat? Wollte er Lösegeld? Doch allein die Juwelen auf ihrem Brautkleid hätten genügt, um mehrere Dörfer durch den Winter zu bringen. Nein, um Gold ging es nicht, das glaubte sie sagen zu können. Doch worum dann, wenn dies nicht der Grund war?

Daß sie keine befriedigende Antwort auf diese Frage fand, trug nicht eben zu ihrer Beruhigung bei. Sie biß sich auf die Unterlippe, um ein Schluchzen zu unterdrücken, aber sie konnte nicht verhindern, daß ihr Herz schmerzend hämmerte und würgende Angst ihr die Galle bis hinauf in die Kehle schickte. Obwohl sie durch die Nase atmen konnte, hatte sie ständig das Gefühl, unter dem Knebel ersticken zu müssen.

Das Mieder, das Mireille an diesem Morgen so unbarmherzig eng geschnürt hatte, um die glänzende Robe zu voller Wirkung zu bringen, quälte Viviane zudem. Mit einem solchen Mieder konnte man sich höchstens gemessen und vorsichtig bewegen; bei diesem wüsten Ritt durch die beginnende Nacht jedoch schnürte es Viviane fürchterlich die Luft ab. Dazu kamen die Furcht vor dem, was mit ihr noch passieren mochte, und die Erschöpfung, da sie in der vergangenen Nacht nicht geschlafen hatte.

Sie merkte nicht einmal mehr, daß sie zusammensackte und der Reiter mit einem wüsten Fluch einen Arm um sie legte, damit sie nicht vom Pferd stürzte. Er hatte zwar bis jetzt keine Rücksicht auf sie genommen, aber daß sein Opfer sich nun den Hals brach, schien auch nicht in seiner Absicht zu liegen.

Viviane kam erst wieder zu sich, als das erste zaghafte Grau der Morgendämmerung von Osten her über den Himmel kroch und die düsteren Umrisse einer alten Festung aus dem Dunkel hob, die sich hoch oben über dem Steilufer auf einem Felsen befand und wie ein Adler über dem dazugehörigen, aber verlassen wirkenden kleinen Dorf thronte, das sich der Straße entlang dahinzog.

Während die Reiter durch den Ort preschten, sah Viviane ihre Vermutung bestätigt. Hier lebte anscheinend niemand – also konnte sie hier auch keine Hilfe finden, wenn sie einen Fluchtversuch wagen sollte.

Der steile Weg zur Burg wand sich in Serpentinen den Hang hinauf; ein natürliches Hindernis für alle, die sich der

Burg in feindlicher Absicht näherten. Auch die Burg zeigte, genau wie das Dorf, Anzeichen von Verwahrlosung. Wenn das Gemäuer in den letzten Jahren bewohnt gewesen war, so hatten sich seine Besitzer wenig darum gekümmert.

Man hatte sie offensichtlich kommen sehen, denn das Fallgitter hob sich langsam über der herabgelassenen Zugbrücke. Im Durchgang des Torturmes flackerten Pechfackeln.

Wieder wurde Viviane von Schwäche überwältigt. Der Burghof verschwamm vor ihren Augen, und als das Roß zum Stehen kam und sein Reiter sie um die Taille packte und auf den Boden stellte, hatte sie nicht mehr die Kraft, sich aufrecht zu halten. Sie sank auf die runden Pflastersteine des Hofes, erschöpft, frierend, mit schmerzenden Gliedern und zitternd vor Angst und leidenschaftlichem, blinden Zorn.

»Bringt sie in den Turm!« hörte sie ihren Peiniger befehlen. »Die Baronin ist etwas ermattet von unserer Reise«, fügte er spöttisch hinzu.

Sein Spott belebte Viviane mehr, als es jede Medizin gekonnt hätte. Sie sprang auf, und ehe sie selbst begriff, was sie tat, hatte sie den Ritter angespuckt. Während der Speichel langsam über den Brustschild seiner Rüstung rann, schien um sie herum alles zu erstarren.

Einen Moment lang verspürte Viviane Triumph – offensichtlich hatte hier noch niemand eine derartige Beleidigung gewagt. Doch sie wurde bitter dafür bestraft. Ein harter Schlag an den Kopf schleuderte sie zurück und ließ sie stürzen. Ihr Schädel dröhnte, als habe man ihn mit der Axt gespalten, und rote Kreise tanzten vor ihren Augen.

»Schafft mir die Hündin aus den Augen!« sagte die verhaßte Stimme, dann wurde sie an den Armen gepackt und davongeschleift. Stufen hinauf, durch die mit raschelnder Streu ausgelegte Halle und wieder Stufen. Vivianes Kopf pochte, ihr wurde so übel, daß sich ihr ganzer Körper verkrampfte.

Man stieß sie durch eine Pforte, und als sie losgelassen wurde, sank sie hilflos an der Stelle nieder, wo sie sich befand. Sie befand sich in einem seltsamen Zustand. Es kam ihr vor, als habe sich ihr Geist aus dem Körper gelöst, den sie zerschunden und leblos wie aus weiter Ferne auf dem Boden eines kahlen Gemaches liegen sah, das eher einem Verlies als einer Kemenate glich. Die verfilzten Haare flossen wie schmutziges, zertretenes Herbstlaub über die Steine.

Zwei Mägde in einfachen, aber sauberen Kleidern flüsterten betroffen miteinander und bemühten sich, den schlaffen Körper auf die einfache Liegestatt zu zerren, deren Strohsack nur mit einem groben Leinentuch bedeckt war. Als sie es geschafft hatten, rückte eine von ihnen den Wasserkrug näher, der auf dem Boden stand, und breitete eine rauhe Decke über die leblose Gestalt.

»Sie sieht aus, als wäre sie längst tot«, wisperte sie dabei, und die andere runzelte die Stirn. »Vielleicht sollte man's ihr wünschen! Du weißt, was unser Herr mit ihr im Schilde führt. In seinem Kummer kennt er nichts als Rache.«

Viviane wollte die beiden fragen, was sie damit meinten, aber die Schmerzen in ihrem Kopf waren so stark, daß sie nicht ein einziges Wort herausbrachte. Der Schlag, der ihre Schläfe getroffen hatte, war mit dem eisenverstärkten Kampfhandschuh eines Ritters geführt worden. Er hatte sie in einen Ozean der Pein geworfen.

4. Kapitel

»Wo bin ich?! Wer seid Ihr?«

Es fiel Viviane noch immer schwer, die Augen offenzuhalten, und das Licht tat ihr weh, obwohl die Kammer nur von einem schmalen, zweigeteilten Fenster erhellt wurde. Ein grauer Steinrahmen ohne Glasscheiben, der zwei Streifen Himmel freigab. Einen grauen und regnerischen Himmel. In der feuchten Luft lag der Duft abgeernteter Felder und herbstlich aufgebrochener Erde.

Die schmale, verhärmte Magd mit den flinken Händen

senkte den Blick und gab keine Antwort. Es war offensichtlich, daß man ihr verboten hatte, mit Viviane zu sprechen. Sie erneuerte den Leinenverband an Vivianes Schläfe, deutete stumm auf das Tablett mit dem Kanten Brot und dem Stück Käse und verschwand so lautlos, wie sie vor wenigen Augenblicken eingetreten war.

Viviane starrte auf die grobgezimmerte Tür und hätte am liebsten das ganze Tablett dagegen geworfen. Daß sie es nicht tat, hatte zwei Gründe. Zum einen konnte sie sich immer noch nicht bewegen, ohne daß sie das Gefühl hatte, ihr Schädel zerspränge in tausend kleine Splitter. Zum anderen hatte sie einen so unbeschreiblichen Hunger, daß ihr sogar der harte Bauernkäse und das grobe Brot wie die herrlichsten Köstlichkeiten aus der herzoglichen Küche erschienen.

Seit sie vor zwei Tagen in dieser Kammer wieder zu sich gekommen war, hatte sie mit keiner Menschenseele eine Silbe gesprochen. Die schweigende Magd erschien morgens und abends, verband ihr den Kopf, dort, wo der Eisenhandschuh die Schläfe aufgeschürft hatte, half ihr auf den Abtritt an der Wand und brachte das karge Mahl, das nur von einem Krug frischen Quellwassers ergänzt wurde.

Man hatte ihr die Fetzen des prächtigen Hochzeitsgewandes ausgezogen. Sie trug einen ähnlichen Wollrock wie die Magd und ein langärmeliges Leinenhemd, das auf ihrer empfindlichen Haut kratzte, als sei es aus steifen Pferdehaaren gewebt.

Als ihre Schmerzen nachließen, begann sie, über ihre Lage nachzugrübeln, und dabei wuchs ihre Ungeduld. Es hielt Viviane nicht länger auf dem klumpigen Strohsack. Ihr war kalt, sie war hungrig, verzweifelt und so wütend wie noch nie in ihrem Leben. Sie hatte nichts verbrochen. Weshalb also hielt man sie in diesem Turm fest, dessen Fenster so hoch über dem Erdboden waren, daß ihr schwindelig wurde, wenn sie nur hinaussah?

Am liebsten hätte sie geheult, wenn sie an ihre schöne Kemenate in der Burg ihres Vaters dachte – und an die vielen warmen, pelzgefütterten Hausmäntel, die dort in ihren Truhen lagen. Sie rieb die klammen Finger aneinander und schloß die Augen. Immer noch hoffte sie verzweifelt, sie würde in ihrem Bett aufwachen und dieses ganze abscheuliche Abenteuer nur geträumt haben.

Sie rief sich den Duft der Mandeltörtchen, die sie so gerne aß, in Erinnerung und die samtige Weichheit der zahllosen Kissen, die ihr großes, mit dicken Samtvorhängen geschütztes Pfostenbett so einladend und gemütlich machten.

Der kühle Schauer, den der Wind durch die leere Fensterhöhle wehte und bis zu ihr trug, holte sie einmal mehr aus diesen fruchtlosen Illusionen zurück. Der Strohsack sog die Feuchtigkeit auf, und es fehlte nicht viel, daß Viviane mit den Zähnen geklappert hätte.

Geduld hatte noch nie zu den Stärken Viviane de Valouses gehört. Von Kind auf daran gewöhnt, daß man ihr jeden Wunsch von den Augen ablas, schwankte sie seit Tagen zwischen zornigem Kreischen und verzweifelten Tränen. Womit hatte sie dies alles verdient? Was hatte sie verbrochen, daß sie nun so gestraft wurde? Alle ihre Gedanken kreisten um diese Fragen, die ihr niemand beantworten wollte.

Wenn sie sich doch nur an die Worte erinnern könnte, die der schwarze Ritter ihrem Gatten zugerufen hatte! Aber so sehr sie sich auch den Kopf zermarterte, sie fielen ihr nicht mehr ein. Sie entsann sich nur noch des harten Schlages, der sie hier im Burghof getroffen und zu Boden geschleudert hatte. Was davor geschehen war, daran konnte sie sich nicht erinnern.

Seit dem Tag, an dem ihr Vater ihr verkündet hatte, daß sie heiraten würde, hatte das Glück sie verlassen. Zwar war ihr das Hochzeitsbett mit ihrem ungeliebten Gatten erspart worden, aber sie war durch diesen fremden Ritter aus der behüteten, luxuriösen Sicherheit ihres Lebens gerissen und in andere Abgründe von Elend und demütigender Hilflosigkeit geworfen worden. Wenn sie nicht bald eine Erklärung für all das erhielt, würde sie noch das bißchen an Verstand verlieren, das ihr geblieben war.

Aber auch dieser Tag verlief in der üblichen nervtötenden Ereignislosigkeit, die sie bereits fürchten gelernt hatte. Viviane bettete ihren schmerzenden Kopf auf den zunehmend klammer werdenden Strohsack und versuchte, zu Träumen Zuflucht zu nehmen. Doch die Unbehaglichkeiten der Wirklichkeit verhinderten, daß sie auf so bequeme Weise floh. Ihre Gedanken ließen sich nicht verdrängen.

Durch das Fenster sah sie nur auf die endlose Weite eines Waldes, der sich bereits herbstlich verfärbte und dessen Blätter und Nadeldächer die grauen Regenwolken aufrissen. Kein Dorf, kein Turm, keine Straße, nichts, was ihr verriet, wo sie sich befinden mochte und ob es überhaupt eine Hoffnung für sie gab.

Hoffnung worauf? fragte sie sich prompt. Auf Freiheit? Auf die Rückkehr zu einem Gatten, der darauf brannte, sie auf seine Art zu versklaven, eine Art, die nicht minder demütigend war als die des fremden Ritters? In die Arme ihres Vaters, der sie doch längst daraus vertrieben hatte und Gehorsam forderte? Es ähnelte einer grausamen Schachpartie, die einzelnen Züge ihres Lebens nachzuvollziehen und zu wissen, daß sie, was auch immer sie tat, bereits matt gesetzt worden war.

Ihre sich ständig wiederholenden Gedanken quälten sie noch tausendmal mehr als die Mißlichkeiten ihrer Umgebung. Sicher wäre es besser zu wissen, was auf sie wartete, selbst wenn es noch so schrecklich sein mochte, als ständig der Angst vor dem Unbekannten ausgeliefert zu sein.

Viviane schreckte aus ihren Gedanken hoch, als sich am späten Nachmittag, kurz vor der Stunde der Dämmerung, die Tür erneut öffnete.

Das beginnende Zwielicht ließ sie im ersten Moment nur den Umriß eine großen, muskulösen Mannes erkennen, der die Tür sorgsam wieder hinter sich schloß. Sich ihr im Licht eines vielarmigen Leuchters zuwendend, den er bei sich hatte und nun auf dem einzigen Hocker ihrer Kammer abstellte, enthüllte er ihr ein Antlitz, das Viviane nach Atem ringen ließ.

Es wäre schön gewesen, mit edlen Zügen, einer ausgeprägten Nase und einem sinnlichen, empfindsamen Mund, der einem Künstler hätte gehören können. Doch der Ausdruck in seinen Tigeraugen verdarb das Bild der Schönheit. Es war der

Ausdruck eines Mannes, der mit größtem Vergnügen ein wehrloses Opfer betrachtet. Es war eine Mischung aus Haß, Arroganz, gebändigter Wut und offenem Triumph. Viviane lief ein eiskalter Schauder über den Rücken.

Sein spöttisches Lächeln fachte ihren Zorn von neuem an. Mit einer geschmeidigen Bewegung richtete sie sich auf und trat ihm gegenüber. Der Stolz hielt sie aufrecht, ließ sie vergessen, wie schmutzig sie war, daß sie ein grobes Gewand trug und ihre Haare verfilzt und dreckig waren.

»Wer seid Ihr?« wollte sie wissen und streckte trotzig das Kinn vor. »Was wollt Ihr von mir? Weshalb haltet Ihr mich gefangen? Ich fordere endlich eine Erklärung!«

»Kann es sein, daß Euch meine Gastfreundschaft mißfällt, Dame de la Griffe?«

Diese spöttische Antwort ließ das Feuer ihres Zorns nur noch heller lodern.

»Eine schöne Gastfreundschaft, Seigneur!« fauchte sie. »Auf Valouse sind sogar die Schweine besser untergebracht.«

»In der Tat?« erkundigte er sich mit mildem Erstaunen. »Dann wird es wohl daran liegen, daß Ihr noch unter diesen nützlichen Geschöpfen eines wohlgeordneten Haushaltes rangiert, Dame!«

Viviane hätte liebend gerne mit dem Fuß aufgestampft. Aber zum einen hatte ihr die Duchesse de Valouse derartige Trotzanfälle schon im Alter von fünf Jahren ausgetrieben, und zum anderen hatte es wenig Sinn, mit bloßen Füßen auf Steinquader zu stampfen.

»Sagt, was Ihr zu sagen habt, und erspart mir diese närrischen Spielchen! Ich habe bereits begriffen, daß Ihr mich beleidigen wollt, aber nennt mir wenigstens den Grund dafür!« forderte sie mit einem Hochmut, der dem seinen in nichts nachstand.

Sicher bildete sie sich nur ein, daß so etwas wie widerwillige Anerkennung in seinen Raubtieraugen aufblitzte. Ein Teil von ihr hatte immer noch Angst vor ihm, denn er strahlte etwas Bedrohliches aus. Doch sie hätte sich eher die Zunge abgebissen als zugegeben, daß sie sich vor ihm fürchtete. Aber vielleicht war es ja auch etwas ganz anderes, ein Gefühl, das sie nicht benennen konnte und sie noch mehr verunsicherte als bloße Furcht.

»Ihr habt das Pech, die angetraute Gemahlin des Barons de la Griffe zu sein«, erwiderte er schließlich und verschränkte die Arme vor der Brust. »Ihr werdet das Werkzeug meiner Rache sein. Bereitet Euch darauf vor, daß Ihr nicht eher zu ihm zurückkehren werdet, bis ich sicher bin, daß Ihr einen Bastard mit zurückbringt.«

Vivianes armer Verstand weigerte sich schlicht, das zu begreifen, was er ihr so kühl und unbeteiligt mitteilte. Sie lachte, aber es klang schrill und viel zu hoch, und sie erschrak selbst vor diesem Laut.

»Ihr müßt den Verstand verloren haben«, rief sie empört. »Die Schläge, die Euren schwarzen Helm getroffen haben, müssen Euch irre gemacht haben!« Sie zweifelte keinen Moment daran, daß er der geharnischte Mann in Schwarz gewesen war. »Ich bin keine Küchenmagd, mit der Ihr nach Belieben verfahren könnt. Ich bin die Tochter des Herzogs von Valouse! Er wird diese morsche Festung in Trümmer legen und Euch einen Kopf kürzer machen, wenn Ihr es wagt, mir auch nur ein Haar zu krümmen!«

An seinem Gesicht konnte sie nicht ablesen, was er dachte, es war völlig ausdruckslos. Bedrückt sagte sie sich, daß ihr eh schon Schlimmeres geschehen war als ein gekrümmtes Haar. Würde er sie darauf hinweisen?

»Dazu müßte der Herzog seine Tochter erst einmal finden, meine Beste!« antwortete er ihr gelassen. »Ihr befindet Euch im Niemandsland zwischen Burgund und dem Königreich Frankreich. Niemand wird es im Augenblick wagen, die Gewichte zwischen diesen beiden Herrn zu verschieben, nicht einmal der Herzog von Valouse. Er ist klug genug, zu wissen, daß der König keinen Wert auf weitere kriegerische Auseinandersetzungen legt.«

Viviane wußte genug über den Zustand des Königreiches, um dieser Feststellung beizupflichten. Weder ihr Vater noch ihr Gemahl konnten es sich leisten, den König zu verärgern, der seit dem Einmarsch in Paris mit neu erstarkter Macht herrschte.

»Warum tut Ihr mir das an?« fragte sie leise und verachtete sich selbst dafür, daß sie so flehend klang.

»Ich tue es Eurem Gemahl an, dem schurkischen Baron!« antwortete er. »Ihr seid nur seine Frau, sein Eigentum, das ich ihm geraubt habe.«

Eigentum, kein Mensch. Nur eine Frau. Die selbstverständliche Verachtung dieses Mannes für ihr Geschlecht traf Viviane wie ein neuerlicher Hieb mit dem Panzerhandschuh. Vor ihr stand kein edelmütiger Ritter, der zur Verteidigung der Schwachen und Armen in den Kampf zog, der Minnelieder sang und schöne Damen verehrte. Dies war ein Krieger der Rache, dem längst alle Feinheiten der höfischen Erziehung abhanden gekommen waren und der nur nach Mord und Totschlag gierte. Ein Mann, den weder Tränen noch Argumente umstimmen konnten und der gnadenlos seine verbrecherischen Ziele verfolgen würde.

»Ihr werdet heute abend in mein Bett gebracht«, erklärte er weiter. Seine Stimme klang dabei so ruhig, als handle es sich um die Anweisung, schlecht riechendes Stroh zu entfernen. »Die Magd wird dafür sorgen, daß man Euch vorher in die Badestube schickt. Mit Verlaub gesagt, stinkt Ihr wie eine Stallmagd.«

Mit sicherem Instinkt verstand er es, stets genau die Worte zu finden, die Vivianes Stolz von neuem anstachelten, wenn sie gerade dabei war zu resignieren.

Dieser Stolz auf ihre Geburt, ihren Namen, ihre Herkunft hatte sie von Kind an geprägt. Sie war eine Valouse, und es gab Dinge, die man einer Frau dieses Namens nicht antat und die sie selbst nie tun würde. Sie würde es niemals hinnehmen, gedemütigt zu werden, ohne sich dagegen zu wehren.

»Dann passe ich ja bestens zu Euch«, entgegnete sie spitz. »Eine Stallmagd ist die geeignete Gefährtin für einen herzlosen Schurken ohne Ehrgefühl und Erziehung!«

Im ersten Augenblick schien es, als wollte er ein zweites Mal die Hand gegen sie erheben, und Viviane straffte die Schultern. Aber dann stieß er deutlich hörbar den Atem aus und entspannte sich wieder. Viviane versuchte zu verbergen, wie erleichtert sie war.

»Ich werde mich kein zweites Mal dazu herablassen, dich zu schlagen«, knurrte er böse. »Wenn du es nicht lernst, deine vorwitzige Zunge im Zaum zu halten, werde ich dich knebeln. De la Griffe kann mir dankbar sein, wenn ich es übernehme, das Zankweib zu zähmen, das er sich ausgesucht hat.«

Dieses Mal stampfte sie wirklich mit dem Fuß auf, aber er hatte das schäbige Gemach bereits verlassen, und das einzige, was sie damit erreichte, war, daß sie einen scharfen Schmerz im Knöchel spürte.

Sie rieb sich fröstelnd die Arme und dachte über das nach, was sie eben erfahren hatte. Beabsichtigte dieser namenlose Schurke tatsächlich, sie mit Gewalt zu nehmen? Sich ihr wie ein marodierender Landsknecht aufzudrängen?

Doch das Benehmen, das er bis jetzt ihr gegenüber gezeigt hatte, gab wenig Anlaß zu Hoffnung. Natürlich würde er es tun, schon um jenen Mann, der inzwischen ihr Gatte war, aus welchen Gründen auch immer zu demütigen. Mit einem bitteren Lächeln dachte Viviane an das Gespräch zurück, das ihre verlegene Mutter am Vorabend ihrer Hochzeit mit ihr geführt hatte. Die Jungfräulichkeit einer Braut aus edlem Hause war mindestens genauso wichtig wie die Mitgift, die sie in die Ehe brachte. Jeder noble Bräutigam verlangte die Sicherheit, daß es auch tatsächlich seine Kinder waren, die im Leib seiner Gemahlin heranwuchsen, daß noch niemand vor ihm sein Eigentum besessen hatte.

Eine Edeldame, bei der es offensichtlich war, daß sie ihre Jungfräulichkeit schon längst verloren hatte, konnte noch in der Hochzeitsnacht verstoßen werden, denn sie verdiente keinen Schutz und keine Achtung. Es sei denn, sie hieße Agnes Sorel und wäre die Mätresse des Königs, wisperte eine boshafte kleine Stimme in Vivianes Kopf, aber sie verbannte diesen dummen Gedanken sofort. Sie hatte Wichtigeres zu überlegen, als sich über die zweifelhafte Moral des Königs auszulassen. Die Herrschenden hatten ihr eigenes Recht.

Viviane de Valouse war noch Jungfrau. Bisher war es noch keinem Mann gelungen, ihr ruhiges Herz in Aufregung zu versetzen, und auch sie selbst hatte noch nie die drängende

Sehnsucht verspürt, einem Mann völlig anzugehören. Im Gegenteil, der Gedanke an ihre Hochzeitsnacht hatte ihr den Schlaf geraubt und sie erzittern lassen. Sollte sie sich nach all dem, was sie schon erlitten hatte, auch noch von einem gewissenlosen Briganten in Schande stürzen lassen?

Sie blinzelte gegen das Licht, das er ihr dagelassen hatte. Tränen? Heilige Mutter Gottes, was nützten schon die Tränen einer Frau, die unschuldig in eine Fehde zwischen zwei Männern geraten war? Hatte nicht die Mutter Christi selbst am Fuße des Kreuzes ihre Machtlosigkeit beklagt? Auch Viviane de Valouse war allein, und niemand würde ihr helfen.

5.
Kapitel

Daß ein bewaffneter Soldat mit der Magd den Raum betrat und Vivianes Handgelenke wieder mit Lederriemen fesselte, besagte genug über die Vorsicht ihres Kerkermeisters. Entweder wollte er generell kein Risiko eingehen, oder er traute ihr sogar in ihrem geschwächten Zustand einen Fluchtversuch zu.

Viviane stolperte unter den wachsamen Augen des Mannes der vorauseilenden Magd hinterher. Die steinernen Gänge und Treppen verwandelten ihre bloßen Füße in Eisblöcke, und sie biß die Zähne aufeinander, um nicht aufzuschreien, als sie sich ein paarmal anstieß. Sie war es nicht gewohnt, barfuß zu gehen, aber sie ahnte, daß es keinen Sinn haben würde, sich darüber zu beschweren.

Zum ersten Male bekam sie eine Ahnung von der Größe der Burg, in der sie sich befand. Es handelte sich um eine alte Festung, deren klobige Mauern den rechteckigen Wohnturm schützten, der ihr Mittelpunkt zu sein schien. Nichts hier deutete auf Reichtum hin, weder gab es kunstvoll geschnitzte Türen noch prächtige Wandbehänge, und die kahle, mächtige Halle, die sie passierten, lag dunkel und leer da.

Viviane vermißte Standarten und Kampfzeichen ebenso wie Bänke oder Tische. Die Luft roch dumpf und abgestanden. Die von steinernem Maßwerk umgebenen dreigeteilten Fenster waren mit Tierhäuten bespannt. Nicht einmal hier gab es gläserne Scheiben, die mehr Licht hereinließen. In diesem kargen, einsamen Saal wurden keine Gäste bewirtet oder Freunde empfangen. Vielleicht hatten die Briganten das verlassene Gemäuer einfach besetzt.

Das Badehaus, das auf der anderen Seite des staubigen Hofes lag, war ein kleines, flaches Gebäude neben dem Torturm, das sich in nichts mit der orientalischen Pracht des marmorgeschmückten Kabinetts vergleichen ließ, in dem sich Viviane zu Hause gesäubert hatte. Das Wasser wurde in einem mächtigen Eisenkessel erwärmt, und die Wanne glich eher einem Viehtrog.

Immerhin hatte sie wenigstens einen Auslaß, damit das gebrauchte Wasser von selbst in den Abfluß rann, der in der hinteren Ecke offensichtlich direkt in den Burggraben führte. Eine steinerne Massagebank, ein paar Hocker und ein Stapel sonnengebleichter Tücher, mehr befand sich nicht in diesem Raum.

Die Magd entzündete zwei weitere Fackeln an der steinernen Wand und verschloß die Tür vor dem Soldaten, der draußen Posten einnahm und ihre Ungestörtheit sicherte. Erst danach löste sie Vivianes Fesseln.

Die Gefangene rieb sich die geröteten Handgelenke, während sie reglos dabei zusah, wie das Mädchen Eimer um Eimer in die Wanne schüttete, kaltes Wasser aus einer Holztonne hinzugab und zuletzt auf das dampfende Bad deutete. Stumm und ohne ein Wort zu sagen.

Viviane streifte die Kleidungsstücke vom Leib, in denen sie nun seit Tagen lebte und schlief, weil es nachts viel zu kalt war, um auch nur den Rock abzulegen. Seit jenem Morgen, an dem man sie für ihre Hochzeit geschmückt hatte, war es ihr nicht einmal vergönnt gewesen, sich wenigstens die Hände oder das Gesicht zu reinigen. Noch nie in ihrem Leben war sie so schmutzig und übelriechend gewesen, und noch nie hatte sie sich so dankbar in warmes Wasser sinken lassen. Auf

Valouse hätte sich sogar jede einfache Stallmagd für diesen Zustand geschämt, geschweige denn die stolze Tochter des Burgherrn.

Einige Augenblicke lang brachte sie es fertig zu vergessen, weshalb sie dieses Bad nehmen mußte. Die Wärme drang in jede Pore ihres eisigen Körpers und löste die Schweiß- und Schmutzschicht, die bisher ihr wahres Aussehen verborgen hatte. Sogar der stummen Magd entfloh ein Seufzer der Bewunderung, als Viviane aus dem gräulichen Wasser tauchte und einen alabasterfarbenen Körper enthüllte, an dessen schlanker Vollkommenheit auch der härteste Kritiker nichts hätte aussetzen können.

Viviane wußte, wie sie aussah, die Spiegel in ihren Gemächern hatten es ihr stets verraten. Aber wenn sie bisher auf die Makellosigkeit ihrer Schönheit stolz gewesen war, so begriff sie nun zum ersten Male, daß diese Vollendung zugleich ihren Untergang besiegelte. Daran gewöhnt, bewundert zu werden, bezweifelte sie nicht, daß der Burgherr sich seiner Beute ebenfalls freuen würde. Dieser Körper, der bisher ausschließlich ihr selbst gehört hatte, sollte herabgewürdigt, beschmutzt und geschändet werden.

Wirre Gedanken an Flucht, Selbstmord und Auflehnung schossen ihr durch den Kopf, während die schweigsame Helferin ihre Haare entwirrte und mit einem feinzinkigen Kamm Ordnung in die Fülle der üppigen rötlichen Seidensträhnen brachte. Als sie den Kamm absetzte und auf die Kleider deutete, die Viviane vorhin achtlos auf den Boden geworfen hatte, schoß wieder heißer Zorn in ihr hoch.

»Diese Lumpen?« rief sie wütend. »Ich denke nicht daran, diese schmutzigen Sachen wieder anzuziehen. Bring mir saubere Kleider!«

Der stumme Widerstand, den ihr die junge Frau leistete, zerrte an Vivianes ohnehin nur geringer Geduld. Als die Magd jedoch Anstalten machte, zur Tür zu gehen und den Wachhabenden hereinzuholen, konnte Viviane nicht länger daran zweifeln, daß es der anderen völlig gleichgültig war, ob sie nun in paradiesischer Nacktheit oder züchtig bedeckt mit dem Mann ging. In diesen Mauern nahm niemand Rücksicht auf ihre Schamhaftigkeit oder ihre Gefühle. Im Gegenteil, jeder versuchte sie absichtlich zu demütigen und zu verletzen. Auf Befehl ihres Herrn?

Mit einen unterdrückten Fluch, von dem Viviane bisher nicht einmal gewußt hatte, daß sie ihn kannte, griff sie nach dem Hemd und zog es über den Kopf. Hatte das Kleidungsstück sich zuvor nur grob und unangenehm angefühlt, so kam es Viviane nun, nach dem unerwarteten Luxus des Bades, wie eines jener härenen Gewänder vor, die bußfertige Klosterfrauen hinter ihrer Kutte trugen, um sich selbst für ihre Sünden zu strafen. Mit fliegenden Fingern befestigte Viviane die Bänder des Rockes und warf die offenen, immer noch leicht feuchten Haare nach hinten.

Sie streifte die Magd mit einem Blick und hatte den Eindruck, so etwas wie Mitleid in deren Augen zu entdecken. Eine kleine Magd, ein Nichts in diesem Verbrecherhaufen, wagte es, die vornehme Viviane de Valouse zu bedauern. Wie weit würde sie wohl noch sinken müssen?

Immerhin verzichtete der Soldat dieses Mal darauf, sie zu fesseln. Er packte sie am Oberarm, als sie aus dem Badehaus trat, und führte sie in zügigem Tempo in das Haupthaus zurück. Auch jetzt achtete er nicht darauf, daß sie barfuß ging und daß sich die scharfen Steine und Splitter in ihre weichen Sohlen bohrten. Er ging an der Steintreppe zum Turm vorbei, über die Empore des großen Saales, wo sich normalerweise der Herrschaftstisch befand, zu einer niedrigen Türe, die er öffnete, nachdem er seine Gegenwart durch ein energisches Klopfen kundgetan hatte.

»Die Frau, Seigneur!« sagte er und bückte sich unter dem Türholm hindurch, ehe er ihr einen Stoß gab, der sie zwei Schritte nach vorne stolpern ließ und ihre stolze Haltung zunichte machte. Es dauerte einen Moment, bis sie ihr Gleichgewicht wiedergefunden und die Flut ihrer glänzenden Haare halbwegs gebändigt hatte. Dies gab ihrem Entführer die Gelegenheit, sie zu betrachten, ohne daß ihre Augen eisige Blitze sprühten und ihr Mund scharfe Beleidigungen sprach.

Falls er jedoch erwartet hatte, sie gedemütigt oder kleinlaut zu finden, so sah er sich enttäuscht. Selbst die Lumpen einer Dienstmagd konnten nicht verbergen, daß sie von edler Geburt war. Wie ein Mantel umgaben sie ihre rötlich-golden schimmernden Haare; ihr blasses, ovales Antlitz konnte man nicht anders als vollendet nennen, und ihre Haltung war wahrhaft königlich.

Man hatte ihm berichtet, daß die Tochter des Herzogs von Valouse eine Schönheit sei, aber daß sie ein Juwel war, das seinen Glanz nicht aus Kleidern und Schmuck bezog, sah er erst jetzt. Nun, de la Griffe hatte schon immer eine unheilvolle Vorliebe für schöne Frauen besessen, wer hatte diese schmerzvoller erfahren als er selbst? Chloé war ebenfalls bezaubernd gewesen, wenngleich blasser, ruhiger, weniger feurig als diese wilde Jungfrau hier.

Im selben Moment hatte sich Viviane endlich gefangen und straffte die Schultern. Ein schneller Blick in die Runde hatte ihr gezeigt, daß sie sich in einem Kabinett befand, das sowohl Arbeits- als auch Schlafraum war. Das Mobiliar war einfach; lediglich ein Tisch, ein Stuhl, zwei Truhen und ein mächtiges altes Pfostenbett auf einer Empore befanden sich in der Kammer. Auch ohne das Schwert und den Mantel, die auf der Truhe lagen, hätte Viviane gewußt, daß hier der Hausherr wohnte. Der Raum war erfüllt von seiner Gegenwart.

Obwohl sie die Lider gehorsam gesenkt hielt, beging der Hausherr nicht den Fehler, diese vorgetäuschte Demut für Gehorsam zu halten. Unter der ruhigen Oberfläche loderte sichtbar das Feuer.

»Zieh dich aus und leg dich dort ins Bett!« befahl er barsch und füllte sich erneut seinen Zinnbecher aus einem Krug Wein, den er bereits weit kippen mußte, damit noch etwas herauskam.

Die Reste einer Mahlzeit standen auf dem Tisch, und Viviane spürte, wie ihr beim Duft des frisch gebackenen Brotes und des würzigen Ragouts das Wasser im Mund zusammenlief. Ihr Magen erinnerte sich schmerzhaft an die karge Kost der letzten Tage.

Viviane blickte trotzig den Fremden an. »Nein!« sagte sie und verschränkte die Arme vor der Brust.

»Nein?« wiederholte er, als hätte er das Wort in seinem Leben noch nie vernommen.

Die Kerzen, die in dem schweren eisernen Ständer hinter ihr brannten, umgaben seine hohe Gestalt mit einem Rahmen aus Licht. Viviane konnte weder den Ausdruck seines Gesichtes noch den in seinen Augen erkennen. Sie bemerkte lediglich, daß seine Haare nicht schwarz waren, wie sie zuerst gedacht hatte, sondern vom tiefen Braun frisch aufgebrochener Erde. Das Licht malte goldene Schatten dazwischen und schimmerte in den halblangen Locken, die rücksichtslos auf Helmlänge gekürzt worden waren.

Vivianes Herz schlug in harten, dröhnenden Schlägen. Sie fürchtete, daß er es hören würde, so laut klang es in den eigenen Ohren.

»Nein«, wiederholte sie widerborstig. »Erwartet nicht, daß ich auch nur einen Finger bewege, um einem ehrlosen Schurken sein beleidigendes Werk zu erleichtern. Siegt mit Eurer Kraft und Eurer männlichen Brutalität, wenn Euch daran liegt, aber glaubt nicht, daß ich Euch wie eine dumme Gans auch noch dabei helfe.«

»Jeder Zoll eine Herzogin«, spottete der Seigneur und stellte den Becher so hart auf das Tablett zurück, daß Viviane unwillkürlich zusammenzuckte. »Aber dennoch eine Frau. Frauen haben zu gehorchen, hat man dir das nicht beigebracht, meine trotzige Prinzessin?«

»Ihr seid nicht mein Herr!« antwortete Viviane mit unverminderter Heftigkeit. »Ihr seid nicht einmal ein Mann, dessen Namen ich kenne. Für mich seid Ihr nichts anderes als ein ehrloser Schurke, der den Hochzeitsfrieden eines anderen gestört hat.«

»Mein Name ist Bertrand de Coville, und Ihr befindet Euch auf der zugegeben etwas baufälligen Festung meiner Väter. Euer Gatte kennt mich sehr wohl, so, wie er auch die Motive meiner Tat kennt. Wenn ihm etwas an Euch liegt, wird er Euch zu finden wissen, aber bis dahin werdet Ihr mir gehorchen oder …«

»Oder was?« Viviane ging das Temperament durch. Dieser Mann ließ sie jede Beherrschung vergessen. »Wollt Ihr mich auspeitschen? Auf den Pranger stellen? Mir die Zunge abschneiden? Erklärt Euch, Seigneur de Coville! Wollt Ihr mir Angst einjagen?«

Ihre Furchtlosigkeit nötigte dem Mann eine Art widerwilligen Respekt ab. Es war eine Sache, einen Racheplan zu entwerfen, und eine andere, in dessen Verlauf mit einer Frau konfrontiert zu werden, die es mit ihm an Mut und Eigenwillen aufnehmen konnte und ihm das unangenehme Gefühl vermittelte, nicht einen Deut besser als der Baron zu sein.

Er goß sich den Rest des Weines in seinen Becher und stürzte ihn ohne abzusetzen hinab. Es war nicht seine Art, unmäßig zu trinken, aber heute sehnte er sich nach einem Rausch. Um so sehr gegen die eigenen Wertmaßstäbe und tief sitzenden Ehrbegriffe handeln zu können, brauchte er die Hilfe des Alkohols.

Viviane beobachtete aufmerksam unter halb gesenkten Augenlidern den Mann, der sie bedrohte. Weder sein Benehmen noch seine Kleidung lieferten ihr den geringsten Hinweis. Er gab sich wie ein Edelmann, der keinen Wert auf Etikette legte, und sein einfaches, wollenes Wams war, wenngleich schmucklos, so doch von besserer Qualität. Sie verstand genügend davon, um auch die feine Machart des Hemdes und das exquisite Leder der halbhohen Stiefel beurteilen zu können. Auch erinnerte sie sich nur zu gut an das prächtige Streitroß, das klaglos doppeltes Gewicht getragen hatte. Wie paßte das zu der kargen Burg, die er bewohnte? Zu der kahlen Halle und den leeren Kaminen?

»Schluß mit dem dummen Gewäsch!« knurrte er in diesem Moment und wischte sich den Mund mit dem Handrücken ab, ehe er den Becher zurückstellte. »Es ist an der Zeit, zu Bett zu gehen.«

Viviane, die die Bewegung noch nicht einmal im Ansatz bemerkte, wurde durch einen kräftigen Stoß die beiden Stufen hinaufbefördert, wo das große Bett mit den gedrechselten Pfosten stand. Die Vorhänge auf der dem Feuer zugewandten Seite waren zurückgeschlagen, und Viviane griff nach einem der Pfosten, um nicht zu stürzen. Wie ein Vorhang hingen ihr die Haare vorm Gesicht, und als sie noch dabei war, sie zurückzustreifen, spürte sie, wie ihr Peiniger links und rechts an ihren Schultern die schmutzige Leinenbluse packte.

Ein heftiger Ruck, und der reißende Stoff rutschte über ihre Schultern. Der silberne Stahl eines Messers blitzte auf und zerschnitt das Rockband in ihrer Taille. Ein weiterer Streich befreite sie von den letzten Resten der Bluse, und ehe sie noch die Hände vor dem bloßen Körper kreuzen konnte, flog sie rückwärts in die Decken und Kissen des Lagers, einmal mehr von der Fülle des eigenen Haares behindert und gefesselt.

»Du bist schön!« hörte sie die rauhe Stimme Bertrand de Covilles. »Schöner, als es ein Mann wie Eduard de la Griffe verdient.«

Unerwartet sanft strich er ihr die Haarsträhnen aus dem Gesicht. Zorn und Verlegenheit hatten ihre Wangen in brennende Röte getaucht.

»Ich …«, begann sie, doch der Rest des Satzes wurde von einem hungrigen Mund erstickt, der sich auf ihre Lippen preßte und sie in Besitz nahm. Wie gelähmt lag Viviane da und versuchte zu begreifen, was mit ihr geschah und welche verwirrenden Gefühle sie plötzlich ergriffen hatten.

Es war, als wäre sie plötzlich mit einem Zauberbann geschlagen. Nichts mehr war von der früheren Grausamkeit zu spüren; seine Lippen, sein Kuß waren pure Verführung. Eine wilde, sehnsuchtsvolle Zärtlichkeit erwachte in Viviane, und unwillkürlich öffneten sich ihre Lippen, gaben dem zarten und doch so leidenschaftlichen Drängen seines Mundes nach.

Sie hatte erwartet, nichts als Abscheu und Ekel zu spüren, doch nun empfand sie ein seltsames Sehnen, das ihren ganzen Körper erfaßte und wie Feuer in ihr loderte. Niemals in ihrem ganzen Leben hatte sie etwas Ähnliches verspürt.

Was machte dieser Mann mit ihr? War dies die Strafe, die er ihr zugedacht hatte? Daß sie ihn begehrte und mehr, viel mehr von ihm empfangen wollte als nur diesen Kuß? Von einem Mann, den sie eigentlich als ihren Todfeind betrachten sollte?

Doch auch Bertrand de Coville war verblüfft. Er entdeckte willige Hingabe, wo er Widerstand erwartet hatte, Zärtlichkeit statt sprödem Zorn, Verführung statt Verteidigung. Gefühle, die auch ihn selbst veränderten; wilde Gier in den Wunsch verwandelten, ihr Freude zu schenken statt sie stellvertretend für seinen Feind leiden zu sehen.

Er ließ seine Hände sanft über ihre zarte Haut gleiten und spürte, wie Viviane erschauerte. Angewidert von sich und dem, was er für die Pflicht seiner Rache hielt, hatte er dies alles so schnell wie möglich hinter sich bringen wollen, doch nun genoß er jede Minute, genoß es, mit welch unschuldiger Sinnlichkeit diese schöne Frau auf seine Zärtlichkeiten reagierte. Ein Verlangen, wie er es bis dahin nicht gekannt hatte, erfüllte ihn.

Seine Lippen glitten kosend über ihren schlanken Hals, fanden die pochende Ader unter der warmen Haut und glitten tiefer, hin zu der verführerischen Wölbung ihrer Brüste. Er küßte die alabasterfarbene Haut und kostete die empfindsamen Spitzen, die sich verhärteten, als er sacht die Zähne um sie schloß. Das leise Stöhnen, mit dem Viviane darauf reagierte, und das Zittern ihres Leibes, erregten ihn nur noch mehr.

Seine Berührungen erschütterten Viviane und verursachten einen seltsamen Schmerz tief in der Mitte ihres Leibes. Alle Nervenenden schienen dort zusammenzulaufen und pures Feuer in ihren Körper zu schicken. Den ungewohnten, neuen Empfindungen hilflos ausgeliefert, hörte sie sich stöhnen und wimmern und nach mehr verlangen.

Sie brannte unter seinen Küssen, den streichelnden Händen, die immer tiefer glitten, zu ihren Hüften, ihrem Schoß, dorthin, wo sich die Hitze ballte und die Qual so sehr pochte, daß sie sich der Berührung entgegen wölbte. Was tat er mit ihr?

»Hab Geduld, mein Kätzchen, Geduld ...« Sie hörte seine Stimme wie aus weiter Entfernung, eine Stimme, die längst nicht mehr hart und wütend klang, sondern sie in einen Mantel aus Wohlbefinden und Zärtlichkeit hüllte. »Für einen Neuling in dieser schönen Sache bist du reichlich stürmisch. Warte, ich will dir doch nur Freude schenken ...«

Viviane seufzte rauh, als die zärtlichen Finger sie dort

berührten, wo sie vor Sehnsucht nach ihm zerschmolz, wo ihr Körper ihm so deutlich verriet, daß sie nur darauf wartete, genommen und besessen zu werden. Jede dieser unglaublichen Liebkosungen steigerte nur das Verlangen nach einer weiteren Berührung, nach völliger Einheit und Hingabe.

Dann, als er seine Hand zurückzog, hätte sie vor Enttäuschung fast aufgeschrien, doch im selben Moment spürte sie etwas anderes, Größeres, Härteres, das in sie einzudringen versuchte.

Viviane erstarrte. Kam nun das, wovon ihre Mutter ihr am Vorabend ihrer Hochzeit erzählt hatte? Wovon sie seitdem geglaubt hatte, daß es das Schrecklichste wäre, was einer Frau zustoßen könnte? Mit angstvoll aufgerissenen Augen blickte sie zu Bertrand de Coville auf, doch als sie sein Antlitz sah, das ihr in diesem Moment erschien wie das eines heidnischen Gottes, als sie das Verlangen in seinem Blick las, seufzte sie leise auf.

Er schien zu zögern, zu warten, doch als er spürte, wie sich ihr Körper ihm unwillkürlich öffnete, drang er in sie ein.

Er tat ihr weh, und einen Moment lang verkrampfte Viviane sich, haßte ihn für den Schmerz, den er ihr zufügte. Doch als er sich langsam erst, dann immer drängender in ihr zu bewegen begann, spürte sie erneut diesen Zauber, mit dem es ihm wie eben schon auch jetzt wieder gelang, ihre Gefühle ins Gegenteil zu verkehren.

Sie spürte, wie er sie ausfüllte, wie er eine Lust in ihr weckte, die so quälend süß war, daß sie sie nicht mehr ertragen zu können glaubte. Sie schrie auf, als sie endlich Erlösung fand.

Danach blieben sie eine Weile reglos liegen, bis Bertrand sich schließlich neben sie rollte. Viviane hatte die Augen geschlossen und versuchte, wieder zu Atem zu kommen. Langsam, ganz allmählich, fing ihr Verstand wieder an zu arbeiten.

Viviane erstarrte, als sie endlich begriff. Er hatte ihr eine Schmach zugefügt, die schlimmer war als alles, was sie sich bis dahin hatte vorstellen können. Er war gemein, hinterhältig und grausam!

Dieser Teufel hatte sie dazu gebracht, die Strafe, die er ihr zugedacht hatte, mit Freude zu genießen! Er hatte ihr nicht die Ehre geraubt, sie ihr nicht mit Gewalt genommen, sondern sie mit seinen Verführungskünsten dazu gebracht, daß sie ihm willig schenkte, was ihm niemals hätte gehören dürfen! Hätte er sie roh und brutal vergewaltigt, so hätte sie ihn dafür verachten können, doch nun – nun verachtete sie sich selbst ...

Und was konnte schlimmer sein als das?

6.
Kapitel

»Du weinst?«

Viviane drehte stumm das Gesicht zur Seite, wollte ihm ihre Tränen nicht zeigen.

»Ich habe dich in all diesen Tagen nie weinen sehen«, fuhr er fort und streichelte sanft ihre Schulter.

Heftig schlug sie seine Hand fort und rollte sich wie ein Kind zusammen, wandte ihm ihren schmalen Rücken zu, der in geschwungene Hüften, einen reizvollen Po und lange schlanke Beine überging. Sie war sich nicht bewußt, welchen Anblick sie ihm bot. Sie wußte nur, daß sie sich elend fühlte und am liebsten tot gewesen wäre.

»Es hat keinen Sinn, mir zu trotzen«, sagte er überraschend milde, und an der Bewegung des Lagers fühlte sie, daß er aufstehen wollte. »Es ist geschehen, was hat sein müssen. Und ich muß gestehen, daß es mir mehr Vergnügen bereitet hat, als ich erwartet habe. Es wird mir leichtfallen, dir ein Kind zu machen.«

»Ooooh!« Viviane fuhr herum und richtete sich empört auf. »Ihr ... Ihr ... Ihr seid das abscheulichste Stück Vieh, das mir je in meinem Leben untergekommen ist. Ein Schurke ersten Ranges, ein Galgenvogel, ein ...«

»Gemach ... gemach, mein Kätzchen!« Bevor sie begriff, was er tat, hatte Bertrand de Coville die rötlichgoldene Mähne gepackt und Viviane so nahe an sich herangezogen, daß ihre Brüste gegen seinen breiten Brustkorb gedrückt wurden. Viviane spürte, wie sich ihre Brustspitzen wieder verhärteten und das Blut in ihren Adern wieder schneller zu kreisen begann.

»Wenn wir hier schon beim Austausch von Komplimenten sind«, meinte er aufgebracht, »so laß dir sagen, daß sich hinter deinem vornehmen Getue eine verführerische Buhle verbirgt. Du kannst nicht leugnen, daß dir das, was wir getan haben, höchstes Vergnügen bereitet hat.«

Heiße Röte überflutete Viviane von der Stirn bis zu den Zehenspitzen. Wie kam er dazu, das auszusprechen, wofür sie sich so schämte? Wie kam er dazu, sie so anzufassen, sie so zu berühren, daß sie von neuem Verlangen nach ihm verspürte? Warum verriet ihr eigener Körper sie? War es tatsächlich möglich, daß Eigenschaften in ihr steckten, von deren Existenz sie bisher keine Ahnung hatte? Die sie in eine ganz andere Frau verwandelten?

»Ich hasse Euch!« stieß sie hervor. »Ihr seid betrunken und abscheulich!«

»Wen kümmert's, was du fühlst?« entgegnete er gelassen und ohne seinen Griff zu lockern. Er zog sie sogar noch näher an sich heran und umfaßte mit der freien Hand eine ihrer Brüste, und wieder begann er sie mit der Magie der Lust zu verzaubern. Mit dem Daumen reizte er die zarte rosige Spitze, dann senkte er ganz, ganz langsam den Kopf und beugte sich über die andere Knospe, die er mit seiner Zunge umkreiste und spielerisch liebkoste.

Viviane biß sich auf die Lippen, damit sie nicht aufschrie vor Lust und Verlangen. Nachdem sie sich schon einmal schamlos und in ungezähmter Leidenschaft ihm hingegeben hatte, wollte sie ihm diese Genugtuung nicht noch ein zweites Mal gönnen. Welche höllische Zauberkraft übten seine Berührungen auf sie aus, daß sie dahinschmolz wie Butter in der Sonne?

»Ihr habt mir weh getan!« warf sie ihm vor und versuchte, ihr heftiges Verlangen zu ignorieren.

»Beim ersten Mal tut's immer weh«, meinte er ungerührt und liebkoste weiter ihre Brüste. »Außerdem wirst du dich an Schmerzen gewöhnen müssen. De la Griffe ist kein Seigneur, der zart mit Damen umgeht. Je eher du dich damit abfindest, um so besser wirst du ihm dienen können. Aber vorerst hast du mir zu Willen zu sein. Ich habe schon lange nicht mehr soviel Vergnügen bei einer Frau empfunden, und du wirst auch nicht enttäuscht sein, das verspreche ich dir. Schlaf jetzt, für heute ist's genug!«

Viviane fiel in die Kissen zurück, als er ganz unvermittelt ihre Haare losließ. Gerade noch konnte sie sich eine weitere Beleidigung versagen. Bedeutete diese Aufforderung, daß sie hier schlafen konnte? Auf einer Matratze, die herrlich weich war, statt auf dem harten, kalten Steinboden? Unter einer Decke, die wärmte, und beim Flackern eines Feuers? Was war mit ihr passiert, daß sie nun bereit war, für solche Annehmlichkeiten, die sie bis zu ihrer Entführung als selbstverständlich hingenommen hatte, ihren Stolz zu verleugnen?

»Raus mit dir!« Er schubste sie so jäh vom Bett, daß sie die Stufen hinabstolperte und auf die Knie fiel. Dann wandte er ihr den Rücken zu, denn er wußte nicht, ob er der Versuchung widerstanden hätte, sie ein zweites Mal zu besitzen. »Du kannst dich vor dem Feuer zusammenrollen. Hier hast du eine Decke.«

Viviane glaubte ihren Ohren nicht zu trauen. Das Maß der Demütigungen schien kein Ende zu haben. Verlangte er allen Ernstes von der Tochter des Herzogs von Valouse, auf dem Boden seiner Kammer zu schlafen? Ohne einen Faden am Leib? Mit einer Kraft, die aus dem übermächtigen Zorn kam, rappelte sie sich hoch und wollte Bertrand gerade ihre Meinung sagen, als ihr plötzlich ein sonores Schnarchen verriet, daß der Wein im Verein mit der körperlichen Erschöpfung gesiegt hatte. Der Seigneur de Coville entzog sich jeder weiteren Diskussion durch den Schlaf.

Viviane wartete ein paar Herzschläge lang, dann hüllte sie sich in die weiche Decke, die neben ihr auf dem Boden lag, und schlich auf bloßen Sohlen zur Türe. Langsam, unendlich sacht drehte sie den Knauf und dankte dem Himmel, daß wenigstens die Schlösser und Angeln in dieser notdürftig eingerichteten Feste gepflegt und gefettet waren. Mit angehaltenem Atem zog sie die Pforte einen Spaltbreit auf und sah nach draußen – genau in das aufmerksame Gesicht eines Hellebardenträgers, der gegenüber im Schein von zwei Fackeln Wache stand.

Sie war eine Gefangene, auch wenn ihr Wärter im Moment schlief. Er hatte dafür gesorgt, daß es kein Entkommen und keinen Beistand für sie gab. Unter dem ungerührten Basiliskenblick des Mannes schloß sie die Tür mit einem deutlich hörbaren Knall. Jetzt war es ihr egal, ob der Schläfer sie hörte. Er rührte sich nicht, doch daß um seine Mundwinkel die Andeutung eines Lächelns spielte, konnte sie nicht erkennen.

Sie betrachtete nachdenklich den nackten, muskulösen Mann, der seine Blöße bis zur Hüfte mit einem Leintuch bedeckt hatte. Die Narben auf seinem Rücken verrieten ihr, daß er manch harten und gefährlichen Kampf bestanden hatte. Viviane beging nicht mehr den Fehler, ihn zu unterschätzen. Der Seigneur de Coville wußte, was er wollte, und gab seine Beute freiwillig nicht her.

»Der Satan soll dich holen«, murmelte Viviane erbost und lehnte sich mit dem Rücken gegen die warme Kamineinfassung. Freiwillig würde sie nicht auf dem Boden schlafen. Doch während der Nacht sank ihr Kopf zur Seite, und sie rutschte nach unten.

Sie bemerkte nicht, daß der Mann aufstand und einen Kaminschirm aufstellte, damit sie vor Funken geschützt war. Im Schein der erlöschenden Glut wirkte ihr nun im Schlaf entspanntes Gesicht rührend zart und verloren.

Bertrand de Coville preßte die Lippen zusammen und ging wieder zu Bett. Er verstand sich selbst nicht mehr. Warum hatte er sie nicht so grob behandelt, wie er es vorgehabt hatte? Was hatte in ihm den Wunsch geweckt, ihr die gleiche Freude zu schenken, wie er sie empfunden hatte? Das durfte nicht noch einmal passieren. Er durfte nur de la Griffes Gattin in ihr sehen. Das Werkzeug seiner Rache. Die Möglichkeit, einem Schurken heimzuzahlen, was dieser ihm angetan hatte. Und er hatte weiß Gott genügend Grund, diesen Mann seine Sünden büßen zu lassen. Mehr als dessen hochnoble Gattin wissen konnte. Ebensowenig, wie sie wissen konnte, daß alles, was er an Herz, an menschlichen Gefühlen und Empfindungen jemals besessen hatte, unter dem Stiefelabsatz eben dieses Mannes zertreten worden war.

»Steh auf, bring mir Waschwasser und fach das Feuer im Kamin an. Was ist los mit dir? Verstehst du die einfachsten Dinge nicht? Willst du den ganzen Morgen unter deiner Decke liegen und faulenzen?«

Viviane wußte im ersten Moment nicht, wo sie sich befand. Ihr war nicht kalt, aber ihr ganzer Körper fühlte sich wie zerschlagen an, und der Steinabsatz des Kamins drückte in ihre Rippen. Mit einem leisen Stöhnen stützte sie sich auf den Unterarm und strich sich die Fülle ihrer Haare aus dem Gesicht.

Das erste, was sie sah, waren zwei behaarte Männerbeine. Ihr Blick wanderte höher, zu dem Tuch, das sich Bertrand de Coville lässig um die Lenden geschlungen hatte, zu seinem spöttischen Gesicht.

Offensichtlich hatte er sie mit dem Fuß angestoßen, um sie zu wecken. Durch die bespannten Häute des großen Fensters fiel das milchige Licht des frühen Morgens herein und ließ das ganze Gemach irgendwie unwirklich erscheinen.

Da sie keine Anstalten machte, sich zu erheben, stupste der ungeduldige Mann sie noch einmal an. »Du wirst mir dienen!« befahl er.

Einen Ton wie den, in dem er mit ihr gesprochen hatte, hatte Viviane noch nie leiden können, und prompt wurden ihr Haß und ihr Trotz wieder wach. Vor allem, als auch noch die Erinnerungen an die vergangene Nacht zurückkehrten.

»Angekleidet oder nackt wie eine Sklavin?« fuhr sie Bertrand an und deutete auf das Häufchen Lumpen, das von ihrer Kleidung übriggeblieben war. »Bei Gott, ich wünschte …« Sie hielt inne. Weniger, weil sie begriff, daß Beleidigungen sie nicht weiterbrachten, sondern weil ihr schlicht und einfach die Worte fehlten, um ihre Verachtung treffend auszudrücken.

Coville hatte ihr ohnehin nicht zugehört. Er war zur Pforte getreten, hatte sie aufgerissen und brüllte mit solcher Lautstärke einen Namen, daß Viviane zusammenzuckte. Offensichtlich handelte es sich um den Namen ihrer Magd, denn ein Mädchen tauchte in höchster Eile auf und verneigte sich respektvoll vor ihrem Seigneur.

»Bring Kleider für diese da!« forderte er sie auf und deutete mit dem Kinn auf Viviane, die neben dem Kamin stand. »Danach zeigst du ihr, was sie zu tun hat, damit alles so ist, wie ich es schätze. Laß dich auf kein Gespräch mit ihr ein, denn sie wird sich vermutlich ständig beklagen und Widerreden geben.«

Das Mädchen huschte hinaus, und Coville wandte sich wieder Viviane zu. »Falls du daran denken solltest zu fliehen, so laß dir gesagt sein, daß jeder Mann und jede Frau in dieser Burg mit seinem Leben für deine Anwesenheit haftet. Zudem wird das einzige offene Tor von meinen treuesten Männern bewacht.«

Viviane biß sich auf die Unterlippe und zog die Decke enger um sich. »Macht es Euch Vergnügen, mich zu demütigen und zu mißhandeln?« fragte sie leise. »Was seid Ihr nur für ein Mann, daß Ihr Euch an einer Frau vergreifen müßt? Reicht Euer bißchen Mut nicht für den Kampf Mann gegen Mann? Müßt Ihr Euch die Schwächsten aussuchen?«

»Ich zahle Gleiches mit Gleichem zurück«, entgegnete er so gleichmütig, als ginge ihn das alles gar nichts an. Dann trat er zum Fenster und öffnete den Rahmen mit der straffen, fast durchsichtigen Haut. Zum ersten Male, seit Viviane sich in dieser Burg befand, schien die Sonne, und ein breiter goldener Streifen fiel auf die hölzernen Bohlen des Bodens. Er funkelte auf der Decke, die Viviane um sich geschlungen hatte, und erst jetzt betrachtete sie den Stoff genauer, der sie gewärmt hatte. Aus vielfältig bunten Wollfäden gewebt und mit schwerer, schwarzer Seide gefüttert, war es ein Stück von unerwarteter Kostbarkeit. Gefertigt für einen König, einen Sultan, denn Vivianes geschultes Auge erkannte die orientalischen Muster ebenso wie die persische Seide.

Sie erinnerte sich daran, wie achtlos er ihr diese Decke hingeworfen hatte. Wußte er nicht, welch kostbares Stück er besaß? War er tatsächlich nur ein Raufbold ohne Bildung und Verstand? Ein Grobian, ein Haudegen mit beschränktem Auffassungsvermögen? Wie seltsam, daß sich alles in ihr sträubte, dies zu glauben, wenngleich seine Handlungen nur diesen einen Schluß zuließen.

Die Rückkehr der Magd riß Viviane aus ihren Überlegungen. Das Mädchen trug einen kleinen Stapel Kleidungsstücke, und es fiel der wütenden Gefangenen schwer, die schmeichelnde Seide der Decke gegen das zwar saubere, aber grobe Leinen des bodenlangen Hemdes einzutauschen, das mit einer Kordel am Hals geschlossen wurde. Der braune Wollrock, der dazugehörte, war ihr eine Handbreit zu kurz, und ihre schmalen Füße mit den zierlichen Fesseln erregten unwillkürlich die Aufmerksamkeit des Seigneurs. Er erinnerte sich wieder daran, wie sie die schlanken Beine in der Hitze der Leidenschaft um ihn geschlungen hatte.

Nein, er durfte nicht weich werden, er durfte seinem Mitleid nicht nachgeben. Wie konnte er seine Rache durchführen, wenn er Sympathie für das Opfer zeigte? Und so klang seine Stimme, als er wieder sprach, wesentlich schroffer, als er beabsichtigt hatte. »Das Wasser und mein Morgenmahl, spute dich, Mädchen!«

Viviane, die sich gerade bemühte, ihre Haarflut in einen dicken Zopf zusammenzufassen, verengte die hellen Augen, bis sie nur ein grüner Schlitz zwischen dunkelgoldenen Wimpern waren. Sie atmete einmal tief durch, doch bevor sie etwas antworten konnte, hatte die stumme Magd sie am Handgelenk gepackt und zog sie aus dem Gemach. Viviane hatte Mühe, mit ihr Schritt zu halten.

»So warte doch«, rief sie atemlos und raffte ihren Rock. »Wo läufst du hin?«

»In die Küche!« antwortete das Mädchen so überraschend, daß Viviane fast gestolpert wäre. »Der Herr will essen. Du mußt ihm sein Frühstück bringen. Eil dich, er liebt es nicht, wenn man ihn warten läßt.«

»Heilige Mutter Gottes, ich wüßte nicht, was mich weniger

interessiert als die Dinge, die dieser Schurke liebt«, platzte Viviane wütend heraus.

»Du mußt ihm gehorchen!« antwortete die kleine Magd. »Er duldet keinen Widerspruch. Während du das Tablett hinaufträgst, fülle ich die Eimer mit dem Badewasser auf. Du mußt sofort zurückkommen, um sie in sein Gemach zu tragen. Den Zuber stellen die Männer bereit ...«

Viviane hatte nicht einmal Zeit, sich in der großen Küche der Burg umzusehen, wo ein ständiges Kommen und Gehen herrschte und niemand die beiden Mägde beachtete. Das Tablett mit dem Morgenmahl des Burgherrn war bereit, und sie biß die Zähne zusammen, als sie die Last der zugedeckten Schüsseln, Kannen und Teller spürte. Daß sie ebenfalls nagenden Hunger hatte und sich nach einer Schale Milch oder wenigstens einem Stück Brot sehnte, schien niemanden zu kümmern.

Die frischen Äpfel und reifen Birnen in einem kleinen Korb dufteten so köstlich, daß ihr das Wasser im Mund zusammenlief. Endlich hatte sie das Gemach des Seigneurs erreicht. Sie schob das schwere Holzbrett auf den Tisch neben dem Kamin, und es juckte ihr in den Fingerspitzen, einen der glänzenden, rotbackigen Äpfel zu nehmen und die Zähne hineinzugraben. Lediglich ihr Stolz hinderte sie im letzten Moment daran.

Sie ignorierte die Blicke, die Bertrand ihr zuwarf, während sie Wassereimer um Wassereimer herbeischleppte, Seife und Laken bereitlegte. Das Joch mit den Eimern geschultert, verließ sie ohne einen Laut der Klage den Raum, und unwillkürlich fragte sich Bertrand de Coville, welche Kraft es war, die sie aufrechterhielt. Keine normale Frau konnte den tragischen Wechsel ihrer Lebensumstände so ohne weiteres hinnehmen – oder doch?

Vivianes Stolz hielt sie indes einen langen, zermürbenden Tag lang aufrecht. Wenn sie bisher gedacht hatte, daß sie alles tun würde, um der kargen Kammer im Turm zu entfliehen, so entdeckte sie bereits nach wenigen Stunden, daß sie sich danach sehnte, dorthin zurückkehren zu können und in Ruhe gelassen zu werden. Sie mußte alle Aufgaben der niedrigsten Magd ausführen, und schon bald wußte sie nicht mehr, was sie am meisten schmerzte. Ihre bloßen, geschundenen Füße, die Schultern, die Hände oder der Rücken.

Sie hatte nicht geahnt, wie mühsam es war, die Gänge einer Burg mit dem Reisigbesen zu kehren oder die Laken und Tücher eines Haushaltes auf dem Waschstein auszuschlagen, wenn die Hände klamm vor Feuchtigkeit und Kälte waren und den Dienst versagen wollten. Nie hatte sie sich bisher Gedanken darüber gemacht, wer im Haushalt des Herzogs von Valouse die Kessel mit Sand ausschrubbte oder die Essensreste für die Schweine mischte.

Es gab eine Fülle niedrigster Arbeiten, die man ihr ohne zu fragen zuschob und die sie, ständig von ihrer Begleiterin zur Eile getrieben, mit einer erbitterten Mischung aus Zorn und zunehmender Hilflosigkeit zu bewältigen versuchte, ohne zusammenzubrechen.

Sie ahnte, daß es der Wunsch des Seigneurs de Coville war, sie zu demütigen, sie zu brechen. Er wartete sicher nur darauf, daß sie aufgab und auch noch jenes bißchen Stolz verlor, das allein sie aufrecht hielt. Schließlich war es der tiefe Groll auf diesen Mann, der sie weitertrug. Der Wunsch, sich an ihm zu rächen und ihm jeden einzelnen entwürdigenden Augenblick heimzuzahlen.

Die Fackeln in den Gängen loderten längst zur Nacht, als endlich keine Aufträge mehr zu erledigen waren und ihre Aufpasserin sich zum Gehen wandte. Viviane hielt sie am Ärmel fest. »Wo willst du hin?«

»In die Mägdekammer«, entgegnete das Mädchen, von dem Viviane inzwischen wußte, daß es Joselle hieß und die Tochter eines Soldaten war.

»Ich habe Hunger«, sagte Viviane hilflos. »Wann bekomme ich etwas zu essen?«

»Für die Mägde sind die Reste da, die vom Tisch des Herrn und seiner Männer kommen«, erwiderte Joselle. »Willst du sagen, du hast dir nichts genommen, als die Schüsseln und Teller in die Küche gebracht wurden? Das war dumm. Jetzt ist es zu spät, die letzten Reste kommen ins Schweinefutter!«

Das Schweinefutter! Jener schreckliche Mischmasch, den sie selbst ... O Gott! Viviane wollte nicht daran denken. O nein, sie würde keinesfalls weinen und nicht verzweifeln. Morgen würde sie klüger sein. Morgen würde sie sehen, daß sie ihren Teil in dieser Hölle abbekam, in die sie der Seigneur de Coville geworfen hatte.

»Wo ist die Mägdekammer? Ist dort auch mein Strohsack?« fragte sie zähneknirschend und versuchte das laute Knurren ihres Magens einfach zu überhören. Man starb schließlich nicht, wenn man einen Tag hungerte.

»Aber nein.« Joselle schüttelte den Kopf. »Der Herr hat gesagt, du sollst zu ihm kommen, wenn dein Tagwerk getan ist. Du weißt doch, daß er dir beiliegen will. Du mußt ihm gehorchen.«

Viviane wich einen Schritt zurück, und ihre Hand fiel vom Ärmel des Mädchens. Dann war also der Alptraum dieses Tages noch nicht vorbei. Welch gräßliche Sünde hatte sie nur auf ihr Gewissen geladen, daß Gott sie auf diese Weise strafte?

»Geh!« forderte Joselle sie auf. »Und wasch dich am Brunnen, du hast Schmutz im Gesicht. Er mag es nicht, wenn man schmutzig ist.«

Viviane starrte auf ihre Hände, die nicht nur schmutzig, sondern auch rissig und gerötet waren. Sie wollte gar nicht wissen, wie der Rest von ihr aussah. Vermutlich so, wie sie sich fühlte. Ein Segen, daß es hier nirgendwo einen Spiegel gab, in dem sie sich betrachten mußte. Aber trotzdem ging sie nicht zum Brunnen. Sie hatte keine Absicht, sich für ihre Sklavendienste auch noch herzurichten.

Vielleicht ließ der Seigneur ja die Finger von ihr, wenn sie nach Schweinefutter stank und so aussah, als hätte sie den Koben der Tiere mit den Händen gesäubert. Sie wagte nicht darauf zu hoffen, daß ihr seine ›Zuwendung‹ in dieser Nacht erspart bleiben würde.

7. Kapitel

Als Viviane eintrat, sah Bertrand de Coville von dem Pergament auf, das er beschrieb. Obwohl er ihr nur einen kurzen Blick zuwarf, brannte sich ihr Bild wie mit einem glühenden Eisen in sein Auge. Er hatte sich schon genug über sich selbst geärgert, weil er sich immer wieder gefragt hatte, wie sie die Schikanen überstehen würde, die er sich für sie ausgedacht hatte, aber daß sie es nun fertigbrachte, ihm nach alldem mit einem solchen Ausbruch der Verachtung gegenüberzutreten, verschlug ihm die Sprache.

Sie sah müde aus, erschöpft und völlig verwahrlost. Einzelne Strähnen hatten sich aus ihrem Zopf gelöst und ringelten sich um das schmale Gesicht, das ein paar Schmutzstreifen aufwies, wie ein Kranz aus rötlichem Gold. Der rötliche Striemen auf dem rechten Wangenknochen kündete von dem Kampf, den sie hinter sich hatte, bis sie den nützlichen Gebrauch des Waschholzes begriffen hatte, und in ihren Rocksäumen hing der Kehricht eines ganzen Tages. Trotzdem loderte unbezähmbares Feuer aus ihren Augen, und die trotzige Haltung ihrer Schultern sprach Bände.

Sie sagte kein Wort. Sie stand einfach nur da und sah ihn an. Coville legte die Feder ab und erhob sich von seinem geschnitzten Lehnstuhl. Wenn er erwartet hatte, daß sie ängstlich zurückweichen würde, so sah er sich getäuscht. Unter einer Maske der Ausdruckslosigkeit verbarg er den aufkeimenden Respekt vor ihr. Sie war anders als alle Frauen, die er jemals gekannt hatte.

Auch Viviane ließ sich nicht anmerken, was sie dachte. Noch nie hatte sie einen Edelmann gesehen, der bei seinem Aussehen so wenig auf Etikette achtete. Er trug lediglich ein paar enge Beinlinge aus Wolle und ein lockeres Wams, dessen Bandverschluß halb offenhing. War Armut oder Achtlosigkeit der Grund dafür? Drückte er auch auf diese Weise die Verachtung für seine hilflose Gefangene aus?

Als er auf sie zukam, reckte sie das Kinn noch eine Spur höher. Ihr Nacken schmerzte, aber die Anstrengung verlieh ihrer mühsam bewahrten Würde ergreifende Ernsthaftigkeit.

»Wie es scheint, hast du im Verlauf des Tages deine Sprache verloren, Weib!« fuhr er sie an. Er wußte nicht, auf wen er wütender war: auf sich selbst oder auf sie. »Hat man dir nicht beigebracht, daß man einen Gruß sagt, wenn man ein Gemach betritt?«

»Seid dem Fürsten der Hölle und der Verdammnis befohlen, Seigneur!« murmelte Viviane widerborstig und erntete ein Schnauben.

»Wenn du einen Rat von mir annehmen willst, dann denk noch einmal über deine Manieren nach, ehe ich dich deinem Gatten zurücksende. Wie ich ihn kenne, wird er dich für derlei Bosheiten ohne zu zögern züchtigen«, erklärte er und verschränkte die Arme vor dem breiten Brustkorb.

Er machte den Eindruck völliger Gelassenheit und satter Genugtuung. Schon das Wort ›satt‹ zu denken, entlockte Vivianes schmerzend leerem Magen ein Geräusch, das wie gedämpftes Donnergrollen durch das stille Gemach klang. Sie hatte nicht gewußt, daß Hunger so demütigend und unerträglich sein konnte. Sie hatte sich über die karge Kost am Beginn ihrer Gefangenschaft aufgeregt, aber nun hätte sie alles für einen Kanten altes Brot gegeben.

»Hier, trink!«

Ohne zu zögern griff Viviane nach dem Zinnbecher, den er ihr hinhielt, und stürzte den schweren roten Wein in wenigen Schlucken hinunter. Er betäubte ihren Magen, verursachte eine überraschende Wärme in ihren Gliedern. Auch verlieh er den scharfen Konturen ihres Blickes weichere Linien.

»Sachte«, mahnte der Seigneur und stellte den Becher zu Vivianes Bedauern auf den Tisch zurück, ohne ihn erneut zu füllen. »Du sollst dich beruhigen und nicht betrinken. Und nun komm zu Bett!«

»Ich bin schmutzig«, erwiderte sie in der Hoffnung, ihn abzuschrecken.

»In der Tat, das ist nicht zu übersehen«, Coville nickte und rümpfte die Nase. Und dies kränkte Viviane seltsamerweise viel mehr als alles andere, was er ihr bisher angetan hatte. »Dennoch werde ich dir beiwohnen, bis du schwanger bist.«

»Ihr seid verrückt«, sagte sie und wich unwillkürlich vor ihm zurück, bis sie die Kante einer Fensternische im Rücken spürte. »Laßt mich gehen. Was hat Euch mein Gemahl getan, um …«

»Schweig!« fiel er ihr schroff ins Wort. Er wollte nicht über den Baron sprechen, nicht in diesem Augenblick. »Ich werde meinen Racheschwur halten, was immer du sagst. Zieh dich aus, oder soll ich dir die Kleider vom Leib schneiden? Diesmal wirst du sie selbst flicken müssen.«

Die Kälte des Mauerwerks drang in Vivianes Rücken, und der Alkohol verstärkte ihre Müdigkeit. Ob er sie heute im Bett schlafen lassen würde, nachdem er sie benutzt hatte? Was konnte sie tun, um es zu verhindern? Nichts. Absolut nichts. Sie befand sich in der Gewalt eines Wahnsinnigen, der keinem Argument zugänglich war. Wie er nun den Dolch aus der Schneide zog und mit dem Daumen die Schärfe prüfte, das sagte doch alles.

Viviane mochte erschöpft und am Ende ihrer Kräfte sein, aber sie war intelligent genug, um zu wissen, daß sie sich mit überflüssiger Gegenwehr im Moment nur selbst schadete. Und außerdem hatte er ihr sowieso schon alles genommen, was zu schützen sich lohnte. Eine Idee begann sich in ihrem Verstand zu regen, aber sie war noch zu fern und zu unbestimmt, um geprüft zu werden. Viviane unterdrückte einen Seufzer und löste die Rockbänder. Der Augenblick zählte, sonst nichts, und im Augenblick war sie die Unterlegene.

»Welche Fügsamkeit«, spottete der Seigneur und schob den Dolch in seine Hülle.

Die Verlegenheit zauberte ein zartes Rosa auf ihre bleichen Wangen. Mit gesenkten Augen blieb sie stehen, bis er sie am Handgelenk packte und mit einem heftigen Ruck an sich zog. Ehe sie auch nur reagieren konnte, senkte sich sein gieriger Mund auf ihre kühlen Lippen.

Viviane hätte eigentlich vorgewarnt sein müssen. Hatte sie nicht schon beim ersten Mal so unverständlich willig auf diesen Mann und seine Leidenschaft reagiert? Sein sinnlicher, drängender Mund ließ Verlangen wie ein helles Feuer in ihr auflodern; vergessen waren alle guten Vorsätze, ihm nicht noch einmal nachzugeben. Doch ihr verräterischer Körper erinnerte sich, welche Freude, welche Lust dieser Mann zu schenken wußte, und gab nach.

Als hätten sie ihren eigenen Willen, so legten ihre Arme sich um seine breiten Schultern. Viviane schloß die Augen. dieser Kuß zog ihr das Mark aus den Knochen und lieferte sie hilflos dem Rausch der Sinne aus, den Bertrand mit seinen Liebkosungen und Berührungen entfesselte.

Viviane konnte nicht ahnen, daß ihre unerwartete Hingabe Bertrand de Coville in einem Moment traf, in dem er ohnehin noch um Fassung kämpfte. Der bloße Anblick ihres geschmeidigen, betörenden Körpers hatte jeden vernünftigen oder rachsüchtigen Gedanken aus seinem Kopf vertrieben. Wie schön sie war, wie stolz, wie edel und von einer so bestrickenden Verführungskraft, daß auch er von seinem Verlangen schier überwältigt wurde.

Er ertappte sich dabei, daß er das rötliche Mal auf ihrer Wange küßte, als könne er damit den Schmerz lindern, den die Prellung verursacht hatte. Er löste mit bebenden Händen den zerzausten Zopf und vergrub die Finger in der seidigen Mähne, die schwer und verführerisch wie Wasser an ihrem Rücken herabglitt. Der Schmuck einer Königin und nicht der eines Opferlammes.

Mit einer schnellen Bewegung faßte er sie an den Schultern und unter den Kniekehlen und ließ sie auf das breite Bett gleiten. Kaum daß er seine Hände so lange von ihr lassen konnte, um die wenigen Kleidungsstücke abzulegen, die ihn behinderten.

Also war es kein Trugbild seiner berauschten Sinne gewesen! Im Alkoven verwandelte sie sich von der stolzen, hochfahrenden Edeldame, von der Widerspenstigen, rebellischen Sklavin in eine zärtliche Geliebte. In eine zauberhafte Hexe, die für die Liebe geboren zu sein schien und die jede Liebkosung, die er ihr schenkte, mit noch größerer Glut erwiderte. Nie hatte er eine Frau besessen, die sich so uneingeschränkt und ohne Scheu hingab.

Viviane bog sich ihm entgegen, wollte ihn ganz nah an sich spüren, sie schmiegte sich an den starken Männerkörper, der ihr Erfüllung versprach, Erlösung von jener süßen, verheerenden Qual, die ihr Seufzer auf Seufzer entlockte und sie unruhig und ungeduldig machte. Sie wußte nicht mehr, was sie tat, sie gehorchte nur noch dem fremden, urtümlichen Instinkt, der sie in die Arme des Mannes trieb, für den sie geschaffen worden war.

Bertrand de Coville war sich auf einer Ebene seines Verstandes sehr wohl bewußt, wie selten eine solche hingebungsvolle, unverfälschte Leidenschaft zu finden war, wie er sie mit Viviane de la Griffe teilte. Ausgerechnet die Gattin seines ärgsten Feindes verschaffte ihm Genüsse, von denen er nicht geahnt hatte, daß sie existierten. Ihre zierlichen Hände glitten über seinen Körper und vertieften den sinnlichen Rausch, der sie verband. Sie umfing ihn mit ihren geschickten Fingern und ließ ihn jede Zurückhaltung vergessen. Er konnte nicht länger warten!

Und ihr Körper hieß ihn willkommen. Er füllte sie aus, drang tief in sie ein, und ihre Reaktion entlockte ihm einen heiseren Aufschrei der Lust. Sie wollte ihn, sie verlangte nach ihm und umklammerte ihn mit ihren schlanken Schenkeln, als wollte sie, daß er sie niemals verließ.

Viviane bemerkte erstaunt, daß es dieses Mal überhaupt nicht weh tat. Vom ersten Augenblick an, als sie ihn in sich gespürt hatte, wurde sie von einer gewaltigen Woge der Leidenschaft erfaßt, die sie höher und höher trug. Es war eine Sehnsucht, eine himmlische Qual, die sie dazu zwang, sich dem Eroberer entgegenzuwerfen, seinen Rhythmus anzunehmen, so daß er noch härter und tiefer in sie dringen mußte.

Sie glaubte zu sterben, ohnmächtig zu werden, aber statt dessen fühlte sie sich von himmlischen Wonnen davongetragen. Von einem so mächtigen, anhaltenden Blitz der Lust durchrieselt, daß sie zutiefst erschauerte und fürchtete, den Verstand zu verlieren. Doch im gleichen Moment spürte sie, daß ein ähnliches Beben auch Bertrand erschöpfte, der sich in sie verströmte und mit einem heiseren Stöhnen ihren willigen Mund suchte.

Sich fest umklammernd, gaben sie sich der Erschütterung hin, und Viviane verlor jedes Gefühl für die Wirklichkeit. Sie ging unter in dem Blick seiner goldfarbenen Raubtieraugen, verlor sich in den Flammen der Lust. Sie waren eins. Vollkommen miteinander verschmolzen. Unvollständig ohne einander. Von Anbeginn aller Zeit füreinander bestimmt und für eine zweite Ewigkeit verbunden.

In diesem Moment war sie sich dieser Tatsache überdeutlich bewußt und beugte sich demütig dieser unerwarteten Bestimmung ihres Schicksal. Sie verstand nicht, wie es dazu gekommen war, und es war zu spät, um es zu verhindern. Sie starb und wurde neu geboren. Sie erfüllte die Aufgabe, derentwegen sie auf die Welt gekommen war: diesen Mann zu lieben und die Seine zu sein.

Diesmal war sie froh, daß er sich nicht gleich von ihr trennte. Sie merkte, wie sich allmählich sein Atem beruhigte, genau wie ihrer. Das Rasen seines Herzens ließ nach, genau wie bei ihrem eigenen. Irgendwann rollte er sich zur Seite, doch er hielt Viviane weiter in seinen Armen und blieb noch in ihr.

Viviane überließ sich der Zärtlichkeit, die sie durchströmte. Sie fühlte sich in eine Art fiebrigen Rausch versetzt. Ohne feste Nahrung, nur mit einem Becher schweren Weines im Magen und nach einem kräftezehrenden Tag, war sie dennoch nicht müde oder gar erschöpft.

Es war schön, weiter so eng mit Bertrand verbunden zu sein. Wenn sie miteinander schliefen, konnte sie all das Elend vergessen, das sie sonst hier ertragen mußte. Sie wollte nicht, daß er sie verließ. Als er eine Bewegung machte, spannte sie unwillkürlich ihren Körper an.

Sie spürte, wie er hörbar die Luft einsog. Hatte sie etwas getan, was ihn überraschte? Ihn verblüffte? Sie probierte es gleich noch einmal.

»Viviane, was tust du mir an, du Hexe?« rief er und stöhnte lustvoll auf. Dann suchte sein Blick den ihren. »Du willst doch wohl nicht noch einmal …«

Doch die Art, wie sie ihn lockte und reizte, war eindeutig und ließ keinen anderen Schluß zu. Er hatte ein Feuer entfacht, das noch nicht gelöscht war.

»Bei allen Heiligen, du könntest einen Toten zum Leben

erwecken, meine unersättliche Schöne«, raunte er heiser und umschloß eine ihrer Brustwarzen mit seinen Lippen. Viviane seufzte auf, als seine Zunge ein aufreizendes Spiel begann. »Mach weiter, und du wirst dich wundern, was passiert ...«, murmelte er.

Viviane hatte seine Worte überhaupt nicht mehr wahrgenommen. Sie gab sich ganz den Gefühlen und Empfindungen hin, die er in ihr geweckt hatte. Seine Lippen, die so zärtlich waren, seine Hand, die ihren Schoß fand und ihren Körper so unglaublich kühn erforschte, entlockten ihr ein leises Wimmern purer Lust.

Sie suchte fieberhaft Erlösung, bog sich ihm entgegen, und sie verzieh ihm, daß er sich doch aus ihr gelöst hatte, denn er schenkte ihr auch so unglaubliche Wonnen. Sie schrie wild und heiser auf, als er dann wieder in sie eindrang, als sie ihn stark und machtvoll in sich spürte.

Das Feuer im Kamin brannte zur Glut herab, doch die beiden fühlten nicht die Kühle der Nacht, die sich um die Mauern der alten Burg legte.

Als Viviane endlich ermattet und mit dem zufriedenen Ausdruck eines Kätzchens, das die Sahne aufgeleckt hat, in seinen Armen einschlief, blieb Bertrand de Coville noch lange wach und betrachtete sie. Mit schmalen Augen betrachtete er die feinen, durchsichtigen Züge, das unmerkliche Zittern des goldenen Wimpernkranzes, das davon kündete, daß sie träumte. Die blassen Elfenbeinschultern, die von rötlichen Seidensträhnen überrieselt leuchteten, und die entspannte geschundene Hand, die auf seiner Brust ruhte.

Die eingerissenen Nägel und die Abschürfungen an den Knöcheln verrieten, daß sie es nicht gewöhnt war, grobe Arbeit zu leisten, und dennoch hatte sie sich nicht bei ihm beschwert. Mit keiner Silbe nutzte sie die Stunden ihrer Liebe aus, um ihn um Milde oder Nachsicht zu bitten. Seltsam. Aber hätte er sie ihr denn gewährt?

Immerhin brachte er es dieses Mal nicht über sich, sie von seiner Seite zu schicken, denn es hätte bedeutet, ihre Wärme zu missen. Mit ihrer Leidenschaft, ihrer Hingabe hatte sie in dieser Nacht an etwas gerührt, wovon er geglaubt hatte, es sei für immer tief in seiner Seele verschlossen. Er hatte sich gegen Waffen, Verrat und Intrigen gewappnet geglaubt und vergessen, daß Zärtlichkeit weit tiefere Wunden schlagen konnte. Und er hatte doch nie wieder in seinem Leben schwach und verwundbar sein wollen.

Seine Gedanken raubten ihm den Schlaf und ließen ihn nicht zur Ruhe kommen. Er hatte sich der Rache, dem Schmerz, der Erinnerung und dem Tod verschworen. Mit dem Leben auch nur einen winzigen Flirt zu wagen, bedeutete, alles zu verraten, was ihm wichtig war. Die Schwüre zu vergessen, die ihn am Leben gehalten hatten.

War es das wert, das flüchtige Glück einer Nacht mit einer Frau, die ganz anders war, als er erwartet hatte? Die keiner anderen glich, die er je gekannt hatte? Er wollte nicht wissen, was sein Herz dazu sagte. Er hatte Angst vor der Antwort.

8.
Kapitel

Das Tablett mit dem Morgenmahl des Seigneurs stand noch auf dem Tisch, als Viviane die Augen aufschlug. Sie lag allein im Bett. Ein breiter Streifen Sonnenlicht fiel quer über das Lager, dessen Vorhänge auf einer Seite geöffnet waren und ihr ein leeres Gemach zeigten. Offensichtlich war Bertrand de Coville schon vor geraumer Zeit aufgestanden und hatte sie nicht geweckt.

Vorsichtig lauschte Viviane, aber kein Laut drang an ihr Ohr. Es schien, als wäre sie allein in der Burg, und einen Herzschlag lang gab sie sich dem Luxus der Erinnerung hin. Sie lag warm auf einem bequemen Lager, und ihr Körper war ihr in einem Maße bewußt, wie sie es noch nie verspürt hatte. Die Ereignisse der vergangenen Nacht ließen sie erschauern, und unwillkürlich legte sie die Hände auf ihre Brüste.

Unwillkürlich wurde sie rot bei ihren Erinnerungen. So

hatte sie sich die Liebe nicht vorgestellt. Nicht so heftig, so wild, so bedingungslos. Von dem Moment an, als sie begriffen hatte, daß sie Bertrand Coville nicht nur mit ihrem Körper, sondern auch mit ihrer Seele und dem Herzen gehörte, hatte sich etwas in ihr gewandelt.

Zum ersten Mal in ihrem Leben war sie ausgesöhnt damit, eine Frau zu sein. Sie fand es unglaublich, welches Glück ein Mann einer Frau schenken und wie eine Frau einen Mann durch ihre Liebe verändern konnte. Auch ihr Körper fühlte sich ganz anders an, weicher, weiblicher; ihre Brüste schienen schwerer geworden zu sein.

Viviane gab sich einen Ruck und kletterte aus dem Bett. Auf bloßen Sohlen lief sie zu den Kleidern, die sie am Abend zuvor auf die Kaminbank gelegt hatte, und schlüpfte hinein. Als sie die Rockbänder befestigte, fiel ihr Blick erneut auf das Brett mit der Mahlzeit. Hatte Joselle nicht erwähnt, daß sie essen durfte, was die Herrschaft übrigließ?

Von diesem Gedanken bis zur Tat verging kein zweiter Herzschlag. Viviane trank in langen, durstigen Zügen die frische Ziegenmilch, aß den Getreidebrei auf und machte sich dann über das Gebäck, die Früchte und die Pasteten her, die der Seigneur übriggelassen hatte. Sie kaute noch, während sie ihre Haare zu einem Zopf bändigte und einen Faden aus dem Rock zog, damit sie die Strähnen an der Spitze zusammenbinden konnte. Danach empfand sie ein so unverhofftes Wohlbefinden, daß sie selbst darüber lächeln mußte.

Es war dieses Lächeln, das Bertrand de Coville sah, als er sein Gemach nach dem üblichen Morgentraining mit seinen Männern betrat. Er hatte Viviane nicht geweckt, weil er weder in ihre Augen sehen noch mit ihr sprechen wollte, und er hatte angenommen, daß sie längst fort wäre. Daß er sie vergessen könnte.

Nun starrte er wie in Trance die schlanke Gestalt an, beobachtete, wie Viviane sich die letzten Krümel von den Fingern leckte.

»Was hast du hier zu suchen?« fuhr er sie an. »Fort mit dir, ich will dich nicht mehr sehen.«

Ihr Erschrecken dauerte nur einen Moment, dann straffte

sie die Schultern und nahm wieder ihre stolze Haltung an und warf ihm einen verächtlichen Blick zu. Was für ein Mann war er, daß er so schnell vergessen konnte, was zwischen ihnen geschah, wenn sie sich in den Armen hielten? Waren alle Männer so? Empfanden sie auch die Liebe so anders? Machte es ihnen Spaß, jede Frau zu demütigen?

Sie griff nach dem Tablett und stemmte es hoch. Den Kopf stolz erhoben, ging sie an Bertrand vorbei zur Tür. Er blickte ihr nach, bewunderte den sanften Schwung ihrer Hüften und, wenn auch etwas widerwilliger, ihre unbeugsame Haltung. Er warf die Reithandschuhe auf den Tisch und wandte sich ab.

Er hatte so barsch sein, sie wegschicken müssen, sonst hätte er sie erneut in seine Arme gerissen. Es kostete ihn alle Beherrschung, sie nicht anzurühren. Als die Tür hinter ihr ins Schloß gefallen war, zitierte er seinen Majordomus zu sich und gab ihm eine Reihe von unwirschen, verblüffenden Befehlen.

Viviane schleppte das Tablett in die Küche. Sie hatte Mühe genug, nicht mit ihrer Last zu stolpern, aber eine neue Kraft, von der sie nicht gewußt hatte, daß sie sie besaß, stärkte ihr den Rücken. Joselle, die in der Küche damit beschäftigt war, die Zwiebeln zu Bündeln zu binden, die einen Winter lang in der Vorratskammer hängen würden, verlor kein Wort über ihr spätes Auftauchen. Sie schob ihr nur einen großen Weidenkorb mit Zwiebeln zu und zeigte ihr schweigend, wie sie die getrockneten Halme flechten mußte.

Viviane verzog den Mund, sie hatte sich nie Gedanken darüber gemacht, wie die Vorräte über die langen Wintermonate haltbar gemacht wurden und wer dafür sorgte, daß in Valouse die Mahlzeiten auch dann reichhaltig und gut waren, wenn Schnee und Frost die Fluren bedeckte. Sie machte sich vorsichtig an die Arbeit. Sie ging ihr leichter als gedacht von der Hand, und sie ließ ihr Muße genug, über die vergangene Nacht nachzudenken und den Mann, dessen Gefangene sie war.

Würde er sie am Abend erneut zu sich befehlen? Sie ertappte sich dabei, daß sie es sich wünschte. Alles, was ihr vorher in ihrem Leben wichtig gewesen war, war plötzlich unwichtig geworden. Sie lebte nur noch für den Augenblick, in dem sich erneut die Arme dieses rätselhaften, harten und zugleich faszinierenden Mannes wieder um sie schließen würden. Ihr Herz beschleunigte sich beim bloßen Gedanken daran. Es pochte so heftig, daß sie fürchtete, Joselle könnte es hören.

Sie seufzte leise und berührte unwillkürlich mit den Fingern ihre Lippen. Es kam ihr vor, als könnte sie noch die Küsse schmecken, die fieberhaften, hungrigen Berührungen eines harten Mundes, der ihr seinen Willen aufgezwungen hatte, bis sie erstaunt erkannt hatte, daß es auch ihr eigener war. Während ihre Hände wie von allein weiterarbeiteten, überlegte sie, welche Möglichkeiten es gab, Bertrand noch mehr zu erfreuen.

Aber dann erstarrte sie plötzlich mitten in der Bewegung. Heilige Mutter Gottes, Viviane de Valouse, bist du närrisch? fragte sie sich selbst und beugte sich tiefer über den Gemüsekorb. Du bist dabei, dich selbst zu versklaven – und nur, weil dich ein Mann in sein Bett genommen hat! schalt sie sich.

Was war aus der stolzen Herzogstochter geworden, die in Luxus und Sorglosigkeit nur für das eigene Wohlbefinden Interesse gehabt hatte? Sie wollte nicht näher darüber nachdenken, denn in plötzlicher Panik erkannte sie die Falle, in der sie sich zu verfangen drohte.

Denn schon die Erinnerung an ein paar funkelnde goldene Raubtieraugen genügte, daß ihre Glieder von süßer Schwere geschlagen wurden und ihr Atem schneller ging. Sie trug diesen Mann bereits in ihrem Blut; daran, wie es um ihr Herz bestellt war, wollte sie lieber nicht denken.

Sie versuchte sich abzulenken, indem sie das Treiben in der großen Küche betrachtete, und ihr fiel plötzlich auf, daß im Gegensatz zum vergangenen Tag kaum Frauen bei der Arbeit waren, obwohl es doch an der Zeit sein mußte, das Mittagsmahl vorzubereiten. Nur eine der mächtigen Herdstellen war beheizt, und nur ein paar Töpfe brodelten dort. Viviane glaubte nicht, daß es noch eine weitere Küche in der Burg gab; warum also ging es hier nicht geschäftiger zu?

»Der Herr will dich sprechen!«

Viviane fuhr auf, und die Zwiebeln rutschten von ihrem Schoß. Sie wollte sich schon danach bücken, aber ein weiterer Befehl ließ sie innehalten.

»Laß! Versäume keine Zeit …«

Die junge Frau wischte sich die schmutzigen Hände an ihrem Rock ab und warf den Zopf über den Rücken. Sie begegnete dem haßerfüllten Blick des Haushofmeisters mit trotzig vorgerecktem Kinn. Was hatte sie diesem grauhaarigen, gedrungenen Mann getan? Wie kam er dazu, sie zu mustern, als habe sie die schwarze Pest?

Daran gewöhnt, daß man ihr mit ausgesuchtem Respekt und wortlosem Gehorsam begegnete, wußte sie nicht, wie sie mit diesem Haß und der unverhohlenen Verachtung umgehen sollte. Dieser Alte zeigte seine Gefühle deutlicher als der Burgherr. Doch was war der Grund dafür, eine Geisel, eine Gefangene zu verachten, eine Frau, die ihm nie etwas getan hatte? Die selbst durch die Umstände in die Fron gezwungen war und ihn nicht einmal für sein schlechtes Benehmen rügen durfte?

Sie wußte, es war nutzlos, ihm Fragen zu stellen, denn sie würde keine Antwort erhalten. Sie folgte dem vorauseilenden Majordomus in die große Halle und von dort in das Arbeitskabinett Bertrand de Covilles. Sie mußte sich zwingen, die Lider gesenkt zu halten und den Mann, der hinter einem Tisch stand, nicht mit ihren Blicken zu verschlingen.

»Die Frau, Seigneur!« verkündete der Grauhaarige, und Viviane preßte die Lippen aufeinander, weil selbst diese drei harmlosen Worte vor Verachtung trieften.

»Danke, Thibaut, ich brauche Euch nicht mehr!«

Viviane verschränkte die Arme vor der Brust, als könne sie sich auf diese Weise gegen die Wirkung schützen, die Bertrand auf sie ausübte. Sie versuchte sich abzulenken, indem sie die karge Einrichtung dieses Kabinetts musterte und einmal mehr zu dem Ergebnis kam, daß der Seigneur in den Jahren seines Kriegerdaseins keine Reichtümer angehäuft haben konnte.

Als der Majordomus ging und die Tür hinter ihm ins

Schloß gefallen war, fragte Bertrand brüsk: »Kennst du diesen Mann?«

Erst jetzt bemerkte Viviane die gefesselte Gestalt. Einen Burschen im staubigen Gewand, mit dem verschlagenen Gesicht eines Wiesels und einer prächtigen Beule unter den strähnigen gelben Haaren. Er war an beiden Händen gefesselt, kauerte auf einem Hocker und starrte sie mit so viel Neugier an, daß sie unwillkürlich errötete. Sie wußte zu genau, was er sah. Eine schmutzige Person in einfachsten Gewändern, mit zerzausten Haaren und bloßen Füßen. Kein Vergleich zu der Edeldame in Samt und Seide, als die er sie kannte.

O ja, er kannte sie, und sie ihn. Sie wußte zu gut, daß er dubiose Dienste für ihren Vater tat, daß er ein Schurke und Spion war. Daß es besser war, über die Einzelheiten seiner Aufträge nicht nachzudenken.

Sie hatte aus ihrer instinktiven Abneigung gegen ihn nie einen Hehl gemacht, und sie wußte, daß es ihn mit größter Schadenfreude erfüllen mußte, sie in dieser verzweifelten und demütigen Lage zu sehen.

Viviane, die bemerkte, daß Bertrand ungeduldig auf ihre Antwort wartete, nickte.

»Man nennt ihn Serpent, weil er wie eine Schlange sein Opfer beobachten kann. Er arbeitet für jeden, der ihn bezahlt. Auch mein Vater bedient sich seiner von Zeit zu Zeit«, sagte sie leise.

»Man hat ihn in der vergangenen Nacht dabei gefaßt, wie er durch die Abflußgräben in die Burg eindringen wollte«, erklärte Bertrand de Coville düster. »Ich hätte eher gedacht, daß wir eine Kreatur de la Griffes aufgegriffen hätten. Daß er ein Spion des Herzogs ist, verblüfft mich.«

»Der Herzog hat mich dem Baron empfohlen«, mischte sich der Gefangene ein, der nun zum ersten Male etwas sagte, bemüht darum, seine eigene Lage zu verbessern. »Der Baron sucht nach dem schwarzen Ritter, der die Kühnheit besessen hat, seine Braut aus der Kirche zu stehlen.«

»Und so hat dir der Baron den Rat gegeben, mit deiner Suche in dieser Feste zu beginnen«, stellte Coville fest, und dann überraschte er Viviane damit, daß er den dicken Zopf ihrer Haare um seine Faust wickelte und ihn straff nach hinten zog. Sie war gezwungen, dies regungslos zu dulden, denn selbst die kleinste Bewegung jagte Nadeln feinsten Schmerzes von den Haarwurzeln durch ihren Kopf. Nur wenn sie ganz still hielt, war es einigermaßen erträglich. »Er ahnt, daß seine liebenswerte Gemahlin in meiner Gewalt ist. Aber schließlich habe ich ihm ja auch einige Hinweise gegeben.«

»Wieso ...«, begann Viviane, brach aber gleich wieder ab, denn sie wußte, daß sie doch keine Antwort erhalten würde.

Sie versuchte, die Angst zu bekämpfen, die in ihr aufstieg. Einmal mehr wußte sie intuitiv, daß sie in diesem Moment für Bertrand de Coville keine Person, sondern nur Mittel zum Zweck war. Und der Zweck war seine Rache an Eduard de la Griffe!

»Wie wäre es, wenn ich das erbärmliche kleine Leben dieses Spions in deine Hände legte, mein anschmiegsames Kätzchen?« sagte er kalt lächelnd und umfing mit der freien Hand eine ihrer Brüste, über die sich das fadenscheinige Gewebe des Hemdes spannte.

Viviane spürte, wie ihre Wangen brannten. Daß Bertrand de Coville sie ausgerechnet vor diesem Mann wie eine billige Badhure behandelte, war noch demütigender als alles, was er ihr bisher angetan hatte.

»Macht, was Ihr wollt«, murmelte sie heiser. »Ihr tut mir weh!«

»Wie? Keine Bitte um Erbarmen für den treuen Diener deines Vaters und deines Gatten? Was wäre, wenn ich zu der Ansicht komme, daß es am vernünftigsten wäre, diesen Schurken im Hof aufzuknüpfen?« erkundigte er sich grimmig.

Viviane schloß die Augen. Sie haßte ihn dafür, daß er sie in diese Lage gebracht hatte. »Dieser Mann ist eine Kanaille«, antwortete sie. »Ihr tut der Menschheit einen Gefallen, wenn Ihr ihn beseitigt.«

»Hört nicht auf sie«, mischte sich der Gefangene mit weinerlicher Stimme ein. »Sie weiß nicht mehr, was sie sagt. Sie ist närrisch geworden, die arme Dame. Kein Wunder, bei dem schlimmen Schicksal, das ihr widerfahren ist. Habt Erbarmen mit einem unschuldigen Diener ...«

»Schweig!« fuhr der Seigneur ihn an, in einem so drohenden Ton, daß der Gefangene in sich zusammenzusinken schien. »Wenn du Erbarmen suchst, wende dich an die Pfaffen, bei mir findest du Gerechtigkeit und Rache. Und was dich betrifft, Frau, geh wieder an deine Arbeit.«

Der Stoß, der Viviane in Richtung Tür beförderte, war eher unerwartet als grob. Sie keuchte auf und stützte sich mit der Handfläche an der gekalkten Wand neben dem Eingang ab, ehe sie sich aufrichtete, um Bertrand einen vernichtenden Blick zuzuwerfen.

Sie trotzte seinem funkelnden Blick, ohne die Lider zu senken. In ihren kühlen silbergrünen Augen war nichts von ihren Gefühlen zu lesen, und es war der Seigneur de Coville, der sich dieses Mal als erster abwandte. Viviane verließ den Raum mit dem Gefühl, daß es ihr, aus welchen Gründen auch immer, gelungen war, Boden und Autorität zu gewinnen.

Sie hatte erwartet, daß der Haushofmeister oder wenigstens ein Bewaffneter sie in die Küche zurückbringen würde, aber der Gang lag leer und öde vor ihr. Durch die schmalen, bogenförmigen Fenster pfiff der Wind, und ein paar trockene Blätter raschelten auf den Steinfliesen. Vermutlich würde man auch heute wieder von ihr verlangen, diese dummen Gänge zu fegen. Warum in Dreiteufelsnamen kam niemand auf die Idee, wenigstens Häute vor diese leeren Löcher zu spannen?

Während Viviane langsam in Richtung Küche ging, nahm sie zum ersten Male bewußt das Bild dieser öden, leeren Burg in sich auf. Trotz aller Kargheit gab es Dinge, die auf einen geordneten Hausstand schließen ließen. An allen Türen waren die Schlösser geölt, die Angeln neu. Die Waffen der Männer, die sie bewachten, waren von bester Qualität. Wenn es also genug Geld gab, weshalb wurde es dann nicht dazu verwendet, das spartanische Gemäuer bewohnbar zu machen? Vielleicht, weil Bertrand de Coville plante, es bald wieder zu verlassen?

Die Frage beschäftigte sie so sehr, daß sie alle Zurückhaltung vergaß und sie Joselle stellte, die eben den letzten Korb Zwiebeln zum Lagern vorbereitete. Sie half ihr, die Bündel zwischen den Balken eines Vorratsraumes zu befestigen, und stellte fest, daß auch hier die Regale nicht für einen bevorstehenden Winter gefüllt waren.

»Die Burg war seit über zehn Jahren nicht bewohnt«, erklärte Joselle widerstrebend.

»Weshalb?« Vivianes herrische Art zu fragen schüchterte die Magd ein. Joselle vergaß, daß eigentlich die Gefangene ihr zu gehorchen hatte und nicht umgekehrt.

»Der König hat es befohlen, nachdem ...« Joselle brach ab und preßte die Lippen aufeinander. »Fragt Euren Gatten. Er trägt die Schuld an all dem Elend, das über uns gekommen ist.«

Der blanke Haß, der aus den Worten des jungen Mädchens klang, verblüffte Viviane. Es kam ihr so vor, als wären alle Gefühle in diesen Mauern doppelt so intensiv, die Leidenschaft genauso wie der Haß. Was war geschehen, was mochte der Grund dafür sein?

»Ich kann meinen Gatten nicht fragen«, antwortete sie ungeduldig. »Ist deiner Aufmerksamkeit entgangen, daß ich hier gegen meinen Willen gefangengehalten werde? Daß man mich weder meiner Herkunft noch meinem Rang entsprechend behandelt und mich demütigt? Bei allen Heiligen, ich gäbe einen Teil meiner ewigen Seligkeit dafür, wenigstens zu wissen, weshalb!«

»Ihr versündigt Euch«, flüsterte Joselle und bekreuzigte sich hastig. Sie vergaß, daß sie mit Viviane wie mit ihresgleichen sprechen sollte. Es war ihr ohnehin schwergefallen, und sie hatte es nur getan, um dem Seigneur zu gehorchen. »Ich würde meine ganze Seligkeit dafür hingeben, nicht zu wissen, was damals passiert ist. Niemals werde ich es vergessen können ...«

Das kalte Grauen, das in Joselles Zügen stand, ließ Viviane einen Herzschlag lang verstummen. Sie erinnerte sich an die eigenartigen Träume, die sie gehabt hatte, während sie mit ihrer Kopfwunde halb ohnmächtig im Turm lag. Sie hatte Schreie und Weinen gehört, Kampfgetöse und Todesröcheln.

Sie hatte es für Phantastereien gehalten, aber plötzlich kam es ihr vor, als hätten die Mauern der Burg die Schrecknisse gespeichert, die sich vor vielen Jahren hier ereignet hatten. Verbrechen, die zu grauenvoll waren, um in Vergessenheit zu geraten. Dinge, die aus Bertrand de Coville jenen zwiespältigen, seltsamen Mann gemacht hatten, der über so viele verschiedene Gesichter verfügte und die menschlichen Regungen seines Herzens brutal unterdrückte.

Sie verzichtete auf weitere Fragen, denn sie hatte plötzlich Angst vor den Antworten. Sie entdeckte trügerischen Frieden darin, Zwiebelbündel aufzuhängen und duftende Winteräpfel auf die Schragen zu sortieren. Es war, als hielte das mächtige Rad der Zeit für ein paar Augenblicke lang alle Dinge in der Balance, ehe es sich wieder in Bewegung setzte.

9. Kapitel

Obwohl sich Viviane sagte, daß es ihr egal sein konnte, was mit Serpent geschah, ertappte sie sich dabei, daß sie sich forschend auf dem Burghof umschaute, als sie am Nachmittag zwei Eimer voller Schweinefutter zu den Ställen schleppte. Doch außer den Wachen auf den Zinnen und im Torhaus, ein paar Männern bei den Pferdeställen und zwei Knechten, die am Ziehbrunnen arbeiteten, sah sie keine Menschenseele.

Ob Serpent noch am Leben war? Würde Bertrand ihn tatsächlich aufhängen? Nein, vermutlich nicht. Soviel glaubte sie von dem Seigneur de Coville zu wissen, daß er kein Mann war, der willkürlich ein Leben auslöschte. Vermutlich saß der Mann in einer Kerkerzelle. Aber was würden ihr Vater und ihr Gemahl tun, wenn er nicht zurückkam und die gewünschten Informationen brachte?

Zwischen Hoffen und Bangen hin und her gerissen, streute sie das matschige Futter in den Schweinekoben und blieb einen Moment lang zwischen den grunzenden Tieren stehen. Den Geruch, den sie anfangs kaum hatte ertragen können, nahm sie jetzt kaum noch wahr. Mit jedem Tag, der verging, fand sie die ihr zugeteilten Arbeiten leichter zu erledigen. Sie wurden nicht angenehmer, aber doch einfacher. An weite Ritte und wilde Jagden gewöhnt, besaß sie eine unerschöpfliche Energie und eine zähe Kraft, die man ihrem zierlichen Körper nicht ansah, die ihr aber nun zugute kam.

Aber wollte sie denn wirklich, daß ihr Gemahl hoch zu Roß die Burg stürmte, seine gedemütigte Gattin befreite und in Sicherheit brachte? Gewiß, sie sehnte sich nach ihrer Freiheit. Aber ihrer Freiheit war sie schon in dem Moment beraubt worden, als ihr Vater sie an ihrem Hochzeitstag zum Altar geführt hatte. Noch bevor Bertrand de Coville so jäh und verhängnisvoll eingegriffen hatte.

O nein, im Grunde ihres Herzens war sie dankbar dafür, daß sie den Baron nicht zu ertragen brauchte. Sie verabscheute Eduard de la Griffe, und ohne die Drohungen ihres Vaters hätte sie sich nie zu dieser unerwünschten Eheschließung erpressen lassen. Vielleicht verlangte de la Griffe ja die Annullierung, wenn er erfuhr, daß Coville sie besessen und gedemütigt hatte.

Viviane zog unwillkürlich die Unterlippe zwischen die Zähne und verengte die Augen. Um de la Griffe zu einer solchen Reaktion zu veranlassen, mußte er erfahren, was man ihr antat. Er mußte aus erster Hand hören, daß Coville seine Gattin als Schloßhure hielt und sie bei jeder Gelegenheit demütigte. Sicher würde er dann die Ehre seines Namens höher ansetzen als die Mitgift, die ihr Vater ihm zahlte. De la Griffe war reicher als der Herzog, ihm schien es bei dieser Heirat um eine unschuldige Braut aus bester Familie gegangen zu sein und nicht um eine Vergrößerung seines Vermögens.

Natürlich, das war die Lösung. Sie würde Serpent die Flucht ermöglichen, damit dieser ihrem Gatten in allen Einzelheiten berichten konnte, was mit ihr geschehen war. Immerhin hatte Serpent am Vormittag mit eigenen Augen gesehen, wie der Seigneur sie behandelte. Er würde ihre Erzählung nicht anzweifeln.

»In der Tat, so werde ich es tun!« teilte sie den schmatzenden Schweinen mit und packte die leeren Ledereimer. »Wenn es mir gelingt, meinen unerwünschten Gemahl auf diese Weise loszuwerden, war es sogar wert, eure grunzende Bekanntschaft gemacht zu haben, meine stinkenden Freunde.«

Begeistert von ihrem tollkühnen Plan und der Aussicht, die er eröffnete, eilte sie in den Palas der Burg zurück. So ungestüm, daß sie den Mann zu spät entdeckte, der ihr nicht minder eilig entgegenkam. Sie prallte mitsamt ihren schmutzigen Eimern gegen ihn und hüllte Bertrand de Coville in eine Wolke aus Gestank und Resten von Schweinefutter. Ein spitzer Ellbogen bohrte sich in seine Rippen.

»Beim Henker, Frau, bist du blind?« rief er unbeherrscht und wischte sich etwas von dem Schweinefutter vom dunklen Wams. Seine goldenen Augen verengten sich zu schmalen Schlitzen.

Viviane reagierte beleidigt. Wieso zeigte er solchen Abscheu, wenn doch er selbst sie zu dieser Arbeit verurteilt hatte? »Wenn Euch mein Ungeschick nicht paßt, dann hättet Ihr vielleicht eine der Schweinemägde in Valouse entführen sollen und nicht die Tochter der Herzogs!« antwortete sie schnippisch und ließ die Eimer endgültig fallen.

»Wahrhaftig, ein prächtiger Vorschlag«, erwiderte er ungehalten, aber Viviane glaubte, für einen Moment ein unterdrücktes Lachen in seinem Blick gesehen zu haben. Amüsierte er sich etwa über sie? »Erinnere mich daran, daß ich dich beim nächsten Mal, wenn ich wieder einen Raubzug plane, um Rat frage.«

»Wirklich? Tut Ihr das öfter?« fragte sie neugierig.

»Was? Schweinemägde entführen?«

»Unsinn! Raubzüge planen. Ihr habt mir gesagt, meine Entführung sei Teil eines Rachefeldzuges. Doch wenn Ihr in Wirklichkeit nicht viel mehr als ein Strauchritter seid, erklärt das vieles in Eurem Benehmen.«

Ihre Unverfrorenheit verblüffte Bertrand de Coville derart, daß ihm die Sprache fortblieb. Wie kam dieses wütende, stinkende kleine Etwas mit den silbergrünen Feueraugen dazu, ihm derartige Beleidigungen an den Kopf zu werfen? Hatte sie denn überhaupt keine Angst davor, was er tun könnte?

»Sticht dich der Hafer?« fragte er schließlich. »Du bist in meiner Gewalt. Du hast zu gehorchen und keine Forderungen zu stellen. Hast du das immer noch nicht begriffen?«

»O doch! Denn obwohl ich eine Frau bin, verfüge ich über die Fähigkeit zu denken und Schlüsse zu ziehen. Besser als Ihr, mein Herr!« Viviane sah ihn herausfordernd an.

Daß er sich so schnell gefangen hatte und nun wieder selbstsicher und gelassen wirkte, ärgerte sie. Sie mußte diese marmorne Fassade einfach ins Wanken bringen. Wie gelang es ihm nur, so provozierend leidenschaftslos zu bleiben? Sie wußte doch genau, daß auch er nur ein Mensch aus Fleisch und Blut war!

Die Herausforderung reizte sie und ließ sie jede Vorsicht vergessen. In diesem Moment wollte sie ihm beweisen, daß sie ebenbürtig war, auch wenn sie in Lumpen gehüllt war und wie ein ganzer Schweinekoben stank.

»Beantwortet mir eine Frage: Was wird sein, wenn der Baron de la Griffe keinen Wert darauf legt, beschädigte Ware zurückzubekommen? Wollt Ihr mich dann bis ans Ende meiner Tage als Schloßhure behalten? Mich Schweine füttern und Gänge fegen lassen?«

»Den Teufel werde ich tun und einen Feuerkopf wie dich länger als nötig unter meinem Dach festhalten«, knurrte er und zog die gepanzerten Reithandschuhe über. »Freilich, wenn dir meine Aufmerksamkeiten nicht zusagen, dann kann ich dich auch an meine Männer weiterreichen. Ich nehme an, sie werden für das Vergnügen, zwischen deinen Schenkeln zu liegen, über die unerfreulichen Seiten deines zänkischen Wesens hinwegsehen.«

Viviane wich zurück und schnappte nach Luft. »Das werdet Ihr ... Nein ...« Sie brach ab und schüttelte über die eigene Dummheit den Kopf. Das würde er nie tun! Aber kannte sie ihn wirklich so genau, um das zu behaupten?

»Nein? Wir werden sehen!« erwiderte er provozierend. »Ich rate dir, meine Geduld nicht auf die Probe zu stellen.«

Viviane reagierte ganz anders, als er es erwartet hatte –

wieder einmal. Sie wußte nicht, woher sie die plötzliche Sicherheit nahm, welcher Instinkt ihr eingab, wie sie sich verhalten mußte, aber sie nahm weder zu Flehen noch zu Tränen oder zu Schimpfworten Zuflucht. Sie lächelte. Sie schenkte ihm ein plötzlich aufblühendes Lächeln, das ebenso liebevoll wie spöttisch und selbstsicher war.

»Weshalb droht Ihr mir? Ihr wißt genau, daß Ihr es nicht tun werdet, warum spart Ihr Euch nicht das kindische Spiel?« sagte sie und stemmte die Arme in die Hüften.

»Beim Henker, bist du von Sinnen?«

Man sah dem Seigneur de Coville an, daß er sich nicht entscheiden konnte, ob er Viviane für eine Hexe oder für eine Irre halten sollte. In seiner Welt hatte es noch nie eine Frau gegeben, die es gewagt hätte, ihm die Stirn zu bieten. Nicht einmal in jener Welt, die Eduard de la Griffe zerstört hatte und deren Erinnerungen er sich strikt verweigerte.

»Vielleicht«, meinte sie nur. »Möglicherweise bin ich auch einfach zu dem Schluß gekommen, daß Ihr, so sehr Ihr es hinter Eisen und Stahl zu verbergen sucht, sehr wohl wißt, was Anstand und Ehre bedeuten. Ich mag Eure Gefangene sein, aber wenn Ihr mich in die Arme nehmt, seid Ihr ebenso mein Gefangener. Leugnet Ihr die Bande, die uns fesseln? Die Macht, die uns zusammenführt?«

»Pest und Verdammnis!« knirschte Bertrand de Coville und trat in so abergläubischem Schrecken zurück, daß Viviane erneut lächeln mußte. »Du bist eine Hexe! Eine Zauberin, die Menschengestalt angenommen hat. Man sollte dich auf dem Scheiterhaufen verbrennen!«

Jetzt lächelte Viviane nicht mehr, sie lachte lauthals. Volltönend und fröhlich, melodiös und unbefangen.

Es dauerte eine ganze Weile, bis sie sich wieder beruhigt hatte. »Kann es sein, daß Ihr Angst habt? Feige Furcht vor einer hilflosen Gefangenen, der gerade noch ihr schäbiges Leben gehört?«

Sein Fluch übertraf an Deutlichkeit alles, was Viviane in ihrem Leben jemals gehört hatte. Kaum hatte er die Lästerlichkeiten ausgestoßen, als er auch schon an Viviane vorbei über den Hof davonstürzte, so wütend wie ein gereizter

Eber, den der Jagdspieß an der falschen Stelle getroffen hatte.

Viviane strich sich die Haare aus der Stirn und bückte sich nach ihren Eimern. Sie lächelte zufrieden vor sich hin. Auch wenn sie ihm oft genug das Gegenteil vorgeworfen hatte, so war er doch ein Ritter. Mußte er nicht die Frau, die er entehrt hatte und die deswegen von ihrem Gatten verstoßen wurde, unter seinen Schutz nehmen? Mußte er ihr nicht die Ehre seines Namens anbieten, um ihre Schande zu tilgen? Sie, Viviane, würde sich gegen diese Ehe ganz bestimmt nicht wehren. Er war der einzige Mann, der sie jemals interessiert hatte … Hoffentlich war ihre Mitgift groß genug, um aus dieser verfallenen Räuberhöhle von Burg eine bewohnbare Festung zu machen.

»Noch ist es noch nicht so weit, mein Mädchen«, rief sie sich selbst zur Ordnung. Ehe diese verführerischen Träume Gestalt annehmen konnten, mußte sie erst einmal dafür sorgen, daß ihr verhaßter Gemahl erfuhr, wo sie sich befand und was ihr widerfahren war.

Während sich in ihrem Kopf die Gedanken und Pläne überschlugen, erledigte sie kommentarlos alles, was Joselle von ihr verlangte. Sie mußte die Abendstunden abwarten, erst dann konnte sie verwirklichen, was sie sich vorgenommen hatte. Allerdings mußte sie Serpent gefunden haben, ehe der Seigneur nach ihr schickte. Denn dann wollte sie sich von nichts mehr ablenken lassen, nur noch die Freuden genießen, die sie in seinem Schlafgemach miteinander teilten. Unter jenem schmucklosen Betthimmel, wo Bertrand sich wie durch ein Wunder aus dem wütenden Eisenfresser in den wundervollen Liebhaber verwandelte.

Der Zufall kam ihr zu Hilfe, denn da Joselle den Auftrag hatte, ihr die niedrigsten und unangenehmsten Arbeiten zu geben, war es auch Viviane, die nach dem Vesperläuten den Korb mit Brot, Käse, Äpfeln und Most in die Tiefen des Kellers schleppen mußte, wo man den Eindringling hinter einer stattlichen Reihe von eisernen Riegeln sicher verwahrt hatte.

Ein Bewaffneter hockte im flackernden Schein einer Unschlittkerze davor und langweilte sich offensichtlich. Er warf Viviane einen mürrischen Blick zu und interessierte sich wesentlich mehr für den Inhalt ihres wohlgefüllten Korbes als für ihre Person.

»Verflucht, dem fremden Schurken geht es gut«, knurrte er unwillig. »Und ich? Soll ich hier unten vielleicht verhungern?«

»In der Küche wartet auf jeden ein Napf Hasenragout und frisches Brot«, entgegnete Viviane, die diese unverhoffte Chance augenblicklich wahrnahm. »Die Männer waren gestern erfolgreich bei der Jagd. Der Haushofmeister hat auch ein frisches Faß Wein geöffnet. Du solltest hinaufgehen, ehe du nichts mehr davon bekommst. Die anderen sind bereits alle beim Schmausen.«

Der Mann kratzte sich am Kopf und warf einen Blick auf die Tür, hinter der sein Gefangener eingeschlossen war. Dann kam er zu einem zögernden Entschluß, der von seinem knurrenden Magen diktiert wurde.

»Bah, ist ohnehin umsonst, daß ich hier herumsitze. Der Kerl ist gebunden, und die Riegel sind stark. Bring ihm sein Essen und vergiß nicht, die Riegel wieder vorzulegen, hast du das verstanden?«

»Ich tu's für dich«, entgegnete Viviane und versuchte, Joselles Art zu sprechen, zu imitieren.

Es war ihr klar, daß der Bewaffnete sie für eine der Mägde hielt. Für eine der wenigen Frauen, die in der Burg lebten und das Schicksal der Männer teilten, die hier die Zeit totschlugen, bis ihr Herr sie auf den nächsten Raubzug mitnahm. Nur die wenigsten hatten sie bisher überhaupt zu Gesicht bekommen.

Sie wartete, bis der Mann die Treppe hinaufgepoltert war, dann begann sie die Riegel des Verlieses einen nach dem anderen zu öffnen. Serpent lag im Dunkeln des feuchten Kerkers und die Stricke, die seine Beine und Hände fesselten, verdammten ihn zur Reglosigkeit. Er stöhnte jämmerlich auf. Viviane ließ die Tür offen, damit ein wenig Licht hereinfiel, und eilte an seine Seite.

»Edle Dame.« Serpent hatte einige Zeit gebraucht, bis er in der unangenehm riechenden Magd die Tochter seines Herrn erkannt hatte. »Was hat man Euch angetan, wie ...«

»Schweig!« unterbrach ihn Viviane. »Wir haben keine Zeit.

Du mußt fliehen! Kehr so schnell wie möglich zu meinem Vater zurück. Ich flehe um seine Hilfe! Er muß mich retten, ehe ich getötet werde oder der Verdammnis anheimfalle. Der Seigneur de Coville verlangt, daß ich ihm wie eine Sklavin zu Diensten bin, er hat meine Ehre, meine Freiheit und meine Person erniedrigt und beschmutzt. Berichte, was du gesehen hast, ich flehe dich an. Meine Freiheit hängt von dir ab ... Ich werde dich reich belohnen, wenn du es schaffst. Ich besitze Schmuck, Pferde, Land ...«

Obwohl Viviane sehr wohl wußte, daß all das nicht mehr ihr gehörte, sondern ihrem Gemahl, nutzte sie die Gier aus, die sie in Serpents Wieselgesicht sah, und versprach ihm goldene Berge.

Sie kämpfte mit den Knoten seiner Fesseln, denn sie hatte kein Messer, um die Befreiung zu beschleunigen, doch dann konnte sich der Gefangene endlich aufrichten und die letzten Stricke selbst lösen. Stöhnend kam er auf die Füße, und während die junge Frau die vielen Riegel von außen wieder vorlegte und darauf hoffte, daß man frühestens am nächsten Morgen nach dem Inhaftierten sah, schaute er mit deutlichem Unbehagen um sich. Viviane täuschte mehr Sicherheit vor, als sie empfand.

»Nimm die Ausfallpforte neben den Ställen«, riet sie ihm. »Von dort werden die Schweine und Ziegen zu den Weiden im Vorwerk getrieben, sie ist nur von innen mit einem Balken verschlossen.«

»Habt Dank, edle Dame. Aber warum flieht Ihr nicht mit mir? Ich habe ein Pferd im Wald versteckt. Es kann uns beide tragen ...«

Serpent war unglücklicherweise nicht dumm. Warum einen Kriegszug wagen, wenn man die Entführte auch auf einfacherem Wege befreien konnte? Wer konnte schon sagen, was ihr passierte, bis die Rettung kam, und ob sie dann noch imstande sein würde, ihrer Dankbarkeit den versprochenen goldenen Ausdruck zu verleihen? Viviane las seine Gedanken ohne Schwierigkeiten.

»Unmöglich!« lehnte sie ab. »Ich würde deine Flucht behindern und den Fortkommen erschweren. Man kontrolliert mich, und wenn ich verschwunden wäre, würde man sofort Alarm geben und uns verfolgen. Du mußt es allein versuchen. Der Kerker wird frühestens am Morgen wieder geöffnet, bis dahin bist du in Sicherheit. Du bist meine letzte Hoffnung. Und vergiß nicht, ich werde dich reich belohnen, wenn ...«

Sie ließ den Satz im Raum stehen, aber Serpent hatte ohnehin verstanden, welche Chance sich ihm bot. Er huschte so lautlos die Stufen hinauf, daß Viviane nicht das geringste Geräusch seiner Schritte vernahm. Serpent würde es schaffen. Er trug den Namen Schlange nicht umsonst. Er würde sich im Schatten der Nacht wie ein Reptil an allen Wachen vorbeischlängeln und dem Baron die Nachricht von den demütigenden Umständen ihrer Gefangenschaft übermitteln.

Und dann ... Viviane preßte die Rechte auf ihr Herz, das dumpf und schwer pochte.

»Heilige Mutter Gottes, steh mir bei!« flüsterte sie, und der Rest ihres Stoßgebets war ein stilles Flehen. Ein so ungestümer, dringender Wunsch, daß er sich nicht in fromme Worte fassen ließ. Stand es denn in der Macht der himmlischen Frau, Gewalt in Liebe zu verwandeln? Leidenschaft in Zuneigung? Gier in Zärtlichkeit? Unmoral in Gewissen?

Was tat sie noch hier? Wollte sie alles gefährden, indem sie hier herumstand, bis der Wächter von seinem Mahl wiederkam? Viviane raffte ihren beschmutzten Rock und lief die Treppen hinauf. Diesmal spürte sie nicht bei jedem Schritt die Kälte und die Schmerzen.

Sie kehrte nicht in die Küche zurück, sondern suchte das Badehaus auf. Während sie den Kessel über dem mühsam entfachten Feuer mit Wasser aus dem Ziehbrunnen füllte und einen Teil davon in den Bottich schüttete, zwang sie sich, ihre Unruhe und ihre wilden Gedanken unter Kontrolle zu bekommen.

Dann legte sie den Balken vor die Tür und gab das leicht angewärmte Wasser aus dem Kessel zu dem kalten im Bottich. Das Gemisch war kaum handwarm, aber Viviane wollte nicht länger warten. Es konnte schließlich jeden Moment jemand kommen und sie fragen, was sie hier tat.

Daß sie es nicht länger ertrug, wie der Unrat zu stinken, der den Schloßgraben unter dem Abtritt füllte, ging niemanden etwas an. Sie riß sich den Rock und das Hemd vom Leib und tauchte beides in das restliche warme Wasser des Kessels. Nackt schrubbte sie ihre Lumpen und breitete sie vor dem warmen Feuer zum Trocknen aus, ehe sie in die kühle Wanne stieg.

Sie fröstelte und klapperte mit den Zähnen, doch sie tauchte ganz unter Wasser, um auch den letzten Rest Staub und Schmutz abzuspülen. Leider hatte sie nichts von der duftenden Seife gefunden, mit der Joselle sie gewaschen hatte. Sie konnte von Glück sagen, daß wenigstens ein paar Tücher herumlagen, damit sie sich anschließend wenigstens abtrocknen konnte. Also rieb sie mit den Händen ihre Haut und Haare, bis sie das Gefühl hatte, daß der gröbste Schmutz sich löste und ihre Haut von der ungewohnten Tortur glühte.

Mit einem letzten Eimer Brunnenwasser spülte sie sich ab, ehe sie aus der Wanne trat und sich in ein Laken hüllte. Sehr zum Bedauern des Mannes, der draußen in der Dunkelheit stand und durch den halbgeschlossenen Laden die Szene beobachtet hatte. Bertrand de Coville war gerade aus dem Pferdestall gekommen, wo eine Stute gefohlt hatte, als ihm die Gestalt ins Auge stach, die so emsig zwischen dem Brunnen und dem Badehaus hin und her lief.

Wie magisch angezogen war er auf das Badehaus zugegangen, und er hatte schon gegen die geschlossene Tür pochen wollen, als ihm der halboffene Laden aufgefallen war. Und nun stand er hier wie ein unreifer Page und betrachtete Viviane heimlich beim Baden. Ihren rosigen, nackten Körper zu sehen erfüllte ihn mit dem ihm inzwischen schon vertrauten Verlangen.

Es war so mächtig und gewaltig, daß er seine ganze Kraft brauchte, um ihm zu widerstehen und nicht die Tür einzutreten und Viviane auf der Stelle zu nehmen. Er sehnte sich schmerzhaft nach ihrem wundervollen, schlanken Leib, der ihm so ungeheures Vergnügen schenken konnte.

Er wollte sie fühlen, sie besitzen, sie behalten. Er wollte keinem anderen Mann erlauben, sich ihr zu nähern. Schon gar nicht Eduard de la Griffe, der soviel Schönheit nur zerstören und vernichten würde.

Nun schlang sie das feuchte Tuch um ihren Leib, steckte es über den Brüsten fest. Wie sie dastand, die nassen schweren Haare auswrang und sich bemühte, sie mit den Fingern zu entwirren, war sie Eva schlechthin.

Eine Frau, die sich ganz unbefangen und natürlich gab, da sie sich sicher und unbeobachtet glaubte. Bertrand stöhnte unter der Qual seiner unbefriedigten Begierde auf. Viviane. Sie war Gift, Gefahr und Wonne zugleich. Sie lenkte ihn ab, schwächte ihn und zerstörte die unüberwindlichen Mauern, die er um das dunkle Zentrum seiner Gefühle gezogen hatte.

Er mußte sie meiden, wenn ihm sein Leben und seine Rache lieb war. Er wußte es. Ihr Stolz, ihre Klugheit, ihre Energie, ihr Mut und ihr flinkes Mundwerk bildeten eine viel zu verführerische Mischung. Ganz zu schweigen von ihrer Schönheit.

Er hatte es schon in der vergangenen Nacht gewußt. Nie wieder durfte es eine Nacht wie diese zwischen ihnen geben. Nie wieder …

10.
Kapitel

»Was tust du hier?«

Thibaut de Béarn, der Haushofmeister des Seigneur de Coville, kam aus dem Privatgemach seines Herrn und vertrat Viviane den Weg. Sie errötete unter seinem verächtlichen Blick. Es schien, als könne er in ihren Kopf sehen und wüßte, was dort vorging.

»Der Herr hat mich zu sich befohlen«, antwortete sie mit einem Anflug ihrer alten Arroganz. Wer war dieser alte Mann schon, daß er es wagte, die hochwohlgeborene Tochter des Herzogs von Valouse nach ihrem Woher und Wohin zu fragen?

Doch die List versagte. Thibaut de Béarn schaute sie auf eine Art und Weise an, als könnte er jeden einzelnen ihrer unkeuschen Wünsche entlarven. »Pack dich fort! Niemand hat dir erlaubt, den Herrn zu belästigen! Er wird nach dir schicken, wenn er dich zu sehen wünscht.«

»Aber ...« Viviane verachtete sich selbst für den flehenden Unterton in ihrer Stimme. Sie fühlte, daß ihr die Röte in die Wangen stieg. Wollte sie sich tatsächlich vor diesem alten Mann zur Närrin machen? Und auch vor sich selbst? Sollte sie nicht froh sein, daß Bertrand plötzlich darauf verzichtete, sie in sein Bett zu befehlen?

Nein, natürlich war sie es nicht. Sie genoß es, in seinen Armen zu liegen. Sie verzehrte sich nach ihm, vergaß jedes Ehrgefühl und jede Moral vor Sehnsucht nach ihm. Sie begriff nicht, weshalb er ihr nun aus dem Weg ging. Bereits am Abend nach dem heimlichen Bad hatte sie sein Gemach leer gefunden und umsonst auf ihn gewartet. Am Morgen darauf erfuhr sie, daß er Anweisung gegeben hatte, ihr eine einfache Kammer zu überlassen, und Joselle plagte sie auch nicht mehr mit niedrigen Arbeiten. Doch dieser Zustand erschien ihr noch schlimmer als der vorherige.

Ohne die Plackerei und die Anstrengungen dehnte sich der ereignislose Tag endlos vor ihr aus und mündete in leere, sehnsuchtsvolle, einsame Nächte. Niemand sprach mit ihr, niemand gab ihr Bescheid. Sie wußte nicht einmal, ob Serpents Flucht entdeckt worden war und wen man verdächtigte, ihm geholfen zu haben. Niemand zog sie zur Rechenschaft, obwohl der Wächter mit Sicherheit berichtet hatte, welche Magd dem Gefangenen die letzte Mahlzeit gebracht hatte.

»Pack dich!« wiederholte der Haushofmeister nun seinen barschen Befehl, weil sie keine Anstalten machte, zu gehorchen. Dann dämpfte er seine Stimme, damit niemand außer Viviane ihn hören konnte. »Dank dem Himmel dafür, daß er endlich zur Vernunft gekommen ist und nicht mehr über Eure Person verfügt. Geht, ehe er Euch sieht!«

Das Feuer auf Vivianes Wangen vertiefte sich. Gütiger Himmel, sie wollte doch, daß er sie sah! Sie verlangte nach ihm! Sie brauchte seine Zärtlichkeiten und seine Leidenschaft wie Nahrung und Wasser. Sie hungerte nach seiner Gegenwart, nach seinem Anblick. Sie wollte seine tiefe Stimme hören und in der Wärme seiner Umarmung Sicherheit und Geborgenheit finden. Wieso verweigerte er ihr diesen Trost? Was hatte sie ihm getan?

Freilich, Thibaut de Béarn war nicht der Mann, dem sie diese Fragen stellen konnte. Sie senkte stumm den Kopf und ging die wenigen Stufen in die große Halle hinab. Ein Abend mehr, an dem sie nicht wußte, wohin sie sich wenden sollte, weil der Gedanke an die stummen Wände ihrer leeren Kammer sie schreckte.

Sie lief blind hinaus auf den stillen Burghof, in dem die Tore für die Nacht längst geschlossen worden waren. Sie fand die Stiegen zum Wehrgang, und dort oben vermochte sie endlich ein wenig Atem zu schöpfen.

Ein fahler, fast voller Mond hing über den Baumwipfeln und tauchte die einsamen Wälder rings um die Burg in silberglänzende, schwarze Schatten. Weiß glitzernde frostige Sterne blinkten weit oben am samtdunklen Himmel auf, und der Rauch aus dem großen Kamin der Wachstube, am Fuße des Wehrganges, brachte den Geruch von Buchenscheiten und gerösteten Kastanien mit sich.

Viviane atmete zitternd aus und versuchte, ihre Gefühle unter Kontrolle zu bringen. Sie war besiegt, gedemütigt und zurückgestoßen worden.

Sie, die im geheimen stets gegen die Eintönigkeit ihres Lebens in Valouse rebelliert hatte, entdeckte plötzlich, daß sie sich schmerzlich danach sehnte. Das verhängnisvolle Netz aus Haß und Liebe, in das sie sich ohne ihr Zutun verstrickt hatte, jagte ihr Angst ein. Es umschloß sie fester als diese morschen Mauern und fesselte sie enger als jedes Lederband.

Was konnte sie tun? Wie konnte sie wieder jene Viviane werden, die mit sicherem Instinkt stets gewußt hatte, was richtig und was falsch war? Sie war eine andere geworden, sie konnte längst nicht mehr beurteilen, was gut und was Sünde war. Sie empfand es nicht als Sünde, daß sie sich so sehr nach

Bertrand verzehrte; ihr dummes Herz hatte sich freiwillig diesem Mann ausgeliefert, der ein Dieb und Entführer war.

War Bertrand de Coville tatsächlich der Mann, nach dem sie sich immer gesehnt hatte? Der die Leere in ihrem Herzen und ihrer Seele füllte? Konnte er ihr das Glück schenken, nach dem sie sich immer gesehnt hatte? Viviane zweifelte daran, auch wenn sie ihm verfallen war.

Männer wie er hatten keinen Platz für zarte Gefühle in ihrem kriegerischen Leben. Sie genossen die Frauen wie ein Glas Wein. Weil sie Durst hatten und Entspannung suchten. Dann ritten sie los und suchten den nächsten Kampf, die nächste Herausforderung. Etwas anderes anzunehmen, bedeutete, sich unerfüllbaren Hoffnungen auszuliefern. Wie ein Kind, das den Mond aus der Pfütze fischen will, in der er sich spiegelt.

Viviane verzog den Mund zu einem bitteren Lächeln. Der ständige Wechsel zwischen Hoffen und Bangen, zwischen Liebe und Verzweiflung begann an ihrer Kraft zu zehren. Sie war müde. Schrecklich erschöpft und tausendmal ratloser und verzagter als in den ersten Tagen nach ihrer Entführung.

Den unbeugsamen Stolz, der sie in den ersten Wochen ihrer Gefangenschaft aufrechterhalten hatte, hatte sie längst verloren. Er war zertreten worden wie das törichte Herz, das sie so vorbehaltlos an einen hartgesottenen Raubritter verschenkt hatte. Sie hätte es besser verteidigen sollen.

»Du? Verdammt, was hast du hier zu suchen? Wer hat dir gesagt, wo ich bin? Weshalb bist du um diese Zeit nicht in deiner Kammer?«

Die junge Frau erstarrte. Die dunkle, barsche Stimme klang zürnend aus dem Dunkeln, dort, wo die Stiege zum Wachhaus lag und der Schatten des Tores alle Konturen verbarg. Sie zog frierend die Schultern hoch, ehe sie die Kraft fand, sich umzudrehen und dem Mann ins Gesicht zu sehen, an den sie so intensiv gedacht hatte. Fast hätte sie glauben können, ihn mit der Kraft ihrer Gedanken herbeigerufen zu haben.

Das helle Mondlicht zeichnete metallische Reflexe in seine zerzausten, halblangen Haare und spiegelte sich in der gehämmerten Spange, die seinen langen Umhang an der

Schulter schloß. Der Umriß seiner Gestalt war ihr schmerzlich vertraut, und das wilde Hämmern ihres Herzens zeigte ihr, wie ohnmächtig sie den heftigen Empfindungen ausgeliefert war, die sein bloßer Anblick in ihr weckte.

Sie ballte die klammen Finger zu Fäusten, um nicht der Versuchung nachzugeben, seine breiten Schultern zu umfangen. Sie hatte die bittere Erfahrung gemacht, daß ihre Hände, ihr Körper und ihr Verstand sehr wohl die unterschiedlichsten Dinge wollten und tun konnten, wenn es um ihn ging.

»Ich konnte nicht schlafen«, flüsterte sie nervös. »Ich … ich finde keine Ruhe.«

Falls er ahnte, weshalb sie keine Ruhe fand, so gab er es mit keinem Wort zu verstehen. Die Energie, die er ausstrahlte, überwältigte sie, raubte ihr jede Widerstandskraft.

»Man hat dir eine eigene Kammer zugewiesen, niemand stört dich. Weshalb diese Unrast?«

Viviane biß sich so heftig auf die Unterlippe, daß sie Blut schmeckte. Sie wollte ihn fragen, weshalb er sie abwies. Weshalb sie ihm plötzlich mißfiel, aber natürlich tat sie es nicht. Sie ahnte, daß seine Antwort sie nur noch mehr verletzen würde.

Das Schweigen zwischen ihnen dehnte sich, wirkte angespannt und bedrohlich. Die Luft knisterte wie vor einem heftigen Gewitter. Ein kurzes Atemholen, ehe die Blitze einschlugen und der Donner grollte. Ehe das Unwetter über alle hereinbrach und die Dämme zerstörte.

Der Seigneur fand als erster die Sprache wieder. »Ich werde dafür sorgen, daß man dich nach Hause bringt. Ich habe einen Fehler gemacht. Ich hielt mich für fähig, Gleiches mit Gleichem zu vergelten und finde mich letztendlich außerstande dazu.«

Viviane glaubte ihren Ohren nicht trauen zu können. Sie keuchte auf. »Ihr schickt mich fort?« fragte sie fassungslos.

»Ja!«

Der Zorn überfiel sie mit so unerwarteter Plötzlichkeit, daß es ihr fast den Atem raubte. Plötzlich war ihr nicht mehr kalt. Plötzlich hätte sie am liebsten eine Waffe gehabt. Ein Schwert, einen Dolch oder wenigstens ein Messer, mit dem sie diese steinerne, selbstgerechte Fassade durchstoßen konnte, hinter der er sich verbarg und so tat, als seien seine Entscheidungen das einzig Richtige.

»Ihr schickt mich also fort!« wiederholte sie heiser. »Wahrhaftig, eine prächtige Idee. Erlaubt, daß ich Euch dazu gratuliere! Vielleicht auch noch mit einer Eskorte und einem Entschuldigungsschreiben für meine geraubte Jungfräulichkeit? Wie wollt Ihr Eure Handlungen erklären? Ein dummer Irrtum? Ein närrischer Streich? Erwartet Ihr, daß mein Vater und mein Gatte Euch dazu gratulieren? Seid Ihr wirklich derart einfältig? De la Griffe wird diese nie vollzogene Ehe annullieren lassen, und mein Vater wird mich in das nächstbeste Kloster stecken, damit Gras über meine Schande wächst!«

Daß er nichts dazu sagte, fachte ihren Zorn nur noch heftiger an. »Ihr seid abscheulich. Herzlos, brutal und gewalttätig, Seigneur. Ist Euch klar, daß ich allein die Zeche für Eure Taten zahlen muß? Ihr drückt Euch um die Verantwortung!«

»Du bist eine Frau, was weißt du schon von Verantwortung?« antwortete er mindestens ebenso ergrimmt. »Ich möchte wetten, daß de la Griffe die Tochter des Herzogs von Valouse auch dann noch nimmt, wenn sie unter diesem Abenteuer ein wenig gelitten hat. Ihr werdet ihm eine ebenbürtige Gattin sein. So spitzzüngig, wie Ihr seid, und mit dem Mut einer ganzen Armee, wenn es darum geht, sich durchzusetzen. Gehabt Euch wohl, meine liebe Baronin!«

Die Art, wie er ihren Titel betonte, war der pure Hohn. Viviane zuckte zusammen, aber sie gab nicht auf. Sie hatte nichts mehr zu verlieren, und sie wollte wenigstens ein einziges Mal Antwort auf die vielen Fragen bekommen, die sie keine Nacht mehr schlafen ließen. Sie dachte nicht daran, sich demütig zu fügen.

»Ihr habt also nichts gefühlt, wenn wir uns in den Armen hielten? Keine Liebe? Keine Zärtlichkeit? Habt Ihr denn kein Herz?« wisperte sie tonlos, und obwohl die Worte nur ein Hauch in der Nacht waren, trafen sie den Mann, der sich gerade abwenden wollte, so heftig wie der Bolzen einer Armbrust.

»Nein«, antwortete er nach kurzem Zögern. Auch seine

Stimme klang rauh. »Ein Soldat ist besser dran, wenn er kein Herz hat, Kleines. Wenn ich einmal ein Herz besessen habe, so kann ich mich nicht mehr daran erinnern. Es ist verlorengegangen. Vergiß, was war, einen anderen Rat kann ich dir nicht geben.«

»Vergessen ...« Vivianes Stimme brach. »Die Liebe einfach vergessen? Ihr verlangt Unmögliches!«

»Die Liebe?« Ein rauhes Lachen sagte, was er davon hielt. »Es gibt keine Liebe. Es gibt den Rausch und das Vergessen, sonst nichts. Alles andere ist ein flüchtiger Traum, der der Wirklichkeit nicht standhält. Eine verhängnisvolle Schwäche, die sich ein Krieger nicht leisten kann, wenn er am Leben bleiben will. Gehabt Euch wohl!«

Seine Stiefel knirschten auf den Steinen, als er sich entfernte, und die eisige Stille, die Viviane umgab, schien immer drückender und beklemmender zu werden. Viviane fröstelte und steckte ihre kalten Hände unter die Achseln. Doch die Kälte, die sie fühlte, kam nicht von außen, sondern aus ihr selbst. Die Antwort dieses Mannes, der sich dem Kampf und der Rache verschworen hatte und leugnete, daß er zu tieferen, menschlicheren und edleren Empfindungen fähig war, ließ sie innerlich erstarren.

»Gehabt Euch wohl ...«, wiederholte sie, und ihr verzweifeltes Lachen endete in einem gequälten Aufschluchzen.

Ihr Körper schmerzte, denn seine Worte hatten sie wie Schläge getroffen. In diesem Moment zerbrach etwas in Viviane de Valouse und machte eine andere, fremde Frau aus ihr. Nichts blieb außer der ohnmächtigen Erkenntnis, daß sie allein war. Daß es auf der ganzen weiten Welt keinen Menschen gab, der ihr helfen würde und der sie so liebte, daß er bereit war, die eigenen Interessen oder Pläne dafür zu opfern.

Die silberne Scheibe des Mondes verschwamm vor ihren Augen, und sie ließ sich gegen die Mauer sinken. Wie leicht es doch wäre, jetzt das Gleichgewicht nur ein wenig zu verlagern und sich in die samtig dunkle Tiefe zu stürzen. Vergessen zu finden. Ruhe und Frieden.

Die Versuchung war groß, aber irgend etwas hielt Viviane im letzten Augenblick davor zurück. Eine unsichtbare Macht, eine sanfte Stimme, die ihre Bewegungen lähmte. Wenn sie die Augen schloß, konnte sie sie noch besser vernehmen. Es kam ihr vor, als würde irgendwo in der Ferne zwischen den Sternen eine Frau singen.

Ein einfaches schlichtes Kinderlied, eine Melodie, die sie hundertfach von ihrer Amme gehört und nie beachtet hatte. In diesem Augenblick jedoch linderte sie ihre Verzweiflung ein wenig und beruhigte ihren unregelmäßigen Atem. Ihr Körper entspannte sich, und ihre Hände sanken herab. Sie wandte dem Abgrund den Rücken zu und tastete sich im Dunkeln zur Treppe.

Ihr Herz lag wie ein schwerer Felsblock in ihrer Brust, aber die Verzweiflung war einem neuen Trotz gewichen. Es mußte eine Möglichkeit geben, das Schicksal zu beeinflussen. Zu verhindern, daß man sie einfach wieder dorthin zurückschickte, von wo man sie geraubt hatte. Beschädigt und längst nicht mehr imstande, sich in das Dasein einzufinden, das dort auf sie wartete.

Sie mußte darüber nachdenken. Vielleicht morgen. Heute war sie zu müde dazu. Bis in die Tiefen ihrer Seele hinein erschöpft.

In der leeren Halle der Burg gab es nicht einmal wie anderswo die Mäuse, die sich raschelnd im Bodenbelag aus Stroh und aromatischen Kräutern herumtrieben. In diesen Mauern legte niemand Wert darauf, die kühlen Steinquader zu bedecken und Wärme zu verbreiten. Lediglich das leise Geräusch ihres Rockes war zu hören, der über den Boden fegte. Diese unheimliche, gespenstische Lautlosigkeit zerrte an ihren ohnehin überstrapazierten Nerven. Unwillkürlich blieb sie stehen. War da jemand im Dunkeln, der ihr auflauerte?

Die Gegenwart eines anderen Menschen spürend, preßte sie die Hand auf den Mund und wagte kaum Luft zu holen. Durch das mächtige, dreigeteilte offene Fenster strich ein leiser Windhauch und bewegte die feinen Härchen an ihrer Schläfe. Hatte sie den Seufzer ausgestoßen, oder war es jemand anderer gewesen? Vivianes Herz hämmerte, und ein Schauder lief über ihren Rücken.

Jetzt fühlte sie es noch deutlicher. Die Gegenwart einer anderen Frau. Die Verzweiflung, die Hilflosigkeit und das Elend, das sie ausstrahlte. Eine Frau, die in diesen Mauern gelitten und geweint hatte und die hier gestorben war. Das Mondlicht fiel durch das Fenster und zeichnete drei blasse, helle Rundbogen auf die Steine. Fast konnte man glauben, daß dort die zerschmetterte Gestalt einer Frau lag, aber es war wohl nur das übliche Spiel aus Licht und Schatten.

Dennoch bannte die geisterhafte Illusion Viviane auf der Stelle.

Sie neigte nicht zum Aberglauben, und über Geschichten von derlei Erscheinungen hatte sie bisher nur gelacht. Freilich, in diesem atemlosen Moment konnte sie nicht beurteilen, ob sie nun träumte oder wachte. Wie in Trance stand sie da und starrte aus weit offenen, entsetzten Augen zu den leeren Fensterstöcken hinauf.

»Was treibt Ihr Euch noch immer herum? Findet Ihr den Weg in Eure Kammer nicht?«

Die Stimme Bertrand de Covilles ließ sie mit einem heiseren Aufschrei herumfahren.

»Bei Gott, was ist los?«

Das fassungslose Grauen auf ihren schönen Zügen veranlaßte ihn, gegen seinen Willen näher zu treten. Er hob die Laterne, die er bei sich hatte. Ihr Schein spiegelte sich in den weit aufgerissenen Augen, die wie durchsichtiges Silber schimmerten.

»Die Frau ... Eine Edeldame ...« Viviane legte die Handfläche an ihre schmerzende Kehle. »Ich dachte, dort läge eine Tote ...«

»Unsinn!« unterbrach er sie barsch, obwohl er nun mindestens ebenso blaß wurde, wie sie selbst es war. »Kindische Ammenmärchen! Mägdetratsch! Versucht nicht, meine Aufmerksamkeit mit derlei dummem Zeug zu erringen. Gerade Ihr solltet wünschen, daß meine Erinnerung nicht erneut geweckt wird. Keine Macht der Erde vermag die Toten wieder zum Leben zu erwecken. Geht zu Bett! Ich will Euch bis morgen nicht mehr hier in der Halle sehen.«

Seine ausgestreckte Hand wies ihr herrisch den Weg, und

der Ausdruck auf seinen Zügen war so eigenartig, daß Viviane unwillkürlich zurückwich.

Sie las Haß in diesem verzerrten, schönen Männerantlitz, Verzweiflung, Hilflosigkeit, aber auch Mitleidlosigkeit und marmorne Kälte. Was immer dieser Mann fühlte, er hatte sich so unbarmherzig in Gewalt, daß niemand ihn in seiner eisigen Wüste erreichen konnte. Sie hastete in ihre Kammer, rollte sich im Dunkeln auf ihrem Strohsack zusammen und zog die Decke über sich.

Sie zitterte vor Anstrengung und innerer Anspannung. Eis klirrte statt Blut in ihren Adern. Sie war nicht mehr Viviane de Valouse, die verwöhnte, kapriziöse Tochter eines Herzogs, die selbstbewußte Edeldame. Im Verlaufe ihrer Gefangenschaft hatte sie ihre Identität verloren. Sie starrte mit weit offenen, brennenden Augen in die Dunkelheit und wußte nicht mehr, wer sie war.

Sie wußte nur, was sie fühlte. Grenzenlose Verzweiflung. Die beschämende Einsamkeit einer abgewiesenen Frau, die ihre närrischen Wunschvorstellungen für Wirklichkeit gehalten hatte.

11. Kapitel

Der herbstliche Morgen hüllte die einsame Burg in Nebelfetzen, dämpfte die Geräusche und ließ alles ein wenig unwirklich erscheinen. Wie geisterhafte Schemen tauchten die Reiter aus dem Wald auf. Das Quietschen des Sattelleders, das Klirren des Zaumzeugs und die dumpfen Kommandos erhoben sich kaum über das leise Klappern der vielen Hufe, das auf dem Teppich aus toten braunen Blättern ohnehin kaum zu hören war.

Ihr gerüsteter Anführer brachte die Männer mit einem Wink seiner Hand zum Stillstand. Dann wandte er sich an den

Reiter zu seiner Rechten und sagte leise: »Dort muß das Vorwerk sein, Seigneur, wo sich die Viehpforte befindet!«

Der Mann, an den er sich wandte, trug keinen Harnisch, sondern einen pelzgefütterten Reitumhang, der seiner gedrungenen Gestalt nicht unbedingt schmeichelte. Das prächtige Roß, der reichverzierte Sattel, das kostbare Gewand – das alles konnte nicht davon ablenken, daß der Reiter keine sehr glückliche Figur machte. Trotzdem klang untertäniger Respekt aus der Stimme des Troßführers, der geduldig auf den ausdrücklichen Befehl, wartete, der ihn auf den Weg bringen würde.

»Ihr wißt, was Ihr zu tun habt«, sagte nun der Mann. »Ich dulde keinen Mißerfolg. Nehmt die Burg und macht sie dem Erdboden gleich. Mit Ausnahme einer Person wünsche ich keinen Überlebenden, keinen Verwundeten und keinen Gefangenen. Nicht einmal eine Magd, ist das klar?«

Der Söldner schloß mit einem dumpfen Klacken das Helmvisier, und seine Antwort klang gedämpft, aber unmißverständlich. »Wie Ihr befiehlt, Seigneur! Vorwärts, Männer!«

Nur eine kleine Gruppe von Bewaffneten verharrte bei dem Mann im Umhang, während die anderen im grauen Dunst verschwanden. Im Nu schloß sich der Mantel des Schweigens um die Zurückgebliebenen, und alle horchten mit höchster Spannung auf den Moment, wenn ihnen die Schreie der überraschten Burgbewohner und das tödliche Klirren der Waffen verraten würden, daß ihr verräterischer Anschlag den erwünschten Erfolg gehabt hatte.

Le Serpent hatte das Vorwerk und die geheime Pforte gut genug beschrieben, daß die Männer auch im Nebel ihren Weg fanden. Aber auch ohne die Hilfe Viviane de Valouses, die Serpent die Flucht ermöglicht hatte, wäre es kein großes Problem gewesen, diese Festung einzunehmen. Eduard de la Griffe wußte es, denn er hatte sie bereits einmal als Sieger betreten. Vor genau acht Jahren.

Aber dieses Mal würde auch Bertrand de Coville unter den Opfern sein. Er würde ihn an der Zugbrücke seiner eigenen Burg aufknüpfen. Allerdings erst dann, wenn er ihm in der Folterkammer seinen Stolz und seine Rachsucht bis auf den letzten Tropfen Blut ausgetrieben hatte. Der bloße Gedanke an all die Dinge, die er mit ihm tun würde, bereitete dem Baron de la Griffe so großes Vergnügen, daß ein hämisches Lächeln seine Züge verzerrte.

Und nach der Hinrichtung würde er sich um seine verehrte Gemahlin kümmern müssen. Serpent hatte nicht mit deutlichen Hinweisen auf das Schicksal gespart, das sie hinter diesen Mauern erlitten hatte. Er erhielt beschädigte Ware zurück. Eine dumme kleine Dirne, die kaum noch den Namen und das bißchen Mitgift wert war, das sie in die Ehe mit ihm eingebracht hatte. Man würde sehen, wie er sich ihrer später entledigen konnte, ohne daß es deswegen Ärger mit dem Herzog oder gar mit dem König gab. Als Mutter für seine Söhne kam sie natürlich nicht mehr in Frage.

Freilich, der Skandal ihrer Entführung aus der Kirche hatte weit über Valouse hinaus Wellen geschlagen, und es würde seine Zeit brauchen, bis Gras über die Sache gewachsen war. Nun, soweit er gesehen hatte, war sie eine schöne Person, und er würde sich das eine oder andere Vergnügen mit ihr gönnen, ehe er sich nach einer würdigeren, unschuldigen, neuen Gattin umsah. Warum nicht zur Abwechslung einmal die eigene Ehefrau für die hübschen Spiele benützen, für die es normalerweise willige Dirnen und Mägde gab?

Der Seigneur de la Griffe war so tief in seinen Überlegungen versunken, daß ihm die anhaltende Stille nicht auffiel. Seine Begleiter indes begannen sich unruhige Blicke zuzuwerfen. Was hatte es zu bedeuten, daß keinerlei Lärm oder Waffengeklirr zu ihnen drang? Hatten die Männer die versteckte Pforte nicht gefunden? Gelang es ihnen nicht, die Burg heimlich zu besetzen?

Der ungezügelte Galopp eines Reiters, der genau auf ihr Versteck zuhielt, riß schließlich sogar den nachdenklichen Baron aus seinen Grübeleien. Sein Fluch war noch nicht verklungen, als der Bote sein Roß vor ihm parierte.

»Die Burg ist leer, Seigneur!« keuchte der Mann völlig außer Atem. »Keine Menschenseele befindet sich mehr in ihren Mauern. Nichts Lebendiges außer ein paar Hühnern und Schweinen. Coville ist geflohen!«

»Zur Hölle mit dem Schurken! Das will ich selbst sehen!«

Mit einem lästerlichen Fluch spornte der Seigneur sein Pferd an und erreichte mit seinen Begleitern die Festung in dem Moment, als die Zugbrücke mit rasselnden Ketten nach unten gelassen wurde. Aus dem Torbogen traten ihm seine eigenen Krieger entgegen.

Innerhalb kürzester Zeit konnte er sich selbst davon überzeugen, daß der Bote die Wahrheit gesprochen hatte. Bertrand de Coville war nicht in der Burg seiner Väter. Lediglich die Glut in der Küche und ein paar umgeworfene Becher, Decken und Vorräte verrieten, daß das Gemäuer bewohnt gewesen sein mußte. De la Griffe stürmte in das Wohngemach des Burgherrn, das er nur zu gut kannte. Er fand nichts als ein bescheidenes Pfostenbett, ein paar einfache Möbel und eine leere Truhe. Der Vogel war ausgeflogen!

Irgendwann waren Vivianes Augen ganz von alleine zugefallen, die Erschöpfung des Körpers und des Geistes forderte ihren Tribut, und sie sank in einen bleischweren, unnatürlich tiefen Schlummer. Verwirrende Träume und merkwürdige Bilder suchten sie heim, und immer wieder tauchte ihr eigenes, schmales Gesicht darin auf.

Das heißt, ein Gesicht, das dem ihren so ähnlich und doch anders war, so verschieden, daß es ihr nicht wirklich gehören konnte. Sie hatte nicht diese stille Sanftmut im Blick, diese grenzenlose Liebe und dieses unendliche Vertrauen. Dieses Wissen um das Gute in jedem Menschen und die Klugheit des Herzens, die jene andere Viviane auszeichneten.

Sie sah diese Frau an einer Wiege sitzen und ein Kind in den Schlaf singen. Ein Kind, das nicht ihr eigenes war und das sie dennoch zärtlich liebte. Ein schlanker Mann mit dunklen Haaren, von dem Viviane nur den Rücken sah, beugte sich über sie. Ein junger, kräftiger Mann mit den breiten Schultern eines Kämpfers. Aber ehe sie sich fragen konnte, ob ihr die Träume wie zum Hohn ein trügerisches Glück mit Bertrand de Coville vorgaukelten, verschwand das Bild wieder im Nebel.

Näher kommendes Waffengeklirr, Schreie, Flüche und polternde Schritte rissen sie abrupt und ohne jede Vorwarnung aus dem Schlaf. Bis Viviane jedoch begriffen hatte, das dieser infernalische Lärm nicht ihrem Traum entsprang, war es bereits zu spät. Die Tür ihrer Kammer wurde mit solcher Wucht aufgerissen, daß sie gegen die Wand prallte und wieder zurückfederte. Das blanke Schwert eines Kriegers in voller Rüstung hielt sie auf.

Viviane fuhr mit einem erstickten Schrei aus ihren Decken hoch und blickte in das bärtige Gesicht eines Söldners, der sein Helmvisier hochgeschlagen hatte, da er schon längst nicht mehr mit Widerstand rechnete. Der pure Selbsterhaltungstrieb sorgte dafür, daß sie blitzschnell reagierte. Mit einem einzigen Satz sprang sie von der Lagerstatt und brachte sich in der Fensternische vor dem Eindringling in Sicherheit.

Doch es war nur eine trügerische Sicherheit, denn zum einen war das Fenster zu schmal, um sich hindurchzuretten, und zum anderen lag es viel zu hoch in der Mauer. Es war nur eine Frage der Zeit, bis das auch ein schwerfällig denkender Mensch erkannte.

»Rührt mich nicht an!« rief sie mit einem Anflug ihrer alten Autorität und unterdrückte die aufkommende Panik. Erstaunlicherweise gehorchte der Bewaffnete ihrem Befehl ohne zu zögern. Er wich sogar zurück, bis er wieder draußen auf dem Gang stand.

Ehe sie sich fragen konnte, weshalb er ihr mit solchem Respekt begegnete, erkannte sie, daß er nur jemand anderem Platz gemacht hatte. Einem gedrungenen Mann mit einer pelzbesetzten, kostbaren Kappe, der nun mit allen Zeichen des Mißtrauens die Schwelle überschritt und Viviane entgeistert anstarrte.

Sie konnte ihm seine Fassungslosigkeit nicht verübeln, denn sie wußte, welchen Anblick sie bieten mußte. Eine Dienstmagd mit aufgelösten, zerzausten Haaren und bloßen Füßen. Eine Schlampe in zerlumpten, nachlässigen Kleidern, ungepflegt, nicht sehr sauber und von den Ereignissen sichtlich verwirrt. Kein Vergleich mehr zu der stolzen, eleganten Braut, die so rüde von seiner Seite gerissen worden war.

Viviane preßte die zitternden Lippen aufeinander und verschränkte die Arme vor der Brust. Sie wartete auf den Moment, wo seine Bestürzung sich in Verachtung und Wut verwandeln würde. Sie schätzte ihren Gemahl klar genug ein, um kein betontes Mitleid von ihm zu erwarten.

»Bei Gott, das wird mir der Kerl büßen«, sagte er denn auch heiser. »Man wird sich um Euch kümmern, Madame! Wann ist Coville aufgebrochen?«

Viviane begriff den Sinn dieser Frage nicht, denn sie war viel zu sehr damit beschäftigt, ihre eigenen Gefühle unter Kontrolle zu bringen. Daß Eduard de la Griffe vor ihr stand, konnte nur eines bedeuten: Er hatte die Burg genommen! Er hatte gesiegt, und Bertrand de Coville war entweder sein Gefangener oder längst tot. Ihre Furcht wich eisigem Entsetzen. Einem so brennenden, ausschließlichen Schmerz, daß sie seine nächsten Worte nur ganz verschwommen vernahm.

»Hat er den Verstand aus Euch herausgeprügelt? Wo ist Coville? Hört Ihr mich nicht?« De la Griffe war so wütend, daß er seine Gemahlin am Arm packte und grob schüttelte, als sie nicht schnell genug antwortete.

Nur langsam dämmerte es Viviane, was sein rasender Zorn bedeuten mußte. »Ihr sucht ihn? Hat er nicht gekämpft ... ist er ...«

»Gekämpft?« De la Griffe lachte höhnisch auf. »Diese Ratte hat nicht einmal den Mut, sich dem Kampf zu stellen. Dieses Gemäuer ist so leer wie die Taschen eines verhungerten Bettlers. Der Halunke ist geflohen. Bei Nacht und Nebel, als er bemerkte, daß es ihm an den Kragen gehen würde. Was wißt Ihr davon?«

Viviane schwankte. Sie massierte sich mit den Fingerspitzen die Schläfen und versuchte ihre Haltung wiederzufinden.

»Nichts«, murmelte sie heiser. »Ich habe geschlafen, ich weiß nichts ...« Und als ihr Gatte erbittert schnaubte, fügte sie hinzu: »Würdet Ihr mit einer Geisel über Eure Pläne sprechen, Seigneur? Sie informieren und ihr Einzelheiten verraten?«

Daß sie damit recht hatte, verärgerte den Seigneur nur noch mehr. Er zerbiß einen weiteren Fluch zwischen den Zähnen und winkte einem der Männer, die auf seine Befehle warteten. »Kümmert Euch um die Baronin, sie benötigt Kleidung und Schuhe, aber schnell! Danach führt ihr meine Befehle aus!«

Vivianes Schultern sanken nach vorne. Fragen über Fragen jagten durch ihren schmerzenden Kopf. Welche davon konnte sie stellen, ohne ihre schlimme Lage noch weiter zu verschlechtern?

»Seigneur!« rief sie, und de la Griffe wandte sich unwillkürlich zu ihr um.

»Was gibt's?«

»Weshalb … wieso haßt Euch Bertrand de Coville so sehr, daß er nicht einmal davor zurückgeschreckt ist, den heiligen Frieden eines Gotteshauses zu stören? Wieso hat er mich gedemütigt, um Euch zu treffen?«

Unwillige Röte stieg in das faltige Gesicht ihres Gatten und trug nicht dazu bei, seine ohnehin unschönen Züge gefälliger wirken zu lassen. »Er wird für seine Tat büßen, darauf könnt Ihr Euch verlassen. Die Verbrechen, die er an Euch begangen hat, sollen nicht vergessen werden, wenn ich das Urteil über ihn spreche.«

Er stapfte davon, und Vivianes Schultern sanken nach vorne. Das war nicht die Antwort, die sie hatte haben wollen. Sie verriet ihr lediglich, daß ihr Gatte Bertrand de Coville mit derselben Intensität haßte, wie es umgekehrt der Fall war. Weshalb? Was hatte sich zwischen den beiden zugetragen, daß sie sich gegenseitig den Tod wünschten?

Aber im Grunde überraschte es sie nicht, daß auch der Baron sein Geheimnis für sich behielt. Männer waren offensichtlich zutiefst davon überzeugt, daß eine Frau ihren Kopf nur besaß, damit Haare darauf wachsen konnten. Schon ihr Vater hatte es nie versäumt, sie darauf hinzuweisen, daß einem Mädchen Gehorsam und Frömmigkeit besser anstanden als der Wunsch, ihren Verstand zum Denken zu benutzen.

Sie taumelte ein wenig, und der Söldner, der zu ihrer Bewachung oder Begleitung abgestellt worden war, sagte voller Mitleid: »Kommt, Madame! Wir dürfen nicht hierbleiben, es ist zu gefährlich. Könnt Ihr laufen? Ihr seid in Sicherheit, es kann Euch nichts mehr geschehen. Der Wagen mit Euren Kleidern und einer Magd wartet am Waldsaum. Ihr werdet dieses unliebsame Abenteuer bald vergessen haben. Stützt Euch auf mich ...«

Dankbar legte Viviane eine Hand auf seinen Arm, erleichtert darüber, daß es wenigstens eine Menschenseele gab, die sich Sorgen um sie machte und sie nicht wie einen Gegenstand behandelte. Sie eilten die Treppe hinab, und in der großen Halle bemerkte Viviane, daß de la Griffes Männer aus den kargen Räumen die wenigen Möbelstücke zusammengetragen hatten, die den Burgbewohnern gehörten. Sie warfen Bänke, Strohsäcke, Truhen und Decken auf einen großen Haufen.

Viviane erkannte die weiche orientalische Decke, die sie in jener Nacht gewärmt hatte, als Bertrand de Coville sie genommen hatte, und sie streckte unwillkürlich die Hand danach aus.

»Nein, laßt!« mahnte sie ihr Begleiter. »Der Seigneur hat befohlen , daß alles vernichtet werden muß. Es ist ohnehin nichts Wertvolles dabei.«

»Vernichtet?« wiederholte Viviane verständnislos.

Aber noch bevor er ihr antworten konnte, entdeckte sie die beiden Reisigen, die mit rauchenden Pechfackeln eintraten. Sie hielten das Feuer von allen Seiten an den Scheiterhaufen, der aus den wenigen Besitztümern bestand, die Bertrand de Coville bei seiner überhasteten Flucht zurücklassen mußte.

Die Flammen fraßen sich gierig in das trockene Holz und die staubigen Strohsäcke. Im Nu verbreitete sich glühende Hitze im Saal, und es konnte nur wenige Augenblicke dauern, bis das Feuer die schwere Balkendecke erreicht hatte. Wenn sie erst einmal brannte, würden nur rauchgeschwärzte Mauern von dieser Festung übrigbleiben. Wo waren die Menschen, die hier gelebt hatten? Thibaut de Béarn, Joselle und die anderen?

»Die Festung war leer, als wir eintrafen«, antwortete der Mann an ihrer Seite gutmütig auf ihre Frage. »Ein Glück, daß wir die Räume trotzdem durchsucht haben, ehe wir sie ansteckten. Stellt Euch vor, erst das Feuer hätte Euch geweckt!«

Viviane zuckte nur mit den Schultern. Und wenn schon! Es gab doch eh nichts Schönes mehr, was auf sie wartete!

Rauch drang in ihre Lungen, und sie mußte husten.

»Kommt!« Der Bewaffnete führte sie hinaus. »Die aufgehende Sonne wird Euch besser wärmen als dieses Höllenfeuer.«

Der Baron erwartete sie bereits voller Ungeduld hoch zu Roß, während die übrigen Soldaten noch die Vorratsgebäude und die Ställe in Brand setzten. Aus dem kleinen Badehaus loderten längst die Flammen, und Viviane überlegte unpassenderweise, was wohl aus all den Zwiebeln wurde, die zu Bündeln geflochten in der Küche hingen.

»Wir haben hier nichts mehr verloren!« fuhr ihr Gemahl sie an. Sein Blick ruhte unwillig auf ihrer schäbigen Erscheinung, und mit einem Seufzer öffnete er seinen Umhang und warf ihn ihr zu. »Tragt das, Ihr werdet frieren!«

Sie fing das Kleidungsstück und legte es sich um, wohl wissend, daß dies keine Geste der Fürsorglichkeit gewesen war, sondern eine der Besitzdemonstration. Der schwere, pelzgefütterte Mantel zwang sie fast in die Knie. Sie schwankte und mußte erneut husten. Sowohl wegen des Rauchs als auch wegen des erstickenden Geruchs aus Moschus und Schweiß, der aus dem Stoff aufstieg. Ihre Augen brannten, und die Tränen ließen das Bild der brennenden Burg vor ihr verschwimmen.

Ihr Wächter nahm sie vor sich aufs Pferd und lenkte das Roß über die Zugbrücke den Hügel hinunter. Über seine geharnischte Schulter hinweg warf sie einen letzten Blick auf die Burg, in der Bertrand de Coville geboren worden war. Aus dem großen dreigeteilten Fenster des Palas drangen düsterschwarze Rauchwolken in den morgendlichen Himmel. Das Brausen der Flammen erfüllte die Luft, und irgendwo kreischten die Schweine, die entweder in ihrem Stall gefangen waren oder von den Eroberern noch abgestochen wurden.

Wie eigenartig, daß sie ausgerechnet jetzt voller Bedauern an die verhaßten Tiere dachte, die sie viele gräßliche Tage hindurch hatte füttern müssen. Es kam ihr vor, als verbinde sie mit ihnen mehr als mit den Männern, die Zerstörung und Trümmer hinter sich ließen. Auch mehr als mit dem düsteren Ritter, der sie im Stich gelassen hatte. Der im Schutze der Nacht verschwunden war und sie ihrem Gatten ausgeliefert hatte.

Instinktiv paßte sie sich dem Rhythmus des Pferdes an, während ihre Augen die Nebelfetzen zu durchdringen versuchten, die sich wieder um den Trupp schlossen, nachdem sie die brennende Burg hinter sich gelassen hatten. Das Nebelgrau verschluckte die alte Festung Bertrand de Covilles, als hätte Viviane die langen Tage ihrer Gefangenschaft nur geträumt.

»Er soll mir nicht entkommen«, knurrte in diesem Moment ihr ergrimmter Gatte. »Es wird keinen Stein im Königreich Frankreich und im Herzogtum Burgund geben, unter dem er sich verstecken kann, und kein Dach, das ihm Sicherheit verspricht. Dieses Mal wird ihm nicht einmal mehr die Hölle helfen können.«

Viviane schwieg. Sie hatte die Hände um den Sattelknauf vor sich geklammert und den Kopf gesenkt. Die Flut ihrer offenen, feuerfarbenen Haare verbarg das feine Profil und die erbarmungswürdige Verzweiflung in ihrem Blick. Sie vermochte nicht sich über die unerwartete Freiheit zu freuen. Sie wußte zu gut, daß sie lediglich von einem Gefängnis in das nächste wechselte.

»Hoh, halt … hier steigt Ihr in den Wagen um«, kommandierte ihr Gemahl und gab Zeichen, daß der Trupp hielt. »Laßt Euch von der Kammerfrau in einen präsentablen Zustand versetzen. Ich möchte nicht, daß man Euch für eine Schweinemagd hält.«

Viviane biß sich einmal mehr schmerzhaft auf die Unterlippe, um das bittere Lachen zu unterdrücken, das in ihr hochkam. Wie eigenartig, daß sich die beiden Todfeinde in der Einschätzung ihrer Person so einig waren. Keiner von ihnen fühlte sich bei ihrem Anblick an die Tochter eines Herzogs erinnert, sondern lediglich an eine erbärmliche Schweinemagd.

»Wie Ihr wünscht, Seigneur …«, flüsterte sie und mied die Anrede ›mein Gemahl‹.

Doch dieser feiste, mürrische Mann war ihr Gemahl, ob sie das Wort nun aussprach oder nicht. Je früher sie diese Tatsache akzeptierte, um so eher würde sie sich daran gewöhnen. Oder war jeder Versuch dazu schon von vornherein zum Scheitern verurteilt?

Nein, sie durfte nicht so viel denken, sie mußte sich auf die Tatsachen konzentrieren. Den tödlichen Schock überwinden, der sie noch immer umfangen hielt.

Bertrand de Coville hatte sie gebraucht und fortgeworfen. Er war bei Nacht und Nebel mit all seinen Leuten verschwunden, ohne sich auch nur im geringsten darum zu kümmern, was aus ihr wurde. Er hatte sie übriggelassen, wie etwas Überflüssiges, Unnützes, das niemand mehr benötigte und das ihn selbst nur belastete.

Seine harten Worte auf dem Wehrgang klangen in ihren Ohren nach. ›Es gibt keine Liebe. Es gibt den Rausch und das Vergessen, sonst nichts!‹

Nun, auch für sie würde es in Zukunft keine Liebe mehr geben. Keine Erinnerungen, keine Träume, keine Illusionen. Nur Kälte und Einsamkeit für den Rest ihres Lebens …

»Madame?«

Die respektvolle Anrede einer neugierigen Zofe riß sie aus ihren Gedanken. Rund um sie warteten die Männer darauf, daß sie endlich abstieg und sich in den Wagen begab. Wie lange hatte sie geträumt? Hastig glitt sie aus dem Sattel und mußte sich am Steigbügelgeschirr festhalten, um nicht zu fallen. Unter ihren bloßen Sohlen spürte sie harte, kühle, reifbedeckte Erde. Die vergangene Nacht hatte den ersten Frost gebracht. Nicht nur über das Land, auch über ihr Leben.

Viviane unterdrückte einen Seufzer und stieg in den Wagen.

12. Kapitel

»Nun, wenigstens seht Ihr nun der Frau wieder ähnlich, die ich zu heiraten glaubte!« Der herablassende Tonfall des Barons de la Griffe trieb seiner blassen Gemahlin die Röte der Empörung in die Wangen. Sie straffte die Schultern und gab ihrer Zofe, die soeben das schneeweiße Kinnband ihrer Spitzenhaube befestigt hatte, das Zeichen, den Raum zu verlassen.

Eingerahmt von kostbarster Brügger Spitze, wirkte ihr makelloses Antlitz wie das einer leidenden Madonna. Die Tage in der Gewalt Bertrand de Covilles hatten ihr den mädchenhaften Stolz geraubt, der ihn beim ersten Kennenlernen so an ihr fasziniert hatte. Damals hatte er sich in den buntesten Farben ausgemalt, wie er sie nehmen und diesen jungfräulichen Stolz brechen würde. Und nun war ihm ein anderer zuvorgekommen.

Das Geschöpf vor ihm war einwandfrei eine Frau. Blaß und vollkommen, aber mit dem Wissen der Schlange, die das Paradies beherrscht. Es verdroß ihn, daß sie so ruhig, so ohne jede Emotion und Bewegung vor ihm stand und abwartete. Er mochte es nicht, wenn sie ihm das Gefühl vermittelte, ihm ebenbürtig zu sein.

Das dunkelviolette Gewand aus knisternder Seide, das sie mit schlichter Raffinesse umschloß, betonte die durchsichtige Zartheit ihrer Haut und die verführerische Wölbung ihrer Brüste, die überraschend üppig wirkten. Sie hatte die Hände vor der Taille gefaltet, und er sah, daß sie den breiten Ring nicht mehr trug, den er ihr bei der Zeremonie in der Kapelle von Valouse angesteckt hatte.

»Euer Ehering? Wo ist er?« forderte er barsch eine Erklärung.

»Ich weiß es nicht.« Viviane senkte die Lider und wich seinem Blick aus.

Zu ihrer Schande hatte sie den Verlust bisher noch gar nicht bemerkt. Sie konnte nicht einmal genau sagen, ob sie den schweren Reif verloren hatte oder ob Bertrand de Coville das

Schmuckstück während ihrer Gefangenschaft an sich gebracht hatte, so wie er es auch mit den Juwelen ihrer Brautrobe gemacht hatte.

Der Baron reagierte mit einem unwilligen Brummen und warf sich in den gepolsterten Stuhl, der neben dem Kamin stand, dann musterte er sie aus engen, schmalen Augen. Er bat sie nicht, sich ebenfalls zu setzen.

»Berichtet«, forderte er sie barsch auf. »Ihr habt inzwischen Zeit genug gehabt, Euch zu erholen. Ich möchte genau wissen, was in dieser Burg gewesen ist. Jede Geste, jedes Wort, das Coville zu Euch gesagt hat. Ich will wissen, was er mit Euch gemacht hat.«

Viviane unterdrückte einen Seufzer. In den vergangenen Tagen war es ihr gelungen, diesen Moment immer wieder hinauszuzögern. So, wie es ihr auch gelungen war, Serpent an ihren Gemahl zu verweisen, als er die versprochene Belohnung endlich einforderte. Sollte sich doch jener mit einem habgierigen Spion abplagen, dessen Dienst ohnehin nicht den gewünschten Erfolg gebracht hatte. War sie wirklich einmal so naiv gewesen, zu glauben, daß sie ihr Schicksal selbst formen könnte?

Sie hatte bitter lernen müssen, daß dies ein Irrtum war. Es begann schon damit, daß der Baron sie nicht mehr zu ihren Eltern brachte. Sie hatten nach einem scharfen Ritt von mehreren Tagen sein eigenes Haus erreicht, und er hatte lediglich einen Boten nach Valouse geschickt, der von ihrer Rettung berichtete. Seitdem hatte sie weder von ihrem Vater noch von ihrer Mutter etwas vernommen.

Aber nun ließ sich ihr Gatte nicht länger mit dem Märchen von ihrer entsetzlichen Schwäche und ihren so überaus beanspruchten Nerven abspeisen, das ihr ein wenig Zeit zum Atemholen verschafft hatte. Es hatte ihn überraschenderweise sogar aus ihrem Schlafzimmer ferngehalten und die flüchtige Hoffnung geweckt, daß sich vielleicht doch noch alles zum Guten wenden würde. Nun jedoch sah es nicht mehr danach aus, wenn sie die gespannten, scharfen Züge ihres Gemahls betrachtete, der darauf wartete, daß sie endlich die Beichte ablegte, die er verlangte.

Sie versuchte, den Bericht so neutral wie möglich zu halten. Angefangen von dem Moment in der Kirche, über den Schlag mit dem Eisenhandschuh bis zu jener Nacht, in der Bertrand de Coville sie in sein Bett befohlen hatte. Sie wagte nicht, ihrem Gatten ins Gesicht zu sehen, aber sie spürte die fieberhafte Anspannung, die ihn bewegte. Die versteckte Wut und die verdrießliche Gier, die ihn Fragen stellen ließ, die ihr entsetzlich peinlich waren, die sie weder beantworten wollte noch konnte.

»Er hat Euch Schmerzen bereitet?« De la Griffe beugte sich vor. »Habt Ihr geblutet?«

»Ich weiß es nicht«, murmelte Viviane.

»Wie oft hat er Euch genommen? Öfter? Und wie?«

»Ich bitte Euch!« Viviane rang in tödlicher Verlegenheit die Hände. »Ich weiß nicht, wie Ihr das meint, mein Herr!«

»Das seht Ihr völlig richtig! Ich bin Euer Herr, und Ihr seid mir Rechenschaft schuldig. Hat er Euch Lust empfinden lassen?«

Viviane errötete bis zum Haaransatz hinauf. Noch weniger als über alles andere wollte sie über die ungezügelte Leidenschaft sprechen, die sie in die Arme Bertrand de Covilles getrieben hatte. Allein die Erinnerung daran vergiftete ihre Tage und raubte ihr in den Nächten den Schlaf. Nie würde sie bei ihrem Gatten etwas Ähnliches fühlen können, und die Vorstellung, daß er mit seinen kurzfingrigen Händen ihre Brüste berühren würde, ließ sie schon jetzt vor mühsam unterdrücktem Ekel erschauern.

»Er hat mir weh getan«, hauchte sie, und das war ja auch die Wahrheit, wenn sie sich auch auf andere Umstände bezog. Die Pein in ihrem Gesicht verlieh der Aussage tragische Glaubwürdigkeit.

»Papperlapapp, nun habt Euch nicht so!« rief er sie taktlos zur Ordnung. »Ich muß genau wissen, wie er Euch beigewohnt hat, damit ich weiß, wessen ich ihn anklagen kann, wenn er in meine Hände fällt. Hat er Euch gebissen? In die Brüste gezwickt? Eure Schenkel gewaltsam gespreizt? Ist er mit dem Finger in Euch gedrungen?«

Viviane zuckte zusammen. Unter den halb gesenkten

Lidern heraus musterte sie das fiebrig gerötete Antlitz ihres Gatten. Täuschte sie sich, oder bereitete es ihm perverses Vergnügen, sie mit diesen Fragen zu quälen? Allein die Art, wie er sich mit der Zunge über die trockenen Lippen fuhr und in seinem Sessel hin und her rutschte, drängte ihr diesen Verdacht auf. Sie versuchte ihn abzulenken.

»Ich bitte Euch, habt ein Einsehen mit mir«, wisperte sie. »Über derlei Dinge spricht man nicht. Ich bin eine anständige Frau.«

»Es dürfte wohl zu spät sein, bei mir die Unschuld zu spielen, beste Viviane«, erwiderte er unwillig. »Ich bin Euer Gemahl, und Ihr habt mir zu gehorchen. Ich verlange einen ausführlichen Bericht der Taten dieses Schurken, oder hat Euch seine Lanze etwa so viel Vergnügen bereitet, daß Ihr vor Lüsternheit vergeht, wenn Ihr davon sprecht?«

Viviane schluckte und verkrampfte ihre Hände. Warum durfte sie nicht vergessen und schweigen? Weshalb diese erneute Qual und Demütigung?

»Ihr tut mir unrecht, mein Gemahl ...«, flüsterte sie und hoffte, daß der Himmel ihre Lüge nicht auf der Stelle strafen würde.

Was sie fühlte und wonach sie sich sehnte, wenn sie an Bertrand de Coville dachte oder von ihm sprach, wollte sie sich nicht einmal selbst eingestehen. Geschweige denn dieser feisten Kröte von Mann, der sich Rechte über sie anmaßte und lüstern jedem ihrer Worte lauschte.

»Sprecht, wie oft hat er es mit Euch getrieben? Was habt Ihr gefühlt, als er Euch gestoßen hat? Fleischeslust, oder habt Ihr Euch wie eine gute Frau gewehrt? Habt Ihr geweint, geschrien, ihn gekratzt und getreten? Ihr müßt es mir sagen, ich bin Euer Beichtvater. Befreit Euch von der unsittlichen Schuld, die Ihr auf Euch geladen habt, damit ich weiß, welche Strafe ich Euch zumessen muß. Ich warne Euch, belügt mich nicht!«

Viviane versuchte ihr Zittern zu unterdrücken. Strafe? Bei allen Heiligen, hatte sie denn noch nicht genug gelitten? Was konnte sie dafür, daß sie als Unschuldige in die Fehde dieser beiden Männer geraten war?

»An diesem Punkt bist zu wohl schuldlos!« flüsterte eine leise Stimme in ihrem Kopf. »Aber dafür, daß du dich ihm willig hingegeben hast, verdienst du Strafe. Für die Seufzer der Lust und der Liebe. Für deine verderbten Wünsche, deine Leidenschaft ... Du hast dich gegen den Schwur versündigt, den du vor dem Altar abgelegt hast!«

Ihr Schweigen verärgerte den Baron. Wieso brachte sie die Zähne nicht auseinander? Sie hatte zu gehorchen!

»Nun, was hast du mir zu sagen?« schnauzte er sie an.

»Ich weiß nicht, was ich sagen soll, Seigneur«, erwiderte Viviane und legte die Handflächen auf ihre brennenden Wangen.

»Ich werde mir den Schaden ansehen, den dieser Halunke angerichtet hat«, beschloß de la Griffe, und sein Ton jagte ihr einen eisigen Schauer über den Rücken. »Erwartet mich nach dem abendlichen Mahl, Madame. Es ist an der Zeit, daß Ihr Eure Pflichten als Ehegattin tut.«

Er vernahm Vivianes erstickten Aufschrei und betrachtete sie mit einem sardonischen Grinsen. Aha, sie hatte also doch gelitten. Sie bebte davor, daß er das gleiche mit ihr tat wie Coville. Gut. Die Angst in ihren Augen gefiel ihm. Sie machte ihm Appetit auf mehr. Er liebte es, wenn ihn eine Frau fürchtete.

»Und noch etwas, falls Euch der Schurke seinen Samen eingepflanzt hat, gibt es natürlich Mittel und Wege, den Bastard loszuwerden. Man wird sich dann beizeiten um Euch kümmern.«

»Was habt Ihr ihm getan, daß er Euch so sehr haßt?« Wieder stellte Viviane diese Frage, auch wenn sie nicht damit rechnete, daß er ihr antworten würde. Aber es war eine Ablenkung. Sie mußte etwas anderes denken, sonst würde sie den Verstand verlieren. Endgültig närrisch werden über die Frage, ob sie einen Mann geheiratet hatte, der sogar einen Kindesmord in Erwägung zog.

De la Griffe zog die Oberlippe hoch, und Viviane sah, daß seine wenigen Zähne sich bereits bräunlich verfärbt hatten.

»Er hat mir die Hand seiner Schwester verweigert, dieser Schurke«, antwortete er dann zu Vivianes Verblüffung. »Er hat es gewagt, mich abzuweisen und zu behaupten, daß ich nicht gut genug für seine kostbare kleine Schwester wäre. Nun, er hat es bereut. Ich habe mir die stolze Kleine geholt, sobald er aus dem Weg war. Es hat sich nicht gelohnt. Sie machte im Grunde mehr Ärger, als sie Vergnügen bereitet hat.«

Vor Vivianes weit aufgerissenen Augen tauchte plötzlich das Bild jener jungen Frau auf, die sie in der letzten Nacht in der Halle der Burg gesehen hatte. Sie zweifelte jetzt keinen Moment mehr daran, daß es sich dabei um Bertrand de Covilles Schwester gehandelt haben mußte. Nun begriff sie, warum er so außer sich gewesen war, als sie ihm davon berichtet hatte. Kein Wunder, daß ihn der Anblick seiner gemarterten Schwester verfolgte.

»Ihr ... Ihr habt sie nicht zur Gattin genommen?« fragte sie, obwohl sie die Antwort bereits kannte.

»Warum sollte ich?« meinte ihr Gemahl und grinste zynisch. »Sie war ohnehin den Ärger nicht wert. Ein zimperliches, frömmliches kleines Ding, das nach dem ersten Mal keine großen Überraschungen mehr bereithielt. Ich gab sie an einen Freund weiter, aber auch der hatte sie schnell satt. Sie hat mich mit ihrem Freitod von einem Problem befreit.«

Viviane erschauerte. Hatte Bertrand de Coville sich diesen Punkt seiner Rache bis zum Schluß aufgehoben? Hätte er sie ebenfalls an seine Männer weitergereicht, wenn er ihrer müde geworden wäre? Heilige Mutter Gottes, was für eine Welt war das, in der sie lebten! Zählten denn nur noch Gewalt und Haß?

»Wollt Ihr sagen, daß Bertrand de Coville bis heute gewartet hat, um sich an Euch zu rächen?« Sie brach ab und biß sich auf die Lippen.

»Das mußte er wohl, denn der König hat ihn verbannt und seines Titels und Lehens enthoben. Es gab damals kein Problem, Karl von Frankreich gefälschte Beweise dafür vorzulegen, daß Coville in Wirklichkeit ein Spion des Herzogs von Burgund war. Damals regierte noch Georges de la Trémouilles, unser verehrter Kanzler, der dummerweise inzwischen entmachtet wurde. Karl war nicht mehr als eine Marionette für ihn. Der König konfiszierte wunschgemäß Covilles Vermögen und erklärte ihn zum Vogelfreien. Ein Spruch, der bis heute nicht aufgehoben wurde. Es war kühn von ihm, die leere Burg seiner Väter zu besetzen.«

Viviane sank auf ein gepolstertes Taburett und starrte ihren Gatten aus weit offenen Augen an. Die absolute Ruhe, mit der er über seine schurkischen Taten sprach, erschreckte sie fast noch mehr als deren schrecklicher Inhalt.

»Ihr habt einen unschuldigen Mann …«, begann sie und wurde erneut unterbrochen.

»Papperlapapp, das versteht Ihr nicht, Ihr seid ja nur ein Weib! Ich habe mich für eine Beleidigung gerächt, das ist das gute Recht eines jeden aufrechten Mannes. Das einzige, was ich mir vorzuwerfen habe, ist, daß ich versäumt habe, ihn töten zu lassen. Es hätte uns eine Menge überflüssigen Ärger erspart.«

Viviane fand keine Worte. Sie hatte das Bedürfnis zu schreien, mit den Fäusten auf Eduard Seigneur de la Griffe loszugehen und ihm dieses selbstherrliche Grinsen aus dem Gesicht zu schlagen. Doch sie konnte sich nicht einmal rühren. Sie konnte nur dasitzen und den Blick nicht von ihm lassen.

O ja, ihr Gemahl würde weit mehr tun, als ein ungeborenes Kind zu töten. Er verkörperte das Böse in seiner schrecklichsten Form, denn er kannte keine Reue. Es bereitete ihm Vergnügen, schlecht zu sein. Und an einen solchen Mann war sie bis an das Ende ihres Lebens gefesselt!

Ihr Gatte hielt diese Starre für Bewunderung. Geschmeichelt erhob er sich und tätschelte ihre kühle, makellose Schulter.

»Ich werde dafür sorgen, daß auch Ihr gerächt werdet, macht Euch keine Sorgen. Und erwartet mich heute abend. Wenn Ihr mir Vergnügen bereitet, wird Eure Strafe geringer ausfallen, also bemüht Euch …«

Er wandte sich zum Gehen, und Viviane fand sich nicht einmal fähig, ihm einen Gruß zu sagen. Die Bilder, die Erinnerungen und Empfindungen, die sie so sorgsam unter Verschluß zu halten getrachtet hatte, brachen mit ungeheurer

Gewalt in ihr auf. Die Erzählung ihres Gemahls hatte ihr endlich den Schlüssel zu Bertrand de Covilles harter, unverständlicher Persönlichkeit geliefert.

Er war doppelt und dreifach gedemütigt worden. Er hatte darin versagt, seine Schwester zu schützen. Er hatte weder ihre Unschuld noch ihr Leben retten können. Zudem war er hilflos im Netz der perfiden Intrigen gestrandet, das Eduard de la Griffe geknüpft hatte, um ihn nicht nur seiner Schwester, sondern auch seines Namens und seiner Ehre zu berauben. Er hatte aus einem stolzen jungen Edelmann einen vogelfreien Verräter gemacht. Einen Verfemten, ohne Zukunft und ohne Hoffnung. Es gab nichts mehr, was Bertrand de Coville verlieren konnte, denn ihm war bereits alles genommen worden.

Lediglich der Wunsch nach Rache trieb ihn noch vorwärts. Das Ziel, den Bösewicht zu erniedrigen und zu töten, der ihm all dies angetan hatte. Viviane konnte es ihm nachfühlen, und damit erlosch endgültig ihr Zorn auf den ruchlosen Ritter, hinter dem sich ein zutiefst verletzter Mann verbarg. Ein Mann, der aufgehört hatte, an das Gute, an echte Gefühle und Aufrichtigkeit zu glauben.

Sie war ein Objekt für ihn gewesen, kein Mensch aus Fleisch und Blut. Nur so lange von Wert, wie er damit rechnete, daß der Baron die Schändung seines Eigentums zu rächen gedachte. Weshalb nur tat diese Einsicht so entsetzlich weh?

Sie erhob sich mit Mühe und begann eine nervöse Wanderung durch das prächtig ausgestattete Kabinett, das ihr zugewiesen worden war. Es kam ihr noch immer merkwürdig vor, wieder von bemalten Wänden, kostbaren Möbeln und weichen Teppichen umgeben zu sein. Ihre geschundenen Füße steckten in hauchfeinen weißen Seidenstrümpfen und flachen Schuhen aus violett gefärbtem Ziegenleder. Seide, Spitze und Samt bedeckten ihren Körper, aber zum ersten Male in ihrem Leben ertappte sie sich dabei, daß sie all diesen Luxus kritisch betrachtete und nicht mehr für selbstverständlich hielt.

Ob diese Kostbarkeiten unter anderem mit dem Vermögen bezahlt worden waren, das ihr Gatte Bertrand de Coville geraubt hatte? Obwohl er nichts davon erwähnt hatte, so glaubte sie doch sicher zu wissen, wo die Besitztümer des Mannes gelandet sein mußten, der sie an ihrem Hochzeitstag entführt hatte und sich nun auch noch ihres Herzens bemächtigt hatte.

Die beschämende Erkenntnis, daß sie lieber barfuß und schmutzig bei einem Vogelfreien sein würde, als in Samt und Seide ihrem Gatten zu gehorchen, trug nicht dazu bei, daß sie sich in ihrem überreichen neuen Heim wohler fühlte. Weshalb schätzte man die Dinge immer erst dann, wenn man sie nicht mehr besaß? Weshalb war es ihr nicht gelungen, Bertrand von ihrer verzweifelten Liebe zu überzeugen? Sie hatte versagt!

Viviane blieb vor dem schönen großen Bogenfenster stehen, das in bunt eingelegtem Glas den Erzengel Michael zeigte, der mit hoch erhobenem Schwert Gerechtigkeit verkündete. Der Regen, der nun seit Tagen fiel, tauchte das Land in düsteres Grau und verlieh den kräftigen Farben eine matte, düstere Tönung. Versonnen berührte sie mit den Fingerspitzen die Linien aus Blei, die das Bild aneinanderfügten, und vor ihrem Auge entstand das Abbild eines anderen, eines dunklen Ritters in schwarzem Eisen.

Bei Gott, jetzt begriff sie wenigstens, warum er sie zurückgelassen hatte. Nicht aus Verachtung oder Haß, sondern aus tief verwurzeltem Ehrgefühl. Selbst wenn er ihre Liebe erwidert hätte, wäre es ihm nicht möglich gewesen, ihr einen Platz in seinem Leben einzuräumen. Nicht einmal die entehrte Tochter des Herzogs von Valouse war tief genug gesunken, um die Tage eines Verfemten zu teilen. Es hatte nie auch nur die geringste Chance für sie auf ein gemeinsames Glück gegeben. Sie hatte geträumt!

Was sie trotzdem nicht verstand, war die heimliche Plötzlichkeit seines nächtlichen Verschwindens. Hatte Bertrand de Coville ernstlich sein Heil in der Flucht gesucht, weil er mit de la Griffes Auftauchen rechnete, oder gab es einen anderen, wichtigeren Grund dafür?

Sie kam zu der Ansicht, daß es einen solchen Grund geben mußte. Der ausgestoßene Ritter war kein Feigling, der dem Kampf aus dem Wege ging, dazu war er zu stolz. So viel glaubte sie sagen zu können, aber damit war sie auch bereits am Ende ihres Lateins.

Sie wußte so gut wie nichts über die Gefühle, die ihn bewegten. Nur, daß ihre eigenen Emotionen nicht ausgereicht hatten, sein starres Herz zum Leben zu erwecken. Er hatte ihre Kraft in sich aufgesogen und sie leer zurückgelassen. Die taube Hülle einer Frau. Ein Phantom ohne Herz.

Aber vielleicht war das ja das einzige Glück in diesem Drama. Ein solches Gespenst paßte wenigstens an die Seite eines Mannes, der ebenfalls kein Herz besaß. So sehr sie ihren Gatten auch verabscheute, er konnte ihr nicht mehr weh tun. Sie hatte allen Schmerz und alle Demütigungen bereits hinter sich, und es gab nichts, was ihr noch angst machen konnte. Sollte sie darüber nun erleichtert oder betrübt sein?

Gefangen in die Zwänge ihrer Ehe, ihrer Geburt und ihres Namens, blieb ihr nur eines – Haltung zu zeigen und wenigstens ihren angeschlagenen Stolz zu retten. Niemandem zu zeigen, wie tief und lebensgefährlich die Wunde war, die Bertrand de Coville ihr geschlagen hatte.

»Du bist die Baronin Viviane de la Griffe, und nur der Tod wird etwas daran ändern«, sagte sie tonlos und beschwörend. »Finde dich damit ab und mach das Beste daraus, meine Liebe. Etwas anderes ist dir in diesem Leben nicht bestimmt.«

Der prächtig gearbeitete Heilige verschwamm vor ihren Augen. Tränen rannen über ihre Wangen und versickerten in der breiten Haubenbinde, die sich unter ihrem Kinn durchzog. Tränen, die weder Trost noch Erleichterung brachten, die nur ihre Niederlage bekräftigten. Sie mußte endlich damit aufhören zu weinen!

Ihre Kammerzofe, welche die treue Mireille ersetzt hatte, die der Baron nicht in seinem Hause haben wollte, fand sie auf Knien im Betstuhl. Die schmalen weißen Hände um die kostbaren Perlen eines Rosenkranzes geklammert und die blassen Lippen in murmelndem Gebet, fixierte sie das flämische Tafelbild einer Madonna mit Kind, ohne auch nur einmal zu blinzeln.

Sie repräsentierte geradezu das Idealbild einer schicklichen frommen Edeldame. Daß Viviane hinter ihren gefalteten Händen stumm blieb und nicht wußte, worum sie den Himmel bitten sollte, konnte das Mädchen nicht ahnen.

13.
Kapitel

»Morgen um die Mittagszeit werden wir Paris erreichen«, verkündete Eduard de la Griffe und zog die bestickten Reithandschuhe aus. Ohne sich darum zu kümmern, daß neben ihm ein Becher stand, setzte er den Weinkrug an und trank in großen, durstigen Zügen.

Seine Gemahlin sah ihm dabei zu, viel zu müde und zu erschöpft, um mehr zu tun, als einfach stehenzubleiben und die Tatsache zu genießen, daß sie weder in einem rüttelnden Wagen saß noch auf einem galoppierenden Pferd. Ihr schwerer Umhang war naß vom Regen, und auch ihr Reisekostüm aus dunkelgrünem Brügger Wolltuch hatte auf den Schultern und den Rocksäumen große feuchte Flecken. Unter dem breitkrempigen Filzhut klebten nasse Härchen an ihrer Schläfe, und die großen Augen umgaben tiefe, violette Schatten. Viviane zitterte vor Kälte und Entkräftung.

Sie hatte in den letzten Tagen bei weitem nicht genügend geschlafen, um den vielfältigen Strapazen dieser Gewaltreise gewachsen zu sein. Wenn ihr unersättlicher und zügelloser Gatte des Nachts endlich von ihr abließ, blieb sie stets noch wach, mit schmerzendem Körper und brennenden Augen, verzweifelt die Wut und das Elend unterdrückend, die sie überfluteten, während er befriedigt schnarchend seine Kräfte auffrischte.

Es schien, als könne er nie genug davon bekommen, den blassen, ungerührten Körper zu benützen, der ihm jederzeit zur Verfügung stehen mußte. Mit einer geradezu fieberhaften

Verbissenheit versuchte er, ihr eine sichtbare Regung abzutrotzen, eine Reaktion auf seine schamlosen Bemühungen hervorzurufen. Aber ebensogut hätte er dies bei einer Marmorstatue versuchen können.

Viviane hatte festgestellt, daß sie seine Anstrengungen mit Haltung ertragen konnte, wenn sie die Lider schloß und sich ganz tief in sich selbst zurückzog. An einem Punkt, der es ihr sogar ermöglichte, die Schmerzen zu ertragen, wenn er sie vor Wut knuffte oder rücksichtslos in ihre Brüste biß. Sie hatte schnell erfaßt, daß es ihn erregte, Qualen zu bereiten, und daß ihr tränenersticktes Keuchen ihm gefiel. Allein, sie fragte sich, wie lange es ihr noch gelingen würde, dies zu ertragen.

Am vergangenen Abend hatte er sie zum ersten Male mit der Reitgerte geschlagen, um sie für ihre eisige Zurückhaltung zu strafen. Die ordinären Beleidigungen, die er ihr dabei an den Kopf geworfen hatte, jagten ihr noch jetzt die Schamröte in die Stirn.

»Man sagt, der König ist dabei, den Kreis seiner Ratgeber zu erweitern«, sagte er nun mehr zu sich selbst als zu Viviane. »Ich möchte rechtzeitig bei Hofe sein, um meine Position zu wahren. Wie dumm, daß Trémouille und St. Doye so an Einfluß verloren haben.«

Er stellte den halbleeren Krug zurück und maß Viviane aus schmalen Augen. »Was steht Ihr hier herum und gafft? Zum Henker, ich hoffe, daß Ihr bei Hofe ein wenig charmanter und weltgewandter seid. Ich benötige eine Frau, die meine Interessen vertritt, und keine dumme Gans, die ihre Zähne nicht auseinander bekommt.«

An seine Schmähungen gewöhnt, verzichtete Viviane auf eine Antwort. Sie hob die Hände, um den triefenden Hut abzulegen und die Schnalle ihres Umhanges zu öffnen. Sie mußte sich selbst behelfen, denn der hastige Aufbruch, den ihr Gatte veranlaßt hatte, als der Bote aus Paris die Neuigkeiten ins Schloß brachte, hatte keine großen Vorbereitungen zugelassen.

De la Griffe besaß angeblich ein großes, gutgeführtes Haus in Paris, und deswegen verzichtete er darauf, Lakaien und Kammermägde aus der Burg mitzunehmen. Sie hätten seinen

Troß nur vergrößert und lästigerweise aufgehalten. Die fehlenden Bequemlichkeiten seiner Gattin interessierten ihn nicht einmal am Rande.

Ehe er sich einmal mehr über den stillen, hartnäckigen Hochmut ärgern konnte, mit dem sie ihn behandelte, klopfte es an der Tür der Kammer. Der Wirt schleppte höchstpersönlich das Mahl für die unerwarteten Gäste herbei. Die kostbaren Stoffe ihrer Kleidung und die edlen Reittiere genau einschätzend, erhoffte er sich ein gutes Geschäft.

Die Verpflegung war zwar reichhaltig, aber in den Augen des Seigneur de la Griffe nicht besonders raffiniert. Brot, Käse, ein Hasenragout und dicke Kohlsuppe bildeten das Herzstück der Mahlzeit, die von den letzten Birnen und Trauben abgerundet wurde.

»Wenn Georges de la Trémouille nicht mehr an der Macht ist«, setzte Viviane unvermittelt das Gespräch fort, das ihr Gatte vorhin begonnen hatte, »was wollt Ihr dann tun, um Eure Interessen bei Hofe durchzusetzen? Man sagt, der König ist nicht gut auf dessen ehemalige Freude zu sprechen.«

Sie hatte lediglich ein paar Bissen Ragout und etwas Brot zu sich genommen, und jetzt zupfte sie nachdenklich eine Traube nach der anderen von der Rispe. De la Griffe sah verblüfft von seinem Napf hoch. Bisher hatte sie sich nie für seine Pläne interessiert.

»Das laßt nur meine Sorge sein«, meinte er unwirsch. »Belastet Euren kleinen Kopf nicht mit derlei Dingen. Sagt mir lieber, ob Ihr endlich Euer monatliches Übel bekommen habt.«

Viviane verschluckte sich an einer Traube. Die ungehobelte Direktheit, mit der ihr Gatte die delikatesten Dinge ansprach, bereitete ihr stets aufs neue Unbehagen. Er interessierte sich brennend dafür, ob ihre Entführung durch Bertrand de Coville Folgen haben würde, und ärgerte sich stets aufs neue darüber, daß sie ihm nicht befriedigend Auskunft geben konnte.

Es hatte nie sonderliche Regelmäßigkeiten in ihrem Frauenleben gegeben. Mal paßte es sich dem Zyklus des Mondes an, dann vergingen wieder mehrere Wochen, ohne daß etwas geschah. Daß sie seit ihrer Eheschließung umsonst darauf wartete, führte sie selbst eher auf die Aufregungen zurück als auf die wenigen, kostbaren Liebesstunden mit dem geächteten Ritter. Doch ihr Gatte gab es nicht auf, Fragen zu stellen. Vielleicht legte er es mit diesem brutalen Eilritt sogar darauf an, daß sie, sollte sie tatsächlich schwanger sein, daß Kind umgehend wieder verlor.

Unwillkürlich legte sie die Hand auf den flachen Leib, als könne sie damit halten und bewahren, was möglicherweise in ihr wuchs. Dann schüttelte sie errötend und stumm den Kopf.

»Um so besser«, knurrte ihr reizender Gemahl. »Es wäre mir lästig gewesen, für diese Nacht eine willige Magd zu suchen. Ich beginne Vergnügen an Euch zu finden, wenngleich es Euch an der Teilnahme fehlt. Das vernehmt Ihr sicher mit Freuden.«

Die Farbe auf Vivianes Wangen vertiefte sich. Sie wußte, daß er eine Antwort verlangte und daß sie es üblicherweise büßen mußte, wenn sie schwieg. Sie legte die restlichen Trauben in die Schale zurück. Der Appetit war ihr schlagartig vergangen, und die Röte in ihrem Gesicht machte marmorner Blässe Platz.

»Ich bin Eure gehorsame Gemahlin, Seigneur!« murmelte sie.

Sie fühlte sich grauenvoll. Jeder Knochen in ihrem müden Körper schmerzte, und sie mußte sich zwingen, nicht einfach voller Panik aus der Kammer zu laufen. Das Schlimmste jedoch war, daß sie ihrem Gemahl ansah, daß er ihre Gefühle durchschaute. Er belauerte sie wie die Schlange ihre Beute und wartete nur auf den richtigen Moment zum Zuschlagen.

»Wie angenehm es doch ist, eine so kluge Gattin zu haben«, antwortete er nun mit vollem Mund. Er gab sich keine Mühe, seinen Spott zu verbergen. »Es wäre mir tatsächlich arg, wenn Ihr unter den Folgen dieses Schurkenstreiches so sehr leiden würdet, daß Ihr Euch für immer in ein Kloster zurückziehen müßtet. Es freut mich, daß Ihr Euch auf dem Wege der Besserung befindet.«

Die Drohung, sie für den Rest ihres Lebens hinter die Mauern eines Klosters zu verbannen, hing seit geraumer Zeit über ihrem Haupt. Und so sehr sich Viviane anfangs vor einer neuerlichen Einengung ihrer Freiheit gefürchtet hatte, begann sie sich allmählich zu fragen, ob der Friede unter den frommen Dienerinnen Gottes nicht einem Leben unter der Knute eines launenhaften und durch und durch sadistischen Ehegatten vorzuziehen war.

Auch in dieser Nacht ging ihr der Gedanke durch den Kopf, als sie unter ihrem keuchenden Mann lag, der sich ihr wieder einmal aufgezwungen hatte, ohne auf sie Rücksicht zu nehmen. Seine groben Hände quetschten ihre zarte Haut, und die Spuren seiner Bisse zeichneten ein makaberes Muster auf ihre schönen Brüste, die ihr wie zum Hohn größer und voller erschienen, als sie es je gewesen waren. Und auch empfindlicher, weshalb sie nicht verhindern konnte, daß ihr Tränen der Qual aus den Augenwinkeln liefen.

Der Baron registrierte es und kicherte erfreut. »Nur zu, meine stolze Schöne. Wie angenehm, daß es mir gelungen ist, deinen Panzer aus Eis zu zerbrechen. Du hast mir zu Diensten zu sein, du mußt tun, was ich verlange. Da auf den Boden mit dir …«

Was folgte, war eine schlimmere Qual, als sie jemals hatte ertragen müssen. Es war entwürdigend, und als es endlich vorbei war, schleppte Viviane sich hinter den Wandschirm und gab endlich der Übelkeit nach, die sie gepackt hatte.

Zitternd, frierend und von unaussprechlichem Ekel geschüttelt, kauerte sie halbtot auf dem Boden, nur noch ein gepeinigtes, ermattetes Bündel Mensch. Befriedigtes, sonores Schnarchen vom Bett verkündete, daß Eduard de la Griffe sein Vergnügen gehabt hatte und sich nicht weiter um seine Gemahlin kümmerte.

Viviane schlang die Arme um ihren bloßen Oberkörper und wagte keine weitere Bewegung. Sie hatte Angst zu zerbrechen. Angst, den schlafenden Mann zu wecken und weiteren Torturen unterworfen zu werden. Aber konnte man sich elender fühlen, als sie es ohnehin schon tat? Sie erinnerte sich an ihre Verzweiflung und ihren hilflosen Zorn, als Bertrand de Coville sie genommen hatte, aber das, was etwas Böses, eine Strafe hätte sein sollen, war zu etwas Schönem geworden, während es bei ihrem Gemahl genau umgekehrt war.

Aber der Gedanke an Bertrand vertiefte nur ihr Elend und ihre Verzweiflung. Das Paradies zu kennen bedeutete, die Schrecken der Hölle um so schlimmer zu empfinden. Warum quälten sie zu allem Überfluß auch noch die Erinnerungen?

»Wahrhaftig, wo bleibt Ihr? Ihr wißt genau, daß ich keine Zeit versäumen möchte. Ist es zuviel verlangt, daß Ihr Euch rechtzeitig erhebt?«

Viviane hörte die üblichen Vorwürfe ihres Gatten wie durch einen dichten Schleier. Sie war im Morgengrauen frierend, auf dem Boden kauernd zu sich gekommen, und als sie mit den Zähnen klappernd in das Bett kriechen wollte, hatte ihr Gatte zum Aufbruch gemahnt. Wie sie es schließlich geschafft hatte, ihre Kleider anzuziehen und auf die Beine zu kommen, vermochte sie nicht genau zu sagen.

Ihr war heiß und kalt zugleich und die schreckliche Übelkeit, die sie in der Nacht gewürgt hatte, lauerte auch jetzt noch in ihrer Kehle. Sie konnte nicht mehr als ein paar Schluck Quellwasser zu sich nehmen, und der Horizont wellte sich höchst seltsam vor ihren Augen, als sie im Sattel saß.

Wenigstens hatte der Regen nachgelassen, und die blasse Sonne lag im Kampf mit dem morgendlichen Nebel. Die Erde dampfte vor Feuchtigkeit, und der Schlamm verwandelte die Landstraße in eine Spur aus zähem Matsch. Trotz aller Flüche ihres Gemahls erreichten sie Paris erst kurz vor dem abendlichen Schließen der Stadttore, und sie konnten von Glück sagen, daß sie überhaupt noch eingelassen wurden.

Viviane bemerkte kaum etwas von der Stadt. Sie kannte Paris von ein, zwei Besuchen, die der Herzog gemacht hatte, aber an diesem Abend war sie nicht fähig, sich über die vertraute Silhouette der Dächer und Kirchtürme zu freuen, die im Schatten der frühen Dämmerung wie von einem Malerpinsel an den Himmel getupft wirkten. Ein hartnäckiger Schüttelfrost ließ ihre Zähne aufeinander klappern, und als sie im Hofe des weitläufigen Stadthauses aus dem Sattel stiegen, das Eduard de la Griffe sein eigen nannte, konnte sie kaum einen Fuß vor den anderen setzen.

Ihr Gemahl bellte wie üblich seine Befehle, ohne sich darum zu kümmern, was aus ihr wurde. Viviane fürchtete schon, einfach im Hof stehengelassen zu werden, als sich eine dunkel gekleidete Matrone näherte und schnaufend in eine gemächliche Reverenz versank.

»Wenn Ihr mir bitte folgen wollt, Madame, ich zeige Euch Eure Gemächer. Ich bin Jacquette, mein Mann ist der Haushofmeister des Barons. Ihr müßt sicher müde sein von der Reise, kommt ins Warme ...«

Die mütterliche Fürsorge tat Viviane gut und erinnerte sie an Mireille, die sie am Morgen ihres Hochzeitstages zum letzten Male gesehen hatte. Es schien unendlich lange her zu sein, daß sich jemand um sie gesorgt hatte, der nichts von ihr wollte und ihr anschließend auch keine Rechnung dafür präsentierte.

»Ihr habt recht«, erwiderte sie und lächelte ein wenig verzerrt. »Mir scheint, ich brauche ein Bad, eine Mahlzeit und eine kräftige Portion Schlaf.«

Dann würde es ihr bessergehen, das hoffte sie zumindest. Mit der Aussicht darauf mobilisierte sie die letzten Reserven ihrer Kraft, um mit hoch erhobenem Haupt das Haus zu betreten, das von Reichtum und Einfluß kündete. Im Schein der Fackeln, die rechts und links des Eingangs brannten, erhaschte sie den Blick auf ein Wappen, das der Steinmetz im Lanzettbogen hoch über der Tür eingefügt hatte und dessen Äußeres seltsam beschädigt und konturenlos wirkte.

Die beiden gekreuzten Schwerter, in deren Mitte ein hoch aufgerichteter Gerfalke saß, waren nur noch in Andeutungen zu erkennen, und der Kopf des Falken fehlte. Viviane, die die stolzen Vögel liebte, erkannte jedoch den typischen Körperbau, und es tat ihr weh, die mutwillige Zerstörung der schönen Arbeit zu sehen. Auch erschien es ihr seltsam, daß ihr Gatte keine Anweisung gegeben hatte, diesen Schandfleck zu tilgen oder zu erneuern.

Sie hatte bereits gelernt, welch großen Wert er darauf legte, seine Macht, seinen Einfluß und seinen Reichtum zu demonstrieren. Die Tatsache, daß dieses Wappen sehr hoch oben angebracht und schwer zu erreichen war, konnte ihn allein wohl nicht davon abgehalten haben. Sie wollte gerade eine entsprechende Frage an ihre Begleiterin stellen, als ihr etwas anderes auffiel.

Sie blieb noch einmal stehen und sah hinauf zum Türsturz, ehe sie tief durchatmend in die große Halle trat. Das Wappen ihres Gatten war zweigeteilt. Eine halbe Ährengarbe und eine Hellebarde wiesen darauf hin, daß er zu den größten Landbesitzern seiner Region zählte und seine Vorfahren dem König in vielen Schlachten gedient hatten. Weder ein Falke noch ein Schwert tauchten in seinem Wappen auf. Was hatte das zu bedeuten?

Sie war sich der Tatsache bewußt, daß ihre Begleiterin bemerkt haben mußte, welche Aufmerksamkeit sie dem Wappen schenkte, aber sie verlor kein Wort darüber. Sie führte Viviane in ein bezauberndes Gemach, dessen Wände mit honigfarbenem Holz getäfelt waren und auf dessen dunkelblauer, hoher Decke eine Künstlerhand den nächtlichen Sternenhimmel nachempfunden hatte.

Während Jacquette die zahllosen dicken Kerzen in den silbernen Leuchtern entzündete, die überall bereitstanden, sank Viviane in einen breiten gepolsterten Stuhl und schloß erschöpft die Augen. Hinter ihrer Stirn pochte der Schmerz, und mit einemmal brach ihr der Schweiß aus. Im selben Moment mußte sie auch noch niesen.

»Heilige Mutter Gottes, Ihr habt Euch erkältet!« rief Jacquette und eilte zu ihr, um prüfend eine Hand auf ihre glühend heiße Stirn zu legen. »Ihr fiebert ja! Kein Wunder, daß Ihr so blaß seid, arme Dame. Laßt Euch ins Bett helfen …«

Viviane tat nichts lieber, als sich der Fürsorge ihrer neuen Dienerin zu überlassen, und wenn sich Jacquette beim Anblick der blauen Flecken und Bißmale, die ihren Körper bedeckten, ihren Teil dachte, so schwieg sie darüber. Sie entkleidete ihre Herrin, wusch sie mit einem weichen Schwamm und hüllte sie in ein vorgewärmtes Nachthemd, ehe sie ihr Weidenrindentee zu trinken gab und ihr ein wenig Brühe einflößte.

»Die Ärmste sieht nicht danach aus, als bereite ihr das Eheleben sonderliches Vergnügen«, berichtete sie ihrem eigenen Gemahl unter vier Augen, aber der winkte unwirsch ab. Er wollte nichts davon hören.

»Es wird zuviel getratscht, misch dich nicht ein, Weib. Du weißt sehr gut, daß wir froh sein müssen, ein Dach über dem Kopf zu haben. Er hätte uns auch davonjagen können wie alle anderen.«

»An manchen Tagen denke ich, es wäre besser zu betteln, als ihm zu dienen«, murrte Jacquette. Aber als sie keine Antwort bekam, schwieg sie ebenfalls. Sie wollte nicht einmal ihrem eigenen Mann Näheres über das berichten, was sie gesehen hatte.

14. Kapitel

Ein kühler Luftzug strich durch den Raum und ließ die zahllosen Kerzenflammen aufflackern. Viviane de la Griffe erschauerte an der Seite ihres Gatten und wünschte sich, sie hätte ein wärmeres, hochgeschlosseneres Kleid zu diesem Anlaß getragen. Nicht unbedingt diese Robe, die ihre Brüste bis an die Grenze des Schicklichen entblößte und ihr bewies, daß ihr Gemahl trotz aller perversen Quälereien sehr wohl daran gedacht hatte, daß es Stellen gab, die er unverletzt lassen mußte.

Es war jedoch nicht ihre Entscheidung gewesen, die auffällige goldfarbene Robe oder eine andere zu wählen, sondern die ihres Gatten. Er hatte Jacquette angewiesen, sie auf das prächtigste herauszuputzen. Vivianes hartnäckiger Stolz hatte sie davon abgehalten, ihm zu sagen, daß sie unter Fieber und mörderischen Kopfschmerzen litt. Sie ahnte, daß er ohnehin keine Rücksicht darauf genommen hätte.

In der Sänfte, die sie und ihren Gemahl in den königlichen

Palast brachte, hatte ein glutgefüllter eiserner Ofen etwas Wärme verstrahlt, und auch der pelzgefütterte Umhang hatte sie vor der ärgsten Kälte geschützt. Doch dieser Mantel war in den Händen eines Dieners geblieben, und nun stand Viviane inmitten der Menge der Höflinge, die sich leise unterhielten und darauf warteten, daß seine allergnädigste Majestät, König Karl von Frankreich, die morgendliche Audienz eröffnete.

Viviane wärmte die klammen Finger in den schweren Brokatfalten ihres Rockes und fühlte gleichzeitig, daß ihr der feine Schweiß auf der Stirn stand. Obwohl ihr Gemahl in der vergangenen Nacht zum ersten Mal darauf verzichtet hatte, sie in sein Bett zu befehlen, lagen unruhige und schlaflose Stunden hinter ihr.

»Reißt Euch zusammen«, mahnte er nun mit unterdrückter Stimme an ihrer Seite. »Wir haben uns nach Kräften bemüht, den Skandal zu unterdrücken, Euer Vater und ich, aber es ist erforderlich, daß man Euch in voller Schönheit sieht, um mögliche Gerüchte zu unterdrücken.«

Normalerweise hätte Viviane ihn gefragt, weshalb ausgerechnet sie, die doch die Leidtragende des Ganzen gewesen war, nun auch noch dafür sorgen sollte, daß niemand davon erfuhr, aber heute war sie nicht einmal mehr dazu fähig. Hinter ihrer Stirn hämmerte der Schmerz, und das Fieber verwandelte die prächtige Audienzhalle in ein merkwürdiges Zauberreich. Die Farben verwischten sich, und die auf- und abschwellenden Stimmen klangen wie das Gezwitscher fremdartiger Vögel.

Die schweren Säulen, die das Tonnengewölbe der königlichen Halle trugen, schienen immer massiger und gigantischer zu werden. Sie begrenzten ihr Gesichtsfeld und wölbten sich auf eigenartige Weise zu einem schwarzen Dach, das stetig niedriger wurde, ihren Blick einengte und sich wie eine samtige dunkle Decke über sie legte. Dann hatte die Finsternis sie erreicht.

Viviane merkte nicht mehr, daß sie sich mit der Hand an die Stirn faßte, taumelte und schließlich wie eine Gliederpuppe langsam in sich zusammensank, nur getragen von dem steifen Brokat ihres Gewandes und den zahllosen Unterröcken, die dann jedoch ebenfalls nachgaben.

Ehe sie allerdings ganz zu Boden fiel, griff ein hochgewachsener, schlanker Edelmann im silbergrauen Wams ein, der sich, durch Vivianes Handbewegung aufmerksam geworden, nach ihr umgedreht hatte. Er fing sie sanft auf und betrachtete fasziniert das blasse Antlitz mit den geschlossenen Augen.

Als Eduard de la Griffe sich unwillig zu Seite wandte, um zu sehen, was der plötzliche Aufruhr neben ihm bedeutete, sah er seine Gattin leblos in den Armen dieses Höflings. Seine buschigen Brauen schossen in die Höhe.

»Zum Henker, was tut Ihr da? Was ist passiert?« fluchte er unterdrückt.

»Eure Gattin ist ohnmächtig geworden«, erklärte Michel de Lassay und starrte der jungen Frau ins Gesicht, als habe er in seinem ganzen Leben noch nie eine bewußtlose Edeldame gesehen.

»Sie macht nichts als Ärger«, fluchte de la Griffe und schüttelte seine Gattin grob.

»Ich bitte Euch!« De Lassay wich mit seiner Last einen Schritt zurück, um sie davor zu bewahren. »Seht Ihr nicht, daß sie krank ist? Ihre Stirn glüht vor Fieber! Sie gehört ins Bett und nicht auf einen offiziellen Empfang des Königs. Sie wird sich hier den Tod holen!«

»Das laßt nur meine Sorge sein«, knurrte Vivianes Gatte, zwang sich aber trotzdem zu Höflichkeit.

Michel de Lassay gehörte zu jenen geheimnisvollen, einflußreichen Männern, die den König seit neuestem umgaben und von denen man munkelte, daß sie im Grunde im Dienste seiner Schwiegermutter Yolande von Aragon und Anjou standen. Es war nicht gut, sich mit ihm anzulegen. Einmal wegen seines Einflusses und einmal wegen der unbestrittenen Gefährlichkeit, die er ausstrahlte.

»Gibt es eine Möglichkeit, daß meine Gattin irgendwo ein wenig Atem schöpft, damit sie sich wieder erholen kann?« Der Baron schaute sich suchend um.

»Ich bringe sie in die Gemächer meiner Gemahlin«, schlug

Michel de Lassay kurz entschlossen vor, und ehe der Seigneur de la Griffe dagegen protestieren konnte, öffnete sich bereits eine respektvolle Gasse vor dem jungen Edelmann, durch die er die ohnmächtige Frau hinaustragen konnte.

Ihr stämmiger Gemahl hatte Mühe, den weit ausholenden Schritten de Lassays zu folgen, aber in Anbetracht seiner grimmigen Miene wagte niemand, darüber zu schmunzeln. Hinter der breiten, gefurchten Stirn des Barons überschlugen sich währenddessen die Gedanken. Vielleicht war es ja gar nicht so schlecht, auf diese Weise die Bekanntschaft des angesehenen de Lassay zu machen. Er entschied sich, abzuwarten und die Gunst der Stunde zu nutzen. Wer zum Haushalt des Königs zählte, war nicht auf die offiziellen Audienzen angewiesen, um seine Interessen zu vertreten. Das kostbar möblierte Empfangszimmer, wo ihnen die Gemahlin des jungen Mannes entgegentrat, verriet zudem, wie hoch er in der Gunst des Königs stand.

»Gütiger Himmel, was ist das?«

Alison de Lassay, die in einer bezaubernd einfachen Hausrobe an einem breiten Tisch saß und ein Pergament beschrieb, ließ die Feder fallen und stand auf, als ihr Gatte mit seiner Last eintrat. Sein vielsagender Blick auf das geisterhaft blasse Antlitz der ohnmächtigen Frau ließ ihren Blick dem seinen folgen, und ihre schön geschwungenen Lippen formten ein lautloses ›Oh!‹, als sie entdeckte, was auch er sofort bemerkt hatte.

Es gab für sie nicht den geringsten Zweifel, wer diese junge Frau war. Für einen Moment setzte der jähe Schock sogar ihrer sonst so unerschütterlichen Haltung zu. Sie preßte die Hand heftig auf das bändergeschmückte Mieder ihres Gewandes und atmete tief durch, ehe sie auf die Tür zum Nebenzimmer deutete.

»Legt sie in mein Bett. Was ist passiert? Ist sie verletzt? Warum ist sie ohnmächtig?«

»Keine Angst, meine Liebe«, beruhigte de Lassay seine erschrockene Gattin. »Erschöpft, fiebrig, erkältet, aber nicht verletzt. Ich habe dem Baron de la Griffe versprochen, daß Ihr Euch um seine Gattin kümmern werdet. Seid versichert, Seigneur, daß Dame Alison alles für sie tun wird. Sie versteht eine Menge von der Heilkunst, und Eure Gattin ist bei ihr in den besten Händen.«

Letzteres galt de la Griffe, der Alison wie eine überirdische Erscheinung anstarrte. Sie trug ihr lodernd rotes Haar offen, nur von einem schmalen Goldreif um die Stirn gebändigt. Es bildete einen phantastischen Rahmen für ihre feinen Züge, die von tiefgrünen, smaragdfarbenen Augen beherrscht wurden.

Er hatte nicht geahnt, daß de Lassay eine solche Schönheit geheiratet hatte, und irgendwie erinnerte sie ihn an Viviane. An jene Viviane, die er auf Valouse kennengelernt hatte. Stolz, selbstsicher und gelassen, nicht jenes empfindliche Wrack, das Bertrand de Coville aus ihr gemacht hatte.

Alison hingegen bewunderte einmal mehr das Geschick ihres Mannes, alle wichtigen Informationen in kurzen und prägnanten Sätzen unterzubringen. Allein sein Tonfall sagte ihr, daß er de la Griffe verabscheute und sie davor warnte, auch nur einen einzigen der Gedanken auszusprechen, die ihr in wildem Chaos durch den Kopf schossen. So schenkte sie dem kostbar gekleideten Edelmann lediglich ein oberflächliches Lächeln und eilte voraus, die Decke für die Kranke zurückzuschlagen.

De Lassay verhinderte, das Vivianes Gatte in die Ungestörtheit seines ehelichen Schlafgemaches einbrach. Er ergriff ihn mehr oder weniger energisch am Oberarm und drängte ihn hinaus. »Laßt uns zur Audienz zurückkehren. Ihr könnt sicher sein, daß Dame Alison für Eure Gattin sorgt. Ihr hattet doch die Absicht, dem König ein Anliegen vorzutragen, oder etwa nicht?«

De la Griffe verrenkte sich den Kopf auf seinem kurzen Hals, aber er sah nur, wie de Lassays Frau sich über Viviane beugte und die Schnüre des Mieders lockerte. Er hatte keine andere Wahl, als dem anderen zu folgen. Um so mehr, als ihm diese Aufforderung auch noch hervorragend in den Plan paßte.

»In der Tat.« Er nickte. »Ich muß den König sprechen. Wollt Ihr mir nicht einen Rat geben …«

Alison de Lassay hörte, wie sich die Stimmen entfernten und die Tür ins Schloß fiel. Sie war allein. Allein mit der Frau, die ihrer jüngsten Schwester Marie-Ange glich wie ein Sonnenstrahl dem anderen. Marie-Anges vermißte Zwillingsschwester, kein Zweifel! Das Mädchen, von dem die Äbtissin des Klosters der Damen vom Wald behauptet hatte, daß es wenige Tage nach der Geburt gestorben sei.

Alison hatte diese Geschichte nie geglaubt, die Louise de Luce, die ehrwürdige Mutter Äbtissin, dem Grafen von Mesnières aufgetischt hatte, um nach dem Verbleib seiner letzten Tochter zu forschen. Marie-Ange war unter dem Schutz der Damen des Waldes aufgewachsen, aber auch sie hatte nichts davon geahnt, daß sie in Wirklichkeit noch eine Zwillingsschwester besaß, die als Säugling ebenfalls dort Zuflucht gefunden hatte*.

Aber Alison hatte jetzt keine Zeit, über Dinge nachzugrübeln, die sich auch von alleine aufklären würden. Zuerst galt es, dieser jungen Frau zu helfen, die offensichtlich an einen höchst unfreundlichen Gemahl gefesselt war. Im Nu hatte Alison ihre Zofe alarmiert und eine Magd auf diverse Besorgungen geschickt. Dann befreite sie die Kranke sachte von ihrem schweren und kostbaren Gewand.

Als sie den schmalen, fast ausgezehrten Körper in ein wärmendes Nachthemd hüllen wollte, entdeckte auch sie die Male, die de la Griffe dort hinterlassen hatte. Dieser Mann war nicht nur unsympathisch, er war ein absolutes Scheusal. Es durfte nicht erlaubt sein, daß man einer Frau solche Dinge antat. Kein Wunder, daß sie mit ihren Kräften am Ende schien und bei der geringsten Anstrengung in Ohnmacht fiel.

Alison preßte kampfeslustig die Lippen aufeinander. Man würde Viviane vor ihrem eigenen Gatten beschützen müssen. Sie, Alison, scheute die Auseinandersetzung mit diesem Kerl nicht, und sie wußte mit Sicherheit, daß die Fiebernde, die sich jetzt in den Kissen herumwarf, nicht ihn meinen konnte, als sie in wilder Heftigkeit rief: »Warum hast du das getan? Warum hast du mich zurückgelassen?«

* Band 18143 – Marie – Engel in Versuchung

»Psst!« versuchte sie die junge Frau zu beruhigen und entfernte die letzten Haarnadeln aus den festgesteckten rötlichen Flechten. »Es wird alles gut werden, kleine Schwester. Du mußt keine Angst mehr haben. Ich wußte, daß du irgendwann zu uns stoßen wirst.«

Viviane glaubte in ihren Fieberphantasien eine Frauenstimme zu hören. Sie sprach sanfte, beschwörende Worte, die in Bereiche drangen, die sie normalerweise vor allen anderen verschloß. Die den peinigenden Schmerz ihrer Seele linderten und die Glut dämpften, die sie von innen heraus zu verzehren drohte.

Warme Flüssigkeit rann in ihren Mund, sie schluckte, um nicht zu ersticken. Dann fiel die Dunkelheit wieder auf sie herab.

Die Schmerzen in ihrem Kopf, in ihren Gliedern, in ihrem Körper wurden unerträglich. Das Fieber schien sie von innen heraus bei lebendigem Leib zu verbrennen. Hitze. Wahnsinn. Feuer.

Sie stand mitten in den Flammen eines Scheiterhaufens, wie die bedauernswerte Jungfrau, die dem König zu seinem Sieg gegen die Engländer verholfen hatte. Viviane wollte Gott um Beistand bitten, wie Jeanne es getan hatte, aber kein Laut kam über ihre aufgesprungenen, spröden Lippen. Sie litt, ohne Erleichterung zu finden, und die Augenblicke, in denen sie am Rande der Klarheit zwischen Ohnmacht und Schlaf schwebte, wurden immer spärlicher. Sie hatte keine Kraft mehr, sie überließ sich dem Fieber.

»Ihr könnt sie unmöglich mit Euch nehmen«, erklärte Alison deswegen auch am dritten Tag dieser Krankheit dem Baron de la Griffe standhaft. »Sie ist nicht nur schlimm erkältet, sie leidet auch an einem hochgradigen Nervenfieber. Sie muß Arges erlebt haben, und es ist nicht ratsam, eine solche Kranke zu transportieren. Vertraut sie mir an, ich weiß mit derlei Leiden umzugehen.«

Weniger aus Vertrauen zu den ärztlichen Künsten der edlen Dame als aus dem Versuch heraus, sich die Sympathie des Sieurs de Lassay zu erhalten, stimmte Eduard de la Griffe diesem Vorschlag zu. Daß jener seiner Gemahlin reine Wunder zutraute, war nicht zu übersehen. Wie töricht diese jungen Edelmänner waren!

»Schickt mir einen Boten, wenn es meiner Angetrauten wieder bessergeht«, bat er übertrieben höflich. »Ich bin sicher, daß dies unter Euren kundigen Händen bald der Fall sein wird. Ich bin Euch für Eure Mühen und Eure Hilfe unendlich dankbar.«

Alison nickte höflich, aber sie entspannte sich erst wieder, als sich die Tür hinter dem Besucher geschlossen hatte.

»Ich verabscheue ihn«, teilte sie Michel mit, der ihr ein zärtliches Lächeln schenkte. »Er ist schlimmer als ein Tier. Wenn du die Spuren auf ihrem Leib gesehen hättest! Warum tötest du ihn nicht? Er verdient den Tod hundertfach. Am besten sollte man ihn rädern, vierteilen und aufhängen. Viviane wäre frei und gewiß sehr erleichtert, wenn sie nach ihrer Genesung von seinem Ableben erfährt.«

»Was für ein blutrünstiges, gefährliches Wesen du doch bist, Geliebte«, erwiderte de Lassay lachend. »Mord ist nur für Schurken und Hexen ein probates Mittel, sich seiner Feinde zu entledigen. Zivilisierte Menschen halten sich an solche Dinge wie Gesetz und Gerechtigkeit. Willst du es nicht auch besser damit versuchen?«

»Ihr macht Euch lustig über mich, Michel«, seufzte Alison und schmiegte sich in seine Umarmung. »Ich hasse diesen Mann. Er ist falsch, gewalttätig und ohne jeden Skrupel. Was wird sein, wenn Viviane wirklich wieder gesund ist? Wir können sie nicht zu ihm zurückkehren lassen.«

»Wird sie denn wieder gesund werden? Ihr Zustand scheint sich doch überhaupt nicht zu bessern.«

Zum ersten Mal wagte er seine Sorge auszusprechen. Viviane de la Griffe wirkte so durchsichtig blaß und elend, daß sie dem Tode näher als dem Leben zu sein schien. Alison wischte die Zweifel ihres Gemahls mit einer ungeduldigen Handbewegung zur Seite.

»Natürlich wird sie wieder gesund, welche Frage. Ich bezweifle sogar, daß dies eine richtige, ich meine, durch die Krankheit bedingte Ohnmacht ist. Sie hat diesen Weg gewählt, um der schlimmen Realität für eine Weile zu entfliehen. Gönnen wir ihr diese nötige Erholung, ehe sie sich der Wirklichkeit wieder stellen muß.«

»Hast du deswegen weder deinen Schwestern noch deinem Vater Bescheid gegeben, meine geliebte Hexe? Ich habe mich schon darüber gewundert …«

De Lassay zog die Worte seiner Gattin nicht in Zweifel. Er wußte, daß sie über die geheimnisvolle Fähigkeit verfügte, Dinge zu sehen, die anderen Menschen verborgen blieben. Das abenteuerliche Leben, das hinter ihr lag, hatte ihr eine Sensibilität besonderer Art verliehen, um derentwillen er sie besonders liebte und derentwegen er manchmal auch Angst um sie hatte.*

»Vielleicht«, meinte sie nachdenklich. »Viviane ist anders als wir alle. Ich spüre es, wenn ich bei ihr bin. Sie weigert sich, das Band zu akzeptieren, das uns verbindet. Ich habe immer wieder versucht, sie zu erreichen, aber sie leugnet unser Blut. Ich fürchte, sie wird weder Nadine noch mich oder Marie-Ange in ihre Arme schließen. Ganz zu schweigen von unserem Vater. Sie hat gelernt, den Menschen zu mißtrauen. Sie sehnt sich nicht nach dem Zusammenhalt einer Familie.«

»Aber sie ist ebenfalls eine Tochter Melisande de Guînes, wie kann sie das leugnen?« De Lassay wunderte sich über Alisons ungewohnte Bedenken. Er hatte schließlich aus allernächster Nähe miterlebt, wie ein wundersames Schicksal die Töchter des Grafen von Mesnières wieder zusammengeführt hatte. »Der erste Blick in Marie-Anges Gesicht muß sie überzeugen. Ich habe doch auch meinen Augen nicht getraut, als sie im Audienzsaal plötzlich vor mir stand. Wenn sie nicht plötzlich ohnmächtig geworden wäre, hätte ich vermutlich einen Skandal verursacht.«

»Wir müssen abwarten.«

Alison rieb sich die Stirn mit den Fingerspitzen und sah in weite Ferne. In diesem Moment nahm sie weder ihren Gemahl noch das prächtig eingerichtete Gemach wahr. Es kam selten vor, daß sie so geistesabwesend und fern wirkte.

* Band 18137 – Alison – Geliebte Gauklerin

Viviane de la Griffe beschäftigte sie mehr, als sie selbst zugeben wollte.

»Da ist etwas in Viviane, das ich nicht verstehe«, murmelte sie rauh. »Etwas, was nur in ihren Fieberträumen anklingt und was sie tief in sich verborgen hält. Es muß etwas passiert sein, das sie noch mehr und schlimmer verletzt hat, als es ihr skrupelloser Gemahl getan hat. Ihr Herz ist so tot wie ein Stein. Ich fürchte, Viviane kann nicht lieben ...«

15. Kapitel

»Das kann nicht wahr sein! Ihr erzählt mir Ammenmärchen, dergleichen gibt es nicht ...« Viviane de la Griffe fixierte mit gerunzelter Stirn die schöne Edeldame, die an ihrem Bett saß und ihre Hand hielt. Sie wollte diese Verbindung lösen, aber die andere ließ das nicht zu.

»Ich schwöre Euch bei allem, was mir heilig ist, daß Ihr die Tochter Melisande de Guînes und ihres Gemahls, des Grafen von Mesnières seid. Ihr kamt am Tage der Schlacht von Azincourt zur Welt und habt gemeinsam mit Eurer Schwester Marie-Ange diese Stunden dank der Gnade Gottes überlebt. Ihr wart zu jung und zu unschuldig, um die Schrecknisse dieses Tages in Euch aufzunehmen. Der Bruder des Grafen, Guy de St. Doye, begehrte Dame Melisande, doch sie hatte ihn stets abgewiesen. Er sah seine Stunde zur Rache gekommen, als alle Welt annahm, der Graf wäre auf dem Schlachtfeld gefallen. Er erdolchte seine Schwägerin und gab den Befehl, ihre Kinder zu töten. Während das Älteste von ihnen, unsere Schwester Nadine, gemeinsam mit mir fliehen konnte, brachte eine alte Amme die neugeborenen Säuglinge in Sicherheit. Sie vertraute sie der Äbtissin des Klosters der Damen vom Wald an und rettete so ihr zartes Leben.«

Viviane schob den dumpfen Schmerz in ihrem Kopf auf die

eben erst überstandene Krankheit. Sie schob aggressiv das Kinn vor und musterte Alison de Lassay voller Mißtrauen. Sie glaubte ihr nach wie vor kein Wort.

»Woher wollt Ihr denn wissen, daß ich eines dieser Kinder bin? Ihr täuscht Euch. Ich bin die Tochter des Herzogs von Valouse und seiner Gemahlin. Mein Gatte ist Eduard de la Griffe.«

»An letzterem ist nicht zu zweifeln«, meinte Alison seufzend und beschloß, das andere Problem auf später zu verschieben. Das Gespräch mit Viviane verlief wie erwartet heikel und nicht sehr erfolgreich. »Man könnte meinen, er wäre närrisch verliebt in Euch, so oft erkundigt er sich nach Eurem Befinden.«

Viviane erwiderte nichts auf die absichtlich provozierende Bemerkung, und Alison unterdrückte einen weiteren ungeduldigen Seufzer. Wie gut, daß sie im Verlauf der beiden Wochen, in denen ihre wiedergefundene Schwester krank gewesen war, eine Menge über sie und deren komplizierten Charakter gelernt hatte. Sie versuchte, die ganze Kraft ihrer starken Persönlichkeit auf Viviane zu konzentrieren. Doch sie spürte sehr wohl den Widerstand, den jene ihr entgegenbrachte.

»Dennoch werdet Ihr mir glauben müssen, wenn Eure Zwillingsschwester eintrifft«, fuhr Alison fort. »Es wird wie der Blick in einen Spiegel für Euch sein. Hinzu kommt, daß Louise de Luce, die Äbtissin des Klosters der Damen vom Wald, eine Schwester Eurer Ziehmutter ist, habt Ihr das gewußt? Die Herzogin ist eine geborene de Luce, und wie es scheint, hat sie zum Zeitpunkt Eurer Geburt selbst ein Kind erwartet. In der allgemeinen Angst vor der großen Schlacht suchte sie Zuflucht bei ihrer Schwester und brachte dort einen totgeborenen Erben zur Welt. Um den verständlichen Schmerz der Herzogin zu lindern, vertraute ihr die Äbtissin die Sorge um das zweite der beiden kleinen Mädchen an, die ihrer Obhut unterstellt worden waren. Die Herzogin kehrte mit einem Kind zu ihrem Gemahl zurück. Aber es war nicht jenes, das sie erwartet hatte. Daß Ihr angeblich im Kloster geboren seid, ist in den Papieren der Familie Valouse nachzulesen ...«

»Und wie habt Ihr davon Kenntnis erhalten?« platzte Viviane heraus.

»Mein Gatte hat Zugang zum Archiv des Königs, und manchmal sehe ich die Bilder im Feuer«, sagte Alison leise. »Ihr müßt mir glauben, daß ich die Wahrheit sage. Eure Ziehmutter wird es Euch irgendwann bestätigen ...«

Viviane schwieg hartnäckig. Lediglich ihre Gedanken rasten. War das nicht eine glaubwürdige Erklärung dafür, daß sie ihren Eltern so wenig glich? Daß sie nie jene Liebe für sie aufgebracht hatte, die man seinen Eltern entgegenbringen sollte?

Daß sie stets das Empfinden einer gewissen Fremdheit, einer untöchterlichen Distanz zu ihnen gehabt hatte, obwohl sie ihr doch nur Liebe entgegenbrachten? Zumindest hatten sie das bis kurz vor jener unheilvollen Eheschließung getan, und sogar jetzt vermochte sie nicht zu glauben, daß ihr Vater in ganzem Umfange geahnt hatte, welche Art von Mann er ihr aufzwang.

»Ich kann's nicht glauben«, beharrte sie dennoch auf ihren Zweifeln. »Ich begreife nicht, warum Ihr so etwas erfindet. Was ist Euch damit gedient? Ihr habt keinen Beweis für Eure Behauptungen. Ich möchte Euch nicht länger zuhören. Ich bin Euch zu Dank verpflichtet, aber Ihr seid nicht meine Schwester!«

Alison de Lassay unterdrückte den nächsten Seufzer und gab endlich die Hand ihrer widerspenstigen Schwester frei. Sie hatte es geahnt. Viviane verweigerte sich jeder persönlichen Bindung. Sie hatte sich in eine Welt zurückgezogen, in der sie Gefühlen keinen Raum ließ. Diese kühle, eisige Hölle, die sie sich geschaffen hatte, gaukelte ihr eine Illusion von Sicherheit vor. Wie konnte sie Viviane klarmachen, daß sie sich täuschte?

»Ihr beraubt Euch selbst«, murmelte sie leise. »Warum verweigert Ihr Euch der Zuneigung einer Familie? Begreift Ihr nicht, welches unendliche Wunder es ist, daß sich vier Kinder wiedergefunden haben, die von einem Schurken zum Tode verurteilt waren?«

»Er ist nicht der einzige Schurke in diesem Königreich«,

entgegnete Viviane und wich dem grünen, mahnenden Blick aus.

Sie legte keinen Wert auf eine ältere Schwester, die ihr Vorschriften machte und in ihr Leben eingriff. Sie hatte genug von Menschen, die über ihren Kopf hinweg Entscheidungen trafen, die ihr keinen Ausweg ließen. Egal, wie überwältigend und freundlich diese fremde Frau auch war, sie wollte nicht ihre Schwester sein!

Sie wollte nicht einmal etwas von der Mutter wissen, die ihr Leben und ihre Kinder auf so tragische Weise verloren hatte, nur weil sie einem Manne treu geblieben war, der es vorgezogen hatte, den Ruhm auf dem Schlachtfeld zu suchen, statt ihr beizustehen. Aber in dieser Welt bestimmten ja die Männer, das hatte sie schließlich leidvoll am eigenen Leib erfahren müssen.

»Nein«, antwortete Alison eisig. »Das ist er sicher nicht, aber für uns ist er der wichtigste Schurke! Die Rache für Melisande de Guînes ist ihren Töchtern übertragen. Verweigert Ihr Euch auch dieser Pflicht?«

Viviane biß sich auf die Unterlippe und konzentrierte sich auf das kostbare Rankenmuster der Bettvorhänge, die ihr Lager umgaben. »Meine Pflichten als Tochter liegen beim Herzog und der Herzogin von Valouse. Verzeiht, aber etwas anderes kann ich Euch nicht sagen. Es bedrückt mich, Euch zu mißfallen, aber bitte glaubt mir, daß ich keinen anderen Weg sehe.«

Alison de Lassay ertappte sich bei dem Wunsch, gereizt mit dem Fuß aufzustampfen, so wie es ihr jüngster Sohn machte, wenn ihm etwas nicht paßte.

»Ihr seid nicht glücklich in Eurer Ehe mit dem Herrn de la Griffe«, begann sie und versuchte damit, ihr Ziel auf einem Umweg zu erreichen.

Viviane warf ihr einen Blick zu und lachte freudlos. »Ist es der Sinn einer Ehe, glücklich zu sein? Meine Mutter, die Herzogin, sagte mir, es sei die natürliche Pflicht einer Frau, zu heiraten und die Wünsche ihres Gatten auf jede Weise zu erfüllen. Ich fühle mich meinem Schwur vor dem Altar verpflichtet.«

»Was seid Ihr nur für eine merkwürdige junge Frau«, tadelte Alison sanft. »Man hat Euch weh getan, nicht wahr? Warum erzählt Ihr nicht, was Euch bewegt und wie ich Euch helfen kann?«

»Weil mir niemand mehr helfen kann«, erwiderte Viviane ebenso leise. »Seid bedankt für die Mühe, die Ihr Euch macht, aber es hat keinen Sinn.«

Alison de Lassay verstummte. Ratlos musterte sie Viviane. Es war offensichtlich an der Zeit, daß sie den Rat ihrer Schwestern suchte. Sie konnte nur hoffen, daß eine von ihnen einen Ausweg aus diesem Dilemma fand.

Zu Beginn dieses Gespräches drohte jedoch erst einmal ein handfester Streit zwischen Nadine d'Harigny und Alison de Lassay. Die Gattin Colin d'Harignys, des Feldhauptmannes seiner Majestät, der man die vier lebhaften Kinder nicht ansah, musterte ihre Schwester, als trage die Dame de Lassay seit neuestem zwei Köpfe auf den Schultern

»Verstehe ich das richtig? Du weißt seit zehn Tagen, daß unsere letzte Schwester gefunden ist, ohne daß du es für nötig gehalten hättest, einer von uns ein Wort zu sagen?« rief sie in heller Empörung.

»So laß dir doch erklären …«

»Allerdings, auf *die* Erklärung bin ich gespannt!« fiel ihr Nadine ins Wort.

»Es ist alles viel komplizierter, als du …«

»Komm mir nicht mit Ausreden, Alison! Du neigst zu selbstherrlichen Aktionen!«

Alison verdrehte die Augen. »Es geht nicht um die Ausreden, sondern um *das* Ausreden, liebste Schwester. Solange du mich ständig …«

»Jetzt sag nur noch, ich wäre schuld daran, daß du so lange geschwiegen hast?«

»Wir werden nie erfahren, was Alison uns zu sagen hat, wenn du dich nicht endlich beruhigst«, warf Marie-Ange de Chazan ein, die jüngste der drei. »Setz dich und laß sie endlich *ausreden!*«

Die leise, melodische Stimme der schönen Sängerin, die sogar das Herz des Königs gerührt hatte, besänftigte auch die aufgebrachte Edeldame. Marie-Ange verbarg hinter ihrer Liebenswürdigkeit eine Autorität, die bezwingend war. Nadine, die ohnehin viel zu gutmütig war, um jemandem lange böse zu sein, ließ sich auf ein Taburett sinken und stieß den angehaltenen Atem wieder aus.

Alison schenkte ihr ein entschuldigendes Lächeln und schilderte so genau wie möglich, wie ihr Gatte Viviane de la Griffe entdeckt und in Sicherheit gebracht hatte. Sie endete mit dem Gespräch, in dem sie Viviane von den Töchtern Melisande de Guînes berichtet hatte, und schloß mit der eigentümlichen, trotzigen Verweigerung ihrer gemeinsamen Schwester, die nichts von alledem glauben wollte.

»Sie will einfach nicht für möglich halten, daß ich ihr die Wahrheit gesagt haben könnte. Sie hält mich für eine Mischung aus Närrin und Märchenerzählerin, die sich aus unbekannten Gründen ihr gegenüber wichtig machen möchte«, endete sie traurig.

»Das ist verständlich«, meinte Nadine nach einer Weile. »Sie geht von anderen Voraussetzungen aus, begreift ihr das nicht?« Sie begegnete den fragenden Blicken der beiden anderen mit einem fatalistischen Schulterzucken. »Wir hatten alle drei nichts zu verlieren und nur zu gewinnen in dem Moment, als wir die Wahrheit erfuhren. Wir waren arm, ohne Familie und ohne einen starken Arm, der unsere Interessen vertrat, aber bei Viviane de la Griffe liegt die Sache doch völlig anders. Sie ist als behütete Tochter eines reichen Edelmannes aufgewachsen, und auch wenn ihr Gatte ein abscheulicher Schuft ist, so trägt er doch Rang und Namen. Weshalb soll sie all dies gegen die zweifelhafte Ehre eintauschen, die Tochter eines Grafen zu sein, dessen Frau vom eigenen Bruder ermordet wurde? Sie sieht vermutlich keinen Grund, auf diese Blutlinie stolz zu sein.«

»Daß ausgerechnet du sie verteidigen würdet, hätte ich nicht erwartet«, meinte Alison perplex. »Und was schlägst du vor?«

»Geben wir ihr Zeit«, schlug Nadine vor. »Es ist nicht

leicht, sich an den Gedanken zu gewöhnen, daß man jemand anderer ist. Wir sollten sie nicht bedrängen, wenngleich ich gestehen muß, daß ich sie liebend gerne einmal sehen würde. Gleicht sie Marie-Ange wirklich so verblüffend, wie du behauptest?«

»Äußerlich schon«, Alison nickte. »Aber es kommt mir vor, als habe sie einen Kern aus Stahl, dort, wo Marie-Ange ihr Herz trägt. Kommt mit und überzeugt Euch selbst davon ...«

Sie ging voraus und öffnete die Tür zum Nebenzimmer, wo Viviane an diesem Tag zum ersten Male ihr Bett verlassen hatte. Das Fieber war gefallen, und die entsetzliche Schwäche, die die Folge davon gewesen war, ließ unter der fürsorglichen Pflege ihrer aufmerksamen Gastgeberin ebenfalls nach. Die junge Baronin saß auf dem gepolsterten Fenstersitz, die Hände müßig im Schoß gefaltet und starrte hinaus über die herbstlich kahlen Baumkronen des Gartens.

Sie wandte ihren Besucherinnen ein makelloses, schmales Antlitz zu, das keine Regung erkennen ließ. Lediglich die hellen Augen weiteten sich in ungläubigem Erstaunen, als sie die drei jungen Frauen erblickte, die vor ihr standen. So beeindruckend und strahlend Nadine und Alison in ihrer Eleganz auch wirkten, am meisten faszinierte sie die dritte im Bunde.

Marie-Ange de Chazan trug an diesem Morgen ein sehr schlichtes hellbraunes Samtkleid, dessen Säume und Ärmel mit seidigem Marderpelz gefüttert waren. Die leuchtend rotgoldenen Haare waren in Flechten hochgesteckt und mit einem winzigen, perlenbestickten Käppchen bedeckt. Die raffinierte Einfachheit ihrer Erscheinung kontrastierte um so mehr mit den klaren grünen Augen und dem verführerisch geschwungenen Mund.

Sie war, wie Alison behauptet hatte, Vivianes Spiegelbild, dann aber doch wieder nicht. Denn ein Strahlen des Glücks und der inneren Zufriedenheit umgab sie wie ein Leuchten. Eine Aureole der Fröhlichkeit, um die Viviane sie nur brennend beneiden konnte. Sie konnte sich nicht vorstellen, daß diese junge Frau auch nur eine einzige Sekunde ihres Lebens unglücklich gewesen war.

»Ich bringe Euch Eure Schwestern«, sagte Alison in das

Schweigen hinein. »Zweifelt Ihr immer noch an meinen Worten?«

»Du mußt ihr nicht antworten!«

Mit zwei schnellen Schritten war Marie-Ange am Fenster und faßte nach den kühlen, reglosen Händen ihrer Zwillingsschwester, als könne sie durch die direkte Berührung leichter mit ihr Verbindung aufnehmen. Sie spürte das Beben, das Viviane durchlief, und hatte Mühe, ihre eigene Bewegung unter Kontrolle zu behalten.

O ja, sie fühlte das, was Alison beschrieben hatte. Die Distanz, die Kälte, die Angst, die Verzweiflung, die Viviane ausstrahlte. Was um Himmels willen hatte sie durchgemacht, daß sie sich so hartnäckig gegen jede menschliche Wärme sträubte?

»Erlaube uns nur, dich zu sehen, dich kennenzulernen ...«, bat sie nach einer endlosen Zeit des gegenseitigen Schweigens.

»Wozu ...«, hauchte Viviane, die ihren Blick nicht von Marie-Ange nehmen konnte. War das nun ein verspäteter Fiebertraum ihrer Krankheit, oder erlebte sie diese Szene in Wirklichkeit?

»Du spürst meine Hände, also ist es Wirklichkeit!« beantwortete Marie-Ange die Frage, die Viviane gar nicht laut gestellt hatte. Viviane zuckte zusammen. Die Tatsache, daß sich die andere so mühelos in sie hineinfühlen konnte, erschreckte sie noch mehr als deren Aussehen. Sie wollte ihre Gedanken mit niemandem teilen!

»Ich will das nicht!« Es kostete sie alle Kraft, die Lippen zu öffnen und ihre Ablehnung in maßvolle Worte zu fassen. »Laßt mich in Frieden! Geht! So geht doch endlich! Geht!«

Aufschluchzend riß sie ihre Hände aus Marie-Anges Griff und schlug sie vor das Gesicht. Alison und Nadine sahen sich betreten an, während Marie-Ange langsam nickte.

»Nur du selbst kannst dir deinen Frieden zurückgeben, Viviane. Aber wenn du uns brauchst, werden wir für dich dasein.«

Sie raffte ihre Röcke und verließ als erste das Gemach. Alison und Nadine zögerten einem Moment, folgten ihr aber dann doch.

»Nun wißt ihr, weshalb ich gezögert habe, euch zu benachrichtigen«, meinte Alison seufzend, nachdem sich die Pforte hinter ihnen geschlossen hatte. »Wer von euch will es auf sich nehmen, unserem Vater mitzuteilen, daß seine Tochter lebt, aber absolut nichts von ihm und seiner Familie wissen will?«

Richard St. Doye, der Graf von Mesnières, der mit geradezu abgöttischer Liebe an seinen wiedergefundenen Kindern hing, die das einzige Andenken an seine geliebte Gemahlin waren, stand wie ein unsichtbarer Geist zwischen den drei schönen Frauen. Was konnten sie tun, um ihm diesen neuerlichen Schlag zu ersparen?

Nadine, die das innigste Verhältnis zu ihrem Vater hatte, hob in einer ratlosen Geste die Hände und ließ sie wieder fallen. Fast wünschte sie nun, Alison hätte auch weiterhin geschwiegen und ihre Neuigkeit für sich behalten. Ein unsinniger Wunsch, sicher, aber bei allen Heiligen des Himmels, was konnten sie tun?

»Ich muß mit Colin darüber sprechen«, meinte sie endlich. »Vielleicht weiß er Rat.«

»Dein Vertrauen in Ehren«, entgegnete Alison. »Aber ich fürchte, unsere starrköpfige Schwester wird sich auch vom unleugbaren Charme deines schönen Hauptmannes nicht überzeugen lassen. Wie es scheint, ist es Guy de St. Doye am Ende doch noch gelungen, dieser Familie einen weiteren tödlichen Schlag zu versetzen.«

»Ob es uns jemals gelingen wird, ihn zur Rechenschaft zu ziehen?« überlegte Nadine, die sich nicht ohne einen Schauder an den schrecklichen Bruder ihres Vaters zu erinnern vermochte.«* Colin hat Nachforschungen angestellt und nirgendwo eine Spur von ihm gefunden. Er glaubt trotzdem, daß er sich noch in Paris befindet.«

»Wir müssen unsere Kräfte vereinen, dann kann er uns

* Band 18136 – »Nadine – Unschuldige Verführerin« von Marie Cordonnier

nicht entkommen«, entgegnete Alison. »Nur gemeinsam haben wir die Macht dazu.«

Marie-Ange bekreuzigte sich hastig. Wenn Alison solche Dinge sagte, wußte sie nie so ganz, ob deren geheimnisvolle Kräfte ein Geschenk des Himmels oder der Hölle waren, denn die langen Jahre im Kloster ließen sich nicht so ohne weiteres abschütteln. Sie hatte die Gewohnheit zu frommen Gesten beibehalten, die ihren Gatten amüsierten und ihr selbst kaum auffielen. »Nun, wenn das so ist«, meinte Nadine nüchtern, »dann wird dieser Schurke aller Voraussicht nach ewig leben. Es sieht nicht so aus, als würde unsere gemeinsame Rache ihn jemals treffen. Wir können von Glück sagen, daß wir wenigstens erfahren haben, daß unsere Schwester lebt.«

»Du bist zu pessimistisch«, widersprach Marie-Ange. »Ich bin sicher, daß das letzte Wort mit Viviane noch nicht gesprochen ist.«

Unwillkürlich wandten alle drei ihre Blicke der geschlossenen Tür des Raumes zu, in dem Viviane de la Griffe am Fenster saß. Die Überraschung und Freude, die Alisons Neuigkeit anfangs in ihnen ausgelöst hatte, war Zweifeln und Unruhe gewichen. Sie alle hatten sich dieses Wiedersehen anders vorgestellt.

16. Kapitel

»Seid Ihr sicher, daß Ihr wieder zu Eurem Gatten zurückkehren wollt?« Alison konnte nicht begreifen, daß Viviane diesen Entschluß gefaßt hatte. Viviane war nicht dumm, sie mußte doch wissen, daß sie sich damit wieder in die Gewalt eines Scheusals begab.

»Was bleibt mir anderes übrig?« entgegnete ihre Schwester unbewegt. »Ich bin ihm angetraut. Er ist mein Herr, er hat das Recht und die Gewalt über mich. Denkt Ihr, mein Vater würde mich mit offenen Armen empfangen, wenn ich zu ihm zurückkehrte?«

»Euer Vater würde Euch jederzeit und ohne Bedingungen in die Arme schließen«, erwiderte Alison vielsagend, und Viviane errötete, als sie begriff, daß die andere vom Grafen Mesnières sprach und nicht vom Herzog von Valouse.

»Fangt nicht wieder mit dieser albernen Geschichte an«, fuhr sie auf. »Ich habe Euch gesagt, was ich davon halte, und damit ist die Sache für mich erledigt.«

Viviane schloß die letzten Schlingen an ihrer warmen Robe aus dunkelgrünem, geriffeltem Samt. Sie hatte auf die Hilfe einer Zofe verzichtet, und die wenigen Schlaufen, die sie nicht erreichte, hatte Alison für sie geschlossen. Jetzt noch die Haube und den Umhang, dann war sie bereit, das gastliche und erholsame Quartier zu verlassen, das ihr die Dame de Lassay in den vergangenen drei Wochen so großzügig gewährt hatte.

»Ihr wart freundlich zu mir, und ich vergelte es Euch mit Starrköpfigkeit«, sagte sie leise um Verständnis bittend. »Allein, was bleibt mir für eine Wahl? Es ist nicht mehr wichtig, was ich vor meiner Heirat gewesen bin und wer mich geboren hat. Jetzt bin ich Viviane de la Griffe, und ich werde es bleiben, bis ich sterbe. Niemand wird etwas daran ändern können.«

Sie hatte recht, und das traf Alison noch mehr als alles andere. Alle drei Töchter Melisande de Guînes hatten in der Ehe mit einem geliebten Mann Glück und Zufriedenheit gefunden, nur die letzte, die Außenseiterin, bildete auch hier die Ausnahme.

»Seid Ihr sicher, daß Ihr zu ihm heimkehren wollt?« fragte Alison ein letztes Mal und wider besseres Wissen. »Wir könnten Euch helfen. Sowohl die Burg der Harignys als auch die unsere oder jene des Seigneurs von Chazan sind gut befestigte Bollwerke. Ihr wäret dort in Sicherheit vor Eurem Gemahl.«

»Ich laufe nicht davon«, erwiderte Viviane spröde. »Ich bin eine Valouse, und ich habe ein Wort gegeben, das ich halten werde.«

»So geht mit Gott!« Alison de Lassay seufzte und legte Viviane fürsorglich den Umhang um. »Aber versprecht mir wenigstens, daß Ihr es mich wissen laßt, wenn es Euch schlechtgeht oder wenn ihr Hilfe benötigt. Schwört es mir! Meinetwegen bei Eurer verdammten dummen Ehre als Tochter des Herzogs von Valouse!«

Viviane lächelte über den wenig damenhaften Ausbruch und erwiderte die herzliche Umarmung Alisons mit unerwarteter Wärme.

»Ihr macht Euch zuviel Sorgen um meine Person. Und Ihr mißt meiner Krankheit zuviel Wert bei. Es war nur eine Erkältung, ein Fieber, das ich mir beim Ritt durch den Regen geholt habe. Meine Gesundheit steht zum besten, und es gibt keinen Grund, weshalb es mir irgendwann schlechtgehen sollte ...«

Innerlich zitterte sie davor, daß Alison die Wahrheit spüren würde. Aber sie war nicht Marie-Ange. Sie besaß nicht jene ganz besondere Verbindung zu ihr, die sie spüren ließ, was sie dachte und fürchtete. Mit Marie-Ange zu sprechen bedeutete nicht nur in einen Spiegel zu blicken, sondern auch das Innerste vor einem anderen Menschen bloßzulegen. Es gefiel ihr nicht. Es machte sie schwach und auf eine gefährliche Art hilflos.

O Gott, ich muß fort von hier, ermahnte sie sich selbst. Wenn sie nur einen Tag länger in dieser Atmosphäre aus selbstverständlicher Freundschaft und unvoreingenommener Zuneigung blieb, würde sie sogar glauben, daß der mürrische König ihr Großvater war, falls das die Bedingung dafür wäre, dies alles noch länger genießen zu dürfen. Sie mußte weg, solange sie die Kraft dazu aufbrachte. Sie wollte keine Liebe! Sie ertrug es nicht, ein zweites Mal verlassen und verraten zu werden.

Die Sänfte erwartete sie im Innenhof des Louvre und brachte sie in das Haus ihres Gemahls zurück. Es war einer der letzten Novembertage, und die grauen Wolken hingen wie schmutzige Tücher über den Dächern der Stadt. Sie drückten den Rauch aus den Kaminen in die Gassen zurück, und Viviane hob den pelzgefütterten, parfümierten kleinen

Muff vor das Gesicht, um dem Gestank zu entgehen, der sogar durch die geschlossenen Ledervorhänge drang.

Die unverkennbar städtische Mischung aus Garküchen und Unrat, aus Färbereien und Schlächterkesseln, aus Pferdemist und frisch gebackenem Brot verband sich für ihre Nase zu einer ekelerregenden Mixtur. Sie fühlte, wie Übelkeit sie erneut überkam. Wenn nur die Sänftenträger ein wenig schneller gehen würden. Das Geschaukel dauerte wahrhaftig reine Ewigkeiten.

Dame Jacquette eilte die breiten Stufen des Hauses herab, gerade als Viviane aus der Sänfte stieg. Sie erinnerte wirklich an Mireille. Eine flatternde Glucke, die aufgeregt ihr Küken in den Hühnerhof zurückscheucht. Die junge Baronin schnitt ihre Begrüßung mit einer Handbewegung ab und eilte ins Haus, im selben Moment, als Eduard de la Griffe mit einem Besucher aus einem Raum im Erdgeschoß trat.

Durch die weit offene, doppelflügelige Tür fiel genügend Tageslicht, daß sie die beiden Männer erkennen konnte. Ihr Gatte war wie immer prächtig gekleidet und hatte den halb kahlen Schädel unter einer juwelengeschmückten Pelzkappe versteckt. Sein Begleiter indes hatte auf diese Eitelkeit verzichtet.

Er war ein gutes Jahrzehnt älter als de la Griffe, und er übertraf diesen noch bei weitem an abstoßender Häßlichkeit. Während auf seinem kahlen Schädel kein einziges Härchen wuchs, sprießten über den stechenden Augen riesige, buschige Brauen. Eine häßliche Narbe verunstaltete seine Stirn, und die vollen Lippen waren zu wulstig, um die Form des Mundes schön erscheinen zu lassen. Hinzu kam, daß eine Schulter höher war als die andere und sein Gang durch ein heftiges Humpeln beeinträchtigt wurde.

Viviane verbarg nur schwer die spontane Abneigung, die sie empfand und sich in dieser Heftigkeit nicht erklären konnte. Sie kannte den Fremden nicht und würde nie etwas mit ihm zu tun haben. Sie bot beiden Männern eine elegante, stumme Reverenz. Da sie selbst im Gegenlicht stand, erkannten die Männer nur ihre schlanke Silhouette. Zudem hatte sie sich den Schleier über das Gesicht gezogen, als könne sie damit verhindern, daß ihr Gatte sah, wie hervorragend sie sich unter den Fittichen von Alison de Lassay erholt hatte.

»Ihr!« sagte Eduard de la Griffe überrascht, und es war ihm anzusehen, daß er nicht damit gerechnet hatte, daß sie tatsächlich freiwillig wiederkäme.

Es schien fast, als sei es ihm unangenehm, daß sie seinen Gast ebenfalls mit einem hoheitsvollen Neigen des Kopfes gegrüßt hatte. Es verwunderte Viviane, daß er den Gast nicht vorstellte, sondern sie mit einem ungeduldigen Winken seiner Hand von der eigenen Schwelle vertrieb.

»Eure Gemächer sind bereit. Ich werde Euch aufsuchen, sobald es meine Zeit erlaubt. Und nun entschuldigt mich«, verkündete er knapp und verschwand mit seinem Begleiter hinter der Tür des Arbeitskabinetts.

Viviane zuckte mit den Schultern und wandte sich zur Treppe. Was interessierte es sie, welchen Geschäften ihr Gemahl nachging? Noch dazu mit einem derart unerfreulichen Komplizen. Dieser Mann hatte den Eindruck eines wahren Galgenvogels auf sie gemacht, und noch die Erinnerung an seinen stechenden, eiskalten Blick ließ sie erbeben. Es kam selten vor, daß sie auf Anhieb derartigen Abscheu vor jemandem empfand, den sie nicht einmal kannte.

Zum ersten Male seit ihrer Ankunft in der Stadt fand sie sich fähig, das Haus, das ihr Gemahl besaß, näher in Augenschein zu nehmen. Im Gegensatz zu vielen anderen Palästen hatte es unter der englischen Besetzung nicht gelitten. Mit Ausnahme des zerstörten Wappens über dem Eingang waren alle Steinmetzarbeiten intakt, die Böden wiesen keine Löcher auf, und die Wände, wo sie nicht hinter reichen Teppichen verschwanden, waren auf das freundlichste bemalt. Sollte es jemals geplündert oder beschädigt worden sein, so waren alle Spuren dieser Tat längst von fähigen Handwerkern beseitigt worden.

Auch die Gemächer, die Viviane bewohnte, zeichneten sich durch reiche Ausstattung und unerwarteten Luxus aus. Sie ließ sich aufatmend in eine üppig gepolsterte Fensternische sinken, von wo aus sie einen wundervollen Blick über den Fluß und die Spitze der Ile de la Cité hatte. Hinter ihr erhoben sich die mächtigen Zwillingstürme von Nôtre Dame über die Häuser.

»Wie schön«, murmelte sie und legte den Schleier über die Haube zurück, ehe sie die Spange ihres Umhanges löste. »Bei meiner Ankunft habe ich gar nicht gemerkt, daß wir direkt am Fluß wohnen.«

»Das Haus verfügt sogar über eine eigene Anlegestelle«, erzählte Jacquette und nahm ihrer Herrin den Mantel ab. »Der Graf fand es praktisch, daß die Holz- und Vorratskähne direkt am Haus entladen können, so daß man keine zusätzlichen Fuhrwerke benötigte.«

»Der Graf?« wiederholte Viviane fragend, denn der Seigneur de la Griffe verfügte zu seinem Kummer nur über den untergeordneten Titel eines Barons. Sie wußte, daß sein Aufenthalt bei Hofe ihm unter anderem auch eine baldige Erhöhung seines Ranges bringen sollte. Er hatte es oft genug betont.

Jacquette lief puterrot an und kämpfte mit sichtbarer Verlegenheit. »Verzeiht, ich vergaß mich. Ich sollte doch nicht ...«

»Was nicht?« Viviane richtete sich auf, und ein Anflug von Neugier brachte Leben in ihre ruhige Haltung. Sie witterte ein Geheimnis. Eines, das sie vielleicht von ihren eigenen Problemen ablenkte und sie auf andere Gedanken brachte. »Sprich, Jacquette!«

Ihr Befehlston schüchterte die Haushofmeisterin ein, aber sie warf trotzdem erst einen ängstlichen Blick zur Tür, ehe sie an die Fensternische trat. Sie hatte sichtlich Angst davor, belauscht zu werden, und sie dämpfte noch einmal ihre Stimme, bevor sie antwortete.

»Seine Majestät der König hat Euren Gatten mit diesem Haus und dem konfiszierten Vermögen des verstorbenen Grafen belohnt. Sein Sohn und Erbe hatte sich des Hochverrats schuldig gemacht und ist von seiner Majestät vor vielen Jahren verbannt und geächtet worden. Der Name der Familie wurde aus den Urkunden gelöscht und ist für immer verfemt ...«

Viviane umklammerte ihr eigenes Handgelenk. Ihr war nicht bewußt, daß sie Jacquette mit halboffenem Munde und weit aufgerissenen Augen anstarrte. Hinter ihrer blassen Stirn jagten sich die Gedanken, und eigentlich wußte sie schon, was Jacquette gleich sagen würde.

»Es gibt keine Herren von Coville mehr. Das Geschlecht ist für immer erloschen und mit Schande bedeckt. Es ist nur ein Glück, daß der Graf dieses Elend nicht mehr erlebt hat; es hätte ihn ohnehin ins Grab gebracht.«

Bertrand de Coville! Dies war sein Haus! Sein Wappen! Nachdem Eduard de la Griffe Bertrands Ehre und Zukunft mit seiner Intrige zerstört hatte, saß er nun wie eine dicke fette Spinne in diesem schönen Anwesen, und kein Blitz fuhr vom Himmel, um ihn zur Rechenschaft zu ziehen. Nannte sich das göttliche Gerechtigkeit?

Vermutlich gab es diese viel zitierte Gerechtigkeit gar nicht. Wie sonst war es zu verstehen, daß sie, Viviane, nachdem sie unter Aufbietung aller Beherrschung zurückgekommen war, um ihre Pflicht zu tun und an der Seite ihre Gatten auszuharren, erneut mit diesem Ritter konfrontiert wurde? Es trug nicht gerade zu ihrem Seelenfrieden bei, wenn sie sich fragte, ob dies einmal sein Gemach gewesen war und ob sein Haupt auf diesen Kissen geruht hatte.

»Mein Gatte und ich haben dem Seigneur de la Griffe unsere Ergebenheit geschworen«, flüsterte Jacquette bedrückt und sah sich erneut um. »Er ist unser neuer Herr, aber es ist mir doch nicht möglich, alles zu vergessen. Sie waren so bezaubernde, liebenswürdige Kinder, der junge Bertrand und seine schöne Schwester Chloé.«

Viviane konnte nichts dagegen tun, daß sie plötzlich wieder Bertrand de Coville vor sich stehen sah. Die goldenen Raubtieraugen, der lebendige Schwung seiner zärtlichen Lippen. Jede Einzelheit war für immer tief in ihr Herz gegraben, ob sie es wollte oder nicht. In ihr Herz, das er verschmäht hatte, für dessen Liebe er nur Verachtung übrig gehabt hatte. Spott und völlige Gleichgültigkeit.

Sie wäre ihm bis ans Ende der Welt gefolgt, aber er hatte keinen Wert darauf gelegt. Sie hatte sich umsonst gedemütigt, umsonst geliebt und umsonst gelitten. Nur damit sie jetzt erneut seine Spuren in ihrem Leben fand und mit

Erinnerungen konfrontiert wurde, die sie nicht mehr haben wollte.

Chloé also hieß die Dame, die in Coville den Tod gefunden hatte, indem sie sich aus dem Fenster stürzte. Bertrands Schwester, ein Mädchen von nobler Geburt, das entehrt, gedemütigt und letztendlich von de la Griffe ebenso getötet worden war, als ob er ihr den Dolch ins Herz gestoßen hätte. Kein Wunder, daß Chloés Bruder nur dem Haß und der Rache lebte, daß er Vergeltung forderte.

»Jeder muß vergessen«, sagte sie dennoch spröde zu der Älteren und brachte die Silben kaum über ihre widerstrebenden Lippen. »Was geschehen ist, ist geschehen und kann nicht mehr geändert werden. Ihr wißt es ebenso wie ich. Schweigt über die Angelegenheit und vergeßt sie.«

Jacquette stutzte, die Loyalität, die Viviane ihrem brutalen Gatten entgegenbrachte, verwunderte sie ebenso wie die dumpfe Warnung, die sie ihr zukommen ließ. Dies war entschieden keine Herrin, die zu Geplauder mit den Dienstboten neigte. Hoffentlich hatte sie keinen Fehler begangen, als sie ihr die fluchbeladene Vergangenheit dieser Mauern enthüllte.

Viviane versuchte sich abzulenken, indem sie mit Jacquette die Einzelheiten des Haushaltes durchging und das Gebäude genauestens besichtigte. Lediglich die Gemächer ihres Gemahls nahm sie davon aus. Zum einen, um ihm nicht zu begegnen, und zum anderen, weil ihr der Schreiber mitteilte, daß er noch immer mit seinem Besucher im Arbeitskabinett tagte und keinesfalls gestört zu werden wünschte.

Viviane tat nichts lieber, als dieser Anweisung zu gehorchen. Wäre es nach ihr gegangen, die beiden Männer hätten nie wieder zum Vorschein kommen müssen. Sie gab sich nach außen hin den Anschein völliger Gelassenheit, aber sie zitterte dem Augenblick entgegen, in dem Eduard de la Griffe ihr Schlafgemach betreten würde. Sie fragte sich, ob ihr Mut und ihr Stolz stark genug sein würden, um seine Demütigungen von neuem zu ertragen. Aber hatte sie denn überhaupt eine Wahl?

17. Kapitel

»So seid Ihr also wieder unter meinem Dach, Madame!« stellte der Baron de la Griffe fest und wippte auf den Ballen, so daß die hochgebogenen Schnabelschuhe, die er trug, absurd schwankten. Im Verein mit den zweifarbigen Strümpfen und dem bändergeschmückten Wams erinnerte er sie an einen eitlen Pfau, der sich räderschlagend produziert. Allerdings beging seine Gemahlin nicht länger den verhängnisvollen Fehler, nur aufgrund seines Äußeren einen harmlosen Mann in ihm zu sehen.

Viviane zwang sich zu einer respektvollen Reverenz und schlug in gespieltem Gehorsam die Lider nieder. Sie verzichtete darauf, die Feststellung zu beantworten. Sie blieb neben dem geschnitzten Betstuhl stehen, in der unsinnigen Hoffnung, das wunderschöne Tafelbild der flämischen Madonna, das die Wand dahinter zierte, würde ihn von seinen üblichen Bosheiten abhalten.

»Es hat mir auf das ärgste mißfallen, daß Ihr ausgerechnet die Audienz des Königs dazu benutzt habt, Eurer Schwäche freien Lauf zu lassen«, rügte er sie genau, wie sie es erwartet hatte. »Von dem Moment an, da Ihr vor dem Altar das Treuegelöbnis spracht, habt Ihr mir nichts als Ärger gemacht. Ich werde mir eine Strafe für Euch überlegen. Bis dahin verbiete ich Euch, das Haus zu verlassen, habt Ihr mich verstanden?«

»Sehr wohl, mein Gemahl.« Viviane behielt ihren Gleichmut bei.

Sie war zu stolz, um gegen dieses willkürliche Verbot zu protestieren und ihn zu korrigieren. Dabei trug, strenggenommen, er daran Schuld, daß sie entführt und entehrt worden war. Hätte er sich nicht den Haß Bertrand de Covilles zugezogen, hätte jener nicht zu so extremen Mitteln greifen müssen, sich an ihm zu rächen. Sie selbst war nur eine unwichtige Schachfigur in diesem Spiel dieser Feindseligkeiten gewesen. Eine Dame, die dummerweise im Weg gestanden hatte.

Ihre Selbstbeherrschung reizte ihren Gatte freilich erst recht. Er würde sie brechen und winseln lassen, diese stolze Herzogstochter, ehe er sie in irgendein Kloster steckte, wo sie vergessen werden konnte. Natürlich unter einem entsprechenden Vorwand, der es ihm ermöglichte, ihre Mitgift und den Anspruch auf das Herzogtum von Valouse zu erhalten. Es würden sich Wege finden lassen, dessen war er sich ganz sicher.

»Ich durchschaue Euch«, drohte er böse. »Daß es mir heute an der Zeit fehlt, mich eingehender mit Euch zu befassen, sollte Euch nicht zu der Meinung veranlassen, daß ich Euch vergessen würde. Sobald ich meine Geschäfte erledigt habe, komme ich zurück! Gehabt Euch wohl bis dahin und bittet den Himmel um Demut und Gehorsam.«

Erst als die Tür hinter ihm ins Schloß fiel, gestattete sich Viviane, den angehaltenen Atem auszustoßen und sich an der Kante des Betstuhls festzuhalten. Welche Geschäfte es wohl waren, die ihn davon abhielten, sie zu quälen und zu mißhandeln? Geschäfte mit seinem geheimnisvollen Besucher, dessen Augen sie so sehr erschreckt hatten? Neuerliche Betrügereien, Intrigen und Lügen, die einen anderen ins Verderben stürzten? Die beiden schienen das ideale Paar für derlei Schurkereien zu sein.

Sie schlug die Hände vors Gesicht und sank auf das nächste Taburett. Sie versuchte, die Worte des Gebetes zu sprechen. Vielleicht fand sie ja wirklich mit Hilfe Gottes zu jener Demut, die ihr das Leben an der Seite dieses Mannes abfordern würde. Doch es war eine Sache, die besten Vorsätze zu fassen, bei ihm auszuharren, und eine ganz andere, ihm gegenüberzustehen und die Bosheit zu fühlen, die er nicht nur ihr, sondern allen Menschen entgegenbrachte.

Vielleicht war es aber auch die gerechte Strafe des Himmels, die sie verdient hatte. Sie hatte sich Bertrand de Coville nicht nur mit ihrem Körper, sondern auch mit ganzem Herzen und ganzer Seele hingegeben. Sie hatte den Eheschwur, den sie im Angesicht Gottes abgelegt hatte, gebrochen.

»Ihr habt kaum etwas angerührt«, stellte Jacquette nach einem prüfenden Blick in Schüsseln und Teller fest. »Ihr müßt essen, Herrin, wie sollt Ihr sonst wieder zu Kräften kommen?«

»Nimm es fort, ich habe keinen Hunger«, wehrte Viviane ab und verkroch sich noch ein wenig tiefer in die Falten des warmen Hausmantels, den sie bereits über ihrem Nachtgewand trug. »Mir ist übel, ich kann nichts essen.«

»So probiert doch wenigstens etwas von dieser Eischaumspeise«, drängte die Haushofmeisterin besorgt und reichte ihrer Herrin ein kleines Schüsselchen. »Sie ist federleicht und genau das Richtige für einen empfindlichen Magen wie den Euren.«

Viviane verzog den Mund und nahm ein Löffelchen, ehe sie endgültig den Kopf schüttelte. So wunderbar die Creme schmeckte, sie ekelte sich davor. Allein der Geruch von Essen stülpte ihr den Magen nach außen.

»Ich kann nicht! Trag es in die Küche zurück.«

»Ihr werdet Hunger bekommen heute nacht«, warnte die Ältere besorgt.

»Ein bißchen Hunger hat noch niemandem geschadet«, wehrte Viviane ab und erinnerte sich gegen ihren Willen plötzlich daran, wie ihr Magen an jenen Tagen geknurrt hatte, als Bertrand de Coville sie die Arbeit einer Magd hatte verrichten lassen. Damals hätte sie auch ungewürzten Haferbrei gegessen, nur um etwas zwischen die Zähne zu bekommen. Es schien in einem anderen Leben gewesen zu sein.

»Wie Ihr wünscht!« antwortete Jacquette ein wenig beleidigt und verschwand mit dem Tablett.

Viviane schloß höchstpersönlich die Tür hinter ihr, da die Dienerin mit beiden Händen das Tablett tragen mußte. Sie legte auch den ziselierten Riegel vor, mit dem man die Pforte von innen verschließen konnte. Auch wenn ihr Gatte behauptet hatte, daß er in dieser Nacht unterwegs sein würde, der vorgelegte Riegel verlieh ihr im Augenblick wenigstens die Illusion einer trügerischen Sicherheit. Das Versprechen einer ungestörten Nacht, die nur ihr und ihren Träumen gehörte.

Doch die Träume ließen auf sich warten. Sie hatte die Vorhänge um das breite Bett geschlossen und starrte im Dunkeln in den Betthimmel hinauf. Je mehr sie sich den Schlaf ersehnte, um so mehr schien er sie zu meiden. Die Geräusche des nächtlichen Hauses und der Stadt verbanden sich zu einem leise murmelnden Teppich, aus dem nur ab und an ein besonderer Klang hervorstach.

Das Läuten der Glocken zum Beispiel, die verkündeten, daß es längst Mitternacht war. Der böige Wind, der an Dachtraufen und Schindeln zerrte. Das Knacken eines letzten Astes, der hinter dem Kaminschirm zerbarst, und das leise Knarren der hölzernen Wandverkleidungen.

Es kam ihr vor, als sei das Haus lebendig und als könne sie seine Seele atmen hören. Das Haus eines Mannes, der um alles betrogen worden war, was sein Leben lebenswert gemacht hatte. Noch nie, seit sie die brennende Burg verlassen hatte, war ihr Bertrand de Coville so nahe gewesen. Sie spürte seine Gegenwart mit jeder Nervenfaser.

Es hielt sie nicht länger unter den Decken, die ihr zu schwer und zu warm vorkamen. Ohne eine Kerze zu entzünden, richtete sie sich auf und schlüpfte zwischen den Bettvorhängen hindurch. Das Gemach war eine Spur heller, vom Schein der Glut im Kamin und dem eines schmalen Mondes beleuchtet, der die Silhouette einer Gestalt nachzeichnete, die Viviane genau gegenüberstand.

»Wa …«

Ehe der Schrei sich löste, fühlte sie schon eine warme, starke Hand über ihren Lippen, und ein Arm preßte sie hart mit dem Rücken an eine athletische Männerbrust. In ihrer Panik versuchte sie zu strampeln und sich zu befreien, aber das führte nur dazu, daß ihr die Luft abgepreßt wurde und glühende Kreise vor ihren Augen tanzten, ehe sie in sich zusammensackte und das Bewußtsein verlor.

Ihr letztes Bemühen, ehe sie fiel, war der Versuch, eine hartnäckige Erinnerung zu fassen, die sich ihr trotz des schwindenden Bewußtseins aufdrängte. Etwas, das sie unbedingt begreifen mußte und das sich ihr doch unaufhaltsam entzog.

Der Schein flackernden Kerzenlichts brachte sie wieder zu sich. Die Honiglichter des vielarmigen Leuchters auf dem

Tisch brannten, und die Vorhänge ihres Bettes, auf dessen Decke sie lag, waren zur Seite geschoben. Am gedrechselten Pfosten des Fußendes lehnte eine vertraute, ruhige Gestalt. Ganz in schwarzes Leder gekleidet und mit vor der Brust verschränkten Armen erwiderte Bertrand de Coville ruhig ihren fassungslosen Blick.

»In der Tat, ein unerwartetes Zusammentreffen«, antwortete er auf ihre nicht gestellte Frage. »Ihr seht mich ebenso überrascht, wie Ihr selbst es seid. Ich hatte nicht damit gerechnet, daß Euer verehrter Herr Gemahl Euch in dieses Haus bringt.«

»Wie ... wie kommt Ihr hier herein?« fragte Viviane.

»Oh, das ist kein Problem«, erklärte ihr unverhoffter Besucher bedächtig. »Dies ist das Schlafzimmer der Hausherrin. Meine Mutter hat es bewohnt, und der versteckte Gang, der sowohl von der Zofenkammer als auch vom Schlafzimmer des Hausherrn hierherführt, ist kein besonderes Geheimnis. Sogar die Zofen und Lakaien pflegten ihn bei Bedarf zu benutzen. Ist es möglich, daß Euer liebenswürdiger Gemahl diese praktische Einrichtung noch nicht entdeckt hat?«

»Was wollt ihr?« Viviane konnte den Blick nicht von ihm wenden. Sie war sich immer noch nicht sicher, ob er eine Ausgeburt ihrer Phantasie oder Wirklichkeit war. Vielleicht träumte sie ja!

»Was ich will? Die günstige Gelegenheit nützen«, gab der rechtlose Ritter ungeniert zu. »Meine Beobachtungen haben ergeben, daß de la Griffe und sein sauberer Spießgeselle heute nicht hier sind. Ich wollte prüfen, ob er leichtsinnig genug geworden ist, um das eine oder andere Dokument im Hause aufzubewahren, das mir nützlich sein könnte.«

Mühsam richtete Viviane sich auf und strich sich die Flut der losen Haare aus der Stirn. Sie zog die Beine unter und lehnte sich gegen das geschnitzte Kopfende des mächtigen Bettes. Am liebsten wäre sie sogar hinter die Stirnwand geschlüpft, um ja genügend Abstand zwischen sich und den Mann, den sie so verzweifelt und hoffnungslos liebte, zu legen. Sie fürchtete ihn aus den verschiedensten Gründen, hoffentlich merkte er es ihr nicht an!

»Er hat zugegeben, daß er Euch betrogen und verleumdet hat, aber erwartet nicht, irgendwelche Beweise dafür zu finden«, sagte sie heiser. »Geht! Geht, bevor er zurückkommt und Euch findet. Habt Ihr noch nicht gelernt, wie er seine Macht zu gebrauchen weiß?«

»Was ist geschehen?« Bertrand de Coville stieß sich von der Säule ab und trat näher. In seinen goldfarbenen Augen schimmerte ein Gefühl, das Viviane nicht einordnen konnte. Mißtrauen? Anteilnahme? Besorgnis?

»Was hat er Euch angetan, um Eure unbeugsame Kraft zu brechen? Was jagt Euch derartige Angst ein, daß Ihr wie eine verschüchterte Maus in der äußersten Ecke dieses Bettes kauert? Ich hatte Euch anders in Erinnerung, mutiger, angriffslustiger …«

Viviane lachte freudlos auf. »Erinnert Ihr Euch nicht mehr daran, daß Ihr alles getan habt, diesen Mut zu zerstören?«

»Aber es ist mir nicht gelungen!« Bertrand de Coville stemmte ein Knie auf das Lager und stützte sich mit beiden Händen auf ihren Decken ab. Nun lag kaum die Spanne eines einzigen Schrittes mehr zwischen ihnen, und Viviane atmete in kurzen, flachen Zügen.

Sie ahnte nicht, daß eine zarte Röte ihre blasse Haut färbte und das Licht der Kerzen ihren Augen die Schattierung eines Smaragdes mit silbernen Funken verlieh. Ein zarter Duft nach Sonnenblumen stieg aus ihren glänzenden Haaren, und eine verräterisch klopfende Ader an ihrem Hals verriet ihre Anspannung.

»Ihr seid wie die Klinge eines andalusischen Schwertes«, sagte er heiser, während seine Blicke von ihr Besitz ergriffen. »Im Feuer gehärtet und im Kampf gestählt. Niemand vermag Euch zu brechen. Hört auf, mir das schwache Weib vorzuspielen. In Wirklichkeit seid Ihr eine Löwin! Eine Kriegerin aus alten Zeiten!«

Viviane fand sich unfähig zu antworten. Hinter ihrer Stirn überschlugen sich die Fragen. Wie kam er nach Paris? Wußte er von dem Feuer in seiner Burg? Was hatte er vor? Weshalb dieser brennende Blick, der durch das dünne Gewebe ihres

Nachtgewandes drang und ihren Körper streichelte wie eine Liebkosung?

Ein unterdrückter Laut entschlüpfte ihr, als er langsam die Rechte hob und mit den Fingerspitzen die Umrisse ihres bebenden Mundes nachfuhr. Die Berührung, so leicht wie ein Lufthauch, fuhr dennoch wie Feuer in ihre Glieder. Sie zitterte.

»Nicht!« gelang es ihr zu sagen, und die Hand verharrte in ihrem Mundwinkel.

»Nicht?« wiederholte er so spöttisch, daß es keinen Zweifel daran gab, daß er auch die verborgenste ihrer Empfindungen kannte.

»Warum so spröde, schöne Dame?« Es hörte sich an, als hätten sie sich eben auf einem Fest des Königs getroffen. Als sei nie die Rede davon gewesen, daß er ihrem Gatten Rache, Tod und Vernichtung geschworen hatte. Daß er ihr niemals Gewalt angetan hatte und sie nie seine willenlose Sklavin gewesen wäre.

Dabei fühlte sie die Ketten noch immer. Das Dröhnen ihres Herzens klang in ihren Ohren, und das Blut rauschte schneller durch die Adern. Jene verhängnisvolle, verdammenswerte Schwäche, die seine Gegenwart stets in ihr auslöste, erfaßte sie von neuem. Mit einem Schlag erwachte in ihrem mißhandelten Körper die Erinnerung an das Entzücken und die Leidenschaft, die er sie gelehrt hatte. Und mit der Erinnerung erwachte die Sehnsucht.

»Eigenartigerweise habe ich es bedauert, dich zurücklassen zu müssen. Die Erinnerung daran hat mich belästigt wie eine Narbe, die nicht heilen will ...«, murmelte er und ließ seine Hand zu ihrem Hals wandern, wo der Daumen genau auf der Kehle liegenblieb und die langen, nervigen Finger ihren Nacken umfaßten. Viviane war nicht fähig, dem sanften Zug zu widerstehen, den sie ausübten. Erst als sein Mund nur noch ein kleines Stück entfernt war, begann sie sich zu sträuben.

»Warum habt Ihr das getan?«

»Was, meine schöne Katze?«

»Mich dort zu lassen. Bei Nacht und Nebel zu verschwinden und mich allein zu lassen. Ihr wußtet, daß mein Gatte kommen würde, nicht wahr?«

»Das hört sich an, als würdet Ihr Euch darüber beschweren, daß ich Euch Eurem Gemahl zurückerstattet habe. Verstehe einer die Frauen! Ich nahm an, Ihr wärt mir dankbar, daß ich meine Pläne geändert habe. Hättet Ihr Wert darauf gelegt, Zeugin von Mord und Totschlag zu werden? Ich nahm es nicht an. Es ist Euch erfolgreich gelungen, an ein Mitgefühl zu appellieren, von dem ich bis dahin nicht wußte, daß ich es noch besaß.«

Viviane starrte in das flüssige Gold seiner Augen und unterdrückte ein Aufstöhnen. Mitgefühl? Bei Gott, sie las etwas anderes in diesem Blick. Feuer, das sie magisch anzog, an dem sie sich verbrennen würde, wenn seine hungrigen Lippen sich auf ihre senkten und ihr jede Vernunft und Logik raubten.

Sogar in dem Wissen, daß sie verzweifelter und einsamer denn je sein würde, wenn er wieder verschwand, konnte sie nicht anders, als diesen Kuß erwidern, diese harten Schultern umfangen und sich in die schamlose, stürmische Umarmung schmiegen, die ihr seine starken Arme boten. Sie ließ sich fallen und gab sich dem vertrauten Fieber hin, das er in ihr entfachte.

Es war Wahnsinn, Bertrand wußte es genau, als er die Bänder ihres Nachtgewandes öffnete und den weiten Stoff sanft über ihre Schultern schob, um sie mit glühenden Augen zu betrachten. »Meine Erinnerung hat nicht getrogen«, sagte er rauh. »Oder du bist noch schöner geworden. Ganz Versuchung und Vollkommenheit.«

Viviane hatte nicht den Wunsch, sich zu bedecken. Im Gegenteil, sie bot sich dar, hilflos gefangen in einer Liebe, von der sie gedacht hatte, sie sei besiegt, erstickt vom Verrat und von der Mißachtung. Doch sie hatte sich einmal mehr getäuscht. Diese Liebe gehört so sehr zu ihr wie ihre Seele. Sie würde erst mit ihrem Tod enden und keinen Herzschlag zuvor. In diesem Augenblick war nur wichtig, daß er sie wollte und daß sie ihm nichts verweigern würde. Daß sie ihm gehörte, ganz und gar.

Und auch Bertrand de Coville fühlte die Fesseln, in die diese Liebe ihn schlug. Selbst jetzt war ihm nicht klar, weshalb er seinen Plan aufgegeben hatte, Viviane de la Griffe im selben elenden Zustand zu ihrem Gatten zu schicken, wie der, in dem seine Schwester sich befunden hatte. Als ihm seine Boten gemeldet hatten, daß der Seigneur und seine Männer im Anmarsch waren, hatte er schweren Herzens auf die Konfrontation verzichtet, die er eigentlich hatte herbeiführen wollen. Weshalb, in Dreiteufelsnamen? Weil er das Gefühl gehabt hatte, dieser Frau bereits genügend angetan zu haben? Weil ihm klargeworden war, daß er einen Fehler gemacht hatte?

Er gab es auf, nach Antworten zu suchen. Das Begehren nach ihr hatte ihn längst unterjocht. Keine andere Frau war so anbetungswürdig, so vollkommen und so verführerisch, keine hatte einen solch süßen, bebenden Mund, der gierig nach seinen Küssen verlangte. Sie ließ seinen schmerzlichen Wunsch nach Rache verschwinden, seine Pläne und seine Flüche verstummen. In ihrer Umarmung war nur Liebe. Nichts als reine, unverdorbene Hingabe; sie gab, ohne etwas dafür zu fordern.

Mit einem unterdrückten Stöhnen zog er sie wieder an sich. Er ertrank in ihrer Zärtlichkeit und den süßen Liebkosungen ihrer schlanken Finger, die nach den Schlingen und Bändern seiner Kleider suchten. Er wußte, er sollte ihr Einhalt gebieten, dieses Haus verlassen, die Gefahr meiden … aber ebensogut hätte er versuchen können, den Mond vom Himmel zu pflücken.

»Liebe mich«, hauchte Viviane selbstvergessen. »Ich möchte vergessen, was geschehen ist. Wenn du es fertigbringst, daß ich nicht mehr denken kann, werde ich dir alles verzeihen!«

Bertrand stöhnte auf. Er hatte gewußt, daß es zu spät war, von dem Augenblick an, als sie wie eine Erscheinung zwischen den Bettvorhängen aufgetaucht war, wie die Antwort auf einen Ruf seines Herzens.

Viviane verschlang die Finger in seinem weichen, dicken braunen Haar. In instinktiver Lust rieb sie ihre schmalen Hüften an den seinen und drückte sich gegen seinen heißen, erregten Körper. Wie sie es liebte, ihn zu spüren und die Wirkung, die sie auf ihn ausübte!

Dieser süße, wilde, leidenschaftliche Kuß nahm ihre Vereinigung voraus, und die suchenden Finger, die zwischen ihre Schenkel glitten, spürten, wie bereit sie für ihn war. Wildes, ungestümes Verlangen erfüllte Viviane, und sie wölbte den Rücken, während sie sich gleichzeitig an Bertrand klammerte und ihre Beine um seine Hüften schlang.

»Geduld, meine Löwin, Geduld ...«, murmelte Bertrand heiser und bettete sie zwischen die Kissen, damit er sie sehen konnte, wenn er in sie eindrang. Er wollte jenen Ausdruck wiederfinden, der ihr Gesicht erhellte, wenn sie den Höhepunkt der Lust erreichte, und jene schrankenlose Hingabe genießen, die nur sie zu geben vermochte.

Sacht schloß er seine Hände um ihre Hüften und hob sie an.

»Komm!« hauchte Viviane kehlig und stützte sich auf die Unterarme. »Laß mich nicht länger warten! Ich ertrage es nicht!«

Sie kam ihm entgegen, und ein leises Wimmern drang tief aus ihrer Kehle, als er sich mächtig und tief in sie drängte. Sie löste sich auf, verschmolz mit der samtigen, mächtigen Kraft, die sie eroberte und in die Tiefen ihres Seins vorstieß. Sie tauchte in die heiße Wonne der sinnlichen Ekstase, und das unmerkliche Schauern, das ihre beginnende Kapitulation ankündigte, fand ihr Echo in dem letzten harten Stoß, der auch bei Bertrand den Höhepunkt der Lust auslöste, so daß sie beide im selben Moment den absoluten Gipfel erklommen.

Viviane riß die Augen auf, als die Kraft der Liebe sie erbeben ließ, und sie sah in das von Kerzen erleuchtete Gesicht des Mannes, dessen Züge in diesem Augenblick wie gemeißelt wirkten. Sein kantiges Antlitz war von strenger Schönheit, und die glühenden Bernsteinaugen fingen ihren Blick und drangen bis in ihre Seele hinein. Wie sie ihn liebte! Sie würde ihr Leben für ihn geben! Ihre Seligkeit, ihre Ehre, ihren Stolz. Alles.

Alison hatte sich getäuscht, sie besaß ein Herz. Eines, das Wachs in den Händen dieses Mannes war. Von Anbeginn der

Zeit hatte sie allein darauf gewartet, von ihm erweckt und besessen zu werden!

»Psst … ich muß gehen, meine Schöne! In Kürze wird der Morgen grauen, und es wird kaum ratsam sein, daß Euer Gatte mich hier findet …«

Sie hörte seine Worte kaum, und erst, als er sich von ihr löste und sie eine so entsetzliche Leere spürte, schlug sie widerstrebend die Lider auf.

Bertrand de Coville schlüpfte eben in sein Wams und gürtete den schlichten silbernen Dolch um, der seine einzige Waffe zu sein schien. Er schenkte ihr ein Lächeln, das seine Augen jedoch nicht erreichte. Die lagen tiefernst auf ihren Zügen, die, von zerzausten Locken umgeben, eine Sanftheit und kindliche Reinheit zeigten, die in krassem Widerspruch zu der Leidenschaft standen, die sie mit ihm geteilt hatte.

»Ihr seid eine Sirene, meine Schöne, ein Wesen, das einen armen Mann in sein Verderben lockt. Es hätte nicht viel gefehlt, und ich wäre aus dem Schlummer nicht mehr erwacht, in den ihr mich versetzt habt.« Seine gedämpfte, rauhe Stimme verlieh seinen Worten besondere Intensität. »Wenn Ihr noch einen Rat von mir annehmen wollt, so schweigt zu Eurem eigenen Besten über meinen Besuch.«

Er wandte sich zum Gehen.

»Wohin wollt Ihr? Werdet Ihr wiederkommen!« Viviane haßte sich für das Flehen in ihrer Stimme. Aber sie mußte es einfach wissen.

»Auf die Gefahr hin, daß ich mich wiederhole: Vergeßt mich, meine Schöne! Es ist besser!«

Sie hörte die Tür nicht, die sich lautlos hinter einem Wandteppich öffnete. Für sie sah es aus, als würde Bertrand mit den Figuren des gewebten Bildes verschmelzen. Ein Ritter, der für eine Nacht aus dem Rahmen getreten war, um sie zu lieben. Welch unsinniger, närrischer Traum!

18. Kapitel

»Ich bitte Euch, Ihr müßt essen!«

Dame Jacquette begann Viviane mit ihrer ständigen Besorgnis auf die Nerven zu gehen. Aber die Haushofmeisterin war nicht bereit, sich so schnell von Vivianes Unmut einschüchtern zu lassen. Sie stemmte die Arme in die Hüften und deutete auf das Tablett, auf dem die Speisen fast unberührt standen. »Ich habe Euch einen Kräutertee gebrüht, der Eure morgendliche Übelkeit beseitigen wird. Ohnehin ist es nur vorübergehend, Ihr könnt es mir glauben, ich habe selbst fünf Kinder geboren, und ich kenne mich aus in derlei Dingen.«

Viviane, die nachdenklich die silberne Bürste durch ihre Haare gezogen hatte, erstarrte mitten in der Bewegung. Sie runzelte die Stirn. »Wie meint Ihr das?«

Jacquette strahlte. »Wollt Ihr sagen, Ihr habt es noch nicht bemerkt? Ach, wie typisch für eine junge Ehefrau, die es zum ersten Mal erlebt. Ihr seid in Hoffnung, meine Liebe! Ihr werdet im Frühling ein Kindchen bekommen!«

Viviane schloß langsam die Augen, als könne sie nur so den Schock meistern, der sie plötzlich erfaßt hatte. Aber eigentlich war es doch keine Überraschung für sie. Sie hatte sich nur geweigert, den Tatsachen ins Auge zu sehen. Seit jener Woche vor ihrer Eheschließung hatte sie nicht mehr unter ihrem Frauenübel gelitten. Auch wenn sie die Aufregungen und körperlichen Mißhelligkeiten in Erwägung zog, die es verschoben haben konnte, inzwischen hätte es eintreten müssen.

»Kann es sein, daß Ihr es auch Eurem Gemahl noch gar nicht mitgeteilt habt?« schwatzte Jacquette unverdrossen weiter. »Ihr müßt es tun. Jeder Mann ist von der Aussicht auf einen Erben begeistert. Er wird Euch danken und sicher mehr Rücksicht auf Euch nehmen.«

Viviane preßte die Lippen zu einem schmalen Strich zusammen. Begeistert? Heilige Mutter Gottes, Eduard de la Griffe würde alles andere als begeistert sein, wenn er erfuhr, daß sie den Bastard Bertrand de Covilles in sich trug. Denn sie zweifelte keinen Atemzug lang daran, daß es Bertrands Kind war, das jene Veränderungen in ihrem Körper hervorgerufen hatte, die sie längst bemerkt hatte.

Aus jenen Scheußlichkeiten, zu denen ihr Gemahl sie gezwungen hatte, konnte nur Tod und kein Leben entstehen. Aus der leidenschaftlichen Vereinigung vollkommener Liebe jedoch ...

Unwillkürlich flog ihr Blick zu dem großen Pfostenbett, in dem sie sich in der vergangenen Nacht Bertrand so schamlos hingegeben hatte. Ihr schien, als könnte sie noch die Abdrücke ihrer Körper sehen, obwohl die prächtige Decke faltenlos und korrekt über Kissen und Laken gebreitet war. Die sanfte Röte, die ihr Gesicht überflutete, führte Jacquette auf ganz andere Gründe zurück.

»Verzeiht, wenn ich mich einmische, aber Ihr müßt es dem Seigneur sagen. Es ist nicht gut, eine schwangere Frau zu ...«

»Zu schlagen?« sprach Viviane das Wort aus, vor dem sie zurückschreckte. »Ich nehme nicht an, daß diese frohe Botschaft meinen Gatten davon abhalten wird. Er will das Kind nicht, das ich erwarte. Versprich mir, daß du niemandem ein Sterbenswort sagst. Ich möchte es so lange wie möglich verschweigen.«

»Aber das ist ein Fehler. Ihr ...«

»Überlaßt das mir«, unterbrach Viviane sie und nahm die Bürste wieder auf. »Ich befehle es Euch. Es ist meine Sache, wann ich es ihm mitteile.«

Wenn es sich vermeiden läßt, werde ich es gar nicht tun, fügte sie in Gedanken hinzu, während Jacquette beleidigt dreinschaute und über die Bettdecke strich, obwohl es da keine Falten zu glätten gab. Aber Viviane wagte es nicht, sich der Frau anzuvertrauen, auch wenn sie noch so besorgt und mütterlich wirkte. Die Ereignisse hatten ihr natürliches Mißtrauen ins Ungesunde verstärkt.

Das sogenannte Recht stand zweifelsfrei auf Seiten ihres Gatten. Ihm kam es zu, ihr Leben, ihr Denken und nicht zuletzt ihre Taten zu kontrollieren. Mit der Eheschließung war diese Macht von ihrem Vater auf ihn übergegangen, und somit befand sie sich in seiner Gewalt. Selbst wenn sie ihrer Mutter eine Botschaft sandte und sie um Hilfe bat, würde sie als Antwort vermutlich nur eine strenge Litanei erhalten, in der sie zu Demut und Gehorsam angehalten wurde. Sie hatte zweiundzwanzig Jahre nichts anderes getan, als Viviane diese Tugenden näherzubringen.

Hinzu kam, daß es Alison de Lassay ohnehin gelungen war, diese Familienbande als fragwürdig erscheinen zu lassen. Ein Blick in Marie-Anges Gesicht, und Viviane hatte gar nicht mehr zu leugnen vermocht, daß diese Ähnlichkeit mehr war als eine Laune der Natur. Dazu kam, daß die Ähnlichkeit zwischen ihnen nicht nur auf das Äußere beschränkt war, sie umfaßte auch ihre Gefühle und Gedanken und schuf eine Vertrautheit, wie Viviane sie mit niemand anderem teilte. Marie-Ange de Chazan war das Echo ihrer selbst, der verblüffende Gegenpol ihrer Persönlichkeit. Licht und Sanftmut, dort, wo Viviane nur Düsternis und Rebellion empfinden konnte. Ein Band, das sie umfing, auch wenn sie sich weigerte, seine Existenz vor den anderen einzugestehen.

Ob Marie-Ange diese Dinge ebenfalls spürte? Ob sie die hoffnungslose Verzweiflung, die Angst und die Sehnsucht nachempfinden konnte, die Viviane bewegten, ebenso wie Viviane wußte, daß ihre Schwester Liebe empfing und Liebe gab? Ahnte die Dame de Chazan um ihre panische Furcht vor dem, was ihrem Kind geschehen würde, wenn Eduard de la Griffe von seinem keimendem Leben erfuhr?

Vivianes Gedanken irrten weiter zu Melisande de Guînes, der Frau, die ihre Mutter gewesen sein mußte und von der sie nur das wenige wußte, was Alison de Lassay ihr erzählt hatte. Daß die Geburtsstunde ihrer Zwillingstöchter auch die Stunde ihres Todes gewesen war. Drohte ihr das gleiche Schicksal? Und was würde dann mit jenem unschuldigen neugeborenen Geschöpf geschehen, das seine Existenz den einzigen Stunden der Liebe verdankte, die seiner Mutter jemals gegönnt gewesen waren?

»Ihr habt Angst um Euer Kind«, murmelte Jacquette in diesem Moment und sah Viviane aufmerksam an.

Seit Viviane sich eingestand, was sie ohnehin befürchtet

hatte, schien sie ihre marmorne Gelassenheit verloren zu haben. Sie wirkte aufgewühlt, besorgt, ratlos und viel jünger als je zuvor. Der Haushofmeisterin kam sie eher wie eine Tochter denn wie eine Herrin vor. Sie war eine verzweifelte junge Frau, die Hilfe benötigte.

»Ja ...«, murmelte Viviane dann auch und stieß einen tiefen Seufzer aus. »Aber was kann ich tun?«

»Was ist mit Eurer Mutter, der Frau Herzogin?« schlug Jacquette ganz praktisch vor. »Es ist nur normal, sich in Eurem Zustand unter die Fittiche einer älteren Person zu begeben.«

Viviane lachte erstickt. »Die Herzogin würde mich umgehend zu meinem Gemahl zurückschicken. Sie hat mir zu Gehorsam, Geduld und Sanftmut geraten. Tugenden, die nicht viel helfen, wenn es darum geht, das Leben eines Kindes zu schützen.«

»Habt Ihr keine andere Verwandtschaft? Gibt es kein Herrenhaus, kein Kloster, wo Ihr Aufnahme finden könntet, bis ... bis ...« Jacquette brach ab. Unsicher darüber, was sie selbst sagen wollte. Bis sich der Seigneur beruhigt hat? Bis das Kind auf der Welt ist? Irgendeinen Grund mußte es doch geben, daß der Ehemann seine so schöne Frau derart brutal behandelte. Eifersucht?

»Ein Kloster?« überlegte Viviane nachdenklich und runzelte die makellose Stirn. »Richtig, das Kloster. Les Dames de Fôret , in dem Marie-Ange gelebt hat und dessen Äbtissin immerhin die Schwester meiner Mu... der Herzogin, meine ich ...« Sie brach ab, weil ihr erst in diesem Moment bewußt wurde, daß sie laut gedacht hatte. Nein, sie wollte Jacquette nicht mit in dieses Drama hineinziehen. »Ihr macht Euch umsonst Sorgen um mich, Jacquette. Überlaßt es mir, mit meinem Gemahl zu sprechen, dann ist schon alles in bester Ordnung ...«

»Wie Ihr meint«, murmelte die Ältere, aber man sah ihr an, daß sie sich auch weiter Sorgen machte. Es kam ihr hart an, sich von ihrer jungen Herrin einfach fortschicken zu lassen. Eine innere Stimme sagte ihr, daß es besser wäre zu bleiben. Doch was sollte sie gegen den Befehl ihrer Herrin tun? Wie konnte sie einer noblen Dame raten und sich einmischen? Diese nahm kaum Kenntnis von der Reverenz, die sie machte, ehe sie mit dem Tablett nach draußen verschwand.

Viviane spielte für einen kurzen Augenblick mit dem Gedanken, Marie-Ange de Chazan aufzusuchen und sich ihr anzuvertrauen, aber dann nahm sie wieder davon Abstand. Nicht zuletzt auch deswegen, weil ihr Gatte es ausdrücklich untersagt hatte, daß sie das Haus verließ. In ihrer augenblicklichen Lage konnte sie es sich nicht leisten, ihn zusätzlich zu reizen.

Wo er nur steckte? Seine Drohungen vom Vortag und der furchterregende Besucher kamen ihr wieder in den Sinn. Wie seltsam, daß sie sich von dem Fremden, mit dem sie kein Wort gewechselt hatte, fast noch schlimmer bedroht fühlte als von ihrem Gemahl. Es kam ihr vor, als übe der Kahlköpfige eine dämonische Macht über ihn aus.

Sie versuchte sich abzulenken, indem sie sich an den Tisch setzte und den Brief an die Herzogin von Valouse schrieb, den sie dieser längst schuldig war. Indem sie die Dame als ihre Mutter anredete und ihre töchterliche Pflicht tat, versuchte sie sowohl die Gedanken an Marie-Ange als auch an die übrigen Schwestern zu vertreiben, die sie angeblich hatte. Sie war Viviane de Valouse, und damit Schluß! Auch als solche hatte sie genügend Probleme, mit denen sie sich befassen mußte.

Sie verlor nur wenige Worte über ihre Entführung und ihre Zeit als Gefangene, dafür beschrieb sie das prächtige Haus ihres Gemahls in Paris um so ausführlicher und streifte das überstandene Nervenfieber ebenfalls lediglich am Rande. Sie ließ so viel weg, daß sich die Zeilen am Ende steif und unpersönlich lasen und nichts darüber verrieten, was in ihr vorging. Ob es ihrer Mutter auffallen würde?

Die einsetzende Unruhe im Haus, die schlagenden Türen und eiligen Schritte verrieten ihr die Rückkunft ihres Gatten, noch ehe die Nachricht zu ihr drang. Sie legte die Feder zur Seite und ließ das Pergament offen auf dem Tisch liegen. Sie wußte, daß ihr Gatte diesen Brief lesen wollte, und sie ersparte sich die Mühe, ihn zu versiegeln. Als er sie endlich aufsuchte, erwartete sie ihn auf ihrem Platz in der Fensternische.

Eine ruhige, stille Gestalt in einem sonnenblumenfarbenen Samtkleid, die offenen Haare in einem goldenen Netz gebändigt und das blasse, anmutige Gesicht von großen, fast grünschwarzen Augen beherrscht. Vivianes Amme hätte ihm sagen können, daß diese Färbung verriet, wie erregt sie innerlich war und wie mühsam sie sich beherrschte. Doch Eduard de la Griffe hatte sich noch nie die Mühe gemacht, über die Empfindungen der Frau nachzudenken, die er wegen ihrer respektablen Mitgift und ihrer noblen Herkunft geheiratet hatte.

Schweigend erhob sie sich von dem Polster und neigte den Kopf zu einem graziösen Gruß. Aber gerade die Tatsache, daß sie so ruhig und schön, so gelassen und vornehm wirkte, reizte Eduard de la Griffe jedesmal aufs neue. Was mußte noch geschehen, um sie zu brechen, einzuschüchtern und zu zähmen? Sie machte nicht den Eindruck, als bebe sie vor dem, was er sich für sie ausgedacht hatte. Im Gegenteil, unter ihrem Blick kam er sich vor wie ein Tolpatsch, und das trug nicht dazu bei, daß er seinen Grimm mäßigte.

»Wie ich sehe, steht es mit Eurer Gesundheit wieder zum besten«, knurrte er an Stelle eines Grußes und trat so nahe, daß sie den Wein in seinem Atem riechen konnte, den er vor seinem Besuch bei ihr hinuntergestürzte hatte.

Viviane schlug die Lider nieder, um dem Blick zu entkommen, der sich an ihrem Dekolleté festzusaugen schien, und seine Worte zeigten deutlich, woran er dabei dachte. »Dann werdet Ihr ja endlich wieder Eure Pflicht als Ehefrau tun können.«

Viviane preßte die Handflächen gegeneinander, um ihr Zittern zu verbergen. Sie schwieg aus Entsetzen, aber de la Griffe hielt es für Demut.

»Wie ich sehe, habt Ihr außerdem gelernt, den Mund zu halten«, stellte er zufrieden fest und packte sie grob mit einer Hand am Oberarm, während er mit der anderen eine Brust umfaßte und schmerzhaft drückte. »Euer Gehorsam gefällt mir. Legt Euch aufs Bett und hebt die Röcke!«

Viviane keuchte auf und starrte ungläubig in das grinsende Gesicht, das keine Handbreit von dem ihrem entfernt war. »Jetzt?« hauchte sie fassungslos und versuchte vergeblich, sich loszureißen.

»Jederzeit, wenn es mir einfällt«, meinte de la Griffe grinsend. Es freute ihn, Angst in ihrem Blick zu lesen. »Komm schon, oder muß ich zur Peitsche greifen?«

Es war genauso, wie Viviane es befürchtet hatte: demütigend und ekelerregend.

Sie lag wie erstarrt, als ihr Gatte sich schließlich erhob. Eduard de la Griffe ordnete gelassen sein Wams und seine Hose und rückte den juwelenbesetzten Gürtel wieder zurecht. An der Tür wandte er sich noch einmal zu Viviane um, die sich immer noch nicht gerührt hatte.

»Daß ich es nicht vergesse: Morgen vormittag kommt eine Hebamme, um Euch zu untersuchen. Es gibt mir zu denken, daß Ihr keine Anzeichen Eures monatlichen Übels zeigt. Besteht der Verdacht auf eine Schwangerschaft, wird sie Euch einen Trank geben, der die Frucht beseitigt. Ich bin es leid, zu warten, bis Ihr mir die Wahrheit sagt.«

Das Zuschlagen der Tür weckte Viviane aus ihrer Erstarrung, sie erhob sich schwankend und schleppte sich hinter den Wandschirm, um ihrer Übelkeit nachzugeben. Einer Übelkeit, die diesmal nicht von ihrer Schwangerschaft herrührte.

Das war das Ende. Was sollte sie tun?

Lange Zeit später benetzte sie sich das Gesicht mit kaltem Wasser und trat steif in das Gemach zurück. Wie eine Schlafwandlerin starrte sie auf die zerknüllte Bettdecke, den angefangenen Brief und das luxuriös eingerichtete Kabinett. Ein scharfer Schmerz in ihrem Schoß durchzuckte sie, und sie krümmte sich unwillkürlich zusammen, ihren noch flachen Bauch mit beiden Händen schützend.

»Heilige Mutter Gottes, mein Kind! Hilf, daß ihm nichts geschehen ist«, betete sie heiser.

Sie zweifelte keinen Augenblick daran, daß die Hebamme erkennen würde, daß sie in der Hoffnung war. Frauen, die einen solchen Beruf ausübten, wußten die Zeichen zu deuten.

Auch auf Valouse hatte es eine Hebamme gegeben, und Viviane hatte auch gesehen, daß sie manch einer leichtsinnigen Magd mit einem geheimnisvollen Trank geholfen hatte, wenn es darum ging, eine Leibesfrucht abzutreiben, die kein Vater anerkennen wollte.

Aber sie hatte auch die Folgen mitbekommen, die Schmerzen, das Blut und in machen Fällen sogar den Tod. Es war nicht einfach, der Natur ins Handwerk zu pfuschen, und bei manch einer Schwangeren war das Blut geflossen, bis auch das eigene Leben mit ihm dahinging.

Das scharfe Ziehen ließ langsam nach, und Viviane setzte sich vorsichtig in die Fensternische. Kein Zweifel, es machte ihrem Gemahl mehr Vergnügen, sie mit Gewalt zu nehmen, als ihr normal beizuwohnen. Er hatte Gefallen an ihrem Schmerz. Sie hatte Angst, daß seine Brutalität ihr Kind gefährdete.

Wie in einem fernen Spiegel sah sich Viviane mit einem Säugling an der Brust. Einem dunkelhaarigen, winzigen Jungen, dessen rosige Fäustchen sich in ihr weiches Fleisch gruben. Den sie lieben und behüten durfte und der das Abbild seines Vaters war. Ihr Herz war bereits jetzt schwer vor Liebe zu ihm.

O nein, sie würde ihn schützen und ihn vor allem Übel behüten. Niemand durfte sein Leben in Gefahr bringen, und schon gar nicht ein Schurke wie Eduard de la Griffe. Doch was konnte sie tun? Wo Zuflucht finden?

Sie dachte kurz an Alison de Lassay und deren Angebot, sie bei sich aufzunehmen, aber dann schüttelte sie den Kopf. Sie hatte die Krieger gesehen, die de la Griffe aufbot, um Bertrand de Coville zu vernichten. Sie ahnte, daß er nicht davor zurückschrecken würde, sich mit Michel de Lassay oder Colin d'Harigny anzulegen. Und egal, wie der Kampf ausging, es würde Blut fließen, und Menschen würden ihretwegen sterben.

Nein, sie würde an einen Ort gehen müssen, wo Eduard de la Griffe sie nie vermuten und nie finden würde. Und sie glaubte auch schon zu wissen, welcher Ort dies war. Alison, Nadine und Marie-Ange hatten ihr das nötige Rüstzeug in die

Hand gegeben, um dort Aufenthalt und Sicherheit zu erzwingen. Man mußte sie aufnehmen, bis ihr Kind auf die Welt gekommen war, und dann würde sie weitersehen.

Doch wie sollte sie dieses Versteck erreichen? Wie Paris verlassen, ohne daß ihr Gatte davon erfuhr? Wie überhaupt aus dem Haus kommen, in dem er so ausschließlich herrschte? Während sie überlegte, sah sie durch die milchig verschwommene Scheibe auf den Fluß hinaus. Das ewige Kommen und Gehen der Holz- und Heukähne, der Lastschiffe und Fischerboote zeichnete Muster der Betriebsamkeit auf das Wasser, und Viviane erinnerte sich an etwas, das Jacquette erzählt hatte.

»Natürlich! Das ist es ...« Viviane sprang auf und legte behutsam die Hand auf ihren Leib. »Du wirst in Sicherheit sein, mein Kleiner! Ich werde dafür sorgen, daß er dir nichts zuleide tun kann! Das schwöre ich dir bei meinem eigenen Leben!«

19. Kapitel

Der letzte Monat im Jahr bescherte dem ehemals so stolzen und prächtigen Paris, das noch immer unter den Folgen der jahrelangen Besetzung, der allgegenwärtigen Armut und dem ständig zunehmendem Hunger litt, durchdringende, feuchte Kälte, aber glücklicherweise keinen Schnee. Viviane fröstelte in ihrem wärmsten Umhang, denn die Nässe drang mühelos durch die Schichten mehrerer Unterröcke, die sie unter dem wärmsten Wollkleid trug, das sie in ihren Truhen gefunden hatte.

Sie nutzte die Stunde nach dem Vesperläuten, in der die Dämmerung bereits in die Dunkelheit überging, und der zusätzliche Nebel, der sich über die Dächer gesenkt hatte, kam ihren Plänen zugute. Ihr Gatte hatte sich in sein Arbeitskabinett zurückgezogen und Befehl gegeben, von niemandem gestört zu werden. Sie selbst hatte Jacquette fortgeschickt, angeblich, weil sie vor dem Mahl am Abend ruhen wollte.

Sie hatte diesen Zeitpunkt mit Absicht gewählt, denn es würde den Verdacht nahelegen, daß sie Paris vor dem Schließen der Tore verlassen hatte. Wenn ihr Gatte nach ihr forschte, würde er mit Sicherheit diese Möglichkeit in Erwägung ziehen. Sie kannte schließlich niemanden in der Stadt, und falls er auf die Idee kommen würde, bei Alison de Lassay nachzufragen, so konnte ihm diese auch nicht weiterhelfen. Sie würde von nichts wissen, wenn Vivianes Plan so aufging, wie sie es erhoffte.

Viviane zog die Gartenpforte vorsichtig zu und warf einen letzten, prüfenden Blick um sich. Die leichten Nebelschwaden verwandelten die kahlen Äste der Apfelbäume und Beerenbüsche in graue Finger und gespenstische Figuren. Die junge Frau atmete tief durch, ehe sie es wagte, zwischen diese unheimlichen Schleier zu tauchen und den breiten Anlegesteg zu suchen, an dem die Versorgungsboote festmachten und an dessen Pfosten sie zwei einfache Ruderboote gesehen hatte, die Jacquettes Mann bei gutem Wetter zum Fischen benutzte.

Falls es ihr gelang, mit einem dieser Boote bis zur nächsten Anlegestelle zu rudern, hatte sie bereits halb gewonnen. Alle Ausgänge des Hauses zur Straße waren bewacht, lediglich die Wasserfront lag still da. Welche Vorsichtsmaßnahmen auch immer ihr Gatte veranlaßt hatte, er schien nicht damit zu rechnen, daß jemand vom Fluß aus das Haus betrat oder das Anwesen über den Fluß verließ. In dieser Jahreszeit war die Seine zu gefährlich für Kahnpartien.

Auch Viviane hatte Angst vor dem mächtigen dunklen Strom, aber noch mehr schreckte sie der Gedanke an jene Dinge, die ihr Mann ihr und ihrem Kind antun würde. Lieber ertrinken als wehrlos und hilflos noch einmal erdulden, daß er sie verletzte.

Ihr Herz klopfte so laut, daß sie fürchtete, es würde sogar das leise Plätschern des Flusses übertönen. Nervös zog sie den Umhang fester um sich und raffte ihre Röcke, die im nassen Gras schleiften und bereits schwer von Feuchtigkeit waren. Über die Schulter warf sie einen letzten Blick zum Haus zurück, das sich massig und dunkel hinter ihr duckte.

Ob Bertrand de Coville noch einmal das Risiko eingehen würde, dort nach Beweisen für de la Griffes betrügerische Machenschaften zu suchen? Was er wohl empfand, wenn er begriff, daß sie fort war? Ob es ihn überhaupt kümmerte? Immerhin hatte er niemals auch nur angedeutet, daß er mehr für sie empfand als flüchtige Leidenschaft. Im Gegenteil, er hatte sogar geleugnet, daß es die Liebe überhaupt gab! Vorübergehende Lust in den Armen irgendeiner beliebigen Frau, mehr suchte er nicht mehr …

Heilige Mutter Gottes, sie durfte nicht solche Dinge denken, nicht die eigene Stärke durch Zweifel zerstören. Sonst würde sie nie den Mut aufbringen, vor Eduard de la Griffe zu fliehen. Viviane straffte die Schultern und reckte trotzig das Kinn vor, ehe sie die Stufen zum Kai hinunterstieg. Sie war so in ihre Gedanken und Ängste versunken, daß sie im ersten Moment gar nicht den massigen dunklen Schatten bemerkte, der plötzlich vor ihr aufgetaucht war.

»Verdammt, was habt Ihr hier zu suchen, Dirne?« Die Stimme war kalt und raschelnd wie abgestorbene Blätter, die der Wind über Platten trieb.

Sie war entdeckt! Viviane wich zurück und verfing sich in den Säumen ihrer eigenen Röcke. Sie taumelte und hob die Hand, als eine Blendlaterne gehoben wurde und der plötzliche Schein ihr Gesicht erhellte.

»Wer … bei Gott, *Ihr*? Schon wieder Ihr? Welche Verdammnis hat Euch ausgespien? Zur Hölle, was habt Ihr hier zu suchen?«

Die junge Frau blinzelte und wich ins Dunkel zurück. Nun erkannte sie im Licht auch die Züge des Mannes, der eben aus einem Boot gestiegen war, und unterdrückte im letzten Moment einen Schrei.

Ein grauer Schädel, eine wulstige Narbe über der Braue, Augen, die Kälte und Zorn versprühten. Eine hochgezogene Schulter und ein gedrungener, schwerfälliger Körper. Der geheimnisvolle Gast ihres Gatten! Jener furchterregende, tödliche Mann, der ihr wie Mensch gewordener Haß erschien!

Ein zitternder Schauer durchlief Viviane, die erst jetzt bemerkte, daß das Verhalten des Fremden ihr gegenüber mehr als seltsam war.

Die Laterne hoch erhoben, die Rechte mit allen Fingern abwehrend gespreizt, wich er vor ihr zurück. Abscheu lag auf seinen Zügen, der Mund war zu einem lautlosen Fluch verzogen, während das unförmige Bündel, das er unter dem Arm gehalten hatte, zu Boden fiel.

Viviane murmelte ein Stoßgebet. Er würde sie verraten, ihrem Gatten berichten, wo er sie gefunden hatte …

»O nein, nicht schon wieder! Hexenbrut! Genügt es nicht, daß du alle meine Pläne zum Scheitern gebracht hast?« krächzte er dumpf. »Daß mich der König verdammt und verurteilt hat? Was willst du schon wieder von mir? Genügt es dir nicht, auf der ganzen Linie zu triumphieren? Hexe! Geh! Geh fort in dein namenloses Grab und laß mich in Ruhe! Ich weiß, daß du nicht wirklich bist. Du bist ihr Gespenst, Melisandes Fluch, der mich verfolgt und mir zusetzt! Geh! So heb dich hinweg!«

Das abergläubische Entsetzen dieses Mannes kam Viviane ebenso unverständlich wie furchterregend vor. Sie konnte mit seinem kaum verständlichen Gestammel nichts anfangen, und seine Flüche verwirrten sie. Aber während sie sich noch den Kopf zermarterte, was sie sagen oder tun konnte, humpelte er mit unregelmäßigen, schweren Schritten davon, angetrieben von seinem Entsetzen.

Er floh! Er floh vor ihr, anstatt die Diener zu rufen!

Der trüber werdende Schein der Lampe markierte seinen Weg, und die junge Frau schüttelte verwirrt den Kopf. Hatte er sie tatsächlich für eine Erscheinung und nicht für einen lebendigen Menschen gehalten? Weshalb hatte ihr Anblick ihn so aus der Fassung gebracht? Woher war er gekommen? Vom Fluß?

Wie gelähmt verharrte sie auf den Stufen, fürchtend, daß jeden Moment vom Haus her Lärm und Stimmen kommen würden, daß ihr Gatte sie zurückholte und der Fremde sie erneut mit seinen Flüchen bedachte. Doch alles blieb still. Der Fluß rauschte gleichmäßig vorbei, irgendwo schlug eine einsame Glocke, und von den Straßen her kam jenes unverkennbare dumpfe Brausen, das über Paris lag wie der regelmäßig an- und abschwellende Atem eines Lebewesens.

Viviane hätte nicht zu sagen gewußt, wie lange sie neben dem Boot gestanden und gewartet hatte. Nichts passierte. Absolut nichts. Dennoch mußte sie ihren ganzen Mut zusammennehmen, um sich wieder in Bewegung zu setzen. Es fehlte nicht viel, und sie wäre entnervt und resigniert ins Haus zurückgekehrt. Sie hatte bereits zwei Schritte in diese Richtung gemacht, als sie über ein Hindernis stolperte und fast gefallen wäre. Im letzten Moment konnte sie sich an der glitschigen Böschung abstützen.

Sie wartete, bis sich ihr heftiger Atem beruhigt hatte, dann griff sie nach dem Paket, das auf den Stufen lag. Jetzt erinnerte sie sich wieder – der Fremde hatte es verloren. Unter einer gewachsten Hülle fühlte sie Pergamente, Schreiben, Briefe. Sie zögerte. Sollte sie das Paket liegenlassen, bis jemand danach suchte?

Aber dann tat sie es doch nicht. Ein eigenartiger Impuls zwang sie dazu, das sperrige Päckchen in ihr Bündel zu stopfen. Vielleicht war auch jenes mahnende Ziehen in ihrem Unterleib daran schuld, das eingesetzt hatte, als Eduard de la Griffe ihr Gewalt angetan hatte. Das Gefahr für ihr Kind signalisierte. Das sie mehr als alles andere wieder davon abhielt, feige zu sein und aufzugeben.

Die heimlichen Geschäfte, die ihr Gatte mit diesem schrecklichen Mann machte, waren mit Sicherheit nicht legal. Möglicherweise hatte ihr diese schlimme Begegnung ja eine Waffe gegen ihn in die Hand gespielt. Eine Waffe, die sie im Kampf gegen ihn vielleicht noch nötig haben würde. Später, wenn ihr Sohn in Sicherheit war und sie genügend Kraft hatte, den Kampf für ihn aufzunehmen.

Aber zunächst mußte sie fort, um ihn zu schützen. Was auch immer geschehen mochte, ihr Schicksal lag in Gottes Hand. Er würde nicht zulassen, daß ihr Kind die Schuld für die Fehler seiner Mutter zahlte.

»Bei Gott! Ihr?«

Bertrand de Coville hatte mit allem gerechnet, aber nicht mit dem Anblick dieser Frau. Er traf ihn wie der Hieb eines Schwertes. Das bezaubernde, einfache Hauskleid aus fließendem zartgrünem Atlas war mit einem gleichfarbigen Band unter der Brust gegürtet, und das tiefe V seines Ausschnittes enthüllte ein verführerisches Dekolleté.

Die offenen, seidigen Haare schimmerten im Kerzenlicht wie der Sonnenuntergang eines warmen Sommertages, und in den grünen Augen glühten eine Wärme und eine Fröhlichkeit, wie er sie dort noch nie gesehen hatte. Sie erwiderte seinen Blick eigenartig verwirrt.

»Wie schön Ihr seid«, sagte er, ohne zu merken, wieviel Anbetung in seinem Ton lag. Unwillkürlich trat er auf sie zu und hob die Arme.

»Wahrhaftig, mein Freund, das geht zu weit! Wenn Ihr meine Gemahlin weiterhin derart mit den Augen verschlingt, sehe ich mich gezwungen einzuschreiten!«

Bertrand de Coville sah seinen alten Freund Ivo de Chazan verwirrt an. »Eure Gemahlin? Ihr scherzt ...« Die Röte auf seiner Stirn wich grauer Blässe, und die goldenen Augen verloren ihr Funkeln.

»Zum Henker, Bertrand, Ihr ...«

»Nicht!« Die sanfte Stimme und die Hand, die sich leicht auf seinen Arm legte, besänftigten den Seigneur de Chazan. Zärtlich bedeckte er ihre Hand mit seiner eigenen. An manchen Tagen erschien es ihm immer noch wie ein Wunder, daß Marie-Ange ihn so sehr liebte.

»Seid willkommen, Seigneur«, wandte sich die Dame de Chazan nun an den Mann, den ihr Gatte als einen alten Freund aus vergangenen Kriegstagen beschrieben hatte. »Kann es sein, daß Ihr Euch in bezug auf meine Person ein wenig täuscht? Ich bin Marie-Ange de Chazan, und ich sehe Euch heute zum erstenmal.«

Sie bemerkte die gerunzelte Stirn, den verwirrten Ausdruck der goldenen Raubtieraugen und den schmerzlichen Zug um die fest zusammengepreßten Lippen. Sie spürte die Anspannung, unter der er stand, die Verzweiflung, die ihn erfüllte, und die Hoffnungslosigkeit, die schwer auf seinen Schultern lastete. Er war ein Mann, den sie durchaus interessant fand. Interessant und gutaussehend, und vielleicht sogar ein wenig mehr als anziehend.

»Verzeiht«, sagte er rauh. Er brachte es jedoch nicht fertig, den Blick von ihrem Gesicht zu lösen. »Ihr seht einer Dame, die ich kenne, so unglaublich ähnlich, daß ich Euch für einen Moment lang für sie gehalten habe. Wie ist das möglich ...«

Marie-Ange spürte die Bewegung ihres Mannes, aber sie schüttelte unmerklich den Kopf. Ehe sie das Rätsel löste, wollte sie mehr über diesen Söldner wissen, der vermutlich das Bild ihrer Zwillingsschwester vor Augen hatte, wenn er sie ansah.

»Ihr seht nicht glücklich aus, wenn Ihr von ihr sprecht«, sagte sie mit ihrer melodiösen Stimme, die ihn endgültig davon überzeugte, daß nicht Viviane vor ihm stand. Die faszinierende Gattin des Seigneurs de la Griffe mochte dieser Frau dort so ähnlich sehen wie ein klarer Wassertropfen dem anderen, aber ihre Stimme hatte ein anderes Timbre. Sie war dunkler, kehliger und aufregender. Sie machte ihn unruhig und vieles mehr, über das er nicht nachdenken wollte.

Die Dame Chazan hingegen beruhigte seine angespannten Nerven, gab ihm das Gefühl, sich in ihrer Gegenwart erholen zu können und keine Maske tragen zu müssen, ihr sein Vertrauen schenken zu können.

»Ich habe keine Veranlassung, glücklich zu sein«, antwortete er dann auch. »Meine größten Fehler und ärgsten Verbrechen habe ich gegen diese Frau begangen.«

»Und trotzdem liebt Ihr sie so unaussprechlich?« Marie-Ange legte mutig den Finger mitten in die offene Wunde ihres Gastes.

»O nein!« brauste Bertrand de Coville auf. »Das wollte ich damit nicht sagen. Sie ist störrisch, eigensinnig, viel zu stolz und zu sehr von sich selbst und ihrer Person eingenommen, um derartige Gefühle in einem anderen Menschen hervorzurufen!«

Marie-Ange lächelte, und allein dieses Lächeln sorgte

dafür, daß dem Mann, der ihr gegenüberstand, verlegene Röte in die Stirn stieg.

»Ihr müßt mir von ihr erzählen«, sagte sie ruhig. »Ich habe ein Faible für romantische Geschichten.«

Ivo de Chazan kam seinem Freund zu Hilfe, der sich vor Verlegenheit wand. »Später, meine Liebe! Vielleicht sollte ich Euch erst einmal sagen, daß Bertrand als namenloser Söldner an meiner Seite gegen die Engländer gekämpft hat, obwohl er von edelstem Blut ist. Daß er alles verloren hat, verdankt er einem Mann, der allem Anschein nach Guy de St. Doye Unterschlupf gewährt. Einem ehemaligen Spießgesellen unseres verehrten Georges de la Trémouille, dem edlen Eduard de la Griffe! Zu meiner nicht geringen Überraschung stieß ich auf ihn, als ich endlich St. Doyes Spur entdeckt zu haben glaubte.«

Marie-Ange erstarrte. So also schloß sich der Kreis einmal mehr. Es gab keinen Frieden für die Töchter Melisande de Guînes, solange dieser Mann lebte. Viviane war, so sehr sie sich dagegen auch wehrte, längst mit hineingezogen worden.

»Wie es scheint, haben sich der entmachtete Kanzler, de la Griffe und St. Doye zu einer unheilvollen Allianz zusammengeschlossen. Sie verfolgen auch weiterhin das Ziel, das die schon immer hatte: ihren eigenen Einfluß und ihren eigenen Reichtum zu mehren und den König zu schwächen«, erzählte Ivo de Chazan. »St. Doye ist auf der Flucht, der Kanzler gestürzt, aber de la Griffe hat durch seine Heirat mit der Tochter des Herzogs von Valouse an Einfluß gewonnen. Ihm etwas zu beweisen wird uns schwerfallen.«

Marie-Ange starrte auf die matt schimmernden Paneele der Holzverkleidung, die das Arbeitskabinett ihres Gatten schmückte, aber sie sah nicht die meisterliche Handwerksarbeit, sondern das Gesicht Guy de St. Doyes vor sich. Des Mannes, dessen Haß das Leben ihrer Mutter vernichtet hatte und der für sie das Böse schlechthin verkörperte. Was würde passieren, wenn Viviane ihm in die Hände fiel? Viviane, die keine Ahnung hatte, wer er war?

Oder doch? Besaß nicht auch sie, auch wenn sie es selbst vielleicht noch nicht erkannt haben mochte, eine besondere

Gabe, wie alle Töchter Melisande de Guînes? Gaben, die sie von anderen Frauen unterschied. Im Gegensatz zu Alison und Nadine war sie stets der Meinung gewesen, daß Viviane sehr wohl die Bande spürte, die alle vier Schwestern vereinten. Aber sie hatte auch am besten nachfühlen können, wie unerträglich tief man Viviane verletzt hatte und daß ihre Abwehr, ihre Gleichgültigkeit und Kälte reiner Selbstschutz waren.

Selbstschutz, den auch dieser Mann, ihr Gast, um sich aufgerichtet hatte, weil er fürchtete, ein weiteres Mal enttäuscht zu werden. Marie-Anges Fähigkeit, die Menschen zu durchschauen, ließ sie erkennen, daß er den gleichen selbstmörderischen Stolz hatte wie ihre Schwester. Die gleiche Angst zu lieben und deswegen verletzlich zu sein.

Bertrand de Coville brachte nicht die nötige Konzentration für das wichtige Vorhaben auf, dessentwegen er sich mit Ivo de Chazan getroffen hatte. Sie hatten einen Plan ausarbeiten wollen, der die Machenschaften de la Griffes aufdecken sollte. Die Anwesenheit der Gattin seines Freundes lenkte ihn ab und beunruhigte ihn. Es war ihm nicht möglich, den Blick von ihr abzuwenden. Immer wieder verglich er sie mit Viviane. Die Ähnlichkeit irritierte ihn wie ein hartnäckiger Schmerz.

»Verzeiht«, unterbrach er schließlich seinen Freund mitten im Satz. »Aber ich kann es nicht begreifen. Ist Eure Gattin ebenfalls ein Kind des Herzogs von Valouse? Ich dachte, er hätte nur eine einzige Tochter?«

»Er hat überhaupt kein Kind«, erklärte ihm Marie-Ange. »Zumindest keines, das sein Blut weiterträgt. Wenn Ihr von Viviane de la Griffe sprecht, so sprecht Ihr von meiner Zwillingsschwester. Wir sind beide Töchter des Grafen von Mesnières und am Tag der Schlacht von Azincourt geboren. Mesnières liegt in der Nähe von Azincourt, und als die Burg von den Engländern eingenommen wurde, brachte eine alte Amme die Neugeborenen in Sicherheit. Später wurden wir getrennt, und Viviane wuchs im Glauben auf, die leibliche Tochter des Herzogs zu sein.«

»Wie ist das möglich ...« Bertrand de Coville verstand das alles nicht.

Marie-Ange berichtete in grobem Umrissen, welche Rolle Guy de St. Doye in diesem Drama gespielt hatte und weshalb ausgerechnet Ivo de Chazan mit solcher Hartnäckigkeit nach diesem Mann suchte. Er hatte ihm den Tod geschworen, und die Angst, die er seinetwegen um Marie-Ange ausgestanden hatte, war die Kraft, die ihn vorwärts trieb.

»Ich fürchte wie Ivo, daß wir keine Ruhe haben werden, ehe er nicht endgültig vernichtet ist«, fügte sie seufzend hinzu. »Dieser Mann ist nicht mehr normal. Er hat sich so in seinen leidenschaftlichen Haß verrannt, daß ich um Vivianes Sicherheit fürchte, wenn er sie zu Gesicht bekommt. Er kann nicht begreifen, daß er selbst seinen Untergang herbeigeführt hat. Er gibt Melisandes Töchtern die Schuld daran. Seine Reaktionen sind völlig unvorhersehbar. Ich weiß, daß sie in Gefahr ist, in großer Gefahr. Ich spüre es mit allen Sinnen.«

»Sie ist jeder Gefahr gewachsen«, entgegnete Bertrand de Coville, zwischen Verblüffung und Widerstand hin und her gerissen. »Ihr könnt mir glauben, daß sie niemals auch nur die geringste Schwäche zeigt. Sie besteht aus Feuer, sich selbst genügend und die anderen nur verbrennend. Es gibt nichts, was sie von ihrem Weg abbringen könnte. Ihr macht Euch umsonst Sorgen um diese Frau.«

Marie-Ange runzelte die Stirn und strich sich eine lose Haarsträhne aus der Stirn. Nun, dieser Mann war doch nicht so einfach zu durchschauen, wie sie zunächst gedacht hatte. Offensichtlich war sie in ihm jemandem begegnet, der ein Meister darin war, seine Gefühle zu unterdrücken und zu verleugnen. Es steckte so viel wilder Zorn in ihm, daß sie es schwierig fand herauszufinden, was davon Viviane galt und was den Umständen seines eigenen Lebens. Ihre anfängliche Überzeugung, daß er ihre Schwester leidenschaftlich liebte, geriet plötzlich ins Wanken.

»Auch meine Schwester empfindet Schmerzen, wenn sie geschlagen wird«, antwortete sie unerwartet aggressiv, weil sie sich in die Defensive gedrängt fühlte. »Ich habe die Male auf ihrem Körper und das Leid in ihren Augen gesehen. Manchmal denke ich, der Himmel hat die Männer absichtlich mit Blindheit gesegnet. Es erspart ihnen das Nachdenken.«

»Wer hat sie geschlagen?« fragte Coville rauh, obwohl er die Antwort bereits kannte. Hatte er nicht seine Schwester gesehen?

»Ihr liebwerter Gatte«, antwortete Marie-Ange. »Und nun erzählt endlich, was zwischen euch beiden war!«

Es war Bertrand unmöglich, sich ihrer Aufforderung und dem zwingenden Blick ihrer klaren grünen Augen zu entziehen. Er konnte gar nicht anders, als ihr die Wahrheit zu sagen. Er versuchte Ivo de Chazan und seiner Gemahlin eine halbwegs erträgliche Version von Vivianes Entführung zu geben, aber er konnte nicht leugnen, daß er sie vom Altar weg geradewegs in eine Hölle geschleift hatte. In ein Verhängnis, dem sie nicht mehr entfliehen konnte und das ihrem Leben eine entscheidende Wendung gegeben hatte.

»Ihr könnt mich nicht öfter einen Schweinehund nennen, als ich selbst es bereits tue«, endete er dumpf. »Ich habe Unrecht mit Unrecht vergolten, aber ich hatte nicht das Recht, eine Unschuldige mit hineinzuziehen. Der Haß hat mich blind gemacht, insofern habt Ihr sicher recht ...«

Einmal mehr legte Marie-Ange eine mahnende Hand auf den Arm ihres Mannes, der sein Temperament nur schwer im Zaum halten konnte. Er wußte nur das von Viviane, was seine Gemahlin erzählt hatte, und bis zu diesem Zeitpunkt hatte er keine sonderliche Sympathie für die allzu stolze Dame verspürt, die ihre Schwestern ablehnte. Nur weil Marie-Ange sie so vorurteilslos liebte, war er bereit, auch für sie in die Schranken zu treten.

»Was empfindet Ihr für meine Schwester?« fragte sie leise.

»Sie ist die Gattin Eduard de la Griffes«, murmelte Coville und sah angestrengt an ihr vorbei.

»Also haßt ihr sie und wollt sie ebenfalls vernichten«, erwiderte Marie-Ange provozierend.

»Aber nein!« brauste Bertrand auf. »Wo denkt Ihr hin! Sie hat genügend gelitten. Ich be...«

Er brach mitten im Wort ab. Völlig fassungslos über das Geständnis, das er fast gemacht hätte und das sich ganz von selbst auf seine Lippen gedrängt hatte. Worte, die unmöglich von ihm stammen konnten!

»Ihr betet sie an«, vollendete Marie-Ange mit deutlich hörbarem Triumph. »Sie ist das Gift in Eurem Blut, der Stachel in Eurem Herzen und der Hieb, der durch Eure Rüstung aus Rache und Stolz gedrungen ist. Sie hat Euch eine Wunde geschlagen, die Ihr ihr nur schwer verzeiht, das sehe ich doch richtig, oder?«

»Bei Gott, woher wißt Ihr?« Bertrand de Coville war unter der zutreffenden Beschreibung zusammengezuckt. Unwillkürlich hatte er die Hände abwehrend erhoben, als könne er sich damit vor der Wahrheit schützen, die endlich ausgesprochen worden war.

Marie-Ange lächelte nur und verzichtete auf eine Erklärung. Auch sie hatte ihre Wunden davongetragen, ehe sich ein hochfahrender Ritter dazu bekannte, daß ihm ihre Liebe wichtiger als alles andere war. Aber wenigstens war sie, Marie-Ange, frei gewesen. Frei, ihr Leben mit Ivo de Chazan zu verbinden. Viviane war es nicht! Sie hatte ihrem Gatten vor dem Altar Treue und Gehorsam geschworen. Bis in den Tod hinein. Durfte es eine solche Ungerechtigkeit geben?

Das respektvolle Klopfen einer Magd unterbrach die Stille des Kabinetts, wo alle schweigend ihren Gedanken nachhingen. Das Mädchen knickste vor seiner Herrin und flüsterte eine Botschaft, die keiner der beiden Männer verstand.

Ivo de Chazan musterte seinen Freund, und so entging ihm das Zittern, das seine Gemahlin schnell unter Kontrolle bekam, ehe sie sich erhob.

»Entschuldigt mich bitte, ein Problem des Haushaltes ...«

Das kleine, aber luxuriös ausgestattete Palais, das der Seigneur de Chazan unweit des Königspalastes gemietet hatte, weil Marie-Ange ungern bei Hofe lebte, hatte sie von Anfang an begeistert, und sie widmete sich den anfallenden Aufgaben mit einem Ehrgeiz, der ihren Gatten amüsierte. Er war nicht böse, daß sie das Kabinett verließ.

Im Gegenteil, vielleicht gelang es ihnen ja, sich in ihrer Abwesenheit wieder auf jenes Problem zu konzentrieren, das sie eigentlich hatten lösen wollen. Es war eine wichtige Aufgabe, die getan werden mußte, ehe man sich daran machen konnte, die Dinge des Herzens zu ordnen.

Es ging um die Vernichtung Guy de St. Doyes und seines schurkischen Freundes Eduard de la Griffe. Ivo würde nicht ruhen, bis gerächt war, was Marie-Ange von diesem Manne erduldet hatte.

20. Kapitel

»Viviane! Bei allen Heiligen, wo kommt Ihr her? Was ist passiert? Seid Ihr verletzt?« Marie-Ange suchte in den Zügen ihrer Schwester nach einem Anhaltspunkt und zog die Widerstrebende energisch aus dem Schatten des Torgewölbes, in dem sie wartete. Sie hatte ihren Ohren nicht getraut, als die Magd ihr berichtete, eine Dame wolle sie sprechen, die sich darauf berief, daß sie ihr bei Alison de Lassay begegnet sei.

Viviane erwiderte die herzliche Umarmung ein wenig zögernd. Es widerstrebte ihr, Marie-Ange um Hilfe bitten zu müssen, aber sie war die einzige, an die sie sich wenden konnte und die nicht versuchen würde, ihr den eigenen Willen aufzuzwingen. Weder Alison de Lassay noch Nadine d'Harigny, die sie beide ein wenig einschüchterten, brachte sie ein solches instinktives Vertrauen entgegen.

»Es geht mir gut«, murmelte sie leise. »Verzeiht, daß ich Euch störe. Aber ... ich muß fort. Ich kann nicht länger bei meinem Gatten bleiben.«

Marie-Ange sah unwillkürlich über die Schulter zur offenen Seitentür des Hauses, wo nur ein Stockwerk höher Bertrand de Coville saß.

»Kommt ins Haus!« bot sie an.

»Nein«, Viviane schüttelte den Kopf. »Es ist besser, wenn mich niemand sieht. Ich muß verschwinden, aber ich benötige ein Pferd, einen Wagen oder wenigstens die Möglichkeit, auf einem Fuhrwerk die Stadt zu verlassen. Könnt Ihr mir helfen?«

»Was ist geschehen?« Marie-Ange stellte nicht ein einziges Mal Vivianes abenteuerlichen Entschluß in Frage. »Bedroht Euch Euer Gatte? Deswegen müßt Ihr nicht fliehen, bleibt bei mir.«

»Es geht nicht«, wisperte Viviane. »Ich darf nicht in der Stadt bleiben. Ich muß fort, ehe der Schnee das Reisen unmöglich macht.«

»Wohin wollt Ihr?«

»Fragt mich nicht«, wehrte Viviane ab. »Je weniger Ihr wißt, um so besser wird es sein. Mein Gatte ist mächtig, er hat Einfluß bei Hof, und ich möchte nicht, daß er Euch schadet. Das Recht ist auf seiner Seite.«

Marie-Ange spürte das Beben, das Viviane durchlief, und sie fühlte auch die Anspannung, unter der ihre Schwester stand. Jene neue, sorgsam kontrollierte Energie, die sie plötzlich erfüllte und vorwärts trieb. So, als habe sie endlich eine Aufgabe, einen Sinn gefunden, für den es sich wieder zu leben lohnte. Etwas, das wichtiger war als sie selbst. Und plötzlich begriff sie. Hatte Bertrand de Coville nicht gerade eben noch die verhängnisvolle Leidenschaft geschildert, in der sie sich beide verstrickt hatten?

»Du bekommst ein Kind!« sagte sie erschrocken. »Ein Kind, dessen Vater nicht dein Gatte ist!«

»Wahrhaftig, Ihr jagt mir Angst ein, Marie-Ange«, entgegnete Viviane und befreite sich hastig aus ihrem Griff. »Wie könnt Ihr das wissen? Ich habe es selbst kaum richtig begriffen.«

»Es stimmt also.« Marie-Ange versuchte sich zu konzentrieren. Sie zweifelte keinen Moment daran, daß das Kind in Vivianes Schoß seinen Ursprung jenem wilden Abenteuer verdankte, das auch Ivos verzweifelten Freund gezeichnet hatte. Und in dem Augenblick, in dem der Seigneur de la Griffe diese Wahrheit erfuhr, waren sowohl Viviane als auch ihr Kind in höchster Lebensgefahr.

»Das Kloster der Damen vom Wald«, sagte sie unwillkürlich. »Die Äbtissin muß dich aufnehmen; sie hat weiß Gott die Verpflichtung, für dich zu sorgen und dir einen ruhigen Hafen zu bieten, bis wir wissen, was zu tun ist. Ich werde dir einen Brief für sie mitgeben, damit sie dich aufnimmt.«

Viviane keuchte leise. »Woher wißt Ihr, daß ich dorthin will? Ich habe es satt, Beute oder Belohnung zu sein. Ich will endlich mir selbst gehören und erfahren, was ich will und kann.«

Marie-Ange schnaubte leise. »Hör endlich auf, dich gegen jede Art von Nähe und Liebe zu wehren.«

»Ich werde dagegen kämpfen, solange ich die Kraft dazu habe«, widersprach Viviane heftig. »Es tut nicht gut zu lieben, es führt zu Kummer und Verzweiflung, zu Einsamkeit und Würdelosigkeit. Ich will nicht mehr lieben. Zumindest keinen Mann, nur noch mein Kind!«

»Lieber Himmel, ich bin nicht Bertrand de Coville, den du davon überzeugen mußt, daß er dir nichts bedeutet«, warf Marie-Ange ein.

»Du weißt auch das?« Viviane kapitulierte. »Wie eigenartig das alles ist. Ich bin allein und doch nicht allein. Ich kann mich nicht daran gewöhnen, daß ich eine andere sein soll, und doch … Ich vertraue dir.«

»Das ist wenigstens ein Anfang.« Marie-Ange lächelte sanft. »Komm ins Haus. Ich schwöre dir, daß ich dafür sorgen werde, daß du unbeschadet im Kloster ankommst und daß niemand erfährt, wo du bist. Auch nicht der Mann, den du in deinem Herzen trägst, obwohl du es vor dir selbst nicht zugeben willst.«

Dieses Mal erwiderte Viviane die Umarmung, und die Blicke der beiden jungen Frauen trafen sich in schweigender Übereinstimmung. Marie-Ange verzichtete darauf, Viviane zu sagen, daß Bertrand de Coville sich in ihrem Haus befand.

Wenn diesen beiden jemals so etwas wie Glück beschieden sein sollte, dann würde Bertrand den ersten Schritt tun müssen. Viviane hatte alles für ihn aufgegeben, den nächsten Zug mußte er machen. Leider jedoch lief Spiel der Herzen meist nach anderen Regeln ab als das der Schachfiguren.

»Ich fasse es nicht, woher hast du diese Dokumente?« Ivo de Chazan blätterte in den Briefen und Aufzeichnungen und warf seiner Gemahlin einen so entgeisterten, ratlosen Blick zu, daß sie ein Lächeln unterdrückte.

»Der Zufall hat sie mir in die Hände gespielt«, antwortete sie leise.

»Der Zufall?« Der Seigneur de Chazan schüttelte den Kopf. »Unmöglich! Das sind Briefe, die Georges de la Trémouille persönlich unterzeichnet hat. Ganz zu schweigen von jenen beiden, die der Herzog von Burgund an unseren Freund de la Griffe gerichtet hat. Derartige Schriftstücke läßt man nicht einfach irgendwo herumliegen!«

»Ich habe ja auch nicht behauptet, daß ich sie unter meinen Noten gefunden habe«, erwiderte Marie-Ange in provozierender Gelassenheit.

»Die Wahrheit, meine Geliebte!« forderte Ivo de Chazan und stützte sich mit beiden Händen links und rechts von seiner Gemahlin ab, die in einem Fauteuil ihres gemeinsamen Schlafraumes saß und seinem brennenden Blick standhielt. »Ihr verbergt etwas vor mir, ich weiß es.«

Marie-Ange schmiegte ihre Wange an einen seiner Arme und zögerte. »Es muß ein Geheimnis zwischen uns beiden bleiben«, murmelte sie. »Kein Wort davon zum Seigneur de Coville, versprich es mir!«

»Bertrand? Was hat er damit zu tun?« Die stets wache Eifersucht Ivo de Chazans flackerte auf. Er hatte den hungrigen Ausdruck in Covilles Augen nicht vergessen, als dieser Marie-Ange gesehen hatte.

»Viviane hat die Dokumente gefunden. Ein Besucher de la Griffes hat sie verloren, als er in erstaunlicher Panik bei ihrem Anblick davonstürzte. Ihrer Beschreibung nach ist es Guy de St. Doye gewesen, der, offensichtlich von seinen eigenen Dämonen gejagt, wohl der Meinung war, unsere Mutter sei ihm erschienen. Es scheint, daß er langsam, aber sicher wirklich den Verstand verliert.«

Ivo de Chazan runzelte ungläubig die Stirn. »Ich kann mir schwer vorstellen, daß diesen schurkischen Kerl etwas in die Flucht jagt und schon gar nicht der Anblick einer Frau ...«

»Vielleicht sollte ich hinzufügen, daß diese Begegnung bei hereinbrechender Dunkelheit am nebeligen Seineufer stattfand. Die Atmosphäre hat sicher zu seiner panischen Reaktion beigetragen ...«

Das Stirnrunzeln wurde noch grimmiger. »Am Fluß in der Dunkelheit? Bei Gott, was soll das bedeuten? Was tut deine Schwester um diese Zeit dort? Woher weißt du das alles? Hast du deine Finger im Spiel?«

Marie-Ange lobte sich im stillen dafür, daß ihre Schwester längst in der behaglichen Sicherheit des Chazanschen Reisewagens auf dem Weg ins Kloster war. Ihr Gemahl sah ganz danach aus, als verspürte er größte Lust, persönlich ein Wörtchen mit seiner Schwägerin zu reden. Wenn es ihm um ihre Sicherheit ging, bekam er diktatorische Anwandlungen.

»Beruhigt Euch.« Sie versuchte, ihn mit ihrem zärtlichsten Lächeln zu besänftigen. »Wie Ihr seht, bin ich hier und bereit, Eure Fragen zu beantworten. Ihr müßt mich nicht mit Blicken erdolchen.«

»Diese Briefe beweisen nicht nur das Komplott, dem Bertrand vor Jahren zum Opfer gefallen ist, sie entlarven auch Eduard de la Griffe als Verräter. Um diese Dokumente wieder in die Hände zu bekommen, würden die Schuldigen nicht einmal vor einem Mord zurückschrecken.« Seine Stimme klang mehr als besorgt.

»Ich weiß!« Marie Ange nickte. »Aber wie es scheint, hat St. Doye zumindest bei diesem Zusammentreffen den Verlust nicht bemerkt. Er wird zu feige sein, um de la Griffe von seinem Zusammentreffen mit Viviane zu berichten. Er würde sich vor seinem Kumpan ja als Wirrkopf darstellen, der an Geister glaubt und sich vor einer Frau fürchtet ...«

»Und Viviane, Eure Schwester? Sobald St. Doye sie an der Seite de la Griffes sieht, wird er die Zusammenhänge erkennen und ahnen, wo die Dokumente sein können, die ihm abhanden gekommen sind.«

»Dazu bekommt er keine Möglichkeit«, erklärte Marie-Ange. »Viviane hat die Stadt verlassen. Sie ist vor ihrem Gatten geflohen, und beim augenblicklichen Stand der Dinge wird er Abstand davon nehmen, sie zu verfolgen. Der Baron de la Griffe wird andere Probleme bekommen, sobald der König diese Briefe gelesen hat. Deswegen ist es ja so wichtig, daß sie umgehend in seine Hände gelangen.«

»Wo ist sie? In Valouse?«

Marie-Ange schüttelte den Kopf. »Nein, aber fragt mich nicht weiter. Ich habe mein Wort gegeben, und ich werde es halten.«

Ivo de Chazan gab es auf. Er zog seine Gemahlin von ihrem Sitz in seine Arme. »Was hast du vor, Liebste? Willst du mit deinen kleinen Händen jenen gordischen Knoten lösen, in den deine Schwester verstrickt ist? Du kannst dich nicht darauf verlassen, daß der König de la Griffe zum Tode verurteilt. Wenn er ihn nur verbannt, was wahrscheinlicher ist, da er die direkte Gewalt scheut, bleibt sie dennoch an diesen Verräter und Schurken gefesselt.«

»Ich weiß.« Marie-Ange nickte und lehnte ihre Stirn an die breite Schulter, die ihr Schutz und Wärme bot. »Aber ich bitte Euch, erlaubt mir trotzdem, den König aufzusuchen und ihm diese Dokumente zu überbringen. Sie dürfen nicht in falsche Hände geraten. Schließlich wissen wir nicht, ob de la Griffe heimliche Freunde in der Umgebung des Königs hat. Wenn sie die Beweise verschwinden lassen, hat Bertrand de Coville jede Chance auf eine Rehabilitierung verspielt. Ihr wißt, daß der König mir vertraut.«

»Es ist mehr als nur das«, wandte der Ritter ein und preßte sie unwillkürlich fester an sich. »Er betrachtet Euch wie ein hungriger Hund einen Knochen. Er hat meine Eheschließung mit Euch befohlen, aber ich habe den Eindruck, er würde diesen Befehl am liebsten rückgängig machen. Ein Wink von Eurer Hand, und Dame Agnès Sorel ist nicht länger die königliche Mätresse.«

»Ihr redet Unsinn«, mahnte Marie-Ange. »Als nächstes verdächtigt Ihr noch Colin oder Michel, mit mir zu schäkern.« Das war ein geschickter Schachzug, sie wußte es. Die Gatten ihrer beiden Schwestern waren so unzweifelhaft in ihre Gemahlinnen verliebt, daß der bloße Gedanke an einen Flirt lachhaft schien.

Daß der König noch immer der schönen Sängerin nachtrauerte, die den Seigneur de Chazan zum Gatten genommen hatte, hielt sich bei Hofe als hartnäckiges Gerücht. Karl wurde nicht müde, ihre Stimme und ihre Schönheit zu rühmen, und Marie-Ange sehnte den Tag herbei, an dem sie endlich Paris und den Hof verlassen konnte, damit er sie vergaß. Doch zuerst mußte sie für Viviane alles tun, was in ihren Kräften stand.

»Bertrand de Coville verdient es, daß ihm Gerechtigkeit widerfährt.« Ivo de Chazan seufzte und zwang sich zur Vernunft. »Er ist ein tapferer Ritter und ein treuer Freund. Ich habe die Verleumdungen, die ihn Ehre und Vermögen kosteten, nie geglaubt, aber es hieß damals, daß dem König hieb- und stichfeste Beweise für seinen Verrat an Burgund vorgelegt worden wären. Er hat unter falschem Namen als Söldner in meiner Truppe gekämpft und mehr als einmal sein Leben für den König von Frankreich aufs Spiel gesetzt. Ein Verräter tut so etwas nicht. Wenn es Euch gelingt, den König von seiner Unschuld zu überzeugen, wird er für immer in Eurer Schuld stehen.«

Marie-Ange zog unwillig die Schultern hoch. »Er kann seine Schuld bei Viviane abtragen, wenn die Zeit dafür gekommen ist. Jetzt jedoch ...«

»Jetzt jedoch ist Mitternacht nicht mehr fern, meine bezaubernde Gemahlin, und ich habe den dringenden Wunsch, andere Dinge mit Euch zu tun, als politische Intrigen zu durchkreuzen. Laßt uns diese Briefe für eine Nacht vergessen und gemeinsam zu Bett gehen ...«

Der sinnliche Unterton in der dunklen Stimme ihres Gatten glitt wie ein zärtliches Streicheln unter Marie-Anges Haut. Sie spürte, daß seine Hand sich bereits an der Verschnürung ihres Hausmantels zu schaffen machte, den sie nach einem abendlichen Bad angezogen hatte und unter dem sie kein weiteres Kleidungsstück trug.

Ein süßer Schauer lief über ihre Haut, als Ivo eine ihrer Brüste umfing. Ihre Reaktion verriet ihm, daß auch sie dem vorgeschlagenen Zeitvertreib nicht abgeneigt war.

»Wie schön du bist, mein Engel ...«, raunte Ivo de Chazan und streifte ihr das überflüssige Kleidungsstück über die Schultern.

Und dann war da nur noch das Flüstern der Liebenden und das leise Knistern des Kaminfeuers, und Marie-Ange vergaß einmal mehr in den Armen ihres Gatten Vergangenheit und Zukunft.

Nur das Hier und Jetzt war wichtig. Die Gegenwart und ihre Liebe.

21. Kapitel

Bertrand de Coville konnte nicht umhin, sich höchst unbehaglich zu fühlen, als er durch die schweigende Reihe der aufmerksamen Höflinge auf den Thron zuschritt, vor dem König Karl von Frankreich stand und ihm mit leicht gelangweilter Miene entgegensah. Der König hatte seit der Einnahme von Paris an Profil gewonnen, aber er wirkte immer noch nicht sonderlich respekteinflößend.

Der Seigneur de Coville beging jedoch nicht den Fehler, den König aufgrund seiner körperlichen Mängel zu unterschätzen. Dieser Mann dort verkörperte das wieder erstarkte Königreich Frankreich, und er hatte es mit Geduld und List geschafft, die Besetzung durch die Engländer zu überleben und das Machtstreben des Herzogs von Burgund einzudämmen. Unter seiner Regentschaft gewann das Land den Frieden zurück, und sogar die kritischen Pariser konnten nicht anders, als dem König von Bourges, wie ihn Spötter jetzt nur noch heimlich nannten, Respekt entgegenzubringen.

Bertrands Schritt stockte nur unmerklich, als er im Schatten hinter dem König die prächtig gekleidete Dame de Chazan entdeckte, die neben ihrem Gemahl stand. In tiefblauen venezianischen Samt gekleidet, das prächtige Haar unter einem juwelenbesetzten Hennin versteckt und von einem hauchzarten blauen Schleier umflossen, gaukelte sie ihm das

Bild einer anderen, unvergessenen Frau vor, die allen Grund hatte, ihn zu hassen.

Bei Gott, er durfte jetzt nicht an Viviane denken. Er mußte seine Sinne beieinanderbehalten und nicht ausgerechnet diesen wichtigsten Moment seines Lebens mit Träumen vertändeln. Doch der brennende Wunsch, daß es Viviane wäre, die seinen Triumph miterlebte, ließ sich nicht unterdrücken. Wie gerne hätte er sich im Glanz seines Namens und seiner rechtmäßigen Güter und Lehen vor ihr präsentiert.

»Ihr seid dem König willkommen, Bertrand de Coville!« sagte Karl in diesem Moment, und der Ritter neigte das Knie zur Reverenz. »Euch ist durch einen Diener der Krone unrecht getan worden, und es ist an uns, dies wieder gutzumachen.«

Marie-Anges Gedanken schweiften ab, während der König die Verdienste Bertrands aufzählte und ihn in allen Ehren wieder unter seine Ritter aufnahm. Es war nur eine offizielle Zeremonie, zuvor hatte Karl von Frankreich in seinem Arbeitskabinett den Haftbefehl für Eduard de la Griffe unterzeichnet und die Festnahme Guy de St. Doyes angemahnt, der bereits seit Monaten gesucht wurde. Der Militärprofos von Paris und seine Männer waren unterwegs, beide Männer zu fassen und zu arretieren.

Trotzdem vermochte Marie-Ange sich nicht auf die glanzvolle Zeremonie zu konzentrieren. Eine innere Unruhe, eine plötzliche Angst hatte von ihr Besitz ergriffen, eine Angst, die sie längst überwunden zu haben glaubte. Das instinktive Bewußtsein drohender Gefahr legte sich wie ein dichter Schleier über ihr Gemüt, und am liebsten hätte sie auf der Stelle den Thronsaal verlassen, um selbst …

Ja, was eigentlich? Sie hatte ihr Möglichstes getan, Bertrand de Covilles Rehabilitierung beim König einzufordern, aber sie wußte, daß erst die Aussicht, de la Griffes Vermögen beschlagnahmen zu können, Karl von der Notwendigkeit des Handelns überzeugt hatte. Er scheute sich vor offenen Konfrontationen, und er wurde nicht gern an jene Jahre erinnert; in denen seine Macht gefährdet und gering gewesen war. Er wollte weder daran gemahnt werden, daß er einmal die Marionette Georges de la Trémouilles gewesen war, noch gefiel es ihm, daß er unter dessen Einfluß mehr als einen verhängnisvollen Fehler gemacht hatte.

Bertrand de Coville nahm sich glücklicherweise die Warnungen zu Herzen, die sie ihm in aller Eile vor dieser Audienz hatte zukommen lassen. Er erneuerte seinen Lehenseid in aller Form, bekundete seine Dankbarkeit und verzichtete auf jede weitere Forderung. Sie sah dem König die Erleichterung darüber an. Was er Bertrand zurückgab, war längst nicht alles, was de la Griffe an sich gerissen hatte, aber es war mehr, als der Seigneur in seinen kühnsten Träumen erwartet hatte.

Trotzdem stand keine Genugtuung in Bertrands Gesicht, als er nach dem Ende der offiziellen Audienz mit Marie-Ange und deren Gemahl sprach.

»Was wird mit ihr geschehen?« wandte er sich an die Dame de Chazan, und auch ohne daß er einen Namen nannte, wußte sie, von wem er sprach. »Wenn man ihren Gemahl verhaftet und sein Eigentum einzieht, was kann sie tun?«

Marie-Ange behielt die Nachricht von Vivianes Flucht für sich. »Vielleicht kehrt sie nach Valouse zurück?« erwiderte sie.

»Das wird vermutlich das beste sein.« Coville nickte, und seine bernsteinfarbenen Augen wurden noch eine Schattierung dunkler. »Dort ist sie in Sicherheit, was immer auch mit ihrem Gemahl geschieht. Unter dem Schutz des Herzogs wird sie sich erholen können.«

Marie-Ange unterdrückte den heftigen Wunsch, diesem starrköpfigen Menschen vor das Schienbein zu treten und damit einen Skandal zu verursachen. Hielt er die Gefühle, die Viviane und er empfanden, für eine Art Krankheit, die nur eine gewisse Genesungszeit benötigte, um von selbst zu verschwinden?

Sie öffnete gerade den Mund, um etwas zu sagen, als sich plötzlich Alison und Nadine zu ihr gesellten. Letztere war von ihrem Gatten Colin d'Harigny begleitet, der sich unter den Männern befunden hatte, die Eduard de la Griffe verhaften sollten.

»Was ist das für ein Spiel, das du treibst, ohne uns zu informieren, Marie?« fragte Nadine unterdrückt. Sie schenkte Bertrand de Coville keine besondere Aufmerksamkeit.

Marie-Anges Augen wanderten von ihrer ältesten Schwester zu Alison, die sie mit demselben düsteren Ausdruck im Gesicht musterte und nicht so aussah, als brächte sie Verständnis für ihr Handeln auf.

»Na, na, ich bitte Euch! Nicht hier! Wir müssen miteinander reden. Gibt es einen ungestörten Platz, wo dies möglich ist?«

Marie-Ange schenkte Colin d'Harigny ein dankbares Lächeln. Nur ihm gelang es stets, seine Gattin zu beruhigen, wenn sie ärgerlich war. Marie-Ange hatte gelernt, ihm zu vertrauen.

»Folgt mir!« Sie nickte und ging voraus. Nach wenigen Schritten fiel ihr jedoch auf, daß Bertrand de Coville zurückblieb. Sie zögerte. Verletzte sie Vivianes Vertrauen, wenn sie ihn mit einbezog? Nein, sie konnte ihn nicht gehenlassen. Er war der Vater des Kindes, das Viviane erwartete, und damit bereits dieser Familie verbunden.

»Ich wäre Euch dankbar, wenn Ihr mir Euren Arm leihen würdet, Seigneur de Coville«, bat sie und ignorierte den eifersüchtigen Blick ihres Gatten, der ihnen mit steinernem Gesicht folgte.

Bertrand folgte der Aufforderung, verwirrt von der offensichtlichen Ähnlichkeit der drei Frauen. Sie alle gehörten unzweifelhaft zur selben Familie. Die verschiedenen Rotschattierungen ihrer Haare, die Ähnlichkeiten, die sich in ihren Gesichtern fanden, bewiesen, daß auch sie Töchter des Grafen Mesnières sein mußten.

Marie-Ange führte die Gruppe in das Musikzimmer des Königs, das um diese Tageszeit leer und verlassen war und in dem niemand sie stören würde. Colin d'Harigny ergriff als erster das Wort, und seine Nachricht schlug wie eine Bombe ein.

»Eduard de la Griffe ist geflohen! Anscheinend hat er das Haus in aller Hast mit einem Besucher verlassen. Einem Manne, der den Haushofmeister als gedrungen, kahlköpfig und humpelnd geschildert hat. Er suchte de la Griffe mitten in der Nacht auf und schien beunruhigende Nachrichten mitzubringen.«

»Guy de St. Doye!« murmelte Marie-Ange, die plötzlich begriff, weshalb sie so unruhig und alarmiert gewesen war. Ihr Gefühl hatte sie nicht getäuscht. »Wir sind zu spät gekommen.«

»Hättest du vielleicht die Güte, uns in deine geheimnisvollen Pläne einzuweihen«, forderte Nadine, die ihre Hände in die Hüften gestemmt hatte. Irgendwie erinnerte sie Marie-Ange in diesem Moment an einen Feldhauptmann. »Was in Dreiteufelsnamen hat Guy de St. Doye mit dem Baron de la Griffe zu tun? Und weshalb verhilft er ihm zur Flucht? Unser verehrter Herr Onkel kennt nur seine eigenen schurkischen Interessen.«

»Beide sind enge Vertraute des ehemaligen Großkanzlers«, antwortete Bertrand de Coville an Marie-Anges Stelle. »St. Doye hat die Dokumente gefälscht, die dem König beweisen sollten, daß ich ihn an den Herzog von Burgund verraten habe. Ich nehme an, sie sind einander verpflichtet. Ich habe den Fehler begangen, diesen St. Doye vor vielen Jahren zu beleidigen, als ich in Bourges am Hofe des Königs als Page diente. Er ist eine Ratte, ein Schurke, der alles tut, um Macht und Reichtum zu erlangen. Ich ahnte nicht, daß er mit de la Griffe gemeinsame Sache macht, aber die beiden passen zusammen.«

Alison de Lassay hatte die Brauen gehoben und musterte den fremden Ritter. Natürlich hatte sie durch den Hofklatsch von seinem Schicksal gehört, aber das erklärte noch nicht, was er in dieser Runde zu suchen hatte. Sie sah ihre Schwester an, mit einem Blick, der Marie-Ange die Röte ins Gesicht trieb.

»Und wo befindet sich Viviane?« fragte sie, obwohl diese Frage eigentlich nicht mehr nötig war. »Begleitet sie etwa dieses liebenswürdige Paar auf seiner Flucht vor den Häschern des Königs?«

»Nein«, antwortete Marie-Ange.

In Nadine d'Harignys Pupillen blitzte Überraschung auf. Ausgerechnet die jüngste der Schwestern, die alle mit ihrer

Sanftmut, ihrer Liebenswürdigkeit und ihrer Geradlinigkeit beeindruckt hatte, hüllte sich jetzt in geheimnisvolles Schweigen.

»Du hast ihr geholfen«, stellte Alison fest, deren Überlegungen in die gleiche Richtung wie die von Nadine gingen und die sich als erste von ihrer Verblüffung erholt hatte. »Ich hoffe für dich, sie ist in Sicherheit. Du weißt, daß sie in Lebensgefahr schwebt, wenn sich ihr Gatte mit St. Doye verbündet hat und sie findet. Sie könnte zum Pfand werden, das dem König die Hände bindet.«

»Ich konnte sie nicht aufhalten«, sagte Marie-Ange leise und trat ein wenig näher an ihren Gatten, darauf vertrauend, daß er sie notfalls vor einer wütenden Schwester schützen würde, die ganz so aussah, als forderte sie Rechenschaft für etwas, was Marie-Ange jedoch nicht zu verantworten hatte. »Sie vertraut niemandem. Sie wurde zu oft verraten und verletzt, um sich auf andere zu verlassen.«

In dem plötzlich entstandenen Schweigen, das lastend über den Anwesenden lag, erklangen die harten Stiefeltritte des Ritters besonders laut, der die Tür aufriß und die Versammlung mit angespannter Miene musterte. Bertrand de Coville betrachtete ein wenig verblüfft den grauhaarigen Ritter, dessen zerklüftetes Gesicht die Spuren lebenslanger Kämpfe trug. Eine schwarze Samtbinde bedeckte ein Auge und zerstörte die Symmetrie der einstmals männlich schönen Züge.

»Ich wußte, daß ich Euch hier finden würde«, rief er aufgebracht. »Im Musikzimmer der Nachtigall des Königs! Wahrhaftig, hat es niemand für nötig gehalten, mir eine Nachricht zu schicken?«

Bertrand bemerkte sehr wohl, daß die Vorwürfe in erster Linie den beiden Edeldamen galten, die neben Marie-Ange standen und die nun einen schnellen Blick tauschten, der sowohl Besorgnis als auch eine Spur schlechten Gewissens enthielt.

»Vater!« Nadine d'Harigny trat auf den Krieger zu, um ihn mit einem Kuß zu begrüßen. »Ihr seid schon zurück? Was habt Ihr erreicht?«

»Weniger als Ihr, meine Liebe, wenn ich höre, daß Guy de St. Doye einmal mehr durch die Hilfe eines Spießgesellen der Verhaftung entgangen ist. Ist Euch klar, was das bedeutet? Viviane de la Griffe ist …«

»Marie-Anges Zwillingsschwester, ja. Es genügte, sie zu sehen, um es zu wissen«, antwortete Alison de Lassay ruhig. »Ich sagte Euch, daß es sinnlos ist, durch die Lande zu reisen und in irgendwelchen Klostern nach längst verlorenen Spuren zu suchen. Ihr hättet Eure Gesundheit schonen und in Paris bleiben sollen.«

Der Graf von Mesnières knurrte etwas, das gefährlich klang, aber in krassem Gegensatz zum Ausdruck seiner Augen stand, die voller Zuneigung auf Alison ruhten.

»Es mißfällt mir, mich von meinen Töchtern manipulieren zu lassen«, seufzte er. »Aber dieses Mal war meine Reise wenigstens nicht umsonst. Ich habe mit Louise de Luce gesprochen und mit ihrer Schwester, der Herzogin von Valouse. Die Dame befindet sich ebenfalls im Kloster, und die beiden haben mir am Ende ein Geständnis gemacht, von dem ihr offensichtlich bereits wißt.«

»Das Kloster, natürlich«, murmelte Alison gedankenverloren und sah zu Marie-Ange hin.

Diese hatte die ersten Jahre ihres Lebens unter der strengen Obhut der Äbtissin Louise de Luce verbracht. Die fromme Frau war so etwas wie ihre Mutter gewesen, und sie hatte davon geträumt, daß die Tochter, die ihr der Himmel geschenkt hatte, einmal nach ihr das Kloster leiten würde. Dafür, daß sie Marie-Ange über ihre wahre Herkunft im dunkeln gelassen hatte, schuldete sie der jungen Frau mehr als nur einen Gefallen.

»O nein!« meinte Michel de Lassay, der sich bisher mit keinem Wort an dem Gespräch beteiligt hatte. »Ich weiß, wie raffiniert Ihr zu denken pflegt, und ich verbiete Euch diesen Plan!«

»Oh?« Alison riß erstaunt die Augen auf und sah ihren Gatten in gespielter Harmlosigkeit an. »Welchen Plan? Wovon redet Ihr?«

Michel de Lassay gönnte ihr ein kleines Lächeln, das dennoch besagte, daß er nicht bereit war, sich von seiner Gemahlin zum Narren halten zu lassen. Er liebte sie, aber er würde nicht zulassen, daß sie sich aus purer Dickköpfigkeit in Gefahr brachte.

»Im beginnenden Winter durch das Land zu reiten und Eure Schwester zurückzuholen«, sagte er ihr auf den Kopf zu. »Überlaßt es gefälligst den Häschern des Königs, St. Doye und de la Griffe zu fassen. Wenn sich Viviane wirklich in diesem Kloster befindet, so ist sie dort in Sicherheit. Ich möchte sogar annehmen, daß ihr eine Zeit der Besinnung und Ruhe guttut, noch dazu, wenn auch ihre Mutter dort ist.«

»Ihre Mutter ist Melisande de Guînes«, stellte Alison richtig. »Guy de St. Doye hat sie getötet, habt Ihr das vergessen? Und wenn St. Doye die englisch besetzten Gebiete erreicht? Noch gibt es genügend Schlupfwinkel in diesem Land, wo er sich verbergen kann. Wir dürfen nicht zulassen, daß er ungestraft davonkommt.«

»Das wird er nicht!« behauptete Michel de Lassay.

»Euer Vertrauen ehrt Euch, Michel«, mischte sich Nadine d'Harigny ein. »Aber haltet uns zugute, daß wir unliebsame Erfahrungen damit gemacht haben, mit welch teuflischer Raffinesse sich Guy de St. Doye stets ans Werk begibt.«

In dem allgemeinen Stimmengewirr, das nun ein mittleres Chaos aus diesem Familienrat zu machen drohte, blieb nur Bertrand de Coville ruhig. Und so war er auch der einzige, dem es auffiel, daß die drei jungen Frauen einen bedeutsamen Blick tauschten, ehe sich jede von ihnen daranmachte, Mann und Vater zu beruhigen. Die drei führten etwas im Schilde, ohne Zweifel.

Der Aufruhr brachte eine Saite in ihm zum Klingen, die er für immer verstummt geglaubt hatte. Es hatte niemanden mehr in seinem Leben gegeben, dem er Rechenschaft abzulegen hatte. Sein Vater war in der Schlacht von Azincourt gefallen, seine Mutter gestorben, als er noch als Page diente, und seine Schwester einem Schurken zum Opfer gefallen. Er war der letzte Coville.

Bisher hatte er sich nie danach gesehnt, die Sorge für andere zu tragen, wieder den liebenden Verbund einer Familie zu fühlen. Nachdenklich betrachtete er Marie-Ange, die ihn so sehr an die Frau erinnerte, an die er sein Herz verloren hatte.

Konnte er wirklich ungerührt hier stehen, wenn er hörte, daß Viviane möglicherweise in Lebensgefahr schwebte?

22. Kapitel

Der kleine Reitertrupp passierte das Stadttor kurz vor dem abendlichen Schließen, und die müden Torwächter schenkten den jungen Männern keine besondere Aufmerksamkeit. Es hatte zu nieseln begonnen, und sie sehnten sich nach der Wärme der Wachstube und einem dampfenden Becher Gewürzwein. Wenn jemand verrückt genug war, sich zu dieser Jahreszeit auf die Landstraßen zu begeben, so wollten sie ihn nicht davon abhalten.

Der wolkenverhangene Himmel schluckte schon bald den Rest des Tageslichts, und ein scharfer Wind drang durch die dicken Umhänge der drei Reisenden. Die gesenkten Köpfe unter eng schließenden Hauben verbogen und die breitkrempigen Filzkappen tief in die Stirn gezogen, trotzten sie den Unbilden der Witterung und dem eigenen schlechten Gewissen. Denn sowohl Nadine d'Harigny als auch Alison de Lassay und Marie-Ange de Chazan waren sich bewußt, daß sie den höchsten Zorn ihrer Gatten heraufbeschworen, weil sie sich gegen deren ausdrückliches Verbot auflehnten.

Doch Alison hatte keinen anderen Weg gesehen, und ihre Stimme hatte angestrengt und seltsam fremd geklungen, als sie ihren beiden Schwestern an diesem Morgen gegenübergetreten war.

»Guy de St. Doye muß vernichtet werden, und es ist unsere Aufgabe, dies zu tun. Deswegen hat uns das Schicksal zusammengeführt. Der Schwur unserer Mutter muß erfüllt werden, aber dazu ist es nötig, daß wir alle vier vereint sind. Nur gemeinsam können Melisandes Töchter den Mörder vernichten und endlich die Gefahr bannen. Auch Viviane kann sich dieser Pflicht nicht entziehen. Wir müssen sie finden und in unseren Kreis aufnehmen.«

Es war lächerlich einfach gewesen, ihre Gatten an der Nase herumzuführen. Bis sie herausfanden, daß sie belogen worden waren, mußten die drei Schwestern einen ausreichenden Vorsprung haben, der es ihnen erlaubte, das Kloster der Damen vom Wald als erste zu erreichen. Die Tatsache, daß alle drei vor ihrer Eheschließung ein ebenso hartes, abenteuerliches wie ärmliches Leben geführt hatten, erleichterte es ihnen, die Unbequemlichkeiten dieses Rittes ohne Klagen hinzunehmen.

Als sie ihre erschöpften Pferde endlich vom Weg abführten und sich unter dem Dach einer verlassenen Schäferhütte in ihre Umhänge rollten, um wenigstens ein paar Stunden Schlaf zu finden, glaubten sie sich in Sicherheit. Marie-Ange stieß jedoch einen erschreckten Schrei aus, als eine harte Hand sie an der Schulter packte und wach rüttelte. Im Morgengrauen sah sie die verschwommene Silhouette eines breitschultrigen Mannes vor sich.

»Psst! Beruhigt Euch! Du lieber Himmel, ich bin doch kein Marodeur!« Marie-Ange schluckte, während neben ihr Alison und Nadine hochfuhren. Ihr Zittern ließ nach, als sie in bernsteinfarbene Augen blickte, die sie halb besorgt, halb amüsiert betrachteten.

»Ihr?!« rief sie erleichtert. »Bertrand de Coville! Natürlich, das hätte ich mir denken können. Mußtet Ihr mich halb zu Tode erschrecken? Wieso schleicht Ihr Euch im Dunkeln an wie ein Bandit?«

»Warum habt Ihr niemanden von Eurem leichtsinnigen Vorhaben in Kenntnis gesetzt? Es ist sträfliche Dummheit, ohne männliche Begleitung und ohne jeden Schutz unterwegs zu sein. Ihr seid nur drei Frauen!«

»Pah! Ihr unterschätzt uns, werter Herr!« antwortete Nadine gar nicht so damenhaft und dehnte die steifen Schultern. »Allerdings gäbe ich etwas für ein warmes Bett und eine wohlschmeckende Mahlzeit! Anscheinend bin ich inzwischen doch verweichlicht. Könnt Ihr mir sagen, liebster Seigneur de Coville, wie Euer intensives Interesse an unserer kleinen Schwester zu erklären ist? Der Baron de la Griffe ist wahrhaftig kein Ehemann, auf den man sonderlich stolz sein könnte, aber unsere Schwester ist ihm dennoch angetraut.«

Es fiel Bertrand de Coville nicht leicht, die ungenierte Art Nadines zu akzeptieren. Andererseits mußte dieses Schwesternquartett vielleicht auch ungewöhnlich sein, um solche Männer wie Ivo de Chazan oder Colin d'Harigny zu fesseln. Von Michel de Lassay kannte er nur den Namen, aber ein Blick in Alisons smaragdfarbene Augen machte klar, daß auch sie keine Frau war, die dem herkömmlichen Ideal der gehorsamen, sanften Gemahlin entsprach.

»Ihr habt vergessen hinzuzufügen, daß es sich bei ihm um einen reizenden Menschen mit ungewöhnlichem Zartgefühl handelt. Um einen von jener Sorte, die nicht davor zurückschreckt, Frauen zu foltern ...«

»Er hat Viviane gefo...« Nadine brachte das Wort nicht über die Lippen.

»Nein, sie nicht. Aber ihre Kammerfrau konnte sich nicht rechtzeitig genug in Sicherheit bringen. Man hat sie entführt, gefoltert und ihre Leiche in den Fluß geworfen, wo sie gestern nachmittag gefunden wurde. Der Profos von Paris sprach gerade mit ihrem Gatten, als ich ins Haus kam.«

Bertrand de Coville verzichtete auf weitere Einzelheiten. Es genügte, daß er gesehen hatte, wie Jacquette zugerichtet worden war. Es hatte die Rückkehr in das Haus seines Vaters überschattet, das ihm der König wieder übereignet hatte.

»Falls die Frau gewußt hat, wohin sich Viviane in Sicherheit gebracht hat, dann hat sie es gesagt. Derlei Scheußlichkeiten übersteht man nicht, ohne zu reden. Ihr Mann konnte mir nicht weiterhelfen, aber ich habe das Gefühl, daß wir keine Zeit verlieren sollten. Wenn sich Viviane vor de la Griffe in Sicherheit gebracht hat und er sie zurückholen will, droht ihr Gefahr für Leib und Leben.«

Die drei Schwestern sahen sich betroffen an, und wie

üblich war Alison die erste, die den Schock überwand und ihr Pferd am Zügel nahm.

»Und was bringt Euch zu der Meinung, daß wir wissen, wo sich unsere Schwester befindet?« erkundigte sie sich vorsichtig.

»Die Tatsache, daß Ihr sehr zielstrebig nach Norden reitet und es vermieden habt, die Einwilligung Eurer Ehegatten für diesen gefährlichen Ausflug einzuholen«, erwiderte Bertrand ungerührt. »Seit Ihr Euch im Musikzimmer des Königs getrennt habt, lag auf der Hand, daß Ihr eigene Pläne im Kopf habt. Es war nur nötig, Euch zu beobachten. Wäre nicht der Tod der armen Frau dazwischengekommen, hätte ich Euch bereits früher eingeholt.«

»Angenommen, Ihr vermutet richtig, was läßt Euch denken, daß wir dieses Geheimnis ausgerechnet mit Euch teilen wollen?« warf Nadine ein.

»Es wird Euch nichts anderes übrigbleiben«, antwortete er. »Ich begleite Euch, ob es Euch paßt oder nicht.«

»Ihr habt Angst um Viviane.« Alison nickte, als habe sich etwas bestätigt, was sie längst geahnt hatte. »Reiten wir!« rief sie energisch. »Wir haben ohnehin bereits zuviel Zeit verloren. Folgt uns, Bertrand!«

Die Formlosigkeit ihrer Anrede verblüffte Coville, aber Marie-Ange lächelte. Alison hatte längst zwei und zwei zusammengezählt und den Ritter in ihren Bund eingeschlossen, ohne ihn weiter zu befragen. Fragen konnten später gestellt werden, im Augenblick zählte nur, daß sie schnell genug vorankamen. Und es war in der Tat verblüffend, mit welch zielstrebiger Hartnäckigkeit die drei Schwestern weiterstrebten.

»Ihr seid nicht am Hofe des Königs geblieben, um Euren Triumph auszukosten, sondern reitet statt dessen hinter der Frau eines Verräters her«, sagte Alison ein paar Stunden später, als sie ihre Pferde an einer Herberge tränkten und sich selbst mit einem Becher Wein, Brot und Käse stärkten. Marie-Ange nahm an, daß sie das Kloster der Damen vom Wald im Laufe des Nachmittages erreichen würden.

Bertrand schwieg, unsicher, ob sie eine Frage gestellt oder eine Erkenntnis verkündet hatte. Er wußte, daß er von allen drei Schwestern genau beobachtet wurde, und er fühlte sich deswegen alles andere als wohl in seiner Haut. Er war es nicht mehr gewöhnt, sich bewähren zu müssen, und er schwankte zwischen Ärger und amüsiertem Staunen.

Er musterte den bleiern grauen Himmel, der ebensogut Eisregen wie Schnee verkünden konnte, und er überlegte, ob er nicht vorschlagen sollte, daß sie in dieser Herberge blieben, bis das Wetter sich wieder gebessert hatte. Es war keine Witterung, die zu Gewaltritten einlud, und wenn eines der Pferde lahmte, war es möglich, daß sie bei Frost und Kälte im Freien übernachten mußten.

»Ihr sorgt Euch umsonst«, sagte Alison, als habe er ihr seine Beobachtungen tatsächlich mitgeteilt. »Wir werden das Kloster erreichen.«

»Woher wollt Ihr das wissen?« Bertrand rettete sich in Spott. »Seid Ihr Hellseherin?«

Alison sah ihn ernst an, und sein spöttisches Lächeln verschwand. »Es gibt Dinge in Vergangenheit und Zukunft, die ich erkenne. Aber ich habe keinen Einfluß auf das, was passiert. Ich weiß nur, daß es an der Zeit ist, daß wir vier Schwestern uns vereinen und gemeinsam dem Mörder unserer Mutter gegenübertreten.«

Bertrand unterdrückte den plötzlichen Impuls, sich zu bekreuzigen. Alison hatte etwas an sich, das ihn um so heftiger erschreckte, je mehr er zu der Überzeugung kam, daß man nichts vor ihr verbergen konnte.

»Ihr sorgt Euch umsonst«, wiederholte sie ihre Worte und schenkte ihm ein so strahlendes Lächeln, daß sich seine abergläubische Anwandlung in Luft auflöste. »Verratet mir eines: Was empfindet Ihr für Viviane?«

»Sagt Euch das nicht auch Euer siebter Sinn, den Ihr so vortrefflich einzusetzen versteht?« brummte er verlegen. Er war nicht gewillt, Dinge auszusprechen, die er selbst noch nicht so recht akzeptieren konnte.

»Meine Schwester wird Euch dieselbe Frage stellen«, meinte Alison ein wenig ungeduldig. »Vielleicht solltet Ihr

Euch vorher überlegen, was Ihr darauf antwortet. Sie verbirgt unter ihrem Stolz ein empfindsames Herz, und ich werde nicht zulassen, daß Ihr sie verletzt.«

»Es wäre klüger, Ihr würdet nicht zulassen, daß wir noch länger hier säumen«, entgegnete Bertrand de Coville und rückte sein Schwert zurecht, ehe er sich wieder in den Sattel schwang. »Ich habe in meinem Leben zwei Frauen gesehen, die Eduard de la Griffe vom Leben zum Tod gebracht hat; es liegt nicht in meiner Absicht, zu spät zu kommen, um die dritte zu retten.«

Alison öffnete den Mund, entschied sich aber im letzten Moment, nichts zu sagen. Der geharnischte dunkle Ritter, dessen schwarze Silhouette vor dem Winterhimmel so bedrohlich wirkte, erschien ihr trotz allem eigenartig verwundbar. Er hatte Schlimmes erlebt und Wunden davongetragen, die so tief waren, daß nur bedingungslose und hingebungsvolle Liebe sie würde heilen können. Doch sie bezweifelte, ob einer so stolzen und selbstbeherrschten Frau wie Viviane dies gelingen würde.

Wenig später galoppierten die vier Reiter, tief über die Hälse ihrer Pferde gebeugt und vom beginnenden Eisregen behindert, in Richtung Hesdin. Dort in den Wäldern, in der Nähe des Flusses Canches, lag das versteckte kleine Kloster der Damen vom Wald. Dort hatte vor vielen Jahren eine völlig verängstigte Amme am Tag nach der schrecklichen Schlacht von Azincourt zwei wimmernde Bündel abgegeben und den Segen des Himmels für die armen Würmer seiner Herrin erfleht, die am selben Tag unter dem Dolch eines gewissenlosen Mörders gestorben war.

Ganz in der Nähe mußten auch die Reste der Burg von Mesnières liegen, die an diesem Tag von marodierenden Engländern zerstört worden war. Alison ertappte sich dabei, daß sie Ausschau danach hielt, während die Eiskristalle des Regens ihr ins Gesicht peitschten und die ohnehin eingeschränkte Sicht noch weiter minderten.

Es war etwas in ihr, was sie in diese Mauern zog, was nach ihr rief. Aber sie widerstand dem Wunsch, den Weg zu ändern, und zog sich die Krempe ihres breiten Filzhutes tiefer über die Stirn. Je näher sie dem Fluß und dem ausgedehnten Waldgebiet kamen, in dem sich vor vielen Jahren das Schicksal der Töchter Melisande de Guînes entschieden hatte, um so stärker wurde das Empfinden in ihr, daß sie erwartet wurden.

23. Kapitel

Viviane de la Griffe betrachtete das Flackern des ewigen Lichtes, das die kleine Kapelle im Kloster der Damen vom Wald in sein rötliches Glühen tauchte. Der Nachmittag neigte sich, und der ohnehin graue und düstere Dezembertag würde bald fast übergangslos in die noch tristere Dämmerung übergehen. Regenschauer trieben klirrende Eiskristalle gegen die schmucklosen Glasfenster. Ihr Blick streifte eine knicksende Nonne, die aus dem Beichtstuhl trat und dann mit gefalteten Händen vor dem Altar zum frommen Gebet niedersank.

Die junge Frau beneidete sie um ihre Frömmigkeit. Es mußte angenehm sein, wenn man bereit war, sein Schicksal in die Hände Gottes zu legen und darauf zu vertrauen, daß er alles zum Besten wendete. Ihr fehlte dieses kindliche Vertrauen seit geraumer Zeit. Sie war auch nicht bereit, ihre Seele durch das Sakrament der Beichte von den Schatten der Vergangenheit zu befreien.

Es gab vieles, was sie bereute, aber sie wußte, daß der fromme Pater, der den Nonnen die Beichte abnahm, auch Buße für Dinge von ihr verlangen würde, die sie nicht zu bedauern bereit war. Was wußte dieser heilige Mann schon von der Stimme des Blutes, der Hingabe und der Leidenschaft, die sie in den Armen Bertrand de Covilles empfunden hatte und aus der nun ein neues Leben entsprungen war. In diesen verzauberten Momenten hatte sie weder an ihren Gatten noch an die göttlichen Gebote gedacht.

Im Sinne ihres Eheschwures war es Verrat und Treuebruch, daß dieses Kind in ihr wuchs. Aber wenn es nach ihrem Herzen ging, war es der einzige Halt, der einzige Sinn, den ihr Leben noch hatte. Diesem Wesen konnte sie all die Liebe geben, die sie für seinen Vater empfand und die dieser so strikt abgelehnt hatte. Und ihr Gatte? Hatte er nicht selbst so viele Sünden auf sein Haupt geladen, daß sich die ihren daneben geradezu läßlich ausnahmen?

Die Herzogin von Valouse vertrat da eine andere Meinung. Sie hatte die hohe Dame zu ihrer großen Überraschung hier vorgefunden, als sie der Äbtissin Marie-Anges Brief übergab. Die Begrüßung war auf beiden Seiten eher zurückhaltend gewesen. Viviane hatte den Eindruck gehabt, als sei die Herzogin eher der Ansicht, daß sie sich die stürmischen Ereignisse der letzten Wochen selbst zuzuschreiben hatte und daß sie ein gerüttelt Maß Schuld daran trug, daß sich Eduard de la Griffe nicht als der Edelmann erwies, den man in ihm vermutet hatte.

Von den Vorfällen bei Vivianes Hochzeit zutiefst erschüttert, hatte sie ihrem Mann gebeichtet, daß Viviane ein Findelkind war und keine geborene Valouse. Sie brauchte nicht weiterzuerzählen, wie der Herzog reagiert hatte. Daß er seine Frau zu ihrer Schwester in das Kloster der Damen vom Wald verbannt hatte, sagte genug. Viviane begriff nun auch endlich, warum er jeden Kontakt zu ihr abgebrochen hatte.

Als sich die Kirchenpforte öffnete, flackerte das rötliche Flämmchen, und ein kühler Luftzug streifte Vivianes Gesicht. Wenig später sah sie in die strengen, asketischen Züge der Äbtissin und versteifte unwillkürlich die Schultern. Instinktiv wußte sie, daß dieser gottesfürchtigen Frau jedes menschliche Gefühl so fremd war, daß sie, Viviane, weder mit Nachsicht noch mit Verständnis für ihre Probleme rechnen konnte.

»Ihr solltet beichten, meine Tochter«, begann sie denn auch kühl. »Gott erbarmt sich der Sünderinnen, und es ist nicht gut, sein Herz vor ihm zu verhärten. Pater Leon wartet auf Euch!«

Viviane preßte die Lippen aufeinander und zwang sich zu schweigen. Wie hatte Marie-Ange eine so liebevolle, gutherzige und freundliche Frau werden können, wenn sie unter der knochenharten Disziplin dieser steinernen Nonne aufgewachsen war?

»Deine Mutter hat mich gebeten, mit dir zu sprechen. Sie ist wie ich der Meinung, daß es dir wohl anstände, den Schleier zu nehmen und Buße zu tun.«

»Ich?« Viviane hätte fast gelacht, so absurd erschien ihr der bloße Gedanke daran. »Wofür muß ich büßen? Dafür, daß meine Mutter mich mit einer Lüge aufwachsen ließ? Daß mein Vater mich mit einem Schurken verheiratet hat und daß mein Gemahl mich gedemütigt und gequält hat? Ist das die Art von christlicher Nächstenliebe, die Ihr hier lehrt?«

»Sie hat dich nicht absichtlich belogen. Sie war eine verzweifelte Frau, die damals keinen anderen Ausweg mehr gesehen hat. Du darfst ihr keine Vorwürfe machen. Sie glaubte, ihrem Gatten einen Gefallen zu tun, und außerdem hat sie dir stets die unvoreingenommene, zärtliche Liebe einer Mutter geschenkt.«

»O nein«, erwiderte Viviane. »Sie hat mich nur dann geliebt, wenn ich dem Ideal der Tochter entsprochen habe, die sie sich gewünscht hatte. Ich sollte der Beweis ihrer Tüchtigkeit und ihrer mütterlichen Qualitäten sein. Die schöne Tochter des Herzogs von Valouse, die Tochter einer außergewöhnlichen Mutter! Aber die davongelaufene Gattin des Barons de la Griffe paßt nicht mehr in dieses Bild. Sie ist verächtlich, liederlich und hassenswert. Am besten versteckt sie sich in einem Kloster.«

»Du bist nicht nur ungerecht und böse, du bist auch unverschämt und anmaßend!« Die Stimme der Mutter Oberin wurde eine weitere Nuance kälter und grausamer. »Du dankst es den Menschen nicht, die dir ein schönes Leben geschenkt haben. Du warst ein Nichts, ein halbtotes Würmchen, das vor unserer Tür abgegeben wurde und dem wir ein Leben in Reichtum und Sorglosigkeit geschenkt haben.«

Viviane erwiderte den Basiliskenblick der anderen ohne Wimpernzucken. Auch wenn sie einen gewissen Wahrheitsgehalt in deren Worten anerkennen mußte, würde sie ihren Dank nicht dadurch zeigen, daß sie sich selbst völlig aufgab.

»Ich habe nicht darum gebeten, als Viviane de Valouse aufzuwachsen«, murmelte sie leise. »Und am Ende war ich auch nicht mehr als ein Pfand des Herzogs, das ihm Vermögen und Ehren sicherte. Eines seiner Besitztümer, das er dort weiterverkaufte, wo er den größtmöglichen Gewinn erwartete. Wollt Ihr *mir* zum Vorwurf machen, daß er sich in der Ehrenhaftigkeit meines Gemahls getäuscht hat?«

»Ich mache dir Starrköpfigkeit, Hochmut, Eigensucht und Renitenz zum Vorwurf«, zischte die Äbtissin. »Es ist böses Blut in dir.«

»Dasselbe Blut, das Ihr in meiner Schwester geliebt habt«, konnte sich Viviane nicht versagen zu antworten. »Marie war Euch teuer, warum haßt Ihr mich? Sie hat Euch gebeten, mich aufzunehmen.«

»Marie war labil und aufsässig!« Zum ersten Male bekam die Maske der Älteren sichtbare Sprünge. Viviane hatte einen wunden Punkt entdeckt. »Sie ist der Versuchung des Weltlichen erlegen. Ich kann nur noch für ihre verlorene Seele beten!«

»Verlorene Seele!« Viviane stieß einen Laut aus, der fast einem Lachen glich. »Marie-Ange ist eine glückliche, zufriedene Frau, die von ihrem Gatten auf Händen getragen und von ihrer Familie geliebt wird. Wenn so Eure Vorstellung von einer verlorenen Seele aussieht, dann wünsche ich mir von Herzen, das gleiche tragische Schicksal erleiden zu dürfen.«

»Du versündigst dich!« rief Louise de Luce und hob die mageren, knochigen Hände, die den Rosenkranz hielten. »Ich rate dir, geh in dich und bereue deine Sünden! Nur ein Leben in Gebet und Reue kann dich noch retten!«

Sie packte mit überraschender Kraft den Arm der jungen Frau, die vergeblich versuchte, sich zu befreien.

»Auf die Knie mit dir! Bete!« kreischte sie, und Viviane überlief ein Schauer des Entsetzens. Sie taumelte und trat dabei auf eine lose Steinplatte, die wegkippte. Viviane verlor endgültig das Gleichgewicht und knickte mit dem Knöchel um. Ein stechender Schmerz schoß durch ihr Bein, und sie fiel.

Im Sturz riß sie die zeternde Nonne mit sich, und einen Moment lang waren sie beide ein wirres Knäuel aus Stoff und

Gliedern. Die steife weiße Haube mit den wehenden Flügeln raubte Viviane die Sicht, und der hagere, knochige Körper der frommen Frau erwies sich als überraschend schwer.

Zwei Nonnen, die sich ebenfalls in der Kapelle befunden hatten, liefen eilig herbei, um die Mutter Oberin zu stützen. Viviane rappelte sich mühsam auf die Knie und wollte sich erheben. Doch als sie den Kopf hob, fiel ihr Blick auf ein Paar schlammbespritzte Reitstiefel direkt vor ihr. Sie blickte auf und wurde leichenblaß.

Schockiert sank sie auf die Knie zurück, nicht fähig, auch nur eine weitere Bewegung zu tun, während die Pein in ihrem Fuß pochte. Nur ihre Augen bewegten sich, sie nahmen das Bild des haßverzerrten, bösen Gesichtes in sich auf, und ihre Ohren hörten die hämische Begrüßung ihres Gatten, der sich in Begleitung des Mannes befand, der jene Papiere verloren hatte, die sie Marie-Ange anvertraut hatte.

»Das nenne ich einmal den richtigen Ort für Euch, meine Liebe! Auf den Knien und um Vergebung flehend!« spottete er.

»Wie …« Viviane mußte sich räuspern, um die Worte herauszubringen. »Wie kommt Ihr hierher?«

»Eure verehrte Mutter, die Herzogin, war so freundlich, mir nach Eurer Ankunft einen Boten zu senden«, erwiderte triumphierend Eduard de la Griffe. Viviane schloß erschauernd die Lider. Ihre Mutter, die Herzogin, natürlich. Waren das etwa die selbstlosen Gefühle, die sie für ein Kind aufbrachte, das zweiundzwanzig Jahre lang ihre gehorsame Tochter gewesen war?

»Eine höchst zuvorkommende unnötige Geste, da mir diese dumme Person in Paris nicht verraten wollte, wohin Ihr Euch zurückgezogen habt!«

»Welche dumme Person?« Viviane erblaßte. Etwa Marie-Ange? Was hatte er ihr angetan? Aber offensichtlich hatte ihre Zwillingsschwester sie bis zum letzten Blutstropfen verteidigt. »Was habt Ihr mit ihr gemacht?«

»Nun, sie ist es selbst schuld. Sie ging mir ohnehin auf die Nerven, wie sie ständig um Euch herumflatterte …«

Nein, er konnte nicht Marie-Ange meinen. Er hatte sie nie

zusammen gesehen. Von wem also sprach er? Der Gedanke schoß ihr so plötzlich durch den Kopf, daß sie mit dem Namen einfach herausplatzte.

»Jacquette? Ihr redet von Jacquette?«

»Von wem sonst, dumme Gans?«

Erst in diesem Moment fiel Viviane auf, daß sie noch immer vor ihm kniete. Sein Begleiter bedrohte mit einem Dolch die Äbtissin, die mit ihren Frauen in wortlosem Entsetzen diesem Gespräch lauschte. Ihre bleichen Gesichter wirkten wie Masken vor den steinernen Mauern. Hastig erhob sich Viviane, den schmerzenden Fuß nicht belastend und die helle Pein ignorierend, die ihr den Atem abschnürte.

»Was habt Ihr mit der armen Jacquette getan?« fragte sie heiser. »Sie ist eine alte Frau, eine treue Dienerin. Was ist mit ...«

»Tot!« fiel ihr der Baron ungeduldig ins Wort und zuckte mit den Schultern. »Es galt keine Zeit zu verlieren, nachdem Ihr Euch dummerweise in meine Angelegenheiten gemischt und den König alarmiert habt.«

»Schluß mit dem Gefasel«, mischte sich Guy de St. Doye mit seiner eigenartig raschelnden Stimme ein. »Es ist Euch einmal gelungen, mich zu verwirren, ein zweites Mal gibt es nicht. Ich hätte wissen müssen, daß es allen von Melisandes Hexenbrut gelungen ist, am Leben zu bleiben. Ihr werdet mit uns kommen!«

»Mit Euch? Wohin?« Viviane prüfte ihren verletzten Fuß und zuckte zusammen, als ihr aufging, daß sie mit diesem Bein keinen Schritt gehen konnte, geschweige denn vor diesen Männern davonlaufen.

»Zu den Engländern«, antwortete Guy de St. Doye, und die Tatsache, daß er es so offen tat, ließ Viviane sowohl um ihr eigenes wie auch um das Leben der Nonnen fürchten. Marie-Ange hatte ihr genügend über diesen Mann erzählt.

»Der Herzog von Bedford schuldet mir einiges«, fuhr er fort. »Noch ist nicht aller Tage Abend, und es wird mir ein gesteigertes Vergnügen sein, eine Tochter Melisandes zu meiner Unterhaltung dabeizuhaben!«

»Ihr seid verrückt«, murmelte Viviane. »Was wollt Ihr von

mir? Ich bin die Gattin Eures Gefährten. Wenn jemand sich das Recht anmaßen kann, mir Befehle zu erteilen, dann höchstens er ...«

»Ihr seid Melisandes Tochter, und Ihr tragt den Bastard Bertrand de Covilles! Es wird mir besondere Erheiterung verschaffen, den Balg aus Eurem Hurenleib zu prügeln! Ich habe es ihm nicht vergessen, daß er mich in Bourges beim König angeschwärzt hat, als ich es wagte, mit seiner schönen Schwester zu tändeln. Haltet still, verdammte Krähe!«

Letzteres galt der Äbtissin, und ein mehrfacher Aufschrei hallte durch die Kapelle, als der Dolch St. Doyes sich in den mageren Hals Louise des Luces drückte. Ein Bluttropfen wurde sichtbar.

Viviane stand da wie gelähmt. *Dieses* Geheimnis hatte Jacquette also doch verraten, und de la Griffe hatte sich unschwer ausrechnen können, wann diese Schwangerschaft zustande gekommen sein mußte.

»Wagt es nicht, mich anzufassen«, flüsterte die junge Frau und legte unwillkürlich die Hände schützend vor den Leib.

Guy de St. Doye lachte und zog seinen Dolch von der Äbtissin zurück, die dennoch wie gelähmt neben ihren Nonnen kauern blieb. Zumindest glaubte Viviane, daß dieses befremdliche, raschelnde Geräusch ein Lachen sein sollte, denn er verzog das Gesicht zu einer Grimasse aufgesetzter Fröhlichkeit.

»Wagt es nicht«, wiederholte sie und blickte zu Eduard de la Griffe hin, der mit erstaunlicher Zurückhaltung seinem Begleiter die Anführerrolle überließ. »Sagt diesem humpelnden Scheusal, daß dies eine Angelegenheit zwischen Euch und mir ist!« versuchte sie ihren Gatten aufzuhetzen. »Was habt Ihr mit ihm zu schaffen? Wa...«

Sie schrie auf, als Guy de St. Doye ihr rechtes Handgelenk umfaßte und sie grob vorwärts riß, so daß ihr verletzter Knöchel belastet wurde. Der Schmerz schoß wie eine heiße Welle durch ihren Körper, und sie keuchte auf.

»Du wirst gehorchen, Melisandes Tochter!« St. Doye drehte ihr den Arm auf den Rücken, so daß sie halb vorgebeugt unter dieser weiteren Pein verharren mußte, weil er ihr sonst die

Schulter ausgerenkt hätte. »Du wirst gehorchen und tun, was ich sage. De la Griffe, erledigt diese frommen Weiber dort!«

»Nein!« Vivianes Schrei hallte durch die Kapelle und fand in seinem Entsetzen ein Echo in Marie-Anges Herz. Sie erstarrte förmlich im Sattel, und mit einemmal fiel alle Müdigkeit von ihr ab.

»Schneller!« rief sie und sprengte an den anderen vorbei, ihrem Pferd die Hacken gebend. Sie war leichenblaß, und ihre Schwestern begriffen zunächst nicht, was geschehen war. Lediglich Bertrand de Coville hatte die Geistesgegenwart, sein Roß sofort hinter der wilden Reiterin herzujagen, die plötzlich davonsprengte, als ginge es um ihr Leben.

Der Waldweg verengte sich, und die Zweige peitschten an den Reitern vorbei. Für Sekunden fragte sich Bertrand, was Ivo de Chazan wohl mit ihm tun würde, wenn sich dessen Gemahlin bei diesem Ritt ihren hübschen Hals brach und nicht mehr nach Hause zurückkehrte. Doch dann beschloß er, lieber nicht darüber nachzudenken.

Er beugte sich tief über den Hals seines Hengstes, als der Weg plötzlich auf eine weite Lichtung führte, wo er im Licht des nachlassenden Tages eine Ansammlung gedrungener Häuser entdeckte, die sich, von einer halbhohen Mauer umgeben, um eine schmucklose Kapelle mit einem niedrigen, viereckigen Turm scharten.

Das leise Bimmeln der dünnen Kirchenglocke drang kaum ein paar Meter weit, und er sah mit Erstaunen, daß Marie-Ange nicht auf das geschlossene Tor zuritt, sondern im Bogen einen schmalen Pfad verfolgte, der unterhalb der Obstbäume haltmachte, deren kahle Zweige über die Mauern ragten.

Bis er selbst diese Stelle erreicht hatte, war sie längst aus dem Sattel und über die Mauer geklettert, rannte mit weit ausholenden Schritten durch den Obstgarten auf die Kapelle zu. Sie hatte an einem tief hängenden Ast ihren Hut verloren, und die Kapuze, die ihre feuerfarbenen Haare versteckt hatte, war auf die Schultern geglitten. Nun befreiten sich die langen seidigen Strähnen mit jeder Bewegung mehr aus dem Gefängnis von Bändern und Nadeln. Als sie die schwere Pforte des Gotteshauses aufstemmte, fiel ihr das Haar wie ein schwerer, lebendiger Mantel über das dunkelbraune Tuch ihres Wamses.

»So wartet doch, in Gottes Namen ...« Bertrand de Coville löste im Laufen das schwere Schwert, das ihn in all den Jahren der Verfemung und Verbannung begleitet und dem er bisher mehr als jedem Menschen vertraut hatte.

Viviane hörte zwar das Geräusch der sich öffnenden Pforte und der Schritte, aber sie wagte nicht, den Blick von Eduard de la Griffe zu nehmen, der mit hocherhobenem Dolche auf sie zukam. Mit welcher Kraft sie sich aus dem mörderischen Klammergriff St. Doyes befreit hatte, vermochte sie selbst nicht mehr zu sagen.

Trotz ihres Entsetzens und der Schmerzen in ihrem verletzten Fuß hatte sie sich vor Louise de Luce gestellt, die an die Wand zurückgewichen war, nachdem die beiden jungen Nonnen an ihrer Seite, getroffen von zwei wohlgezielten Hieben, zu Boden gesunken waren.

»Tretet zur Seite«, forderte ihr Gatte. »Ihr habt keine Veranlassung, diese alte Hexe hinter Euch zu schützen. Habt Ihr nicht begriffen, daß sie es war, die der Herzogin die Entsendung des Boten ermöglicht hat?«

Viviane grub die Zähne in die Unterlippe, bis sie Blut schmeckte, und der Schmerz lenkte sie von den anderen Qualen ab, die sie empfand. Er mobilisierte ihre letzten Kräfte. »Um sie zu erreichen, müßt Ihr erst mich töten, mein Gemahl!« sagte sie mit jenem Stolz, der sie Zeit ihres Lebens in Schwierigkeiten gebracht hatte.

»So wenig empfindest du für den Bastard, den du im Bauch trägst?« höhnte der Mann und rückte näher. »Weshalb hast du dich dann mit diesem Kuckucksei hierher zurückgezogen? Wolltest du mir Covilles Erben als den meinen unterschieben? Es wäre unmöglich gewesen, ich kann keine Kinder zeugen, hast du das gewußt? Aber ich hätte mich möglicherweise sogar bereit erklärt, seinen Bastard für mein Kind auszugeben. Aber das hast du selbst zerstört ... Der König hat meine Güter eingezogen. Es gibt nichts mehr, das vererbt werden kann. Mir ist nur noch eine halsstarrige Person geblieben, die niemand mehr haben will. Nicht einmal die eigene vornehme Mutter!«

Viviane ahnte die Bewegung de la Griffes mehr, als daß sie sie kommen sah. Sie warf sich zur Seite und riß die Äbtissin mit sich, so daß der Dolch mit einem häßlichen Klirren gegen die Wand fuhr und dann klappernd auf den Steinboden fiel. Der lästerliche Fluch des Seigneurs erstickte in einem häßlichen Gurgeln, und Viviane sah, daß sich die Augen in seinem verzerrten Gesicht in grenzenlosem Erstaunen weiteten, während er auf die glänzende Stahlspitze sah, die aus dem dunklen Umhang aus seiner Brust ragte. Dann begann er zu taumeln.

»Narr! Du verdammter, dummer Narr!« kreischte Guy de St. Doye, der als einziger blitzartig auf die veränderte Situation reagierte. Trotz seiner Behinderungen war er so flink, daß Viviane nur einen Schatten wahrnahm, als er auf die Äbtissin zusprang, sie hochriß, als Schild vor die eigene Gestalt hielt und sich hinkend zur Seitenpforte hin entfernte.

Der Krieger, der nun, nachdem sein Schwert immer noch in de la Griffes Leib steckte, nur noch seinen Dolch hatte, konnte nichts tun, um ihn daran zu hindern.

»Nicht!« Marie-Ange hielt ihn zudem am Arm fest. »Er schreckt auch vor einem weiteren Mord nicht zurück. Laßt ihn, er entkommt uns nicht. Kümmert Euch lieber um Viviane! Sie braucht Euch dringender.«

24. Kapitel

Viviane starrte auf die verrenkte Gestalt ihres Gatten, die in einer ständig größer werdenden Blutlache vor ihr lag. Er kam ihr so fremd vor, schien überhaupt keinen Bezug mehr zu haben zu dem Mann, der sie bedroht, gequält, gedemütigt hatte. Und obwohl ganz eindeutig kein Leben mehr in ihm war, wagte sie einfach nicht, sich zu bewegen. Tief in ihr lauerte die unbewußte Angst, daß ihre Vorstellung ihr einen

Streich spielte, daß er jeden Moment mit einem häßlichen Lachen aufstehen und das ganze als Täuschung ihrer überreizten Sinne verspotten würde.

Sie hatte immer noch nicht begriffen, daß sie frei war von ihrem Peiniger; zu plötzlich hatte der Tod ihn getroffen. Viviane stand da wie erstarrt.

Als Bertrand sie in die Arme nahm, kam es ihm vor, als hielte er eine Puppe. Auch er hatte nicht das Bedürfnis zu reden. Zu groß war die Erleichterung, sie unverletzt und wohlbehalten zu sehen.

Der Anblick, der sich ihm geboten hatte, als er in die Kapelle stürzte, hatte ihn bis in das Mark hinein getroffen. Erst zu diesem Zeitpunkt hatte er begriffen, daß Marie-Ange gespürt haben mußte, in welcher Gefahr sich ihre Zwillingsschwester befand. Und erst in diesem Moment war ihm das volle Ausmaß der Liebe bewußt geworden, die er für diese ungewöhnliche Frau empfand. Liebe, neben der alles andere unwichtig wurde; Liebe, die bedingungslos war und ohne Ende. Nie würde er den Alptraum dieser schlimmen Szene vergessen können. Viviane, hoch aufgerichtet, stolz, unbeirrbar und kühn, wie sie dem Dolch trotzte, der ihr Leben bedrohte. Ein Leben, das ihr nicht mehr allein gehörte, wenn er die hämischen Worte de la Griffes richtig verstanden und die sie nicht geleugnet hatte.

Es überraschte eigentlich auch nicht sehr, daß sie schwanger war. Sie waren beide jung und gesund und hatten einander oft und voller Leidenschaft geliebt. Anfangs hatte es sogar zu seinem Plan gehört, sie zu schwängern, aber nun konnte er über seine unbegreifliche Dummheit nur den Kopf schütteln.

Hatte er wirklich einmal gedacht, er könnte eine Frau, die sein Kind trug, zu einem Ungeheuer wie Eduard de la Griffe zurückschicken? Er hätte es nicht einmal einer Frau angetan, die er verabscheut hätte. Um wieviel weniger dieser einen, die sein Herz, seine Seele, sein gesamtes Leben in den Händen hielt!

Er spürte das Zittern, das durch ihre starre Gestalt lief. Endlich wurde sie warm und lebendig, wich die eisige Kälte von ihr, und sie vergrub das Gesicht an seiner Schulter.

»Er hat die Mutter Äbtissin in der Gewalt«, murmelte Viviane. »Er wird sie töten, man muß ihr helfen … Dieser Mann ist der Teufel in Person!«

»Er ist der Mörder unserer Mutter«, antwortete Marie-Ange, als erklärte dies alle Bosheiten. Sie atmete einmal tief durch, dann trat sie näher. »Aber mach dir keine Sorgen, er wird unserer glaubensstarken Oberin nichts tun. Diese Frau ist imstande, es mit dem Teufel selbst aufzunehmen. Hast du das nicht gemerkt in den wenigen Tagen, die du unter ihrer Obhut verbracht hast?«

Die ruhige Antwort ihrer Schwester veranlaßte Viviane, den Kopf zu heben, und nun erst begriff sie, wer sie so tröstend in seinen Armen gehalten hatte. Ihr Versuch, sich zu befreien, scheiterte, da Bertrand de Coville sie nicht mehr loslassen wollte, und sei es auch nur für einen Moment.

»Ihr?« sagte sie fassungslos.

Lautes Geschrei von draußen und eilige Schritte lenkten sie ab. Eine höchst aufgebrachte, zerzauste und wütende Mutter Oberin mit halb herabhängender Haube und einem Habit, in dem ein großer Riß an der Schulter klaffte, stürzte auf Marie-Ange zu.

»Heilige Mutter Gottes«, zeterte sie dabei. »Wie seht Ihr aus? In Männerkleidern, mit offenem Haar wie eine Dirne! Ist es das, was dieser Mann aus Euch gemacht hat, den Ihr zum Gatten genommen habt? Ihr solltet hier sein, als meine Nachfolgerin, meine Tochter …«

»Ich bin nicht Eure Tochter«, berichtigte Marie-Ange sehr ruhig. »Ebensowenig wie Viviane die der Herzogin von Valouse ist. Wann werdet Ihr damit aufhören, Euch selbst zu belügen, Madame? Was ist mit dem Mann, der Euch bedroht hat? Ist er fort?«

»Wir haben ihn durch den Obstgarten verschwinden sehen, und hinter der Mauer klangen Hufschläge«, antwortete eine andere Frau, die, in steife, dunkle Seide gewandet, die Haare unter einer weißen Haube verborgen, zwar nicht die Tracht einer Nonne trug, aber der Mutter Oberin dennoch zum Verwechseln ähnlich sah.

Sie trat näher, während hinter ihr die Nonnen hereindrängten, weitere Kerzen entzündeten und sich unter gemurmeltem Entsetzen um ihre Schwestern kümmerten, die nun zum Herrn gegangen waren. Sie fixierte Marie-Ange mit einer Mischung aus Verblüffung und aufkommender, abergläubischer Furcht. »Wer seid Ihr?«

»Vivianes Zwillingsschwester«, gab ihr Marie-Ange höflich Bescheid und wandte sich wieder der Äbtissin zu, die Viviane anstarrte, als machte sie diese für den Tod und den Schrecken verantwortlich, die plötzlich in ihr stilles Kloster eingebrochen waren.

»Untersteht Euch, ihr Vorwürfe zu machen«, mahnte Marie-Ange dann überraschend streng. »Ihr habt nicht das Recht, die Verantwortung für diese Ereignisse von Euch zu weisen, die Ihr in Gang gesetzt habt, als Ihr Viviane Eurer Schwester anvertraut habt.«

Louise de Luce starrte die junge Frau an, die einmal eine sanfte, gehorsame Novizin gewesen war und nun die Stimme gegen sie erhob. Sie begriff endlich, welche Verwandlung in Marie-Ange vorgegangen war, und sie erkannte die frappante Ähnlichkeit der beiden Schwestern.

»Maßt Euch nicht an, mir Vorhaltungen zu machen«, erwiderte sie mit einer Stimme, die so eisern beherrscht klang, daß sie jeden Moment zu brechen drohte. »Sagt mir lieber, was wir mit diesem toten Mann dort machen sollen? Dies ist ein Gotteshaus und kein Schlachtplatz!«

»Legt ihn in irgendein Grab, ohne Namen!« forderte Marie-Ange hart. »Er hat Tod und Vernichtung gesät, und er wird sich vor einem anderen Herrscher dafür rechtfertigen müssen. Die Menschen sollen ihn vergessen.«

»Er war der Baron de la Griffe, wie könnt Ihr so etwas behaupten?« mischte sich die Herzogin von Valouse ein, die an die Seite der Äbtissin getreten war und ihr half, die verrutschte Haube wieder zu befestigen. »Woher nehmt Ihr das Recht, über einen Seigneur zu urteilen? Er hatte allen Grund, einer ungehorsamen Gemahlin nachzueilen. Es muß das fremde Blut sein, das jeden Versuch vereitelt hat, Viviane zu einer Edeldame zu erziehen, die sich ihrer naturgegebenen Pflicht beugt.«

»Es war nicht nötig, Viviane zu einer Edeldame zu erziehen, sie ist es von Geburt an«, widersprach Marie-Ange würdevoll. Die kleine Novizin, die sich von einer Herzogin hätte einschüchtern lassen, gehörte längst der Vergangenheit an. »Der Graf von Mesnières steht an Rang und Adel dem Herzog von Valouse in nichts nach. Und was diesen Toten dort betrifft, das Urteil über ihn hat der König längst gesprochen! Es existiert ein Haftbefehl. Er war ein Mörder und Betrüger. Seine Güter sind eingezogen, sein Vermögen beschlagnahmt. Daß er den sauberen Tod eines Kriegers erhalten hat, ist eine unverdiente Gnade für ihn.«

Die streitenden Stimmen hallten in Vivianes Kopf wider, und hinter ihren Schläfen pochte es. Sie wußte nicht mehr, was sie fühlen sollte. Sie schämte sich für die unendliche Erleichterung, die sie darüber empfand, daß de la Griffe nicht mehr lebte. Gleichzeitig fürchtete sie sich vor dem, was dieser Tod für sie bedeutete.

Wer sprach nun wieder das Recht über sie? Abermals der Herzog von Valouse? Der König? Der Graf von Mesnières, den sie nicht kannte? In wessen Besitz ging die Person Viviane de la Griffes über? Sie wagte nicht zu hoffen, daß diesmal sie selbst es bestimmen durfte.

Sie hatte nicht mehr an ihren verletzten Knöchel gedacht, und als sie ihn nun belastete, entfuhr ihr ein leiser Schmerzenslaut.

»Ihr seid verletzt?« Bertrand de Coville fuhr auf.

»Mein Knöchel«, murmelte Viviane. »Ich bin gestürzt und muß mir den Fuß vertreten haben …«

»Ich trage Euch!« Ehe sie es sich versah, hatte er sie hochgehoben. »Wo seid Ihr untergebracht? Im Gästehaus, nehme ich an. Weist mir den Weg, Ihr müßt Euch sofort hinlegen. Ihr braucht endlich Ruhe und Pflege …«

»Er hat recht.« Marie-Ange, die den flehenden Blick ihrer Schwester völlig richtig deutete, nickte. »Vertrau ihm, Viviane. Er meint es nur gut mit dir.«

Trotzdem vermochte Viviane den Mann nicht anzusehen, der sie die kurze Strecke zum Gästehaus des Klosters trug. Sie war sich seiner Gegenwart, seiner Kraft, seiner Ausstrahlung bewußt, aber sie hatte nicht den Mut, ihn noch einmal zu fragen, weshalb er gekommen war. Sie fürchtete die Antwort. Außerdem überlegte sie, ob er wohl die letzten Worte de la Griffes gehört hatte. Wußte er nun, daß sie sein Kind erwartete?

Im Kamin des Gästehauses brannte ein loderndes Feuer, und die beiden Nonnen, die dort über einer Altardecke saßen, fanden sich von einem herrischen Seigneur an die Pforte geschickt, um zwei Reiterinnen zu empfangen, die dort jeden Moment eintreffen mußten. Sie gehorchten verschüchtert, aber man sah ihnen an, daß es ihnen widerstrebte, die Dame de la Griffe mit dem fremden Ritter allein zu lassen.

»Sie sorgen sich um Eure Tugend«, meinte er lächelnd und bettete sie in einen Lehnstuhl, an den er einen Hocker schob, damit sie das verletzte Bein darauf legen konnte. »Wir werden sie besänftigen, sobald es mir gelungen ist, in diesen Gemäuern einen Priester aufzutreiben. Es muß doch einen geben, der die Messen liest und die Beichten abnimmt ...«

Die Geschicklichkeit, mit der er den angeschwollenen Knöchel abtastete, nachdem er ihr die Röcke hochgeschoben, Schuh und Strumpf abgestreift hatte, verblüffte sie ebenso wie das, was er sagte.

»Wollt Ihr zu Beichte gehen?« murmelte sie. »Au ... Ihr tut mir weh!«

»Verzeiht, aber Ihr scheint nichts gebrochen zu haben. Es ist wohl nur eine Verstauchung.«

Er sah sich um, nahm eines der Tücher, in welche die Schwestern ihre Stickerei eingehüllt hatten, und tauchte es in den Wasserkrug auf der Truhe. Nachdem er es sorgsam ausgewrungen hatte, faltete er es zu einer Binde und legte die kühle Kompresse stützend um Vivianes Knöchel. Erst dann nahm er sich die Zeit, seinen Umhang abzulegen und die junge Frau zu betrachten, die er unter so dramatischen Umständen lieben gelernt hatte.

Die bescheidene Batisthaube einer einfachen Bürgerin bedeckte ihre ungewöhnlichen Haare und rahmte das feine, blasse Antlitz ein. Die großen Augen waren tiefe Teiche aus schattigem Waldgrün, und eine bläuliche Ader, die an ihrem

Hals schlug, verriet, daß ihre äußerliche Gelassenheit nur Fassade war.

»Wie fremd Ihr ausseht in diesem klösterlich kargen Gewand«, murmelte Bertrand.

»Es ist besser als die Fetzen, die ich in Eurer Burg tragen mußte«, erwiderte Viviane. Absichtlich beschwor sie wieder diese Erinnerung herauf, damit sie ihr half, nicht von neuem seiner Faszination zu erliegen.

»Ich werde Euch mit Samt und Seide entschädigen«, versprach er. »Doch Ihr werdet wohl dieses hier als Hochzeitsgewand nehmen müssen.«

»Hochzeitsgewand?« Ungläubig sah sie ihn an.

»Ihr werdet mich heiraten«, verkündete Bertrand de Coville mit einer Selbstherrlichkeit, die Viviane ebenso aufbrachte wie seine scheinbare Gleichmut.

»Ich wüßte nicht, warum ich das tun sollte!« erwiderte sie störrisch und ignorierte die Tatsache, daß ihr Herz wie ein Hammer schlug und das Blut schneller durch ihre Adern floß.

»Weil Ihr meinen Sohn unter dem Herzen tragt«, sagte er und bewies damit, daß er de la Griffes Worte gehört hatte. »Es ist ohnehin an der Zeit, daß ich die Verantwortung für den bösen Streich übernehme, den ich Euch gespielt habe, findet Ihr nicht auch?«

»Ihr habt keine Verpflichtungen«, erwiderte sie leise. »Ich stelle keine Forderungen an Euch. Ich brauche Euch nicht. Geht ... so geht doch!«

Bertrand runzelte die Stirn. »Warum schickst du mich fort?« fragte er verblüfft.

»Nennt mir einen Grund, warum ich Euch zum Manne nehmen sollte!« rief sie und starrte auf ihre verschlungenen Hände.

»Weil ich Euch liebe!« entgegnete er so leise, daß sie es kaum verstand. Aber lauter fuhr er dann fort: »Weil ich festgestellt habe, daß ich ohne Euch nicht leben kann. Weil ich Euch nicht ansehen kann, ohne daran zu denken, wie Eure Küsse schmecken. Weil mir dieses neue Leben, das mir der König geschenkt hat, nur dann etwas bedeuten kann, wenn Ihr an meiner Seite, in meinem Bett, in meinem Haus seid.

Weil Ihr alles seid, wovon ich geträumt habe, und alles, was ich mir für morgen und übermorgen wünschen werde. Weil ich der Vater Eurer Kinder sein, an Eurer Seite alt werden möchte. Weil ich meinen Kopf in Euren Schoß legen möchte, wenn ich müde und verzweifelt bin.«

Viviane bemerkte nicht, daß sie ihn mit offenem Munde anstarrte. Daß ihre grünen Augen leuchteten wie der beginnende Frühling. Draußen brach die Nacht herein, aber ihr kam es vor, als sei soeben die Sonne aufgegangen und sie aus einem langen, erschöpfenden Schlaf erwacht, der von unzähligen Alpträumen begleitet gewesen war.

»Ihr liebt mich?« fragte sie schließlich staunend und berührte ihre Wangen mit den Handflächen, als müsse sie sich so bestätigen, da sie wach war und nicht träumte.

»Mit der Kraft meiner Seele, meines Herzens und meines Körpers«, bestätigte Bertrand de Coville, der selbst erstaunt war, daß er solche Worte fand, um seine Liebe zu beschreiben. »Ich habe genug Liebe, um Euch davon abzugeben, falls Ihr zögert, Euer Leben in meine Hände zu legen.«

»Ich zögere nicht!« Viviane lächelte und legte endlich ihre Hände in seine. »Ich weiß keinen Platz, wo mein Leben besser aufgehoben wäre. Ihr wißt, daß ich Euch gehöre.«

Und dann waren keine Worte mehr zwischen ihnen nötig.

Alison de Lassay und Nadine d'Harigny, die soeben die kleine Halle des bescheidenen Gästehauses betraten, in das die Nonnen sie geführt hatten, sahen vor sich ein eng umschlungenes Paar, das in seinem Kuß die Welt vergessen hatte.

25. Kapitel

»Bei Gott, ich könnte alles vergessen, was ich je über Nächstenliebe gelernt habe, wenn ich mit dieser Frau spreche!« sagte Marie-Ange de Chazan ungewohnt böse und zog die Tür der kleinen Kammer hinter sich zu, in der Alison, Nadine und Bertrand an Vivianes Lager saßen. Ihr Fuß war hochgelagert, ihr Gesicht immer noch blaß von den ausgestandenen Schrecken, doch in ihren Augen lag ein derartiges Leuchten, daß es keinen Zweifel an den Gefühlen geben konnte, die sie für Bertrand empfand.

Nadine warf ihrer normalerweise so ruhigen und sanften Schwester einen verblüfften Blick zu. »Wer hat sich dein Mißfallen zugezogen, Kleines?«

»Die Herzogin von Valouse!« fauchte Marie-Ange. »Sie maßt sich tatsächlich an, Einspruch dagegen zu erheben, daß der Priester Bertrand und Viviane traut. Sie wagt es, für einen Toten Respekt zu fordern, der in seinem Leben nichts getan hat, um sich Respekt zu verdienen!«

»Sie ist enttäuscht von mir.« Viviane durchschaute die Gründe ihrer Ziehmutter. »Sie hat ein Bild von mir geliebt, dem ich nicht mehr entspreche, und nun sucht sie die Schuld dafür bei mir. Der Herzog hat sie in dieses Kloster verbannt, und sie weiß, daß sie es nie wieder verlassen wird. Sie ist keine sonderlich fromme Frau, und sie hat eine leidenschaftliche Vorliebe für Putz und Klatsch. Dinge, die sich hier von selbst verbieten. Sie verbirgt hinter ihrem hochfahrenden Benehmen die Angst vor einem trostlosen und einsamen Alter. Sie tut mir leid.«

Viviane war selbst darüber verblüfft, daß sie plötzlich das Gefühl hatte, die Herzogin gegen diese drei Frauen verteidigen zu müssen, die sie nicht kannten und sicherlich nur schwer begreifen konnten, welche Konsequenzen all diese Ereignisse für sie hatten. Noch immer verspürte sie eine gewisse Distanz zu Alison und Nadine, so dankbar sie ihnen auch für ihre Hilfe war. Lediglich bei Marie-Ange existierte diese Fremdheit nicht. Unwillkürlich wandte sie sich hilfesuchend an Bertrand de Coville, der nicht von ihrer Seite wich.

»Wird es ihr Alter vergnüglicher machen, wenn sie Hindernis um Hindernis ersinnt, damit du Bertrand nicht heiraten kannst?« meinte Marie-Ange trocken. »Ginge es nach ihr, müßtest du dich dem König zu Füßen werfen und dich dem Spruch beugen, den er für dich ersinnt. Wenn du mich fragst, ist das ein Vorschlag, dem du lieber nicht folgen solltest. Seine Majestät hegt eine unheilvolle Vorliebe für unser Gesicht, und die Gefahr, daß er deine Heirat nur zu gerne verzögert, ist groß. Ich habe mit Pater Leon gesprochen; er erwartet Euch umgehend in der Kapelle, ob es der Herzogin nun paßt oder nicht. Die Schwestern sind bereits dabei, sie zu säubern und die Spuren der Ereignisse zu tilgen.«

Es war eine schlichte, ergreifende Zeremonie, als der weißhaarige Priester wenig später Bertrand de Coville und Viviane de Mesnières vermählte. Kein Vergleich zu jener prunkvollen Aufführung, die ein verfemter Ritter gestört hatte und deren Bande durch sein Schwert getrennt worden waren. Drei junge Frauen in Männerkleidern bezeugten den Bund. Weder die Herzogin von Valouse noch Louise de Luce hatten es über sich gebracht zu erscheinen.

Auch Viviane glich in nichts der juwelenübersäten blassen Braut, die gegen ihren Willen einem verhaßten Mann zur Frau gegeben worden war und jedes Wort ihres Schwurs mit Abscheu gesprochen hatte. Sie saß auf einem schlichten Hocker, den dick geschwollenen Fuß entlastet, in bescheidenes braunes Wolltuch gekleidet. Marie-Ange hatte ihre Haare gebürstet, bis sie wie flüssiges rotes Gold glänzten und im Halbdämmer der Kirche alles Licht auf sich zogen.

Bertrand kniete neben ihr und hielt ihre schmale, kühle Hand, während Viviane mit fester Stimme die Worte des Priesters nachsprach, die sie zu Viviane de Coville machten. Das unmerkliche Zögern, als sie mit Viviane de Mesnières angesprochen wurde, bemerkte nur er. Zwischen Familien, Namen und Titeln hin und her gerissen, wurde es nun Zeit, daß sie einen Namen bekam, den sie für immer behalten durfte.

Auch die drei Schwestern, die diese ungewöhnliche Eheschließung verfolgten, kamen jede für sich zu dieser Erkenntnis. Marie-Ange fühlte ohnehin die Zerrissenheit ihrer Zwillingsschwester. Die Brutalität, mit der Viviane aus einem behüteten Leben in die Wirklichkeit gestoßen worden war, hatte ihre Spuren hinterlassen. Sie hatte zu kämpfen gelernt, aber noch nicht zu siegen. Es würde seine Zeit dauern, bis die Wunden vernarbten und sie wieder lachen lernte.

Nadine d'Harigny, die Älteste der Schwestern, dachte an ihre eigene Eheschließung, die im belagerten Compiègne stattgefunden hatte. Damals war jeder Tag kostbar gewesen, denn man hatte nicht wissen können, wie lange die Stadt den Engländern standhalten würde. Auch damals waren Prunk und Ehren unwichtig gewesen, denn der Hunger hatte die Stadt beherrscht und der Tod den Horizont in Blut getaucht. Doch noch heute bewahrte Nadine die Erinnerung an die Momente unendlicher Seligkeit, die sie empfunden hatte, als sie mit Colin zusammengegeben worden war. Sie konnte Viviane nur wünschen, daß sie ähnliches Glück in ihrer zweiten Ehe finden würde.

Alison hingegen hatte Mühe, sich auf die Zeremonie zu konzentrieren. Sie litt unter einer schrecklichen Migräne, die stetig zugenommen hatte, seit sie im Kloster angekommen waren. Der dumpfe Druck in ihrem Kopf, die grellen Bilder, die ungebeten durch ihren Geist flirrten, und das unwirkliche Gefühl, daß sie alle die trügerische Ruhe vor dem Sturm erlebten, ließen sie erbeben. Sie sehnte sich nach Michel, nur in seiner Gegenwart vermochte sie den Kräften standzuhalten, die sie ungebeten und unerwünscht zu ihrem Werkzeug machten.

»Wem eine tüchtige Frau beschert ist, die ist viel edler als die köstlichsten Perlen. Ihres Mannes Herz darf sich auf sie verlassen, und Nahrung wird ihm nicht mangeln«, zitierte Pater Leon die Sprüche Salomons, und Alison preßte die gefalteten Hände heftiger zusammen, während er seinen Segen über dem Paar sprach. Sie spürte, daß Viviane sich zwar Bertrand geöffnet hatte, ihren eigenen Schwestern aber noch mit Vorbehalten gegenüberstand.

Was konnte sie tun, um diese Bedenken auszuräumen? Nur wenn Viviane sich in den Bund einfügte, würde es möglich sein, die Aufgabe zu erfüllen, die noch vor ihnen lag. Wenn nicht, würde der Mörder ihrer Mutter endgültig und ungestraft entkommen. Das durfte nicht sein!

Alison kam sich vor, als wäre sie in zwei Personen gespalten. In eine liebenswürdige Schwester, die dem Paar gratulierte und mit den anderen lachte, und in ein unruhiges, angespanntes Geschöpf, das von fremden Gefühlen, Bildern und Erinnerungen belagert und zu Handlungen gezwungen wurde, von denen das andere normale ›Ich‹ wußte, daß sie nicht zuletzt auch den Zorn ihres Gatten erregen würden.

Sie ahnte nicht, daß Nadine den Zwiespalt spürte, in dem sie sich befand. So verschwommen auch die Kindheitserinnerungen waren, die die älteste von Melisande de Guînes Töchtern hatte, so hatte sie doch stets das unerschütterliche Wissen besessen, daß sie für ihre jüngere Schwester Alison verantwortlich war, sich um sie kümmern mußte. Seltsamerweise verstärkte sich dieses Empfinden jedesmal, wenn sie den Eindruck hatte, daß Alison sich nicht wohl fühlte, Probleme hatte oder in Schwierigkeiten steckte.

Sie begab sich an Alisons Seite, während Bertrand de Coville seine Gattin in das Gästehaus zurücktrug. Wenigstens hatte Marie-Ange die Mutter Oberin dazu gebracht, daß ein kleines Mahl auf die Hochzeitsgäste wartete. Alison verlangsamte den Schritt, während Nadine ihren Arm berührte und ihren Blick suchte.

»Du denkst an Guy de St. Doye, nicht wahr?« sagte Nadine und dämpfte die Stimme, damit die anderen nichts von diesem Gespräch hörten. »Er ist uns entkommen. Es ist an der Zeit, daß wir dieser Tatsache ins Auge sehen. Wer weiß, wozu es gut ist. Ihn zu strafen würde nur bedeuten, ihn in den Tod zu schicken, und damit sind wir doch kein Haar besser als er selbst. Du solltest aufhören, dir seinetwegen Vorwürfe zu machen ...«

Alison schenkte ihr ein flüchtiges Lächeln und schüttelte den Kopf. »Ich machte mir keine Vorwürfe, und der Mörder ist uns auch noch nicht entkommen. Doch die Zeit drängt, wir müssen handeln. Am besten noch heute ...«

»Handeln?« Nadine runzelte die Stirn. »Willst du mir nicht sagen, was du damit meinst?«

Alison seufzte tief. Es hatte keinen Sinn, es länger hinauszuschieben, und sie benötigte Nadines Unterstützung. »Wir müssen nach Mesnières!«

Ihre Schwester konnte mit dieser Erklärung wenig anfangen. »Nach Mesnières?« wiederholte sie verblüfft. »Die Burg ist zerstört, das weißt du. In Mesnières findest du nur noch Trümmer und Fledermäuse.«

»Und Gräber!« antwortete Alison.

»Gräber?« Nadine wich unwillkürlich einen Schritt zurück. »Was willst du von den Toten? Ich bitte dich, du redest Unsinn! Laß uns nach Paris zurückkehren, sobald Viviane reiten kann. Die Gastfreundschaft der Damen vom Wald ist nicht so, daß man sich gern überreden ließe, seinen Aufenthalt noch ein Weilchen zu verlängern.«

»Paris kann warten«, erwiderte Alison ungeduldig. »Wir müssen nach Mesnières, am besten noch heute, und Viviane muß uns begleiten.«

»Natürlich!« Nadine rettete sich in Spott, weil sie sah, daß sie an Alison nicht herankam. »Es wird sowohl unsere Schwester als auch ihren frisch angetrauten Gatten ungeheuer entzücken, wenn sie ihre Hochzeitsnacht zwischen den Gräbern und Trümmern von Mesnières verbringen dürfen. Sehr apart, dein Vorschlag.«

Alison machte sich nicht die Mühe zu antworten. Sie ging einfach voraus. Eine schmale, hoch aufgerichtete dunkle Gestalt in einem weiten Umhang, der verbarg, daß sie noch immer ihre Männerkleidung trug. Ein Ärgernis für die Äbtissin, die Alison ohnehin mit schmalen, mißtrauischen Augen betrachtete.

Nadine fragte sich unwillkürlich, ob die fromme Frau ahnte, daß sie es hier mit jemandem zu tun hatte, dessen Kräfte und Visionen über das normale Maß hinausgingen. Die Gefahr, in der sich Alison deswegen befand, durfte nicht unterschätzt werden. Alles, was in diesen Zeiten nach Hexerei aussah, wurde gefürchtet und verfolgt, selbst wenn es dem Guten diente. Vielleicht war es doch besser, wenn sie dieses Kloster so schnell wie möglich verließen.

Als sie Marie-Ange diese Gedanken anvertraute, während sie mit einem Becher Gewürzwein nach dem bescheidenen Festmahl am Kamin saßen, nickte jene. »Ich hatte zwar gehofft, wir würden hierbleiben, bis Ivo und die anderen hier auftauchen, aber du hast sicher recht.«

»Ivo und die anderen?« Nadine hatte an diesem Tag Probleme, die komplizierten Gedankengänge ihrer Schwestern zu begreifen.

Marie-Ange lachte. »Ich bin sicher, sie benötigen keine drei Tage, um herauszufinden, wo wir geblieben sind. Kann es sein, daß du deinen Gatten nach so vielen Jahren Ehe immer noch unterschätzt? Ich möchte wetten, daß sie bereits im Sattel sitzen.«

Nadine seufzte auf, dann lächelte sie. »O nein, noch ein Mann, der den Frieden dieses Klosters stört, und die Äbtissin schickt eine Abordnung zum Papst, um uns alle miteinander für immer exkommunizieren zu lassen.«

»Vier Männer, um genau zu sein«, verbesserte Marie-Ange nur der Ordnung halber. »Du vergißt unseren Vater und Michel. Ich teile Alisons Meinung, daß wir das Kloster so schnell wie möglich verlassen sollten. Wenngleich diese Idee, nach Mesnières zu reiten ...«

Die beiden zueinander geneigten Köpfe, deren rötliche Flechten von dem flackernden Kaminfeuer beleuchtet wurden, so daß sie selbst wie Flammen wirkten, erregten Vivianes Aufmerksamkeit, doch dann wurde sie wieder abgelenkt. Sie saß an der Seite ihres Gatten am Tisch und lauschte Alison, die voller Stolz von ihren Kindern erzählte, die bei Michels Großmutter geblieben waren und nach denen sie sich so sehr sehnte. Doch obwohl sie über die Streiche des jungen Seigneur de Lassay und seiner kleinen Schwester lachte, konnte sie sich doch nicht recht konzentrieren, weil ihre Gedanken immer wieder abschweiften.

War es wirklich erst wenige Stunden her, seit der Tod die Bande gelöst hatte, die sie an Eduard de la Griffe fesselten?

Die Ereignisse glichen einem Alptraum. Sie fühlte sich erschöpft von all dem, was in so kurzer Zeit über sie hereingebrochen war. Todesangst und Glück, Schrecken und Erleichterung, Zorn und Freude, Pein und Linderung waren so schnell aufeinandergefolgt, daß Viviane sich vorkam, als könnte sie nun überhaupt nichts mehr fühlen.

Allenfalls noch eine vage Zufriedenheit, wie ein warmer Umhang, unter den man sich flüchtete, wenn der Sturm auffrischte. Und über allem das eigenartige Wissen, daß noch nicht alles zu Ende sein konnte. Daß sie nur ein wenig Luft schöpfen durfte, ehe von neuem das Chaos über sie hereinbrach. Aber es gab ja Bertrand, der versprochen hatte, sie zu beschützen. Bertrand, der jetzt von Alison einen Becher Wein annahm und höflich auf ihr Wohl trank, ehe er sich wieder Viviane zuwandte und sie in den Bann seines Blickes zog.

»Ich sehne den Augenblick herbei, in dem es die Höflichkeit erlaubt, uns endlich in die Kammer zurückzuziehen, in der Euer Bett steht!« murmelte er dabei.

Die Faszination, die er auf sie ausübte, trieb das Blut schneller durch ihre Adern, und die Hand, die er an seine Lippen zog, bebte. Auch sie fieberte diesem Moment entgegen.

Es schien ihr, daß erst Bertrands Liebe ein Ganzes aus ihr machte, ohne ihn zerfiel sie in Stücke, in zusammenhanglose Teilchen, vom Wind verweht und ohne jeden Halt. Scherben, die nirgendwohin gehörten und die keiner haben wollte. Doch so bedingungslos sie ihn auch liebte, es jagte ihr ein wenig Angst ein, daß sie sich so abhängig von ihm fühlte. Sie wünschte sich, stark und selbstsicher zu sein, und mußte entdecken, daß sie schwach war. Auch weiterhin eine Sklavin.

»Ich werde nie müde, Euch zu betrachten«, raunte Bertrand so leise, daß nur Viviane seine Worte verstand. »Wißt Ihr, daß die Kerzen Eure Augen in flüssiges Silber verwandeln? Sie wechseln oft die Farbe. Ich werde herausfinden müssen, was es bedeutet, wenn sie heller werden oder wenn sie sich verdunkeln, wie ein Schatten, den die Wolken auf einen Teich werfen …«

Alison beobachtete unter halb gesenkten Lidern das Paar, dessen Worte sie zwar nicht verstehen, sich jedoch unschwer vorstellen konnte. Sie konnte nur hoffen, daß Viviane ihr nicht böse war. Sie hatte Bedenken, aber sie wußte, daß sie gar keine andere Wahl gehabt hatte. Es dauerte nicht allzu lange, bis sich die ersten Anzeichen zeigten, daß ihr kleiner Anschlag Erfolg gehabt hatte.

Bertrand de Coville gähnte ein paarmal hintereinander, und er rieb sich unwillig die Stirn, als wollte er Spinnweben wegwischen, die ihn belästigten. Viviane legte die Hand auf seinen Arm und sagte lächelnd etwas, noch hielt sie die Bewegungen ihres Gatten für wohlgespieltes Theater. Für den Versuch, dezent, aber wirksam die Schlafenszeit vorzuverlegen. Als indes der Kopf ihres Gatten auf den Tisch sank, seine Augen sich schlossen und nicht mehr öffneten, starrte sie fassungslos auf das Haupt mit den dunkelbraunen, dichten Haaren. Sie rüttelte ihn vorsichtig an der Schulter.

»Bertrand! Gütiger Himmel, was habt Ihr?« rief sie entsetzt.

»Er schläft«, erklärte Alison, die nun drei fragende Gesichter auf sich gerichtet sah und eine leichte Verlegenheit bekämpfen mußte. »Ich bitte Euch, schaut mich nicht so an, es ist unsere einzige Möglichkeit. Es wird ihm nichts geschehen; die Schwester, die den Kräutergarten pflegt, hat mir versichert, daß er lediglich einen Tag lang tief und fest schlafen wird.«

Viviane fuhr empört hoch und stöhnte unwillig auf, als ihr verletzter Knöchel gegen diese heftige Bewegung protestierte.

»Seid Ihr wahnsinnig?« fuhr sie Alison an, und ihre Stimme versagte fast. »Wollt Ihr sagen, Ihr habt ihm einen Schlaftrunk gegeben? Den Wein vergiftet?«

»Nicht vergiftet«, widersprach die Dame de Lassay betroffen. »Was denkst du von mir, ich will ihm doch nichts Böses. Er ist dein Mann! Ich habe nur dafür gesorgt, daß er uns nicht im Weg ist.«

»Uns nicht im Weg?« Marie-Ange sprach die Frage aus, die Viviane auf der Zunge lag.

»Wir reiten nach Mesnières!« Alison versuchte allen Einfluß aufzubieten, den sie über ihre Schwestern besaß. »Es ist wichtig, daß wir es tun, und es muß heute nacht geschehen. Wir können nicht länger warten!«

»Erklärt Euch!« fuhr Viviane sie an.

In diesem Moment war sie ganz die Edeldame, zu der sie erzogen worden war. Sie verströmte eine Autorität, die sich sowohl mit der von Alison als auch mit der von Nadine messen konnte.

»Wir müssen nach Mesnières«, wiederholte Alison und versuchte ihre Kopfschmerzen einzudämmen, indem sie ihre Schläfen mit den Fingerspitzen massierte. »Gemeinsam sind wir stark genug, den Tod unserer Mutter zu rächen und Guy de St. Doye für immer zu vernichten. Aber nur gemeinsam! Der Bund muß vollständig sein, sonst ist alles umsonst gewesen. Die Zeit drängt, Viviane! Euer Gatte kann warten, die Rache nicht!«

»Die Rache«, wiederholte Viviane. Ihre Gedanken überschlugen sich. »Guy de St. Doye ist geflohen. Es ist viel zu spät, um noch hinter ihm herzureiten. Er ist entkommen!«

»Nein!« Alison schüttelte den Kopf, gab aber keine weiteren Erklärungen ab.

Viviane zögerte. Jene Rache, was hatte sie denn mit ihr zu schaffen? Was wußte sie von der Mutter, die sie geboren hatte, und welche Verpflichtung hatten sie gegenüber dieser Unbekannten? Die, ihr persönliches Glück hintanzustellen? Würde Bertrand ihr ein solches Verhalten jemals verzeihen? Was hielt er von Schwägerinnen, die ihn auf so heimtückische Weise einschläferten?

»Du mußt!« Marie-Ange legte ihr die Hand auf den Arm und suchte eindringlich ihren Blick. »Du kannst dich nicht länger ausnehmen. Wir müssen gemeinsam tun, was Alison verlangt. Es hat keinen Sinn, wenn du dich dagegen auflehnst. Das Schicksal muß sich erfüllen, wenn auch du deinen Frieden finden willst.«

»Meinen Frieden?« Viviane lachte rauh und freudlos. »Ich nahm eben an, ich hielte ihn seit eben in den Händen, bis ...«

Marie-Anges Griff verstärkte sich, und Viviane unterbrach sich. Gefangen in den unterschiedlichsten Emotionen. Sie konnte Marie-Anges Gedanken wie ihre eigenen lesen. Ihre

Schwestern waren gekommen, um sie zu retten. Ohne deren rechtzeitiges Eingreifen hätte Eduard de la Griffe sie und ihr Kind getötet! Sie schuldete ihnen etwas dafür.

Dieser Gedanke gab schließlich den Ausschlag. Viviane kapitulierte gegen besseres Wissen. Sie stützte sich auf dem Tisch ab und biß die Zähne zusammen, weil ihr Knöchel schmerzte.

»Ihr werdet mir helfen müssen«, meinte sie resigniert, während sie mit brennenden Augen ihren schlafenden Gatten betrachtete. »Ich bin ein wenig schlecht zu Fuß!«

»Ich danke dir!« sagte Alison ernst, und der bedeutungsschwere Ton ihrer Stimme ließ die anderen jungen Frauen betroffen verstummen.

26.
Kapitel

Wenn sich die Schwester Pförtnerin über den Aufbruch der vier Frauen zu nächtlicher Zeit wunderte, so behielt sie das für sich. Es lag sogar etwas wie Erleichterung in der Geste, mit der sie das Tor hinter ihnen wieder verschloß. Die Ereignisse, welche die Ankunft der Töchter Melisande de Guînes in Gang gesetzt hatten, waren nicht von der Art, daß sie zu der Stille und Frömmigkeit eines einsamen Klosters paßten.

Viviane, deren Knöchel Marie-Ange mit einer festen Leinenbinde stabilisiert hatte und die sogar mit dieser Behinderung das Reitpferd beherrschte, das auch Marie-Ange trug und dessen Zügel ihr die andere gerne überlassen hatte, war dankbar für die Gegenwart ihrer Zwillingsschwester. Eng an ihren Rücken gelehnt, teilten sie eine Vertrautheit, die ihr gefiel und ihre schlimmen Befürchtungen wenigstens ein bißchen eindämmte.

Sie ritten dicht hintereinander, und niemand von ihnen wagte zu fragen, woher Alison den Weg kannte, den sie so zielsicher im bleichen Mondlicht der frostklaren Dezembernacht einschlug. Die schmale Gestalt, die ihren Trupp anführte, wählte wie von einem fernen Magneten angezogen den Weg nach Osten. Der selten genutzte Pfad durch die hohen Stämme des Waldes war teilweise überwachsen und von gefallenen Bäumen versperrt. Trotzdem hielt Alison eisern die Richtung, als würde sie jeden Stein und jede Markierung genau kennen.

Der winterliche Forst schien im Reif erstarrt; die gefrorenen Blätter brachen unter den Pferdehufen. Es war eine geisterhafte Kulisse, in der das leise Klirren der Geschirre und ein vereinzeltes Schnauben der Tiere die einzigen Laute bildeten. Es bewirkte, daß Viviane und Marie-Ange noch enger aneinanderrückten. Diese Vertrautheit mit ihrer Schwester war neu und fremd für Viviane, aber sie gefiel ihr unerwartet gut.

Die Herzogin von Valouse hatte sie nie herzlich in den Arm genommen. Ein steifer Händedruck, ein flüchtiger hingehauchter Kuß – an liebevollere Zärtlichkeiten konnte sie sich nicht erinnern. Die Wärme von Marie-Anges Gegenwart taute das Eis, das um ihre Seele gelegen hatte. Es war Viviane gar nicht bewußt gewesen, daß es neben der Liebe noch andere Dinge gab, nach denen sie sich instinktiv gesehnt und die in ihrem Leben gefehlt haben. Dinge wie Freundschaft, Lachen, Gemeinschaft, Fröhlichkeit, Unbeschwertheit.

»Mein Gott, das ist es!«

Sie hatten den Wald hinter sich gelassen, und im blassen Licht eines fast vollen Mondes lag Mesnières vor ihnen. Viviane wußte sofort, daß dies das Schloß ihrer Familie war, und sie war sich der verblüfften Blicke der anderen nicht bewußt. Sie starrte auf die mächtige Silhouette der zerstörten Festung, die sogar in ihrer Verwüstung noch den Eindruck von wehrhafter Größe machte. Nur Verrat konnte ein solches Bauwerk dem Untergang geweiht haben.

Die Umrisse eines viereckigen Turmes ohne Dach, die Front eines mächtigen Wohngebäudes mit eleganten Rundbogenfenstern, durch die man nur noch den Himmel sah, und die Reste der eingefallenen Rundmauer lagen schwarz und massig auf der Kuppe eines abgeflachten Hügels, der das Land weithin beherrschte. Viviane atmete heftig und versuchte die Gefühle, die sie bei diesem Anblick packten, zu begreifen.

»Woher weißt du …?« hauchte Nadine, die ihr Pferd an der Seite der Zwillingsschwestern gezügelt hatte und selbst vergeblich nach Erinnerungen suchte. Immerhin war sie fünf Jahre alt gewesen, als das Unglück geschah, und sie hätte am ehesten vertraute Formen entdecken müssen. Doch sie sah nur eine Ruine, nichts, was ihr bekannt vorkam. Die traurigen Relikte eines Verbrechens, das bis heute ungesühnt geblieben war.

»Ich kann es nicht sagen«, entgegnete Viviane mit fremder, kehliger Stimme. Sie räusperte sich und legte eine Hand an die Kehle. »Die Bilder sind plötzlich in meinem Kopf, aber ich weiß nicht, woher sie kommen. Laßt uns reiten, Alison ist schon dort vorne …«

Sie spornte das Pferd an, ohne auf die Schmerzen in ihrem Bein zu achten, und Marie-Ange mußte die Arme um ihre Taille schlingen, damit sie in dem plötzlichen Galopp nicht das Gleichgewicht verlor. Nadine hatte Mühe, den Anschluß zu halten.

Sie ließen das Dorf Mesnières, das sich linker Hand in den Schatten des Waldes schmiegte, beiseite, und Alison und Viviane hielten auf den heruntergekommenen Weg zu, der seit Jahrzehnten von keinem Fronarbeiter mehr instand gesetzt worden war. Er führte geradewegs zum mächtigen Haupttor der Burg, das schutzlos offen vor ihnen lag.

Die Ketten der verbrannten Zugbrücke hingen in den Burggraben, der mit Steinen und Schutt aufgefüllt worden war, so daß man den inneren Hof betreten konnte. Offensichtlich hatten die Dorfbewohner in den vergangenen Jahren, wann immer sie Steine benötigten, die von Meisterhand behauenen Quader verwendet, die in der geschleiften Festung herumlagen.

Das Mondlicht verhüllte die ärgsten Wunden des Gemäuers, und Viviane sah wie in einer Vision das Mesnières von einst vor sich liegen. Mit bunten Bannern, Knechten und Mägden und einem Herrenhaus, in dem Richard St. Doye, der Graf von Mesnières, und seine schöne Gemahlin Melisande lebten. Ihr Herz weitete sich, und ihre Blicke trafen sich mit denen Alisons.

»Du hattest recht«, sagte sie rauh. »Ich bin hier zu Hause!«

Sie lauschte den eigenen Worten nach, spürte Marie-Anges Gegenwart und hörte Nadines Pferd, das schnaubte, als es neben ihnen gezügelt wurde. Dieses überwältigende Gefühl, zur richtigen Zeit am richtigen Ort zu sein und genau dort hinzugehören, hatte sie in ihrem Leben bisher nur ein einziges Mal empfunden: Als sie sich Bertrand de Coville hingegeben hatte.

Mit derselben unvoreingenommenen und bedingungslosen Zuneigung öffnete sie nun ihr staunendes Herz für einen Haufen zerborstener Steine. Für die Ruine eines einstmals herrschaftlichen Hauses, in dem jetzt nur noch Fledermäuse hausten und durch dessen zerbrochene Fenster der Wind heulte. Sie sah die Schönheit unter der Vernichtung und fühlte, daß sie willkommen war.

»Ich wußte, daß du imstande bist, es zu erspüren«, sagte Alison erleichtert. »Wir müssen das Grab unserer Mutter finden. Bleib im Sattel, ich werde dein Pferd führen, damit du deinen Fuß schonst.«

Marie-Ange schwieg. Sie spürte die Spannung, unter der Viviane stand, als Widerhall in ihrem eigenen Herzen. Auch wenn sie nicht nachempfinden konnte, was ihre Zwillingsschwester sah, so begriff sie doch, daß sie in diesem Moment zutiefst erschüttert war und von Gefühlen heimgesucht wurde, die sie noch nie wahrgenommen hatte.

»Dort, in der Kapelle«, sagte Viviane tonlos und deutete auf ein Steingeviert, das ohne Dach und ohne Westmauer zwischen dem Haupttor und dem Wohngebäude stand. Das Feuer hatte Balken und Dach vernichtet, und im Laufe der Jahre war ein glattgeschliffener Steinquader nach dem anderen verschwunden. Schmale, lanzettförmige Fenster, in deren Spitzbögen steinernes Maßwerk von früherer Schönheit kündete, bewiesen, daß sie recht haben mußte.

Sie ließ sich aus dem Sattel gleiten und stützte sich auf

Marie-Anges Arm, damit sie ihren verletzten Fuß nicht belasten mußte. Der scharfe Schmerz, der trotz allem durch ihr Bein schoß, veranlaßte sie dazu, die Lippen aufeinanderzupressen.

»Die Familiengruft«, keuchte sie und versuchte, die Pein zu ignorieren. »Wir müssen hinein, Alison!«

Gemeinsam halfen die drei Frauen der vierten Schwester über die herumliegenden Steine, den Schutt und das Gestrüpp, das niemand beseitigt hatte, denn in diesem Gotteshaus wurden keine Messen mehr gelesen. Allen gemeinsam war die Befangenheit, welche dieses befremdliche Heimkommen verursachte. Der verbrecherische Mord, der vor zweiundzwanzig Jahren an ihrer Mutter verübt worden war und der Melisandes unschuldige Töchter zu abenteuerlichen Schicksalen verdammt hatte, gewann in den schwarzen Schatten der alten Ruine jähe und tragische Realität.

»Dort!« Unwillkürlich wandten sich alle Köpfe in die Richtung, in die Vivianes ausgestreckte Hand zeigte, kaum daß sie die zerstörte Kapelle betreten hatten.

Die Gruft der Grafen von Mesnières war von Plünderern verschont geblieben. Nicht nur aus Respekt vor den Verstorbenen, sondern vermutlich auch, weil sie so schlicht und ohne jeden Pomp war und eine Würde verströmte, die auch den abgebrühtesten Söldner beeindruckt hatte.

Wie ein filigranes Zelt aus Stein hoben sich zwei letzte Rundbogen über die schweren Steinplatten, welche die Gräber der Grafen von Mesnières beschützten. Ein schlichtes, steinernes Kreuz beherrschte die Stirnseite, und im Wechselspiel aus Mondlicht und Schatten sah man nur die Spuren eingemeißelter Zeichen und Namen auf den Gräbern.

»Wieso denkst du, daß unser schurkischer Onkel sie in dieser Gruft begraben hat?« forschte Nadine mit gedämpfter Stimme.

»Wegen unseres Vaters«, antwortete Alison für Viviane. »Er spielte ihm schließlich den untröstlichen Bruder vor, dem es nicht gelungen war, den Überfall und den Mord an seiner Familie zu verhindern. Dafür mußte er ihm das Grab präsentieren, in dem Melisande und ihre angeblich gemordeten Töchter liegen.«

Viviane nickte und humpelte mit Hilfe von Marie-Ange zu den Gräbern. Genau in diesem Moment erreichte der Mond die Kante der letzten, mächtigen Stirnmauer und stieg auf, so daß sein bleiches Licht die kleine, einstmals so bezaubernde Burgkapelle in Helligkeit tauchte. Mit traumwandlerischer Sicherheit deutete Viviane auf eine der steinernen Platten. Es stand kein Name darauf, aber sie war offensichtlich nach dem Brand eingefügt und zurechtgehauen worden.

Ihre Kante stand ein wenig höher als alle anderen, und anstelle von Buchstaben, die einen Namen gebildet hätten, befand sich darauf lediglich ein quer verlaufendes Fries aus Stein, das fünf Rosen in lichtem Blattwerk zeigte. Von einer Mauerkante vor der Witterung geschützt, hatte das Blumenband nichts von seiner zeitlosen Schönheit eingebüßt.

»Hier«, sagte Viviane. »Das ist das Grab unserer Mutter.«

Plötzlich hatte sie das Gefühl, aus der Wirklichkeit gerissen worden zu sein. Ihr schien, als sei sie von einer Macht erfüllt, die aus fernen Zeiten und Bereichen zwischen Traum und Magie kam und die ihr ihre Handlungen diktierte.

Sie streckte die Hände aus, und Alison bedeutete den anderen, mit Viviane zusammen einen Kreis um das Grab zu bilden. Eine Einheit, die nicht zerstört werden konnte und die eine unbezwingbare Macht besaß, die in diesem geweihten Augenblick über menschliches Begreifen hinausreichte.

Eine Stärke, die den einsamen Reiter, der sich Mesnières näherte, wie ein Köder anzog. Guy de St. Doye hätte nicht zu sagen gewußt, was ihn dazu trieb, sein Elternhaus ein letztes Mal sehen zu wollen, ehe er in das wartende Boot stieg, das in Abbeville lag und das ihn die Somme abwärts zum Kanal bringen sollte. Er selbst hatte in seinem maßlosen Haß dafür gesorgt, daß die einstmals stolze Burg zerstört worden war. Er hatte sie niemandem gegönnt, wenn er selbst nicht länger in ihr herrschen durfte. Es war ihm damals als würdiges Fanal für diese Frau erschienen, die er nicht brechen, wohl aber töten hatte können.

Jene zierliche Edeldame, die es gewagt hatte, ihn zu beleidigen. Ihn abzuweisen. Sie war tot, für immer gegangen. Aber ihre verdammten Töchter lebten allesamt. Eine viermal wiederholte höhnische Variation eines verhaßten und leidenschaftlich geliebten Bildes, das er so sehr hatte besitzen wollen, daß er dafür seine Ehre, sein Vermögen und seine Familie ruiniert hatte.

Seine Gattin mußte ihren Ehrgeiz und ihre Intrigen bis an ihr Lebensende in einem Kloster büßen, sein eigener Sohn war ein nichtswürdiger Feigling, den der König unter strenger Kuratel hielt. Daß er selbst auch diese beiden Schicksale auf dem Gewissen hatte, wollte er nicht einmal in diesem Moment zugeben. Es war zu einfach, die Schuld auf Melisandes Töchter zu schieben.

Ihm blieb letztlich nur die zweifelhafte Genugtuung, daß ihre Mutter den Triumph nicht mehr erlebte. Daß ihre Knochen unter den Steinen von Mesnières vermoderten und nur das Heulen des Nachtwindes von ferner Pracht und Schönheit kündete.

Sein Pferd scheute, als er es mit Hilfe seiner Sporen über Steine und Schutt hinweg in den Burghof zwang. Es schnaubte und spürte die Gegenwart anderer Pferde. Guy de St. Doye hingegen machte sich nicht einmal die Mühe, sich zu versichern, daß er allein war.

Er sprang aus dem Sattel, rieb sich stöhnend den Rücken, der die Gewaltritte der letzten Tage übelnahm. Dann schlang er die Zügel des Tieres um einen halb eingesunkenen Pfahl, der einmal der Türstock des Backhauses gewesen sein mußte.

Die öde Verlassenheit der ehedem so stolzen Feste legte sich wie ein schweres, erstickendes Tuch über seine Brust. Es schien, als strahlten selbst die Steine Feindseligkeit aus. Als zitterte die Luft unter den Vorwürfen, die die gemarterten Seelen der Menschen ausstießen, die auf seinen Befehl hin an jenem schrecklichen Tag zu Tode gekommen waren. Allein, er war doch im Recht gewesen – oder? Melisande hatte ihn verhöhnt, verspottet, mißachtet, abgewiesen und verlacht! Niemand durfte das wagen, niemand!

Es fiel ihm schwer, seine Lungen zu füllen, und er legte unwillkürlich die Hand an seine Kehle, als könne er so leichter atmen. Mehr als sonst zog er sein Bein nach, und doch humpelte er ohne Zögern auf die Ruinen der Kapelle zu.

Das Geräusch seiner schlurfenden Tritte, die auf Kies und Sand knirschten, hallte durch die tiefe Stille der Nacht. Es schien ihm, als habe sich rings um Mesnières unvermittelt eine silberne Nebelwand aufgebaut, die es vor der übrigen Welt völlig verbarg. Und hier, in dieser Insel aus kaltem, gnadenlosem Mondlicht, wartete Melisande de Guînes auf seine Rückkehr. Seit zweiundzwanzig Jahren wartete sie dort!

Auch Melisandes Töchter hörten die Schritte. Sie sahen sich an, und der Griff ihrer Hände verstärkte sich. Ohne die Lippen zu bewegen, verständigten sich Viviane und Alison, die beiden anderen in den Kreis einbeziehend, die fühlbar bebten und deren Tapferkeit mit der Angst vor dem Unerklärbaren in heftigem Wettstreit lag. Nur das Vertrauen in die beiden anderen Schwestern verhinderte, daß sie in Panik gerieten.

Das Keuchen des Mannes, der ebenso unter der Last seiner Jahre wie unter der seiner Verbrechen nach Atem rang, kam näher und näher. Das Murmeln der raschelnden, bösen Stimme, die sie alle fürchteten, klärte sich zu abscheulichen Flüchen, die mit einem Schlag abbrachen, als er sah, wer an Melisandes Grab auf ihn wartete.

»Die Töchter der Hexe!« krächzte er und griff mit zitternder Hand nach dem Dolch, der in seinem Gürtel steckte. Ein matt schimmernder Silberdolch, dessen juwelenbesetzter Griff wie Feuer glühte. die Waffe, mit der Melisande de Guînes zu Tode gekommen war.

»Die Töchter der Hexe!« wiederholte er mit kräftigerer Stimme und brach in ein Lachen aus, das kreischend und schrill von den Mauern widerhallte.

Viviane spürte, daß Marie-Ange erstarrte und ihre Hand aus der ihren reißen wollte.

»Nicht«, murmelte sie leise. »Du darfst den Kreis nicht brechen. Tu, was unsere Mutter verlangt!«

Auch Alison bebte. Jede der vier hatte auf ihre Art unter dem Mann gelitten, der mit gezücktem Dolch und dem gefährlichen Lächeln eines wahnsinnigen Mörders Schritt für

Schritt näher kam. Sie wünschte sich Vivianes absolutes Vertrauen. Ihre Sicherheit, die sich in ihrer ganzen Haltung und ihrem klaren Blick zeigte.

Ausgerechnet die letzte ihrer Schwestern, die sich bis vor Stunden noch hartnäckig geweigert hatte, sich jemals in diese Familie einzugliedern, bildete nun die treibende Kraft, die den magischen Zirkel aufrechterhielt.

Alison spürte, wie ihr der kalte Schweiß ausbrach und über den Rücken rann. Sie sah, daß Nadine sich auf die Unterlippe biß, als müßte sie darum kämpfen, nicht loszuschreien. Ihr Magen krampfte sich angstvoll zusammen, und sie vergaß zu atmen.

»Welch ein Geschenk!« hörte sie die verhaßte Stimme. »Du wirst es sehen, Melisande! Ich werde sie töten, alle! So, wie ich es vor zweiundzwanzig Jahren selbst hätte tun sollen! Hier mit diesem Dolch!«

Ein tiefer Atemzug weitete Vivianes Brust. Sie warf die schwere, seidige Mähne nach hinten, die sich während des Rittes einmal mehr aus Nadeln und Flechten befreit hatte. Es war diese stolze und anmutige Bewegung, die Guy de St. Doye irritierte und den Kopf drehen ließ. Die gleiche Gebärde, die so typisch für Melisande gewesen war. Er schauderte und übersah dabei einen großen, rechteckigen Steinbrocken, der halb über einem kleineren lag. Sein Fuß verfing sich in dem Spalt, der dadurch entstanden war, und er stolperte mitten im Schritt.

Der wüste Fluch auf seinen Lippen brach abrupt ab, als er heftig nach vorne stürzte und liegenblieb. Stille senkte sich über die kleine Kapelle. Absolutes, tiefes Schweigen, das bis hinauf in den nächtlichen Himmel zu reichen schien. Es legte sich samten und dunkel über die vier Frauen, das nächtliche Gotteshaus, die reglose Gestalt. Ein Friede, dessen wohltuende Ruhe sich nach und nach den vier Töchtern Melisandes mitteilte.

Keine von ihnen hätte sagen können, wie lange es dauerte, bis die erste eine Bewegung machte. Bis sich verkrampfte Finger voneinander lösten und normale Atemzüge dafür sorgten, daß das Blut wieder regelmäßig durch ihre Adern pulsierte.

»Was ist mit ihm?« flüsterte Marie-Ange, als hätte sie Angst, die Stimme zu erheben.

Nadine nahm ihren ganzen Mut zusammen und trat zu der verkrümmten, leblosen Gestalt. Sie rüttelte an der knochigen Schulter unter dem Mantel, aber nichts passierte. Sie wagte einen weiteren Stoß, und der Körper rutschte über den Stein, fiel zur Seite. Die Arme schlugen links und rechts vom Oberkörper auf, wie die Glieder einer Stoffpuppe. Aus der Mitte der Brust ragte tödlich glitzernd und endgültig der juwelengeschmückte Dolch, der sich durch die Wucht des Sturzes bis zum Heft in seine Brust gebohrt hatte.

»Er ist tot!« hauchte Marie-Ange entsetzt.

»Er ist tot!« bestätigte Viviane und taumelte plötzlich vor Schwäche. Hämmernde Kopfschmerzen setzten mit einem Schlag ein, und alles drehte sich vor ihren Augen.

Alison erkannte diese Reaktion auf die gewaltige körperliche und geistige Anstrengung, der Viviane sich ohne zu zögern unterworfen hatte, und eilte an ihre Seite, um sie zu stützen. »Du mußt dich setzen«, sagte sie sanft. »Dort auf den Stein.«

»Mir ist schwindelig«, seufzte Viviane. »Und übel ist mir auch. Was …«

»Es ist vorbei!« unterbrach Alison sie und strich ihr sanft die Haare aus der Stirn. »Unsere Mutter ist gerächt und kann endlich in Frieden ruhen.«

»Seht nur, worüber er gestolpert ist!« rief in diesem Moment Nadine und deutete auf den querliegenden großen Stein. Sogar Viviane machte sich die Mühe, mit Alisons Hilfe näher zu humpeln. Der Mond beleuchtete die andere Hälfte des Rosenfrieses, das Alisons Grab schmückte, und Nadine schrie leise auf.

»Ich erinnere mich! Endlich erinnere ich mich wieder an etwas in Mesnières! Dieses Fries zog sich um den Altar. Ich habe stets die Schönheit der Blumen bewundert, statt mich auf meine Gebete zu konzentrieren, wenn Mama davor kniete. Sie hat mir erzählt, daß sie ein reisender Steinmetz angefertigt hat, nachdem sie Papa geheiratet hat, damit sie auch im Winter Blumen hat.«

Nadine staunte über die Erinnerungen, die plötzlich wiederkamen. Sie sah sich um und suchte dann wieder die Blicke ihrer Schwestern.

»Es war eine so schöne Kapelle. Licht und freundlich und zu jeder Jahreszeit mit Blumen, Zweigen und den schönsten Kerzen des Hauses geschmückt. Ich wünschte, sie wäre nicht zerstört worden ...«

Viviane nickte zögernd. Es fiel ihr leicht, sich zu Nadines Erzählungen die passenden Bilder vorzustellen. Die Burg von Mesnières übte eine eigenartige, schwer zu beschreibende Faszination auf sie aus.

»Was tun wir mit ihm?« forschte Nadine, praktisch wie immer, und deutete auf den Toten, der in seiner Reglosigkeit mit einemmal keinen Schrecken mehr für sie besaß. Es war nur ein entseelter Körper, den man eigentlich nicht so liegenlassen durfte.

»Laßt ihn, wo er ist«, forderte ausgerechnet die sanfte Marie-Ange. »Die Tiere der Nacht und des Tages werden ein Stück Aas vorfinden.«

Viviane schüttelte den Kopf und legte einen Arm um ihre Zwillingsschwester. »Das meinst du nicht im Ernst. Willst du, daß Mesnières auch in Zukunft ein Ort des Schreckens bleibt?«

»In Zukunft?« Marie-Ange zog fragend die Augenbrauen hoch. »Du denkst doch nicht, daß es hier eine Zukunft gibt?«

»Warum nicht?« widersprach Viviane. »Wem gehört die Burg und das Land?«

»Dem König, unserem Vater, ich weiß es nicht ...«, entgegnete Nadine, die einen fragenden Blick mit Alison tauschte, um deren Lippen plötzlich ein wissendes Lächeln lag. »Weshalb ist es wichtig für dich?«

»Ich weiß es nicht, ich muß mit Bertrand darüber sprechen«, murmelte Viviane, noch immer tief in Gedanken versunken. »Natürlich nur, falls er überhaupt jemals wieder mit mir spricht.«

Ihr ahnungsvoller Seufzer fand ein Echo in drei anderen schweren Herzen. Nun, nach überstandenem Schrecken, war es wohl nötig, den Tatsachen ins Auge zu sehen. Und eben diese Tatsachen versprachen für jede der vier Frauen häusliche Schwierigkeiten. So leidenschaftlich sie ihre Gatten liebten, keine von ihnen machte sich Illusionen über deren empfindsames Ehrgefühl und Unbeugsamkeit. Sie waren keine Männer, die man an der Nase herumführte.

»Am besten kehren wir ins Kloster zurück«, schlug Nadine vor. »Es drängt mich nicht dazu, unter freiem Himmel zu übernachten. Die Mutter Oberin kann morgen dafür sorgen, daß man ein paar Männer aus dem Dorf hierherschickt und Guy de St. Doye in ein Grab legt. Es muß ein Ende mit den Grausamkeiten und der Rache haben. Er wird vor einem höheren Schöpfer Rechenschaft über seine Taten ablegen müssen, und es ist nicht unsere Aufgabe, seinen seelenlosen Leib zusätzlich zu strafen. Ich bin sicher, unser Vater wäre ebenfalls dieser Meinung.«

Die anderen gehorchten ihr ohne Widerrede, und wenig später waren die Mauern und Trümmer von Mesnières wieder den Nachtvögeln überlassen. Lediglich Viviane nahm etwas aus dieser Ruine mit. Die Erkenntnis, daß sie endlich eine Heimat gefunden hatte.

27. Kapitel

»Und Ihr seid sicher, daß sich die armen Mädchen dort befinden?«

Die drei Männer, die den geharnischten Ritter mit der Augenklappe begleiteten, warfen sich einen verständnisvollen Blick zu. So sehr sie die Besorgnis von Richard de St. Doye, dem Grafen von Mesnières, um seine bezaubernden, starrköpfigen und unlenkbaren Töchter teilten, so wenig stimmten sie mit ihm darin überein, sie als ›arme Mädchen‹ zu bezeichnen. Eine jede von ihnen war imstande, es allein mit einem Regiment des Königs aufzunehmen.

»Der Bote, den uns Bertrand de Coville entgegengeschickt hat, ließ keinen Zweifel daran«, erwiderte Colin d'Harigny. »Viviane de la Griffe hat sich hierher zurückgezogen, um ihrem Gatten zu entkommen, und ihre Schwestern sind ihr unvernünftigerweise zu Hilfe geeilt.«

»Der Gedanke, daß de la Griffe nach England entkommen ist und für seine Brutalitäten nicht zur Rechenschaft gezogen werden kann, besorgt mich ebenso wie das Entkommen meines Bruders«, knurrte der Graf, dessen ehemals dunkler Haarschopf nun ein kräftiges Grau zeigte. »Man könnte meinen, die beiden hätten sich wie Ratten davongemacht. Ohne Spur, ohne Helfer, ohne einen Hinweis. Ich hoffe nur, ich kann den König davon überzeugen, daß er der Annullierung dieser unglücklichen Ehe zustimmt!«

»Laßt uns die vier erst einmal finden, dann können wir über die Zukunft reden«, schlug Michel de Lassay vor. Er deutete auf die Waldlichtung, die sich vor ihnen öffnete, während das dünne Gebimmel der Klosterglocken bereits verkündete, daß sie ›Les Dames de Forêt‹ erreicht hatten.

Die Schwester Pförtnerin bekreuzigte sich wie beim Anblick des Leibhaftigen persönlich, als sie die vier Krieger an ihrer Pforte entdeckte, die zwar höflich, aber sehr bestimmt Einlaß forderten. Daß sie davoneilte, um die Mutter Oberin zu holen, ehe sie eine Entscheidung traf, mißfiel den Männern, aber sie hatten keine andere Möglichkeit, als zu warten oder einen Skandal zu provozieren.

Louise de Luce ließ den Grafen von Mesnières höchst ungern und mit der Haltung einer beleidigten Königin eintreten. Sie hatte keine sonderlich erbaulichen Erinnerungen an seinen ersten Besuch in ihrem Kloster. Sie verabscheute diesen Mann, wie sie alle Männer verabscheute.

»Wenn Ihr gekommen seid, Eure Töchter mit nach Hause zu nehmen«, begann sie aufgebracht, »so seid versichert, daß ich nichts dagegen habe, wenn Ihr dies tut. Der Tod heftet sich an die Fersen dieser jungen Frauen, und ich fürchte, alle Gebete der Welt werden nichts daran ändern können. Ihr findet sie im Kreuzgang!«

»Der Tod?« Ivo de Chazan packte die Nonne am Arm, ehe

sie sich entfernen konnte. »Was meint Ihr damit? Geht es ihnen gut? Ist eine von ihnen krank? Verletzt? Oder gar ...« Das letzte Wort wagte er nicht auszusprechen, aber die schmale blasse Linie um seinen Mund und das höllische Glitzern seiner Augen sagte genug.

»Nur unwesentlich«, erwiderte Louise de Luce pikiert. Die Schwiegersöhne konnten es an ungehobeltem Benehmen mit dem Grafen aufnehmen. Alles eine flegelhafte Sippschaft in ihren Augen. »Ein verstauchter Knöchel. Überzeugt Euch selbst im Kreuzgang!«

»Habt Dank«, brummte Ivo de Chazan, aber er war noch nicht ganz beruhigt und winkte den anderen, ihm zu folgen. Wenn Marie- Ange auch nur ein Haar gekrümmt worden war, würde er denjenigen, der das getan hatte, mit dem Schwert zur Rechenschaft ziehen. Und danach würde er seine bezaubernde kleine Sängerin übers Knie legen, damit sie ihm nie wieder einen derartig närrischen Streich spielte. Er war um Jahre gealtert von dem Moment an, als er festgestellt hatte, daß sie es gewagt hatte, ihn zu belügen.

»Nehmt es ihm nicht übel!« Colin d'Harigny grinste die wutschnaubende Oberin vergnügt an. »Er ist erst seit einem halben Jahr mit Marie-Ange verheiratet, er weiß noch nicht, daß die Ehe mit einer Comtesse de Mesnières ein steter Quell der vielfältigsten Überraschungen ist.«

Louise de Luce ersparte sich jede Antwort. Mit eisern durchgedrücktem Rücken schritt sie von dannen.

»Vorwärts!«

Colin d'Harigny hieb seinem Schwager freundschaftlich zwischen die Schulterblätter und eilte dem Dritten im Bund und ihrem gemeinsamen Schwiegervater nach, die bereits in Richtung Kreuzgang unterwegs waren. Sie wären fast gegen die beiden breiten Lederrücken geprallt, da die beiden Männer unvermittelt stehengeblieben waren, als sie in den Schatten des kleinen, bescheidenen Kreuzganges traten.

Der morgendliche Nebel war einer klaren, milden Dezembersonne gewichen, die in dem Rechteck des Kreuzganges die schmalen Steinbänke wärmte, die dort für diejenigen Nonnen bereitstanden, die ein wenig Zeit zu seltener Muße hatten.

Jetzt saßen dort vier junge Frauen, die in ihrer bezaubernden Vielfalt auch das wütendste Herz rühren mußten.

Aus den Truhen der Mutter Oberin war für jede ein zwar bescheidenes, aber sauberes dunkles Gewand erschienen, denn die Dame hatte sich über den Anblick der Pagenkostüme mehr als erregt. Sie wirkten in diesen schlichten Kleidern ein wenig wie übermütige Novizinnen, die ihre Köpfe fröhlich plaudernd zusammensteckten.

Nadine, mit den veilchenfarbenen Augen ihrer Mutter, hatte die üppigen Locken mit einem Band im Nacken zusammengefaßt und sprach eifrig auf Alison ein, die ihre Hände im Schoß gefaltet hatte und das Antlitz mit geschlossenen Augen friedlich der Sonne entgegenhielt. Die leuchtende Fülle ihrer Haare umgab sie wie ein Heiligenschein, der nicht ganz zu dem spöttisch-liebevollen Lächeln paßte, das um ihre Mundwinkel spielte.

Marie-Ange saß über eine alte Laute gebeugt, und sie sang ein ganz und gar nicht frommes, freches kleines Liebeslied, das zur Zeit bei Hofe von jedermann geträllert wurde. Sie hatte die Haare zu Zöpfen geflochten und zu einem kleinen Krönchen auf dem Kopf aufgesteckt, das Ivo einmal mehr eifersüchtig daran denken ließ, daß der König selbst in sie verliebt war.

Aus dem Kreuzgang heraus erklangen die Stimmen eines streitenden Paares, das in eine heftige Auseinandersetzung vertieft war. Sie alle, bis auf Ivo, sahen Viviane zum ersten Male und registrierten verblüfft die unglaubliche Ähnlichkeit mit Marie-Ange. Lediglich Ivo de Chazan kannte schon die feinen Unterschiede in ihrer Erscheinung.

Viviane erschien ihm geschmeidiger, gefährlicher, nicht so weich und sanft wie seine bezaubernde Liebste. Stolzer und unnachgiebiger. Auch gingen ihre Augen eher ins Grünlich-Silberne, und die Haare hatten mehr das Rot von Alisons Locken als das warme goldene Feuer von Marie-Ange.

»Ich bitte dich«, sagte Viviane in diesem Moment aufgebracht. »Du bist albern. Was hast du von mir erwartet? Daß ich meine Familie im Stich lasse, nur weil ich deine Gattin bin? Was denkst du von mir?«

»Ich denke, daß du einen beklagenswerten Hang zu leichtsinnigen Handlungen hast, daß du dich in Gefahr bringst und zudem dazu neigst, dich über meine Einwände hinwegzusetzen. Die Frau hat dem Manne zu gehorchen, und du hast vor dem Altar geschworen, es zu tun! Konnte ich ahnen, daß du noch in deiner Hochzeitsnacht davonläufst?«

»Ich bin zurückgekommen!«

»In der Tat, aber mit einer weiteren Leiche. Einem Toten, der auf rätselhafte Weise ums Leben gekommen ist! Was ist geschehen?«

»Guy de St. Doye hat den Tod tausendfach verdient. Behaupte nicht, daß du sein Ableben bedauerst!« schrie Viviane und schüttelte ihre offene Mähne in den Nacken. »Ich habe dich um Verständnis gebeten, ich habe dir erklärt, was geschehen ist und weshalb es sein mußte. Ich war bereit, dir diese Hochzeitsnacht hundertfach zu entgelten, und was tust du? Du streitest dich lieber mit mir, anstatt mich zu lieben! Verstehe einer doch euch Männer … Ooooh!«

Viviane hatte die vier Besucher entdeckt, und brennende Röte schoß in ihre Wangen, als ihr klar wurde, daß sie alles mit angehört hatten. Das Grinsen auf vier amüsierten Gesichtern bewies ihr, daß es sinnlos wäre, etwas abzuschwächen …

»Willkommen in der Familie«, sagte Ivo de Chazan als erster und warf seinem Freund einen verständnisvollen Blick zu. »Wenn ich auch nicht fähig bin, mit der Geschwindigkeit der Ereignisse Schritt zu halten, so entnehme ich doch Eurer aufschlußreichen Diskussion, daß Ihr Viviane zur Frau genommen habt.«

»Ivo!« Bertrand strich sich mit einer Hand das wirre Haar aus der Stirn und zog eine Grimasse. »Bei Gott, Ihr werdet es nicht fassen, was dieses närrische Quartett getan hat!«

»Klärt uns auf«, forderte der Graf von Mesnières und versuchte sich ein Bild von seinem brandneuen, vierten Schwiegersohn zu machen, der im Moment so aussah, als genieße er diese Ehre nicht gerade besonders. »Ihr seht uns alle höchst gespannt!«

Alison, Nadine und Marie-Ange hatten keine Bewegung gemacht. Sie saßen einfach nur da und warteten ab, während

Viviane sich automatisch in ihre Richtung zurückzog und neben Alison auf die Bank sank. Es schien ihr sicherer, die Unterstützung ihrer Schwestern zu suchen, als jener Phalanx von Männern gegenüberzutreten, die allesamt sehr streng und kritisch wirkten.

»Sie sind in einer Nacht-und-Nebel-Aktion zu viert und ohne jede Begleitung zu den Ruinen von Mesnières geritten, um dort jenem Verbrecher aufzulauern, der ihre Mutter getötet hat. Allein, bedenkt nur! Und das, obwohl Viviane einen verletzten Knöchel hat und kaum laufen kann, geschweige denn reiten oder Kämpfe führen, die einem Mann angemessener wären!«

»Und was ist geschehen?« wollte Michel de Lassay ruhig wissen.

»Er ist tot!« antwortete Alison. »Er ist über einen zerborstenen Stein gestürzt und in den Dolch gefallen, mit dem er unsere Mutter getötet hat.«

»Und de la Griffe?« forschte der Graf von Messnières, der seinen Ohren kaum traute.

»Ist durch Bertrands Schwert gestorben, als er die Waffe hob, um Viviane zu erdolchen.« Alison beantwortete auch diese Frage. »Ist das Tribunal nun beendet, oder wollt ihr den Rest des Tages damit verbringen, zu nörgeln und zu tadeln? Es ist vorbei. Guy de St. Doye wird niemand mehr Böses tun, und es wäre vielleicht freundlich, liebster Vater, wenn Ihr Eure vierte Tochter in die Arme schließen würdet, nachdem sich schon ihr unausstehlicher und aufgeblasener Gemahl nicht dazu aufraffen kann.«

»Unausstehlich und aufgeblasen ...«, wiederholte Bertrand de Coville fassungslos und starrte auf die Gruppe auf der Bank. »Also, das ist doch ...«

»Die Waffe meiner Gattin«, klärte ihn Michel de Lassay freundlich auf. »Ihre Zunge ist tödlicher als jede Schwertspitze.«

»Ich wäre Euch dankbar, wenn Ihr den Frieden dieses Klosters endlich respektieren würdet«, mischte sich in diesem Moment die kalte Stimme der Äbtissin ein. »Unsere Gemeinschaft ist nicht reich genug, um so viele Gäste zu beherbergen.

Das Gästehaus ist zu klein, und die Wintervorräte sind in Gefahr. Bitte verlaßt uns.«

»Ihr werft uns hinaus?« fragte erstaunt der Graf von Mesnières, der Viviane noch im Arm hielt und nicht fassen konnte, was er soeben gehört hatte. »Es ist Dezember! Ihr müßt uns wenigstens für eine Nacht Obdach gewähren, ehe wir zurückreisten!«

»Es ist nicht nötig«, warf Ivo de Chazan ein, der sich geschworen hatte, seine Gemahlin keinen Atemzug länger in diesem Kloster zu lassen, als es sein mußte. Für seinen Geschmack war schon eine Stunde unerträglich zuviel. »Der Troß mit dem Gepäck wird uns in Kürze einholen, und wir können selbst ein Lager aufschlagen, wo auch immer wir Platz dafür finden.«

»In Mesnières!« erklärte Viviane. »O bitte, laßt uns nach Mesnières reiten! Ich möchte es so gerne.«

Der Graf sah verwirrt in ihre Augen und konnte dem Flehen nicht widerstehen.

»Meinetwegen«, gab er nach. »Besser eine Ruine, die uns gehört, als ein Kloster, in dem wir nicht willkommen sind. Reiten wir! Gehabt Euch wohl, fromme Frau. Ich weiß Euch Dank, daß meine Töchter durch Eure Hilfe leben, aber es ist nicht christlich, daß Ihr uns heute die Tür weist.«

Schon nach kurzer Zeit hatten die Schwestern ihre wenigen Habseligkeiten gepackt und bis auf Viviane ihre Männerkostüme wieder angezogen. An der Seite ihrer Gatten ritten sie hocherhobenen Hauptes zur Pforte. An der Tür des Torhauses wartete die Herzogin von Valouse, und Viviane zügelte ihr Pferd.

»Lebt wohl, Mutter!« murmelte sie.

»Lebe wohl, Viviane«, erwiderte sie gemessen und ohne sichtbare Gefühle. »Ich werde für dich beten. Der Herr möge dir deine Sünden verzeihen.«

»Sie hat nicht gesündigt!« knurrte Bertrand de Coville und beugte sich zu der Frau hinunter, die Viviane aufgezogen hatte. »Betet lieber für Eure eigenen Verfehlungen. Es ist nicht Euer Verdienst, daß es Eduard de la Griffe doch nicht geglückt ist, Viviane zu zerstören!«

Er faßte in Vivianes Zügel und zog ihr Pferd hinter sich her. »Ich mag es nicht, wenn sie dich so hochfahrend behandelt und so tut, als wärst du ein ungezogenes dummes Kind!« erklärte er böse.

Viviane unterdrückte ein zärtliches Lächeln. »Bin ich das nicht auch in deinen Augen? Ungezogen und dumm?« erkundigte sie sich scheinbar ruhig.

»Du bist störrisch und überheblich, und in dir ist kein Funke Demut oder Gehorsam, aber du bist mein Leben. Ich liebe dich, und ich werde nicht zulassen, daß du dich jemals wieder in Gefahr begibst, ist das klar?«

Viviane erwiderte glücklich seinen funkelnden Blick. »Wenn Ihr mir das gleiche Versprechen für Euch gebt, ja!«

Die anderen hörten Bertrands fröhliches Lachen, und ein Teil der Spannung, die über der kleinen Reisegesellschaft gelegen hatte, löste sich. Alles würde gut werden. Es bestätigte sich, als sie schon bald den angekündigten Troß trafen, und bis zur Dämmerung war das Lager im Burghof von Mesnières errichtet. Die Rundzelte standen im Windschutz der östlichen Mauer, und ein großes, prasselndes Feuer beleuchtete den weiten Hof mit dem alten steinernen Ziehbrunnen, dessen Wasser so klar und köstlich schmeckte, daß Viviane den Wein abgelehnt hatte, den es zum Mahl gab.

Die Liegestatt mit den dicken Lagen aus Pelzen und Decken bot Schutz vor der Kälte. Viviane schmiegte sich eng an Bertrand, während die Wollust ihrer stürmischen Vereinigung noch in ihren hastigen Atemzügen mitschwang und die Mattigkeit seliger Erschöpfung ihren Körper erfüllte. Unendlicher Friede lag über allem.

»Diese Burg muß einmal sehr schön gewesen sein«, sagte Bertrand nach geraumer Zeit, seine Gedanken anderen Dinge zuwendend. »Lediglich die Befestigungen ließen zu wünschen übrig, kein Wunder, daß sie so leicht zerstört werden konnte. Man hätte ein Vorwerk bauen und die natürlichen Gegebenheiten des Hügels besser ausnützen müssen. Diese Rundtürme waren gut gemeint, aber viel zu leicht zu erobern. Trotzdem müssen sie einen phantastischen Blick weit über das Land und die Wälder bieten. Die alte Burg von Coville war nicht halb so imposant ...«

Viviane nagte nachdenklich an der Unterlippe, ehe sie Bertrand einen vorsichtigen Blick gönnte. »Was geschieht mit Coville? Wo werden wir wohnen? In Paris? Das Stadthaus ist wunderschön, aber wenn ich an die arme Jacquette denke, die dort ihr Leben lassen mußte ...«

Bertrand stützte sich auf den Unterarm und strich Viviane eine Haarsträhne aus der Stirn. »Lese ich da eine Frage in deinen Augen, mein Herz?«

»Vielleicht.« Viviane seufzte, den eigenen Gefühlen nicht ganz trauend. »Wie lautet deine Antwort?«

»Wenn es dein Glück bedeutet und dein Vater damit einverstanden ist ...«

»Ich bin sicher, er ist es!«

»Und der König?«

»Mein Vater wird ihn überzeugen ...«

»Von ihm also hast du die Kunst, jemanden so geschickt zu umgarnen!«

Viviane legte sanft einen Finger auf seine Lippen und schüttelte den Kopf. »Ich umgarne dich nicht, Bertrand de Coville! Ich liebe dich!«

Sommer 1439

Burg Mesnières

Es war ein Festtag, über dem die Sonne strahlte, und die Gäste, die von weit her anreisten, schenkten den Dorfbewohnern ringsum Gesprächsstoff, der sicher bis weit in den Winter hineinreichen würde. Schließlich war es eine Ehre besonderer Art, daß Karl dem Haus Mesnières seine königliche Gunst erwiesen hatte. Nicht nur, daß der beste Festungsbaumeister des Landes den Wiederaufbau der zerstörten Burg geleitet hatte, seine Majestät war auch damit einverstanden gewesen, daß der Titel des Grafen von Mesnières auf den jüngsten Schwiegersohn des alten Grafen überging, der mit seiner Familie die schöne neue Burg bewohnte.

Die alten Rundtürme wirkten mit ihren spitzen, frisch eingedeckten Schieferdächern wie vier gemütliche Bastionen, die jedoch jetzt von einer breiten Ringmauer am Fuße des Hügels umgeben waren. Im Vorwerk dazwischen waren nun die Zelte und Buden für die Belustigungen aufgebaut, und der Markt, der sich vor dem Eingang ausgebreitet hatte, bezeugte, daß sogar das fahrende Volk von diesem Ereignis gehört hatte, das auf seine Art verkündete, daß die Wunden der Schlacht von Azincourt in ganz Frankreich nach und nach geschlossen wurden.

Im Palas, dem großen, neuen Wohngebäude der Burg, stand Viviane de Coville, die junge Gräfin von Mesnières, und sah hinunter in den Burghof. Im Grunde konnte sie es immer noch nicht ganz fassen, wie sich ihr Leben in den vergangenen zweieinhalb Jahren geändert hatte. Das galt nicht nur den beiden kleinen Buben, die auf der Suche nach den Welpen der großen Jagdhündin übermütig durch die große Halle tapsten. Es galt dem Alltag, der in dieser Zeit ein fröhliches Chaos zwischen Handwerkern und Mägden, zwischen leidenschaftlichen Nächten und arbeitsamen Tagen gewesen war. Und nun hatten sie es geschafft.

Mesnières war schöner denn je, und der König hatte das Lehen für Bertrand bestätigt. Was wohl ihre Schwestern und ihr Vater dazu sagen würden? Sie hatte sie alle seit fast einem Jahr nicht mehr gesehen, denn Marie-Ange war ebenfalls mit einem Zwillingspaar niedergekommen und hatte nach einer schweren Geburt geraume Zeit benötigt, ehe sie sich davon wieder richtig erholt hatte.

Ihr Vater war in Diensten von Königin Yolande unterwegs gewesen, der Schwiegermutter des Königs, die trotz seines Alters nicht auf ihn verzichten wollte, und Alison und Nadine aus ihrer ländlichen Idylle loszueisen, in der beide mit ihrer Kinderschar lebten, hatte sich als schweres Stück Arbeit herausgestellt.

Würden sie alle kommen? Sie hoffte es so sehr! Das Reisen

war weniger gefährlich geworden in einem Königreich, das sich mit jedem Jahr mehr stabilisierte. Karl von Frankreich, inzwischen seiner schönen Agnès Sorel treu ergeben, besaß das Talent, sich mit den fähigsten Männern zu umgeben, und so war es im Moment nur noch eine Frage der Zeit, bis endlich ein letzter Friedensvertrag geschlossen wurde, der sowohl England wie auch das Herzogtum Burgund in seine Schranken verwies.

Das schrille Quietschen eines Hündchens und der gutmütige Fluch eines Mannes rissen Viviane aus ihren müßigen Tagträumen.

»Ist es denn die Möglichkeit? Was habt ihr hier zu suchen, ihr nichtsnutzigen Welpen? Eure Kinderfrau macht den halben Haushalt rebellisch auf der Suche nach Euch! Wie habt ihr es fertiggebracht, der armen Joselle schon wieder zu entwischen?«

Die begeisterten Schreie ihrer Söhne bewiesen Viviane, noch ehe sie sich umdrehte, daß ihr Vater sie jeweils auf eine seiner Schultern gesetzt hatte und sie dort festhielt. Die stämmigen kleinen Fäuste in seinen Haaren vergraben, um das Gleichgewicht zu wahren, schauten sie furchtlos und stolz auf sie herab. Sie waren Miniaturausgaben Bertrands, mit wirren nußbraunen Locken und hellen goldenen Augen.

Vincent war der sanftere von beiden. Er liebte es, von seiner Mutter in den Arm genommen zu werden, während Cyril schon jetzt jedem Abenteuer nachlief und sich aus jeder Umarmung befreite.

»Sie kommen!« verkündete der Seigneur und betrachtete seine Gattin mit jenem glühenden Blick, der ihr Herz an jedem Tag aufs neue aus dem Takt brachte. »Der Turmwärter hat Nachricht gegeben, daß sie in einer halben Stunde hiersein werden. Die Banner sind unverkennbar!«

Viviane biß sich nervös auf die Unterlippe und verschlang die Hände. »Bei Gott, ich bin so aufgeregt wie der Komödiant in einer Jahrmarktsbude. Was meint Ihr, werden sie zufrieden sein?«

»Wenn nicht, lassen wir sie wieder in Rundzelten auf dem Burghof übernachten«, erwiderte Bertrand trocken. Er lachte.

Dann jedoch gewann seine Stimme eine unerwartete Eindringlichkeit und Wärme. »Dies ist unser Haus, Viviane! Hast du es vergessen? Du bist seine Herrin, und du hast es geschaffen, erst in deinem Herzen und dann in Wirklichkeit! Niemand kann es dir nehmen.«

Er beugte sich zu ihr nieder, um sie zu küssen, und Viviane spürte, wie ihre Söhne an ihrem eleganten Kopfputz aus feinem cremefarbenen Musselin zogen. Sie würde eine neue Haube aufsetzen müssen, aber sie brachte es nicht fertig, sich Bertrands leidenschaftlicher Zärtlichkeit zu entziehen.

»Ihr Teufel!« Der Graf grinste, als er den Schaden bemerkte, den seine Söhne während dessen verursacht hatten. »Ihr verwandelt Eure Mutter in ein beschädigtes Schlachtschiff, wenn ihr so weitermacht. Aaah, Joselle! Da seid Ihr ja, bemüht Euch um die beiden hier!«

Joselle betete die Zwillinge an, und die beiden ließen sich denn auch leidlich geduldig von ihr entfernen. Die Liebe war gegenseitig, und Joselle, die sich von der stummen Magd in eine energische Kinderfrau gewandelt hatte, nahm einen bedeutsamen Platz in den Herzen ihrer Schützlinge ein. Die zurückbleibenden Eltern hingegen sanken sich in die Arme, und der ohnehin schon hungrige Kuß entzündete flammende Leidenschaft.

»Es ist nur eine halbe Stunde, *mon amour*«, hauchte Viviane. »Ich fürchte, wir sollten sie besser nützen, um alles zum Empfang meiner Schwestern und ihrer Familien in die Wege zu leiten ...«

»Wie immer hast du recht ...«, gab Bertrand de Coville bedauernd zu. »Der gute alte Thibaut wird mich sonst mit einen seiner strafenden Blicke bedenken und sich einmal mehr auf deine Seite schlagen, wenn ich es nicht tue.«

Viviane lachte. Daß ausgerechnet Thibaut de Béarn, der seinen jungen Herrn auch in Not und Verbannung nicht im Stich gelassen hatte, ihr ergebenster Verbündeter geworden war, verblüffte sie immer noch. Als der bescheidene Hausstand ihres Gemahls, unter anderem mit ihm und Joselle, in Mesnières auftauchte, war sie auf Kritik und dieselbe barsche Behandlung gefaßt gewesen, die er ihr in Coville hatte zuteil werden lassen, aber die gemeinsame Liebe zu Bertrand hatte sie geeint.

Es war leicht gewesen zu erkennen, daß der alte Mann ihrem Gemahl zutiefst ergeben war, und als er begriffen hatte, welche Wandlung Viviane in dem stolzen und rachsüchtigen Krieger bewirkt hatte, hatte er seine Zuneigung kritiklos auf sie ausgeweitet.

Nun war es so etwas wie der würdige Nestor dieses Hauses, in dem er nur allzu oft drunter und drüber ging. Sein unerbittlicher Blick trieb die Mägde zur Eile, die Knechte an die Arbeit und hielt die Bewaffneten im Zaum, die in den Gesinderäumen auf dem Vorwerk ihre Heimat gefunden hatten. Niemand würde diese Burg ein zweites Mal einnehmen und zerstören können.

Keiner sah dem gräflichen Paar die unziemliche Eile an, mit der es seine reich geschmückten Staatskleider angelegt hatte, um die Gäste zu empfangen. Dem weißhaarigen Grafen, seinen Töchtern und Schwiegersöhnen bot sich das Bild eines stolzen Ritters, der mit sichtlichem Stolz auf die schöne Frau an seiner Seite blickte.

Viviane de Coville trug an diesem Tag ein raffiniert schlichtes Seidenkleid in tiefstem Veilchenblau. Das Mieder war über und über mit cremefarbenen Perlen bestickt, und cremefarben war auch der hauchzarte Schleier, der von der Spitze des blauen Hennins wallte und sie wie eine duftige Wolke umgab. Eine Schnur größerer Perlen lag in dem eckigen Ausschnitt, und der klare Diamant des Ringes an ihrer Rechten sprühte bei jeder Bewegung Feuer. Sie sah elegant aus, ohne aufgeputzt zu wirken. Stolz, aber nicht arrogant, erfreut, aber auch mit einer Spur Aufregung in den großen Augen, die ihre Wangen rosig färbte und sie jünger denn je erscheinen ließ.

Das Fest warf seine Schatten voraus. Morgen würde die Abordnung des Königs erwartet, die Edelmänner aus den benachbarten Grafschaften und nicht zuletzt die fahrenden Ritter, die bei dem eigens ausgerichteten Turnier um die Ehre des Sieges kämpfen würden. Mesnières erstrahlte in einer Mischung aus alter Pracht und neuer Bedeutung.

Richard de St. Doye schloß seine schöne Tochter als erster

in die Arme, dann hielt er sie ein wenig von sich ab, um ihr in die Augen zu sehen.

»Die Angst ist verschwunden«, stellte er zufrieden fest. »Ich habe nicht gewagt zu glauben, daß es so schnell gehen könnte.«

»Ich hatte Hilfe«, entgegnete Viviane und umschloß die Hand ihres Gatten. »Ich bitte Euch, kommt ins Haus, Vater! Es ist das Eure!«

Die turbulente Begrüßung der Schwestern, das wilde Kindergeschrei derjenigen Sprößlinge, die alt genug gewesen waren, diese Reise anzutreten, die eilenden Mägde und Knechte, das Wiehern der Pferde, die in die Ställe geführt wurden, und das Gurren der Tauben auf den Dächern vermischte sich mit dem Knattern der steifen Standarten im Wind zu einer Melodie der Freude und des Lebens.

Viviane löste sich aus den Armen Marie-Anges, welche die Folgen der schweren Geburt endlich überstanden und wieder Farbe auf den Wangen hatte. Ivo de Chazan stand wie üblich hinter ihr, und Viviane sah den Hauch von Silber an seinen Schläfen. Die Angst um seine Frau und seine Kinder hatte ihn gezeichnet, und das Lächeln fiel ihm noch ein wenig schwer. Das Fest würde ihnen allen guttun.

Alison und Nadine hingegen fanden kaum Zeit für eine Umarmung, denn sie waren vollauf damit beschäftigt, ihre lebhaften Sprößlinge davon abzuhalten, sich zwischen allen Pferdebeinen und Wagenrädern in Gefahr zu bringen. Viviane half ihnen dabei, als sie plötzlich sah, daß ihr Vater der Gruppe den Rücken kehrte.

»Vater, wohin …«

»Laß ihn!« hielt Marie-Ange sie zurück. »Siehst du denn nicht, wohin er geht?«

Natürlich, wie hatte sie so dumm sein können? Ob es ihm gefiel, was sie getan hatten? Sie hatte sich solche Mühe gegeben.

Die friedliche Stille eines frommen Gotteshauses umfing den Mann, als er die Tür zur Kapelle aufstieß. In den schmalen Fenstern zeigten bunte Scheiben das Leben der heiligen Familie, und vor dem schlichten Marmoraltar mit dem prächtigen Goldkreuz stand ein bunter Strauß Sommerblumen in einer Ampore aus durchsichtigem Alabaster. Das ewige Licht glühte darüber. Es war wie früher, nur daß die Fenster damals nicht so fein ausgeführt gewesen waren.

Der Schein brennender Kerzen zog seine Aufmerksamkeit in das kleine Seitenschiff, das neben der Gruft der Grafen von Mesnières neu angefügt worden war. Eine entzückende Kapelle in der Kapelle, deren Mittelpunkt die leicht erhobene Grabplatte mit dem Rosenrelief bildete. Die Blüten glänzten poliert und gepflegt, in goldenen Buchstaben leuchtete Melisandes Name darunter.

An der Stirnseite des Raumes jedoch stand eine Mutter-Gottes-Statue auf einem schlichten Sockel. Eine sanfte, liebenswürdig lächelnde Madonna hielt ein Kind auf dem Arm, das sie fragend ansah. Ein allerliebstes Geschöpf, das in seiner unbeschwerten Fröhlichkeit ein Tribut an alle Kinder dieser Welt war. Und ein Gebet für alle kleinen Menschen, denen es nicht vergönnt war, an der Hand einer Mutter aufzuwachsen.

Gerührt spürte der alte Ritter das Brennen in seinen Augen, und er sah sehr wohl, daß die Madonna die Züge Melisandes trug. Einer unbeschwerten, jungen, gewinnenden Mutter. Dem Künstler, der diese Skulptur geschaffen hatte, war ein Meisterwerk gelungen.

Ein geschnitzter Betstuhl stand neben dem Eingang, und Richard de St. Doye kniete sich ein wenig seufzend auf das Polster. Er spürte das Alter in seinen Knochen und betrachtete schwermütig das Rosenband, das einmal das Entzücken einer ahnungslosen Braut gewesen war, die auf Mesnières nur Glück und ewige Harmonie erwartet hatte.

Zum ersten Male konnte er mit einem Gefühl von melancholischer Zuneigung an die schöne Melisande de Guînes denken, die er geliebt hatte. Der Haß auf ihren Mörder und das Aufbegehren gegen das Schicksal waren verschwunden. Das Leben war weitergegangen, der Mörder ruhte irgendwo unter diesen namenlosen Steinen, und die Töchter, die ihm seine Gemahlin geschenkt hatte, waren erwachsen und hielten ihr eigenes Glück in den Händen.

Es gab nichts mehr zu tun. Das Rad neigte sich dem Ende entgegen; die Spanne seines Lebens war erschöpft. Er war nicht böse darum. Er war schon lange sehr müde. Müde und erschöpft. Aber er würde nicht gehen, ehe er nicht auch diese letzten beiden Enkel in den Arm genommen hatte und der Abordnung des Königs entgegengetreten war, die morgen den neuen Grafen von Mesnières mit allen Ehren in seinem Lehen bestätigen würden.

»Aber bald, Melisande«, murmelte er vor sich hin. »Bald werde ich kommen, und dann werde ich an deiner Seite ruhen und dich nie wieder verlassen!«

ENDE

Band 18 143

Marie Cordonnier

Die Töchter der Hexe

Marie – Engel in Versuchung

Deutsche Erstveröffentlichung

»Meine Töchter sollen dir zum Verderben werden!« Sterbend verfluchte Melisande den Mann, der ihr das Messer in die Brust gestoßen hat. Guy de St. Doye flieht entsetzt – doch er kehrt zurück, um die Töchter der Hexe zu töten ...

Marie-Ange, aufgewachsen in einem Kloster, ist lieblich und sanft wie ein Engel – und völlig hilflos jenem Mann ausgeliefert, den alle nur ›le diable‹ nennen, den Teufel. Die Liebe, die sie für diesen harten, rücksichtslosen Mann empfindet, kann sie nur in die Hölle führen – oder hat sie doch eine Chance, ›le diable‹ zu zeigen, daß es den Himmel auf Erden tatsächlich geben kann?

BASTEI LÜBBE

Sie erhalten diesen Band im Buchhandel, bei Ihrem Zeitschriftenhändler sowie im Bahnhofsbuchhandel.